《典当》系列第二部

网络原名《灵木瞳》

鉴宝 2

姚锴莹◎著

花鸟虫草，枯木朽枝，不乏无价之宝
古玩市场，珍宝赝品，不乏鱼目混珠
典当行业，质押借贷，不乏尔虞我诈

台海出版社

图书在版编目（CIP）数据

鉴宝. 2 / 姚锴莹著. －北京：台海出版社，2013. 2

ISBN 978 － 7 －5168 －0110 －9

Ⅰ. ①鉴… Ⅱ. ①姚… Ⅲ. ①长篇小说—中国—当代

Ⅳ. ①I247. 5

中国版本图书馆 CIP 数据核字（2013）第 029342 号

鉴宝. 2

著　　者：姚锴莹

责任编辑：王　品　　　　　　装帧设计：天下书装
版式设计：刘　栓　　　　　　责任印制：蔡　旭

出版发行：台海出版社
地　　址：北京市景山东街 20 号　　邮政编码：100009
电　　话：010 － 64041652（发行，邮购）
传　　真：010 － 84045799（总编室）
网　　址：www. taimeng. org. cn/thcbs/default. htm
E － mail：thcbs@ 126. com

经　　销：全国各地新华书店
印　　刷：北京高岭印刷有限公司
本书如有破损、缺页、装订错误，请与本社联系调换

开　　本：787 × 1092　　　 1/16
字　　数：400 千字　　　　 印　张：23
版　　次：2013 年 5 月第 1 版　 印　次：2013 年 5 月第 1 次印刷
书　　号：ISBN 978 － 7 －5168 －0110 －9

定　　价：39. 80 元

目　录

就连冯师傅心里都"咯噔"一下。这批毛料运过来之后，一多半解完了，出玉寥寥，聂云就挑了三块毛料，刀刀切下去次次见玉。难不成这次时来运转，这批废毛料一下子全都赌涨了？

第九章

独一无二的变异墨兰，开创建兰系观赏兰花新纪元／178

这是一株独一无二的变异墨兰，非但本身具备变异兰花的优点，还有一个无可比拟的优势，那便是，用这株变异墨兰和墨兰、寒兰杂交，很可能培育出具备观赏价值的变异墨兰、寒兰。那样，就打破了观赏兰花的传统，将建兰一系也带入到观赏性兰花的殿堂中。

第十章

百善孝为先，为爷爷治癌寻药千里奔泰山／202

五岳独尊泰山，泰山是自然景观胜地，有不少的古松老树，这些老树给聂云提供了不少灵气。泰山石刻更是绝佳的人文奇观。传说泰山有三千文字，可以辟邪，细细算起来，石刻上的文字又何止三千，且都是千古流传的名篇名句，说一字千金也不为过。

第十一章

艺高人胆大，千钧一发聂云悬崖舍命救同伴／224

聂云双脚一动，整个身子跃起直奔石缝而去，右手如钢锥一般狠狠地插了进去，砰的一声，石屑纷飞，聂云的右手整个钻进了石缝，牢牢地固定住身子，一伸左手把杨兆军的右臂抓住，猛一用力甩向两米外的石台上。无论是这边的刘涛几人，还是远处的游客，同一时间瞪大了眼睛。聂云的臂力太惊人了！

第十二章

悬崖再坠人，聂云伸援手三人生死一线间／245

王金龙和胖子姚宁坠下悬崖的一瞬间，姚宁的左胳膊突然被抓住了。聂云一手抓着三百多斤的重量，另一只抓在石缝里的手已经被碎石弄伤了。哪怕聂云拥有异能，身体素质绝佳，但此时，也已经把吃奶的力气都使出来了。聂云甚至可以清晰地听见左臂骨骼发出咯咯的声响……

第十三章
血到底浓于水，魂牵梦萦母女相认诉衷情 / 265

听到这个声音，田甄一愣，就那么直直地看着女人，内心宛如沸水般翻腾着。虽然每次都强迫自己尽量忘掉她，可是梦里依然常常出现她的影子，还会一次次从梦里哭醒……或许当初母亲没有错，错的是固执的爷爷，但是现在，说这些又有什么用？结果已经造成，再也没法挽回了……

第十四章
身价水涨船高，两千五百万买不到狗王炭球 / 288

虽然聂云早就说了炭球不卖，但这年轻人还是一次次加价，对此聂云也不是特别气恼。年轻人一次次加价，显然说明他对炭球十分喜爱，的确想倾尽自己最大的力量购买炭球。不过他的两千五百万确实不足以打动现在的聂云，更何况能斗云豹、斗黑熊的炭球远不止值这个数。

第十五章
地下斗犬场，分分钟都是百万输赢的斗犬大博彩 / 311

美国的比特犬，是从斗牛犬培育发展过来的斗犬。而日本的土佐犬，则是当地一种凶猛的犬类，经常和野兽搏杀，后来和比特犬等大型猛犬杂交，形成了现在的大型土佐犬。这两种犬是现今世界上最好的斗犬。原本斗犬只是一种娱乐方式，而如今的地下斗犬，却因为伴随着赌博产生了巨大的利润。

第十六章
狗王大战獒王，战神狗王从厮杀血泊中杀将出来 / 335

炭球又向前一冲，一下子撞到黑子胸前，将黑子撞倒在地，大嘴一张咬住了黑子的后腿，脑袋飞快甩动，巨大的力量将黑子甩了起来。黑子想要蜷曲身体去咬炭球，却根本做不到……整个斗犬场被鲜血染得通红一片，和炭球火红色的皮毛交相呼应……赌炭球赢的人，都获得了两倍的利润，聂云的资产瞬间突破了一亿。

第一章　君子爱兰，深山访兰遇极品树上生花

兰花分地生种和附生种，地生种生长在地面上，而附生种则附生在大树树杈上，有些也生长在岩壁上。聂云看到的这株兰花，生着墨绿色的叶子，花柄细长，绿色的花瓣，白色的花蕊，花瓣上遍布着红色的斑点，正是兰花中的虎头兰，又叫"青蝉"，不算很稀有。

聂云和刘俊伟带着女朋友跟着庄雅雯来到云南找她的朋友杨雪宁一起进山访兰，却没想到根本不招杨大小姐待见，晚饭期间就摆脸色给众人看，性格耿直的刘俊伟当然不吃她那套。几个人别别扭扭地吃完了饭。

回到住处，刘俊伟喝了点啤酒，和苏怡坐在客厅里看电视，田甄不大方便去了厕所，聂云则上楼摆弄雷鸣登猎枪。

刚在楼上待了一会儿，聂云突然听到外面隐约传来争吵声。眉头一皱，聂云放下枪，打开房门走了出去。

楼下客厅里边，杨雪宁和刘俊伟剑拔弩张。杨雪宁坐在沙发上，面前的茶几上摆放着一些摄影设备，也对刘俊伟怒目而视。刘俊伟则抱胸站着，轻蔑地看着杨雪宁。

旁边的庄雅雯脸色铁青，苏怡则躲在刘俊伟身后，轻轻拉着刘俊伟衣角，似乎不让刘俊伟多说话。

"苏怡，你别管，丫的还反了天了！"

刘俊伟轻轻一摆身子，就挣脱了苏怡的拉扯。

1

"就会摆弄个摄像机，还挺牛气呢。进了山你丫的还不得让狗熊给吃了。"刘俊伟冷哼着说，看到聂云从楼上下来，"聂子，你来的正好，收拾收拾，咱现在就走。咱俩大老爷们，天下哪儿去不了？我就不信了，没了她杨大小姐，咱就进不了山了！"

"伟子，怎么回事儿？"从楼上下来，聂云眉头一皱，低声问道。

看客厅里的情景，不用说，肯定是刘俊伟和杨雪宁闹崩了。

杨雪宁本来就不高兴聂云和刘俊伟带着女朋友过来，刚刚碰面的时候就表现出来了。刘俊伟对这个杨大记者的印象，也不怎么好。

估计是杨雪宁又嘀咕什么，正好被刘俊伟听到了。刘俊伟也不是个能让人的，人家不待见他，他自然也不稀罕；杨雪宁也是千金小姐，性子有些傲，两人算是针尖对上了麦芒。

"聂子，人家不欢迎咱，我看咱也没必要在人家待着了！"

刘俊伟瞪着杨雪宁，冷笑了一声。

"不就是进山么，没了她杨大小姐，咱们还进不了山？难不成玉龙雪山是她家开的？"刘俊伟话说得有点儿刻薄。

"聂子，你那辆悍马装咱四个人加炭球绰绰有余，咱们想进山还不简单。进了山，有咱俩，我就不信还保护不了苏怡和小甄俩女孩子了。倒是这个杨大记者，摆弄个摄像机，还想拍野熊？别让野熊给吃了就算不错了！"刘俊伟冷哼一声，轻蔑地说道。

"你……"杨雪宁气鼓鼓的，差点儿跳起来。

刘俊伟现在，就是有恃无恐。

他说的也没错，要进山，没了她杨大小姐，聂云、刘俊伟一样带田甄、苏怡去山里野营游玩。刘俊伟和聂云两个大男人，好歹都是练过的，不说聂云，就是刘俊伟手上也有些本事。

所以，这次几人一起进山，是杨雪宁有求于聂云和刘俊伟，而不是聂云和刘俊伟有求于杨雪宁。

聂云看了眼杨雪宁，没说话。

虽然刘俊伟说话刻薄，但不得不说，刘俊伟说得一点儿没错。

这个杨大小姐，虽然自诩不是普通的官二代，想要自立，想要凭本事成为一个好记者，但实际上，她不过是一个被惯坏了的大小姐罢了。做事总以自我为中心，认为聂云和刘俊伟过来，就是为她服务的，就是为她进山拍摄野熊纪录片保驾护航的，而不应该是来游山玩水的。

她没想过，聂云和刘俊伟没必要千里迢迢跑来巴结她这个千金大小姐。说到底，聂云和刘俊伟就是来放松的。

"行了，伟子，别说了。"聂云跟刘俊伟说了一句，目光转向庄雅雯。

"庄姐，看来这次有点误会。我和伟子本来以为这次是跟庄姐进山访兰，以游玩为主，想不到杨小姐还有公干。如果杨小姐觉得我们一起进山，会拖累你的话，我们可以退出，没必要弄得这么不愉快。"聂云和庄雅雯说着，又将目光转到了杨雪宁身上。

"小甄是我女朋友，苏怡是伟子的女朋友，如果说为了陪杨小姐进山，就让我们放弃陪女朋友游玩的话……对不起，只能让杨小姐失望了。"聂云的声音极冷。

如果杨雪宁是针对自己和刘俊伟的话，也就罢了。毕竟杨雪宁是女孩子，能让着她也就让着她了。

但是杨雪宁是不希望田甄和苏怡跟着进山，这事却没有半点儿商量余地。为了一个刚认识的女人，让自己的女朋友受委屈，聂云可做不到。

"咦？怎么了？"

这时，田甄打开卫生间门，走了出来。发觉客厅里的气氛有些凝重，不由得开口问道。

"没什么，进山的计划出了点儿问题，我和伟子与杨小姐有点儿分歧。如果意见不统一的话，咱们就和伟子、苏怡自己进山玩。杨小姐还有她的拍摄计划，和咱们一起也有些不方便。"聂云低声向田甄解释道。

田甄"哦"一声，看看一旁的刘俊伟、苏怡，又看了看坐着的庄雅雯和杨雪宁，虽然感觉事情没那么简单，但也没多问，只是乖乖地站在聂云身后。

"聂云……"

庄雅雯轻轻吐出一口气，站了起来。

"这次的事，主要怪我，我之前没和雪宁说清楚，我替雪宁向你们道歉，希望你们不要介意。如果你们自己进山的话，那些装备就当我送给你们的吧。"庄雅雯带着歉意说道。

"庄姐，你也不用大包大揽，我们知道这事儿不怨你。今天也是我冲动了，下回庄姐再到鲁东，我请客给庄姐赔不是。"此刻刘俊伟的气也消了，向庄雅雯说道。

坐在沙发上的杨雪宁，轻轻咬着嘴唇，内心挣扎。

此时，杨雪宁终于意识到，无论是刘俊伟，还是聂云，都不是自己什么人，人家没必要迁就自己。现在庄雅雯替自己向聂云、刘俊伟道歉，杨雪宁已经感觉到，庄雅雯也生自己的气了，毕竟之前庄雅雯和自己说过，苏怡和田甄也是她朋友，让自己不要多说了，偏偏自己还乱说，惹怒了刘俊伟……

"雅雯姐……"狠狠咬了咬嘴唇，杨雪宁忽然站了起来。

"这次是我错了，我向你们道歉，和雅雯姐没半点儿关系。我……"

说到这里，杨雪宁的声音一顿。深吸一口气，正想再说什么，忽然鼻子有些发酸，眼睛里几乎要涌出泪水。

"算了!"看到杨雪宁这个样子，聂云不禁轻叹一声。

杨大小姐能认错道歉，已经很不容易了。人家女孩子都要哭了，自己和刘俊伟再不依不饶的话，也不像话。如果这次自己和刘俊伟真的拂袖而去，自己、刘俊伟和庄雅雯之间的关系，乃至庄雅雯和杨雪宁之间的关系，怕是都要生出一丝嫌隙。

"庄姐，明天大家还是一起行动吧。杨小姐是本地人，正好可以做我们的导游，玉龙雪山这边野兽比较多，大家一起，也有个照应。"聂云向庄雅雯说道。

"伟子，你怎么说?"说完，聂云又看向刘俊伟。

"得，杨大记者，我投降行不行? 可别说是我把你弄哭的，我女朋友在可是要误会的!"

实际上只要杨雪宁道歉，刘俊伟也不是小气的人。杨雪宁都要掉眼泪了，刘俊伟也只能举手投降了。

"好了雪宁，都是朋友，磕磕绊绊闹闹别扭也没什么，别哭了。"庄雅雯安慰了一下杨雪宁。

"时间不早了，大家都睡吧，明天一早先去玉龙雪山游览一番，再进山，去村寨。那头野熊估计不会走远，应该能找到。如果找到了熊，雪宁能拍到片子，大家也能近距离接触一下野生动物，也算两全其美了。"

"嗯，既然这样，庄姐我们先去休息了。伟子你今晚悠着点儿，明天还爬山呢。"聂云点了点头，又向刘俊伟提醒道。

"成，哥们从今天开始养精蓄锐，回来再战！"刘俊伟的话羞得旁边的苏怡俏脸通红，狠狠捏了一把刘俊伟腰间的软肉。

和庄雅雯说了声晚安，聂云也带着田甄上了楼。

第二天早上八点多，两辆车子驶往玉龙雪山。

玉龙雪山离丽江市不过三十多公里，驾车一个多小时就到了。

玉龙雪山虽然比不上香格里拉和西双版纳那般家喻户晓，但也是云南最著名的旅游景点之一，国家 5A 级的旅游胜地。这里气候终年适宜，最冷的月份平均气温也有 3℃，最热的月份，平均气温也不过 17℃，绝对的冬暖夏凉。

上午九点半，众人来到玉龙雪山风景区。在风景区外找到停车场停好车，从车上下来。此时几人身上都穿着野战服。

穿上同样的衣服，几个女孩的相貌立刻就分出了高下。

庄雅雯和田甄的相貌都是顶尖的，两人不相上下，即便是穿着野战服也难掩丽质，而苏怡则属于运动型的女孩，穿上这样的装束，更显活泼俏丽。说起来，几个女孩子里，只有杨雪宁稍显逊色。

几个人身上，此时都背着大包小包，其中聂云身上带的东西最多，除了背着一个大包之外，左肩上还挎着一个长长的灰色包，里面放着开山刀、猎枪之类的东西。

另外，炭球身上也挂了一个包，这家伙的力气比起几个女孩子还要大上不少，让它什么都不带实在太便宜它了。另外，炭球的脖子上也加了一个项圈，用一条大大的铁链拴着，铁链的一端牵在聂云的手上。

毕竟，炭球这样的大狗不拴着的话，实在吓人了点儿，即使炭球不咬人，周围的游客也要担惊受怕。

除了炭球之外庄雅雯手里也牵了两只大狗。两只大狗都是圣伯纳犬，脖子上挂着小酒桶，这种狗是一流的救援犬，尤其适合在雪山中救援人类。

这两只大狗就是庄雅雯之前联系到的救援犬，早晨才送到杨雪宁家。

圣伯纳犬对别的犬种有一定的攻击性，然而在炭球面前，这俩大家伙却半点儿不敢放肆，甚至都不大敢靠近炭球。

"庄姐咱们从什么地方进山？"

牵着炭球，聂云看了一下周围。

现在还不到旅游旺季，即便如此，来来往往的游客也不少。

"先坐缆车，去云杉坪，再从云杉坪那边进山，我们不爬到山顶，直接从半山腰绕过去。不过游览一下云杉坪，也算是没白来一次了。"庄雅雯说道。

"嗯，那直接包个缆车，去云杉坪。"聂云点了点头说道。

玉龙雪山的主要景点，有甘海子、云杉坪、冰塔林、白水河、玉柱擎天等，这次想要一一游览显然是不可能的，只能挑选其中一两个了。如果让刘俊伟挑选的话，这家伙肯定要去瞅瞅名称最猥琐的"玉柱擎天"，不过这次的行程安排是庄雅雯和杨雪宁制定的。

云杉坪这个景点，聂云也大致了解一些。

云杉坪又叫"殉情第三国"，是当地纳西族人心中的圣洁之地。传说男女在此殉情的话可以通往"玉龙第三国"。《东巴经》这样描述玉龙第三国：有穿不完的绫罗绸缎，吃不完的鲜果珍品，喝不完的美酒甜奶，用不完的金沙银团，火红斑虎当座骑，银角花鹿来耕耘，宽耳狐狸做猎犬，花尾锦鸡来报晓……简直是天堂般的所在。

当然了，这只不过是传说罢了。不过，不管怎么样，云杉坪无疑是个圣洁浪漫的地方，这次聂云和刘俊伟都带着女朋友过来，虽然不至于在云杉坪殉情，以求前往"玉龙第三国"，但还是要游览一番的。

　　这个时节游客不多，聂云很容易就租到一辆缆车。缆车八人座，正好可以装下聂云等六个人以及炭球等三条大狗，几人上了缆车，缆车缓缓开动，前往海拔三千两百多米的云杉坪……

　　透过缆车的窗子，整个景区的风光映入眼帘。

　　玉龙雪山是有名的"黑白山"山石基本都是黑色的，而被雪覆盖的地方，则是白茫茫一片，黑白两色交映，形成了一种奇特的景观。

　　下了缆车，聂云便看到不远处有三个身穿彝族特色服饰的年轻女孩子，牵着一匹匹小马，等待游客光顾。

　　"这些是丽江小马，乘坐它们可以直接到达云杉坪，我们坐这些小马过去吧……"

　　庄雅雯显然不是第一次到玉龙雪山游玩了，对游览路线了如指掌。

　　"嗯！"聂云点了点头，几个人向那些彝族女孩走去。

　　传说丽江多美女，这些彝族女孩子个个面容娇好，见到聂云过来，冲着聂云田甜一笑。

　　走到彝族姑娘那边，询问了一下价格，六人都骑上了丽江小马，沿着林间铺设的木板栈道，前往云杉坪。

　　小马的脖子都挂着铃铛，行走起来，发出叮铃铃的响声。走在云杉林间，骑着温顺的小马，旁边跟着漂亮的彝族始娘，听着清脆的铃铛声，倒真有一种心旷神怡的感觉。

　　云杉坪，说起来，就是玉龙雪山东面的一块草地。这块草地以西就是高耸入云的玉龙雪山，另外四面则被云杉树林环绕着，是一个极为幽静的去处。

　　虽然目前是冬季，但是丽江这儿四季如春，云杉坪也是郁郁葱葱。站草地上，环顾四周，茂密的云杉林环绕，聂云第一次感受到雪山的美丽圣洁。

"殉情第三国……恐怕无需殉情，这儿已经是玉龙第三国了！"长长吐出了一口气，聂云喃喃说道。

身后的田甄，也呆呆地望着云杉坪的风景。虽然从小就生活在山村，但是这样的美景，田甄还是第一次见到。黑白相间的玉龙雪山、郁郁葱葱的云杉林、翠绿的青草地，这一切，都让田甄有一种置身于画中的感觉。

"如果能在这儿建一个木屋，和心爱的人生活在一起，怕是真有传说中的玉龙第三国，我也不想去了……"聂云口中说着，轻轻拉住田甄的小手。

此刻刘俊伟也难得没说煞风景的话，脸上玩世不恭的笑容消失了，只拥着苏怡静静地看风景……

"呜呜……"炭球呜呜了两声，趴在聂云的脚下，显然，这家伙也很喜欢这样的风景如画的地方。

"好了，不要卿卿我我了，这儿还有两个单身女孩子呢！"

也不知过了多久，庄雅雯的声音传了过来。

上前两步，庄雅雯走到聂云身旁，抬起一只手遮在眼前，远眺玉龙山顶。

"我第一次来这儿的时候，也被这儿的美景惊呆了，当时甚至幻想，和自己的爱人一直生活在这样的地方，与世无争，平平淡淡地过一辈子……只可惜，根本没有男孩子能这么陪着我……"庄雅雯幽幽地说道。

"那为什么不找一个？"下意识的，聂云脱口而出。

问出这句话，聂云才反应过来自己唐突了，不禁尴尬地摸了摸鼻子。

庄雅雯一笑，没说什么。

"好了，我们从东面进云杉林吧，然后向南绕，过了玉龙雪山，再翻过几个山头，差不多就进山了。再向西南走大约三十公里，就能到那个白族村寨了。不过，估计要在山里住一晚上，明天傍晚才能过去。"庄雅雯说道。

"这些云杉林中，也能找到一些兰花，不过都是常见的品种罢了。"庄雅雯说着，率先进了云杉林。

"走吧！"

聂云招呼田甄、刘俊伟等人一声，也紧跟庄雅雯而去。与此同时，聂云也开启了灵木瞳，在周围的云杉林中扫视了一圈。这一扫视，聂云忽然一愣，周围这些云杉树中的灵气，竟然都是淡青色的，在他开启灵木瞳的同时，附近一些云杉树内的淡青色灵气，立刻蹿入了他的右眼之中……

云杉坪周围的云杉树，虽然树龄都不小了，但也不过十几年，最多也就几十年而已，和数百年乃至上千年的老桩，根本无法相比。

之前在老家峤县，几十年的树木聂云也常见，但是那些几十年的树木中的灵气，基本都是绿色的，几乎没有一丝青色灵气。只有一些几十年的、奇异的、能做盆景的老树桩子里，会有青色的灵气。

原因很简单，普通的树木，灵性不足，无法与奇异盆景树桩相比。

而这些云杉，不过是普通的树木，却能拥有淡青色的灵气，这倒让聂云十分意外……

不过仔细一想，聂云也大致明白了原因。

云杉坪，不止是一处自然景观，更重要的是，它寄托了人们的美好感情，是传说中的殉情第三国。这就好像峤县那株千年银杏树一般，千百年来受人膜拜，自然沾染了一丝灵性。这云杉坪每年都有无数的情侣游客前来，在这儿感受玉龙第三国的传说，渐渐的，周围的云杉沾染上了灵性，孕育出青色的灵气。

跟随庄雅雯走入云杉林，走了几十米之后，身后已经看不到云杉坪那块草地了，正午的阳光透过云杉树的枝叶，影影绰绰地照射下来，在地面上形成一个个斑点。此刻的聂云，终于有了一种丛林探险的感觉。

"庄姐，我们走前面吧。"

聂云将肩头的挎包拿下来，拉开拉链，把一柄开山刀和一柄猎枪抛给刘俊伟，"伟子，拿着！"

"嗯！"

庄雅雯点了点头，让聂云走在了前面。之前自己牵着两只圣伯纳在前面走，这两只大狗走两步就回头看看炭球，好像在等炭球的指示，庄雅雯也烦了，倒不如让聂云和炭球在前面走。

将雷鸣登猎枪背在身后，聂云手中握着方头开山刀走在最前面。遇到一些树木茂密，枯枝、荆棘、树藤挡路的情况，聂云手腕轻轻一动便将这些障碍劈斩开来。

炭球亦步亦趋，紧紧跟在聂云的左边。刘俊伟则在聂云右边，两人一狗形成一个小圈子，将几个女孩子护在中间。

田甄和苏怡紧跟着聂云和刘俊伟，颇有些夫唱妇随的味道，再后面就是杨雪宁和庄雅雯。庄雅雯牵着两只圣伯纳差不多将众人的背后保护了起来。

杨雪宁脖子上挂着照相机，偶尔拍张照片。

"现在是十一点，我们先绕到这座雪山南面，到那边休息吃饭吧。"

庄雅雯看了一眼电子表说道。

"嗯。"聂云点了点头。

这次翻山，是从玉龙雪山半山腰处的云杉坪开始的。云杉坪海拔三千多米，现在聂云等人实际是在往下走，并不怎么费体力。

"聂子，云南这边兰花不是挺多的么？怎么到现在也没看到几株？"

刘俊伟在聂云身边，两眼一边搜索着地面一边说道。

"不用急，现在已经过了兰花的花期，找兰花稍微困难一点儿，该找到的时候，自然会找到。"聂云说道。

走了大约半个小时，炭球忽然站住，耳朵一竖，两只眼睛猛地看向一处树枝，"汪汪"吠叫起来。

"吱吱！"

就在这时，树枝上传来一阵吱吱叫声，一个金红色的身影"咻"的一下，蹿到另外一个树枝上，连蹿了几下，眨眼间便消失在众人的视线中。

"是金丝猴！"

杨雪宁慌忙举起照相机，可视线中，哪还有金丝猴的身影。

"可惜了……"杨雪宁长长地叹了一口气，脸色有些沮丧。

玉龙雪山非但是国家级景区，同样也是云南省级自然保护区，其中有不少珍稀野生动物。像金丝猴、雪豹这些，都是国家一级保护动物，数量十分稀少。这次碰到金丝猴，却没拍下来，杨雪宁十分失望。

"炭球，下次再碰到小动物，不用那么警惕，拉拉我的裤脚，告诉我就好了……"聂云轻轻拍了拍炭球的脑袋，向炭球说道。

炭球呜呜了两声，似乎知道自己犯了错误。

"咦？这大狗能听懂你的话？不是说藏獒服从性不高么？"杨雪宁见炭球乖乖听话的样子，不由惊奇道。

"炭球不是纯种獒，传承了一些别的狗的优良特性。"聂云说道。

听聂云说炭球不是纯种獒，杨雪宁脸不禁一红，显然是想到了自己刚看到炭球时，说它是杂种狗，说聂云是暴发户时的情景。

"杨大小姐，想什么呢？"

正想着，前面的刘俊伟忽然碰了碰杨雪宁。

杨雪宁一愣，向刘俊伟看去，却见刘俊伟手上拿了一个数码相机，递到他跟前。

"给，刚才那猴子虽然跑得快，但还是逃不开咱的法眼，我拍下来了，等回去传给你。"刘俊伟说道。

这相机不过是一千四百万像素的卡片机，但是屏幕之上，却带着一只金丝猴跳跃的身影，虽然有些模糊，带着虚影，但是能捕捉到金丝猴的身影，也算极为幸运了。

"谢了……"杨雪宁小声向刘俊伟道谢。

"走吧，这边野生动物不少，总能拍到几张的。"刘俊伟说着，跟着聂云继续前行。

刘俊伟也不是小气的人，虽然之前和杨雪宁闹了别扭，但人家既然都向自己道歉了，刘俊伟自然也不会斤斤计较。虽然之前两人也不怎么说话，但刚才那段小插曲，却是刘俊伟主动向杨雪宁示好。再往后，两人间的敌意估计就完全消除了。

又走了一会儿，林间的树木稀疏了起来，也不止有云杉树了。

林间树木稀疏，大片大片的阳光照射下来，开山刀也用不着了，干脆让聂云背在了身后。

又走了几分钟，到了林间一片小空地，聂云身形陡地停住了。

"伟子，你不是要找野生兰花么？前面就有了。"聂云随口向刘俊伟说道。

刘俊伟一愣，连忙上前走几步，两眼在地面上搜索着，不过别说是兰花了，草都没几株，地面上基本都被落叶覆盖着，一片枯黄，绿模样都不好找。

"哪儿呢？聂子，你丫不会是耍我吧？"

仔细找了一遍，刘俊伟都没找到兰花，不禁有些奇怪。

"谁让你在地上找来着，呐，前面那棵大树，往上第二个分叉处，看到了没？"一指前方的一棵大树，聂云向刘俊伟说道。

刘俊伟一抬头，果然看到聂云所指的树枝之上，生着一株绿色植物。

这株植物生着普通的兰花长叶子，墨绿色，花柄细长，开着一朵朵的花。这花的花瓣呈绿色，白色花蕊，上面遍布红色的斑点，正是一株兰花！

"靠，这兰花怎么长在树上，这东西不是长在地上的吗？"抬头看到这株兰花，刘俊伟不禁一愣。

"兰花分地生种和附生种，地生种生长在地面上，而附生种则是附生在大树树枝上，有些也生长在岩壁之上。这种绿色花瓣的，应该是普通的虎头兰，我们成都叫'青蝉'，不算很稀有。"庄雅雯也看到了这株兰花，向刘俊伟解释道。

"这种兰花不算稀有，让它在这儿继续生长吧。不过好歹是伟子你见到的第一株野生兰花，拍照留念吧！"聂云说道。

"树上生花，神奇……"刘俊伟盯着这株兰花，啧啧称奇。

刘俊伟和聂云家乡气候比较干燥，大树上根本没有花草生长的环境。也只有云南这样的亚热带湿润气候，或是一些热带雨林里，才能见到树上生花的奇观。

"给，这株兰花太远了，卡片机没法拉近镜头，用我这个吧！"一旁的杨雪宁把自己的相机递给刘俊伟。

刘俊伟拍照留念，聂云则对着这株兰花开启了灵木瞳，虽然相隔有些远，看不到这株兰花内的具体灵气脉络，但是聂云也能大致看到，这兰花内的灵气呈现淡淡的绿色，远无法达到青色的程度。

这株虎头兰生命力并不旺盛，这也是聂云意料之中的事。

实际上，聂云拥有灵木瞳能力这么长时间，对于树木、植物内的灵气层次，也大致摸索出了判断标准。

一般来说，树木越老，树形越奇特，其中蕴含的灵气层次也就越高。

如果能用一个词汇来形容灵气层次比较高的植物的话，那便是夺天地之造化。

越是能吸收天地之灵气，夺日月之光华，灵气层次也就越高。

对草木中的灵气，聂云大致分出了四个层次：绿色、青色、蓝色、紫色。绿色灵气最常见。青色灵气则比较稀有，一般需要造型不错的几十年生的老桩盆景，或是数百年的古树，才能具备青色灵气。

至于蓝色以上的灵气，聂云只在峤县浮云观的那株千年银杏树上见过。那株银杏树存活数千年，受人膜拜，沾染了灵性，才达到了深蓝色，近乎紫色的灵气层次。

聂云估计，怕整个世界上，灵气层次超过那株银杏树的草木，都不多见了……

"走吧，我们找个地方，先吃点儿东西，休息一会儿再继续走。"看到刘俊伟拍好了照片，聂云说道。

几个人继续前进，又走了半个小时，终于走出了这片树林，到了一处小山坳。

这儿有一小块空地，聂云几个索性就在这边休息一下，准备埋锅做饭，先饱餐一顿再说。

"走，聂子，打两只山鸡去？我瞅这树林子里也有山鸡呢，弄两只来咱做烧鸡吃！"刘俊伟拿着猎枪兴致勃勃地向聂云建议道。

"算了吧，这边的山鸡很多都是国家保护动物，不是一级也是二级，劝你还是少造杀孽的好！"聂云说道。

"打几只野鸡而已，反正又没人看见，来之前我就研究过了，这边有白腹锦鸡，打一只来，拔了毛，肉吃掉，毛还能做工艺品。"刘俊伟说道。

听刘俊伟说到白腹锦鸡，聂云也有了一点儿兴趣。

白腹锦鸡算是一种野鸡，羽毛艳丽，在中国古代，就是相当高贵的一种鸟。

古代官服，多绣有鸟兽。文官绣鸟，武官绣兽。其中一品文官服饰上是丹顶鹤、二品文官服饰上就是白腹锦鸡，三品文官绣孔雀……由此也可以看出白腹锦鸡的地位。

白腹锦鸡现在也是二级保护动物，是禁止捕猎的。

"算了，乖乖待着吧！"沉吟了一会儿，聂云向刘俊伟道。

"这边离玉龙雪山风景区还不远，想要找白腹锦鸡很困难。估计你出去转悠一两个小时都未必能碰到一只。真要碰到了，以你的枪法也不一定打得准。哪怕是打到了，雷鸣登的散弹也把它羽毛打坏了……找白腹锦鸡，没意义！"

这种损人不利己，纯粹搞破坏的事儿，聂云自然不会去干。

"这样吧，你要是想打猎，等傍晚或者明天早上，听着藏马鸡的叫声，明天咱们去打藏马鸡。"想了下，聂云说道。

藏马鸡也是一种玉龙雪山比较常见的鸟类，这东西的羽毛比起白腹锦鸡就差远了，甚至连家养的大公鸡都不如，完全是黑毛白毛。打几只藏马鸡，纯粹食用，倒是不错。

而且，藏马鸡这东西喜欢群居，冬春两季有时四五十只一起行动。早晨和傍晚，在山林间隔着数里之遥，都能清晰地听到藏马鸡的叫声。听到藏马鸡的叫声，再去找一群群的藏马鸡，总比漫山遍野地去找一只白腹锦鸡要容易得多。

虽然藏马鸡也是国家二级保护动物，但它濒危的主要原因是栖息地缩小，大量杉树被砍伐，使得藏马鸡没了栖息地，而不是过度捕猎。打几只藏马鸡烤了吃……聂云倒是没有负罪感。

"行，那等明天再打藏马鸡。"刘俊伟听了聂云这番话，也放弃了去找白腹锦鸡的念头。

想做一顿午餐很简单。来的时候，聂云几个人就带了不少食物。大米带了一些，可以做米饭，也可以煮粥，火腿之类包装好的肉食也带了不少。香菇木耳之类的干菜也有一些。

虽然是野营，也不能光指望在森林里打到的野味、采来的蘑菇就够吃的……

放下行李，几个人分头行动。聂云和刘俊伟到底是男的，体力充沛，田甄也是从小就进山的，爬这点儿山不在话下，苏怡本来就是个喜欢蹦蹦跳跳的女孩，现在也没感觉很累，庄雅雯也还好，显然也经常锻炼。

只有杨雪宁，虽然不至于腰酸腿疼，但在休息的地方一坐下，就不想起来了。

看着其他几个女孩子忙忙碌碌的身影，杨雪宁嘴巴不禁扁了扁，原本以为聂云和刘俊伟带女朋友过来是累赘，想不到真正进了山，是累赘的只有自己一个。之前刘俊伟说的的确不错，没有她杨雪宁，人家一样进山，还少个累赘……

不到一个小时，饭就做出来了。每人一个钢制饭盒盛米饭，六个人围着一大锅香菇炖腊肉，吃得不亦乐乎。

吃饱之后，又把剩下的米饭和菜汤都给了两只圣伯纳，这时候众人才发现，炭球不知道跑到什么地方去了。好在经历了一次炭球失踪事件之后，聂云和田甄也不至于太过担心。

果不其然，过了一会儿，炭球就从树林之中出来了，嘴里还叼着一只褐色的山鸡。

"靠，聂子，炭球这家伙会自己打猎?"看到炭球叼着山鸡回来，三两下把羽毛撕掉，嘎嘣嘎嘣地吃着，刘俊伟眼珠子都快瞪出来了。

"家里不是有一只土狼么……平时那只土狼就是炭球带着，有时候一不注意，它们就跑山上去了，估计它跟小土狼学了不少捕猎的技巧。"聂云随口说道。

炭球吃完了山鸡，聂云又把给它留的米饭和菜汤给了它。这家伙食量不小，吃一只山鸡都不管饱。

两只圣伯纳犬这时候才敢跑到炭球吃剩下的山鸡骨头前，嗅了嗅，拣点儿残羹剩饭吃。

"大家休息半个小时，再继续前进吧，咱们要在山里住一晚上，明天才能到达那个白族村。不知道晚上能不能找到山洞，如果找不到山洞，就只能住帐篷了。"庄雅雯说道。

几个人席地而坐，养精蓄锐。炭球也趴在聂云的脚边，大脑袋枕在聂云的脚上，眯着眼睛休息。

炭球小时候，聂云就是看到炭球眼睛中有灵气，才买下炭球。随着炭球一天天长大，眼中的灵气，却渐渐变淡，直至消失。

灵气，代表的是生命力，无论是什么动物，基本上都是幼年时期生命力最强大。就像小孩，手指被割伤了，很容易愈合，而老人受了伤，愈合起来就比较慢。

炭球小时候生命力强盛，代表它的潜力巨大，现在身上不再显露灵气，则说明炭球身体的潜力，差不多已经开发了出来。

现在的炭球，三两只狼已经不是它的对手了，尤其是吃不饱、身体素质差的草原狼，恐怕来个八只，也未必是炭球的对手。

但炭球的真正实力到了什么程度，聂云还无法准确评估。

几个人坐着休息，不远处的树林之中，偶尔有鸟兽的叫声隐约传来。这样的环境，也算是静谧安然了。

"嗷唔!"

"汪汪汪!"

聂云正想合上眼睛小憩一会儿，陡然间，不远处一阵狗吠声传来。

脚下的炭球耳朵一竖，原本趴在聂云脚上的脑袋也抬了起来，聂云和炭球的目光同时向狗吠声传来的地方望去。

只见之前两只圣伯纳犬待着的地方，突然多出了一个身上带着黑色斑纹的棕红色身影，一头圣伯纳犬已被掀翻在地，脖颈鲜血淋漓，口中嗷嗷惨叫着。而另外一只圣伯纳犬则跑到了两三米外，汪汪吠叫，不敢近前。

"是云豹！"看到那个棕红色的身影，聂云眉头一皱，低声喝道。

云豹，是这片森林里的霸主。在森林里的树木之上，云豹的动作异常敏捷，就连同样敏捷的猴子和飞鸟，都是云豹的捕猎对象。

云豹喜欢捕食一些老鼠、小鹿等小型动物，有时也会去人类村寨偷吃鸡鸭。但是一般来说，云豹不敢对付野猪等大型野兽，也不会找牛、马等大型家畜的麻烦，更不会攻击人。这只云豹居然袭击圣伯纳犬，这让聂云十分意外。

聂云飞快起身，挡在了田甄、庄雅雯几个女孩子身前，同时说道："大家小心点儿，这是云豹。"

虽然聂云看过的资料上，说云豹不攻击人，但也难保发生特殊情况，聂云可不敢拿众人的安全开玩笑。

"汪汪汪……"

几乎就在聂云动作的同时，原本伏在聂云脚边的炭球猛地狂吠数声，身形一蹿，三两个起落，已经到了云豹和圣伯纳犬跟前。

另一只圣伯纳犬不敢近前，是忌惮云豹厉害，而炭球却不怕云豹。遗传自高加索犬和藏獒的好斗基因，激起了炭球所有的战斗欲望。

"嗷！"

炭球的敏捷程度不逊色于任何猛兽，到了云豹近前，也不吠叫，而是大口一张，喉咙传出一声兽吼，向着云豹的身躯急速撕咬过去。

咻！

云豹早发觉炭球冲了过来，就在炭球向自己张开大嘴的同时，云豹四肢一蹬，身子像离弦的箭一般，退到三四米之外，身子一翻，稳稳站住，后背弓起……两只眼睛紧紧盯着炭球。

炭球一击不中，四肢也稳稳着地，挡在了那只受伤的圣伯纳犬的身前。

四肢扒住地面，炭球的后背倒没有云豹弓得那么夸张。不过，此刻的炭球，全身上下都积蓄着强大的力量，随时准备发动攻击。

犬科动物和猫科动物的战斗方式，还是有一些区别的。

炭球的战斗方式除了遗传自父亲高加索犬和母亲藏獒的一些战斗本能之外，主要还是跟小狼学习的狼类的战斗技巧，完全适合犬科动物战斗的一套技巧。

躲开炭球的一击，云豹只在数米之外和炭球对峙，并没有立刻闪身离去。

此刻聂云等人，也把云豹的全貌看得一清二楚。

这是一只成年云豹，全身棕红色，带有黑色的云朵状斑纹，似乎是雄性……身长差不多有一米，加上尾巴也不到两米长，体重也就是二十七八公斤的样子。这在云豹之中，已经算是极大的体型了，这样的体型莫说是和五十多公斤的炭球相比，就是和两只圣伯纳相比，都要逊色很多。

当然了，即便是体型占劣势，但是云豹的力量，尤其是瞬间的爆发力，绝对不能小视！

刚才那只圣伯纳，在这云豹面前，没有丝毫的反抗之力！

"吼!"

和炭球对峙了几秒钟，云豹嘴巴微微张开，发出嘶吼之声示威，四根细长的犬齿露了出来。

在现存的所有猫科动物之中，云豹犬齿比例最长，有"小剑齿虎"之称，这也是它倚仗的武器。

"呜呜……"炭球也呜呜呲牙，它的牙齿虽然不像云豹的大齿那般恐怖，但是要比咬合力，更胜云豹一筹。

如果炭球被云豹咬到，不用说，身上肯定要多几个血洞。

云豹若是被炭球咬实了，无论是咬到什么位置，这个位置的骨骼，怕是第一时间就得碎裂。所以，面对这只云豹，在身体素质上，炭球占据着绝对的优势。

"靠，来了一只云豹！聂子你让炭球闪开，我轰它两枪!"

发现云豹，刘俊伟立刻双眼放光，手中的猎枪早已举起。

"你给我乖乖待着!"聂云眉头一皱，飞快喝止了刘俊伟。

"别以为你的枪比这云豹快，要是没打中云豹，反而激怒了它，它的攻击你挡得住？老老实实待那儿，别忘了你身后还有苏怡她们，现在不是你逞英雄的时候！"聂云低声向刘俊伟喝道。

刘俊伟回头看了看，苏怡就待在自己身后，有些害怕地拉着自己的衣服，杨雪宁也躲到了自己身后不远处。

"行，聂子，这次听你的。这家伙让炭球对付！"刘俊伟将猎枪缓缓放到地上，将两柄军刀拔出来，抓在手上。

聂云也拔出海豹突击队军刺，以及另外一柄备用的军刀。

对付云豹这种速度极快的猛兽，枪的作用已经很小了，一旦无法打中，甚至就算打中，无法重伤云豹的话，零点几秒钟的时间，这家伙就能冲到你跟前。那时候，军刀远比枪械更实用。

"吼！"又冲着炭球嘶吼了两声，云豹看了看不远处的聂云和刘俊伟，缓缓向旁边的树林移动。显然，这东西对人类还是十分忌惮的。

"咻！"挪动了两步，云豹猛地一跃，向不远处的森林蹿去。

"嗷！"就在同一时刻，炭球的四肢猛地蹬地，也向森林的方向而去，速度比起云豹来竟然丝毫不逊色，在云豹彻底冲入森林之前，挡在了云豹面前。炭球竟然想拦截这只云豹！

"吼……吼……"

几乎在炭球和云豹接触的同时，一獒一兽便翻滚到了一起，嘶吼之声不断响起，根本分不清哪个是炭球发出的，哪个是云豹发出的。紧接着只听"砰"的一声闷响，两个身形骤然分开。

炭球一个翻身，重新站了起来，而云豹却飞出三四米远，连续滚了三四个圈，才重新稳住。

炭球和云豹身上，都没有明显的伤口，显然在刚才的交手中，一獒一豹都没用自己最强最锋利的武器击中对方。

不过饶是如此，方才的交手，炭球和云豹之间，已是高下立判。

炭球的优势，就是体魄，而云豹的优势，则是敏捷和技巧。然而云豹的敏捷和炭球相比，竟然没有多大的优势，技巧上也无法压制炭球。反倒是和炭球硬碰了一下，吃了点儿暗亏。此时的云豹，明显处在劣势。

胸口急剧浮动，刚才的交手虽短，但也消耗了云豹太多的体力。

相反，炭球这边，则一副云淡风轻的样子，仿佛刚才不过是牛刀小试，根本没出全力一般。

不远处的聂云，看到这种情形，心底不禁暗暗松了口气。

之前炭球出手，聂云也颇为担心，毕竟这次炭球的对手不是野狼，而是更为厉害的云豹。炭球就算再皮糙肉厚，云豹如剑一般的细长牙齿也足以剖开炭球的毛皮，一旦被咬到，炭球肯定要受伤。

现在看来，是没有这种顾虑了，炭球的成长，已然超出了聂云的预计……

云豹的眼睛，紧紧盯着炭球，身形再度缓慢移动。

陡的，云豹的四肢猛地一蹬，身子再度向着森林纵跃而去，一个起落间，已然到了森林最边缘的一棵大树之下，再一纵跃，身子便要抓到这棵大树的树干了。

只要上了树，炭球有再大的本事，也无法对付云豹了。

"嗷唔！"

就在云豹两只前爪将要抓到大树树干上时，炭球嘶吼声在云豹的脑后响起。

"砰！"一声闷响，炭球一只粗大的前爪，狠狠击打在云豹的身上，云豹"嗷"的一声惨叫，身子斜斜坠落下去。炭球早已赶上，一獒一豹再度纠缠在一起，一个滚动，滚入了森林之中……

紧接着，炭球和云豹的嘶吼声此起彼伏。

"伟子，保护好庄姐她们，我进去看看。"聂云听着炭球和云豹的嘶吼声，眉头微皱，低声吩咐刘俊伟一句，身形一动，也蹿入了前方的森林之中……

"聂子……"刘俊伟正要提醒聂云两句，聂云的身影已经消失在前方的森林之中。

"靠，聂子这家伙，不让我出手对付豹子，自己却跑进去了，丫的真不够兄弟。"

口中骂骂咧咧的，刘俊伟向田甄和庄雅雯那边走了两步，握紧了手中的匕首，将四个女孩子都护在自己身后。

聂云进了森林，四个女孩都得自己一个人保护，不由得，刘俊伟握住匕首的双手都微微渗出了细汗……

闪身进了森林，聂云向炭球和云豹翻滚的地方飞奔而去。

虽然知道炭球面对云豹，占据了绝对的优势，但是聂云还是有些不放心炭球。这几个月的相处，聂云已经把炭球当成自己的亲人看待了。

炭球和云豹翻滚撕咬，已经深入森林十几米。循着声音，聂云飞快地赶了过去。

就在聂云赶到的同时，云豹已经和炭球再度分开，在森林中的一处小空地上对峙。

不过，此刻的云豹，已经无法和之前相比了。连番的战斗，云豹早已弄得灰头土脸，狼狈不堪，肩头的皮毛也被炭球撕扯了一道口子，鲜血淋漓，其他地方似乎也受了伤，身形都有些不稳了。

比起云豹，炭球明显要好得多，虽然毛发也有些凌乱，胸口也在起伏，但是却没有受伤的地方，两只眼睛也是炯炯有神，目光之中除了强烈的战意之外，似乎还多了一丝轻蔑。

聂云不禁暗暗松了一口气。

不过，手中的两柄匕首，还被聂云紧紧握着，对付野兽，容不得丝毫马虎，困兽犹斗，很多野兽哪怕是濒死之时，也能给予对手致命一击。所以除非面对的是一只完全死亡的野兽，否则的话，聂云随时都要保持警惕。

"吼！"云豹虽然处于劣势，但是气势上却半点儿不服输，依旧向炭球嘶吼示威。炭球，也是这云豹平生仅遇的对手了。

可以说，云豹已然站在了森林食物链的顶端。然而，面对炭球，这只云豹非但在战斗中占不到丝毫便宜，就是想逃跑，都屡屡被炭球阻挡……

"吼！"又向炭球嘶吼了一声，云豹身形猛地一动，再度向附近的一棵大树爬去，以这云豹的速度，三两下就能攀上这棵大树。

然而，就在这云豹刚刚攀上大树时，炭球也冲了过去，身形矫捷地一跃，砰的一声撞在云豹身上，再次将云豹撞了下来。

云豹一落地，立刻四肢蹬地，飞蹿出数米之远。一旦再被炭球纠缠上，云豹身上难免再添几道伤口。

和炭球近身搏斗，云豹的劣势实在太明显了，除了用牙齿撕咬，这云豹几乎无法伤到炭球。而炭球除了牙齿之外，几只粗壮的爪子也能给云豹带来不小的伤害。虽然被炭球的爪子砸一下，云豹还不至于筋断骨折，但也绝对不好受。这云豹现今站立不稳，就是拜炭球的爪子所赐。

万一不小心被炭球咬到的话，这云豹就算不死，也得残废，到那时，就任人宰割了……

连番的战斗，炭球似乎已经玩腻了。

"汪汪汪……"吠叫了几声，这次是炭球主动攻击，猛地一跃，向云豹冲了过去。

"咻!"眨眼的瞬间，云豹陡地身形一动，一个翻滚躲开了炭球的攻击，四爪蹬地，闪电般到了炭球的身后。到了炭球的身后，云豹却并不回头对付炭球，而是飞快纵跃，向跟随炭球而来的聂云猛扑过来。

"对付我么?"就在云豹向自己扑来的同时，聂云心中一凛。

聂云的身体素质或许无法和炭球相比，但也远高于普通人。就在发觉云豹要攻击自己的同时，聂云第一时间作出了反应。身形一偏，聂云想要躲开云豹的攻击，同时右手军刺猛然上撩，竟是要将这云豹的肚腹生生剖开。

聂云不是打不还手骂不还口的烂好人，这云豹既然向自己出手，就算它是国家一级保护动物，聂云也绝对不会手下留情。

然而，就在聂云刚刚做出反应的同时，心神猛地一颤。因为聂云发觉，云豹的动作实在是太快了，自己虽然第一时间做出了反应，但是还是慢了一点。

"噗!"

22

不过零点几秒的时间，根本容不得聂云多想，云豹的攻击已然近身，虽然自己侧身避开，但还是差了那么一点儿，云豹的利爪，噗的一声划开了聂云胸腹之间的衣服，一种火辣辣的感觉，从聂云胸腹之间升起。

　　紧接着，聂云用匕首一击，却根本没击中云豹，划破空气，发出"嗡"的一声，落到在空地。

　　"嗷唔！"这时，炭球才转过身子，看到云豹攻击聂云，炭球不禁怒吼一声，猛地向这边冲来。

第二章 獒豹之战，森林之 王居然遭遇滑铁卢

这云豹的速度，太惊人了，哪怕它和炭球连番战斗，体力大大损耗，受伤之后行动不便，哪怕聂云的体质远胜常人，但在这云豹的攻击下，也是险之又险地避了开来，如果再晚上那么零点零一秒，不说自己开膛破肚，至少身上得多出三道血口子。

云豹攻击了聂云之后，也顾不得看成果，落地后再一跃，上了一棵大树，三两下便爬上了树杈。直到上了树顶，云豹犹自不敢放松，回转身来，警惕地望着树下的聂云和炭球。

"汪汪汪……"

炭球上不了树，只能蹲在树下，冲着树上的云豹狂吠。

"行了炭球，别叫了。"

聂云走上前来，看了眼树杈上的云豹，拍了拍炭球的脑袋说道。

低头看了眼自己胸口，野战服已被划出三道长长的口子，就连自己贴身穿着的黑色保暖内衣，也被划开了。透过这几道口子，可以看到自己皮肤上出现了三道红痕，好在没划破皮肤。

这云豹的速度，太惊人了，哪怕它和炭球连番战斗，体力大大损耗，受伤之后行动不便，哪怕聂云的体质远胜常人，但在这云豹的攻击下，也是险之又险地避了开来，如果再晚上那么零点零一秒，不说自己开膛破肚，至少身上得多出三道血口子。

24

"野兽到底是野兽，普通人单靠身体，还是难以与之抗衡的……"深吸一口气，平复好心境，聂云看了眼树杈上的云豹，心中暗道。

云豹并没有第一时间离去，而是伏在树上，望着下方的炭球和聂云。聂云知道，这云豹绝对不敢再下树和炭球一战了。

看了一会儿，云豹似乎恢复了几分体力，在树杈上站起身来，身形一跃，从这棵大树的树杈上跳到了另外一棵大树的树杈上……接连十几次纵跃，消失在了聂云和炭球的视线中……

"汪汪汪……"本来停止了吠叫的炭球，向云豹远去的方向又叫了两声。

"行了炭球，它也就是会爬树，如果不会爬树的话，绝对不是你的对手，逃都逃不掉。"拍了拍炭球的脑袋，聂云说道。

虽然和炭球这么说，但聂云明白，爬树是云豹的天赋，就像炭球的天赋是体魄强大一样。这场獒豹之战，虽然炭球占据了压倒性的优势，但是最终看来，也只能算是个平手。

"走了，回去吧。"一边说着，聂云一边向森林外走去。

山坳草地上，田甄、庄雅雯几个人，都焦急地等待着。

几个人的目光，都盯在聂云进入森林的地方，刘俊伟握着军刀的手，不断握紧，又缓缓松开一小下，通过这样的方式，舒缓内心的紧张。

"妈的，聂子和炭球到底行不行啊？"

听着森林之中，不断传出来的兽吼声，刘俊伟口中骂道。

聂云、炭球和云豹都进入森林十几米，茂密的树木阻挡了视线，根本看不到獒豹战斗的情景，这让刘俊伟憋得十分难受，恨不得自己也冲进去亲自和云豹搏杀，哪怕是被咬上两口，也比现在痛快。

可惜的是，整个队伍里就俩男人，聂云已经进去了，自己只能待在这儿保护庄雅雯、田甄她们了。

"雅雯姐，聂云会不会有危险？不行，我要进去看看！"

刘俊伟身后的田甄，目光之中满是焦急。轻轻一咬嘴唇，田甄便想绕过刘俊伟，进入森林。

"小甄!"庄雅雯一伸手,将田甄死死拉住。

"现在里面的情况还不清楚,不过那只云豹显然不是炭球的对手,能逃掉就不错了。云豹一般不攻击人类,一个炭球它都对付不了了,不会再招惹聂云的。你要是再进去,说不定云豹会以为你也是去对付它的,困兽犹斗,它说不定会不顾一切地攻击你或者是聂云!"庄雅雯沉声向田甄道。

实际上,对于云豹的习性,庄雅雯也不了解。其实,整个动物学界,对云豹这种野生猫科猛兽的了解都十分有限。目前对云豹的了解,很多都来源于一些进山打猎之人遭遇云豹的经历。

庄雅雯只知道,一般来说,云豹不会攻击人类。但现在森林里的情况到底如何,庄雅雯也很难判断,庄雅雯这么说,也是为了阻止田甄冒险。

"可是……"回甄皱着眉,正想再说什么,突然发现森林之中,蒌豹嘶吼之声,陡然停止,只传来炭球洪亮的吠叫声。田甄等人,都是一愣。

云豹,被击退了?

吠叫声,是狗的示威声,真正战斗起来,大狗也和野兽一样呜呜吼叫,现在炭球向着云豹吠叫,显然是云豹已经被击退……炭球已经无法再攻击到它了。只是不知道,此刻的聂云怎么样了……

炭球的吠叫声,不一刻也停止了,又过了片刻,才又吠叫了两声。

这时,田甄再也忍不住了,奋力挣脱了庄雅雯的拉扯,飞快地向森林跑去。

"小甄!"

庄雅雯眉头一皱,正要追上去,却见森林之中,缓步走出两个身影。一个身穿土灰色野战服的青年男子、一只火红色的毛发稍显凌乱的大狗,正是聂云和炭球。

聂云走出森林的同时,迎面看到田甄向这边冲过来,还没等他反应过来,田甄已然冲到自己跟前,一下子扑到了自己身上,紧紧将自己抱住。聂云猝不及防之下,后退了两步,才勉强稳住了身形。

"聂云……"脑袋伏在聂云胸口,田甄倒是没哭,只是两只手臂紧紧搂住了聂云。

"好了，这不是没事儿了么。有炭球在……一只云豹而已，没什么危险的。"

任由田甄抱着自己，聂云拍了拍田甄后背，柔声说道。

"呜呜呜……"炭球也在旁边轻轻拱了拱田甄的小腿，田甄脸一红，连忙松开聂云，低着头不说话。

"好了，过去吧。"

轻轻揽住田甄的腰部，聂云拥着田甄，带着炭球走回刘俊伟、庄雅雯几人旁边。

"郎情妾意啊，到底还是你老婆疼你啊，聂子。"刘俊伟早把匕首收起来了，一脸坏笑地看着聂云和田甄。

"聂云，那只云豹逃走了?"庄雅雯脸色依旧有些凝重，向聂云问道。

"逃走了，本来炭球想把它留下的，不过那东西不但动作灵敏，还十分狡猾，到底还是让它走掉了。不过它在炭球手上吃了不少亏，行动都受影响了，估计没十天半个月恢复不过来。云豹好歹是国家一级保护动物，走掉了也好，真让炭球把它咬死了，心里难免愧疚。"聂云说道。

听了聂云的话，庄雅雯几个人不禁多看了炭球两眼。獒犬战斗力不错，这个是庄雅雯等人都知道的。但是对于獒犬战斗力的评估，其实也只限于"勇猛"二字而已，战斗技巧上，獒犬基本等于糙哥。草原上一只獒王和一小群狼战斗的话，基本就是硬碰硬，咬死几只野狼，獒犬自己身上也难免受一堆伤。

这样的獒犬，想要和敏捷性、技巧性都极强的大型猫科动物搏杀，没有半点儿把握。

然而炭球面对云豹，却占据了绝对的优势，就连云豹最引以为傲的速度和灵活性，在炭球面前也没有明显的优势。

炭球作为一百多斤的犬科动物，能拥有堪比云豹的速度和灵活性，战斗技巧也丝毫不弱，这足以说明炭球的实力了。

经此一役，就算是杨雪宁，也不敢小看炭球这个非纯种獒犬了。

"咦，聂云，你受伤了?"

听聂云说那只云豹被炭球赶走了，庄雅雯不由得松了口气，然而，下一刻，庄雅雯就看到聂云衣服胸口处被云豹划出了三道裂口。

"苏怡，快去取消毒药来，给我看看。"

飞快吩咐苏怡一句，庄雅雯毫不迟疑地走到了聂云跟前，小心翼翼地查看聂云的"伤口"。聂云身旁的田甄也看到了这三道衣服裂口，不由得用力抓紧了聂云的手臂，脸上满是担忧。

"没什么，苏怡别忙了，只划破了衣服而已，我身上都没破皮。"聂云叫住了正要去找药品的苏怡。

这时庄雅雯也看到了聂云的"伤势"，的确只有些微的发红，皮肤都没划破，不需要用药。

"呼……"庄雅雯松了口气，抬头用异样的目光看了聂云一眼，"那只云豹攻击你了？"

"它也是被炭球逼得没法子了，才转而攻击我，寻求逃脱机会的。"聂云一笑道，"说起来这东西速度也够快的，想躲都不容易躲开……"

"行了，能躲开云豹的袭击，就算是一些民间的武术高手，也没有这个本事。"庄雅雯看了聂云一眼，正色说道。

"庄姐，还别说聂子好歹也是民间的武术高手，寻常十几个彪形大汉都近不了身。聂子……这衣服也别补了……回去挂家里，也代表了你和云豹交过手的光荣战绩。"一旁的刘俊伟看到聂云确实没事儿，笑着起哄道。

"不用你说，我也不打算补了。"聂云没好气地瞪了刘俊伟一眼。

"汪汪……"

聂云几个人这边说着，炭球却跑到了之前那只受伤的圣伯纳犬身边。

那只受伤的圣伯纳呜呜叫着，显然没死，另外一只圣伯纳则待在旁边，不停地舔它。炭球也过去了，用脑袋拱了拱这只受伤的圣伯纳犬。

庄雅雯连忙跟过去看了一下，受伤的圣伯纳犬脖子上有几个血洞，里面涔涔地流出一些暗红色的血来，将圣伯纳脖子周围的一片白毛都染红了。不过这只圣伯纳虽然受了伤，却并没有伤到大动脉，喘气也没有丝毫困难。见到庄雅雯过去，圣伯纳竟然还想挣扎着站起来。

"苏怡，把咱们带的云南白药拿过来，这只狗没什么大事。"庄雅雯向苏怡说道。

不一刻苏怡将一些必要的消毒药水和云南白药拿了过来，庄雅雯给这只圣伯纳处理完伤口，包扎好。这只圣伯纳休息了一会儿，也能稳稳趴坐起来了。

"问题不是很大，只伤到了脖子上的肌肉，待会儿把它的负重减轻一些，应该能跟着咱们继续走。如果恢复力足够好的话咱们回去之前就能养好……"庄雅雯说着，松了口气，"这次遭遇云豹，损失并不大。"

"何止损失不大，估计是半斤八两，那云豹也没讨到好处。"刘俊伟道。

"差不多，云豹肩头被炭球撕开了一道口子，筋骨也被炭球撞伤了，没有医药的情况下，恢复估计比这大狗还要慢。"聂云说道。

"可惜了，这次炭球大发神威，没拍成视频啊……"聂云半开玩笑地说道。

"谁说没有的?"就在这时，一旁的杨雪宁忽然走上前来，微微一笑，扬了扬手中的DV。

杨雪宁话音刚落，众人的目光立刻集中到她的身上。

此刻的杨雪宁，手中拿着一个小型DV，也不知道什么时候拿出来的。

"杨大记者的新闻敏锐度还挺高啊。来，瞅瞅杨大记者的杰作。"

刘俊伟飞快凑到杨雪宁跟前。

聂云等人也都凑了过去，四个女孩子凑在最前面，聂云只好在后面伸长了脖子看。

DV屏幕不大，不过画面相当清晰。

这段视频刚开始，并不是炭球和云豹搏斗的过程，而是一段风景，显然杨雪宁当时正在拍摄景物。

"我说嘛，敢情杨大记者之前在拍别的东西啊，难怪能第一时间拍到这段獒豹大战呢。"待在后面的刘俊伟嘀咕道。

"别废话了，看视频……"刘俊伟身前的苏怡给了刘俊伟一肘子，低声说道。

视频只拍了十几秒风景，紧接着画面一转，就到了云豹撕咬圣伯纳犬的情景，刚开始的几秒，画面有些远，但很快就被拉近，调整到最佳画质。

下一瞬间，炭球横空出世，击退云豹……

至于炭球和云豹的战斗过程，画面质量相当高，虽然和那些精心制作的大片无法相比，但是这段视频也体现出杨雪宁不错的拍摄技术。炭球和云豹对峙、翻滚搏杀、云豹想要逃走，被炭球闪电般拦截，都在这视频中表现得淋漓尽致。

整个搏杀过程，前后不过半分钟，下面就是炭球和云豹滚入树林中的情景。紧接着聂云的身形也出现在了视频之中。等聂云也进了森林，整个视频便完了。

"这云豹的动作好快，这DV都快捕捉不到了。"

"不过炭球的动作也不慢呢，至少从这视频里看，和云豹不相上下了。你们看炭球拦截的路线，很有技巧，正好能拦截到云豹……"

"是啊，炭球好聪明……"几个女孩子七嘴八舌地夸奖着炭球。

"得了，别光夸人家了，把这视频给炭球瞅瞅，让它也见识下自己的英姿。"刘俊伟说着，拿过DV蹲到炭球跟前，炭球立刻把脑袋凑了过来。看到云豹出场，炭球"汪汪"叫了两声，声音带有一丝敌意。

不过看到自己和云豹搏杀的时候，炭球明显十分兴奋，四只爪子乱踩，尾巴也摇啊摇的。

"好了，不给你看了。杨大记者，这DV给我用会儿，我把这段视频裁剪一下，传网上，咱也显摆显摆。貌似这边还有信号……"刘俊伟站起身来，和杨雪宁说着，拿出一台平板电脑。此刻几人还没入深山，平板电脑也还有信号。

鼓捣了一会儿，刘俊伟弄好了视频，上传到网上去了。

"好了，大家收拾一下，继续前进吧。那只圣伯纳带着的东西谁背着？"

那只受伤的圣伯纳无法负重了，庄雅雯把它身上带着的东西拿下来，向聂云几人问道。

"我拿着吧。这点儿东西不算沉，另外炭球身上也别带东西了，要是出现什么特殊情况，也能让炭球第一时间行动。"聂云说道。

虽然加了负重，但是聂云依旧面不改色。本来他身上的东西就是最多的，但聂云的体魄也是众人之中最强大的，就算再背两三倍的负重，也没有问题。

继续前进，走了一会儿，几人再度进入森林。

一连走了三四个小时，已然到了傍晚时分，众人也不知道到了什么位置，手机和平板电脑都没了信号，好在指南针还正常运转，几个人基本还是按照预定的路线行进，没出什么偏差。

天色将暗，几个人没找到山洞，干脆在森林里找了一片空地，支起了帐篷。远处藏马鸡"咯咯"的叫声传来，听声音判断距离，并不算远，不过这个时候黑灯瞎火的，也没法过去抓了，只能等第二天早晨了。

"炭球，抓几只野鸡来。"在森林里点起篝火后，聂云拍了拍炭球屁股，把炭球打发走。

整个森林中，云豹是霸主，炭球连云豹都毫不畏惧，聂云也不怕它出什么事儿。至于自己这边，虽然少了炭球，但点起篝火，也没有野兽敢近前了。

支帐篷、收拾，花费了一点儿时间，做米饭更是花了半个小时。几个人正准备做菜时，炭球叼着三只小野鸡跑了回来。

炭球倒聪明，三只野鸡全部咬死，每只野鸡都叼着一条腿儿，三只竟然让它全叼了回来。

"靠，聂子，炭球简直是打猎极品啊，以后我出去打猎，可得把炭球借我。"刘俊伟极羡慕地盯着炭球。

"就你？以后有闲工夫到处打猎么？"聂云对刘俊伟的话嗤之以鼻。刘俊伟开公司的，可不像聂云种花喂狗的这么有时间。

"三只野鸡，一只炖汤，两只烤了，咱们吃一只，给炭球它们吃一只。"从炭球嘴里拿过三只野鸡，聂云说道。

几个人纷纷表示同意，野鸡是炭球抓来的，理应给它吃一只。

炖汤、烧烤，又是一阵忙乱。

几个人大块朵颐的同时，将一只烤鸡递给了炭球。出奇的，炭球自己并没怎么吃那只野鸡，而是将野鸡叼到那只受伤的圣伯纳跟前，把鸡腿和鸡脯肉咬了下来，放到这只圣伯纳犬的跟前。

"炭球好乖哦，还知道照顾病号呢。"苏怡眨了眨眼睛，说道。

"一些群居野兽，兽王本来就要照顾族群中的老弱病残，炭球是狗王，自然也有这样的意识。"聂云说道。

那只圣伯纳向炭球呜呜叫了两声，埋头大嚼起来，炭球和另外一只圣伯纳分食了剩下的烤鸡。

之前，两只圣伯纳对炭球只有畏惧，经历了炭球与云豹一战之后，两只圣伯纳对炭球完全是一种臣服了。

几个人吃完饭，围着篝火说说笑笑。

经历了一个白天，杨雪宁和聂云、刘俊伟之间的误会也解除了，几人说笑之间甚是融洽。

聊到深夜，几个人都累了，这才钻进帐篷睡觉，炭球和两只圣伯纳在外警戒。因为一个人一个睡袋，聂云和刘俊伟自然没法使坏，只能乖乖睡觉。

第二天一早，随便吃了点儿东西，众人继续前进。

藏马鸡的咯咯叫声再度响起，恰巧就在聂云几人的前方，聂云和刘俊伟拿着枪在前面走，让炭球去探查藏马鸡的所在，回来报告。一个小时之后，几人悄悄地摸到了藏马鸡的所在之处。

"咯咯咯咯……"

聂云几个人的到来，还是惊起了这群藏马鸡，三四十只藏马鸡咯咯叫着，扑腾起来，飞了几米，落地飞快奔跑起来。

"靠，看爷爷我的枪法。"刘俊伟扬起雷鸣登，砰砰两枪，三四只藏马鸡应声而落，聂云也开了两枪，散弹型雷鸣登几乎不用瞄准，轻易就能击中两三只藏马鸡。开完枪，炭球也蹿了出去，速度比藏马鸡更快，闪电般追上，一口一个，咬死了不少藏马鸡。

把死了的藏马鸡捡起来，数了数，竟然有十一只之多，中午大吃一顿是没问题了。

过了把打猎的瘾，刘俊伟也老实了一点儿。

又走了三四个小时，快到中午的时候，几人终于走出了这片森林，来到一处山谷之中。

"聂子，兰花！"刚走出森林，刘俊伟立刻叫了起来。

这一次，大家算是真的见到幽谷兰花了，不是之前生在树上的虎头兰，而是长在地上的一片片的地生兰花。前方这一小片兰花，色泽不算艳丽，花瓣带着淡淡的绿色，白色花心，也带着暗红色斑点。唯一和虎头兰不同的是，这些兰花的花瓣，不止是纯粹的绿色，还带有红色的纵向条纹。

一片兰花，虽然没充满整个山谷，但也蔓延了两三百米远，煞是壮观。

就在刘俊伟发现这片兰花的下一刻，聂云和田甄、庄雅雯几个人也走出了那片树林。

前方这幽谷兰花，看着的确让人心旷神怡。

前面一座山，山上的树木就比较少了。现在聂云等人所处的这片山谷，草地碧绿，兰花妖娆，在那片兰花的旁边，还有一条小溪，哗哗的流水声传来，身后树林之中隐约传来鸟鸣之声，当真是鸟语花香了。

在山谷中，发现这么一处仙境，大家都不想走了。

"差不多也到中午了，在这儿休息一会儿，吃了午饭再继续走吧。庄姐，估计那个白族村寨，也不远了吧?"聂云说出了大家的心愿。

"这里这么漂亮，我们就在这儿休息两个小时吧。下午估计不用到天黑就能到那个白族村寨了。"庄雅雯点了点头，说道。

在森林边上停下休息，几个人放下行李，不由向那片兰花走去。

"这是墨兰，一般生长在海拔八百至两千三百千米的林下、灌木丛或者是比较阴湿的溪谷旁边。这片山谷比较阴暗，所以生有墨兰……"弯下腰，庄雅雯看了一下这些兰花，口中说道。

聂云也看了一下这些兰花。但是，聂云对兰花的了解，基本上还停留在书本知识、网上资料和图片上。

墨兰的花期，聂云记得是九月到次年的三月，现在是一月份，正好是墨兰盛开的时节。

只是看了几眼这些盛开的墨兰，聂云便失去了兴致，花卉虽然喜人，但主要还是总体感觉，要是让聂云挨个盯着这些墨兰的花朵看，聂云可受不了。

不过，让聂云意外的是，庄雅雯却一直在仔细观察这些兰花，还沿着小溪走动，一会儿，就到了十几米之外。

"庄姐，你这干吗呢？丢了钱啊还是丢了什么东西？"

一旁的刘俊伟看到庄雅雯好像是在找东西一样，也有些奇怪。

"我之前又没来过这地方，怎么可能在这儿丢钱丢东西？"庄雅雯一阵无语。

直起身子，庄雅雯长长呼出一口气，"其实我是想看看，这片墨兰之中，有没有变异品种。如果变异得够好，花朵艳丽的话，挖出来带回去，一株兰花能卖到几十万上百万，乃至上千万……"

"哦？真要找到那么一株，那还真发财了，而且是天外横财，庄姐，我也帮你找。"刘俊伟说着，也在这片兰花丛中寻找起来。

听了庄雅雯这番话，聂云也不禁多看了脚下的墨兰几眼。

一些热炒的，价值上千万的兰花，的确都是些杂交变异品种。不过，那些能卖出天价的品种，不是那么容易找到的。

一片兰花中，有那么几株变异的，也很正常，不过这些变异品种，未必都有价值。有的变异的部位在根部、叶片上，而不是花朵上，那么这种变异自然没什么意义。还有一些变异，虽然在花上，但是却只是一些花萼、花蕊的微小变异，几乎可以忽略不计。

哪怕是花朵上的明显变异，也不一定就是有利的变异，说不定还是一些有害的变异，比如花朵变得特别小、花的颜色变得更土气了，这些都是有可能的……所以，想要找到一株变异完美的兰花，难度极大。

庄雅雯现在，也不过是碰运气罢了。

"算了，不大好找。"弯着腰找了一会儿，庄雅雯直起身子，无奈地放弃了。

"这边的兰花品种太单一了，变异品种也很少，估计是找不到什么有用的变异品种了。"庄雅雯说着，也不仔细看了，随意在兰花丛中走动着。

如果一个地方兰花品种比较多，相互杂交，出现好的变异品种的概率，自然大大增加。

"庄姐，我看这边有几朵兰花，和那边的那些不大一样啊，不会是变异品种吧?"庄雅雯话音刚落，凑热闹的刘俊伟却说道。

庄雅雯听了一愣，连忙向刘俊伟那边走去，聂云心里也一动，走了过去。

"稍微有点儿不一样，这儿的兰花发黄，尤其是花蕊部分，就跟普通墨兰喷了一层黄漆似的。"刘俊伟说道。

刘俊伟说着，庄雅雯和聂云也走了过去，看到刘俊伟身前的几株兰花，庄雅雯不由得一阵失望，"这个不是变异品种，这应该是寒兰，和墨兰是一个亚属的，叫'建兰亚属'，生长环境和墨兰差不多，不过花期提前一些，在九月份到十二月份之间，现在虽然已经一月份了，不过这边的寒兰可能和墨兰杂交了，花期晚了一些也很正常。"

生物学里分类，门纲目科属种，依次而下，墨兰和寒兰一个亚属，亲缘关系很近，也是最容易杂交的。

"算了，先不找了，去帮小甄、苏怡她们做饭吧。那些珍稀的变异兰花，都是得天地之造化的产物，强求不得的。"庄雅雯说道。

"得天地之造化么?"

听到庄雅雯这句话，刘俊伟倒没什么反应，聂云却心中一动，下意识地开启了灵木瞳，在这片兰花中，飞快地扫视了一眼。这片兰花的灵气，也显现在聂云的右眼中。

这片兰花的灵气层次都是比较低的淡绿色，甚至连深绿色的都比较少，更不用说更高一层的青色了。

不过，聂云的灵木瞳，也看不了多远。

三五米之内的兰花中的灵气，聂云能清晰地看到，再远的就模糊了。

"聂子，发什么愣呢？不过去帮小甄她们做饭？那么多鸡，收拾起来可不容易……"刘俊伟和庄雅雯正准备离着这片兰花丛，却看到聂云愣在那儿，刘俊伟不由得开口问道。

"没事儿，我总感觉兰花丛里，应该会有些不错的珍奇兰花……"聂云说着，看了刘俊伟一眼。

"你们先过去吧，反正我也不会收拾野鸡，估计伟子你也不会吧，想跟苏怡献殷勤就赶紧去，别在这儿待着了。"

"靠，老公给老婆献殷勤，又不丢人。也就是你，整天剥削人家小甄，简直是黄世仁。"刘俊伟嘿嘿笑道，"行了，我先过去了哈。"

刘俊伟说完，屁颠屁颠去找苏怡了。

庄雅雯却没立刻就走，而是有些奇怪地看了聂云两眼，留了下来。聂云也没管庄雅雯，径自往前走了几步。

前方兰花的灵气也显现在聂云的双眼之中，依旧没什么特殊的，都是淡绿色的灵气。继续探查……

不急不缓的，聂云在这片兰花丛中走了一小圈，依旧没有什么发现。接连十多分钟的查看，聂云感觉自己的右眼有些疲劳了。

"呼……算了，先不找了，估计这边也没有好品种，吃了饭再说吧。"深吸一口气，聂云走到小溪边上。看着清澈的泉水，聂云不由蹲了下来，捧起泉水洗了把脸。尤其是右眼，更是特意洗了一下。冰凉的泉水进入右眼，聂云感觉稍稍好受了一点儿。

站起身来，聂云随意在四周扫视了一下。

"咦？"

就是这一下扫视，聂云身体陡地一震，双眉骤然皱起。刚刚扫过右边的时候，聂云突然感觉到，一股青色的灵气，猛地蹿入了自己的右眼。右眼中的青色灵气明显增加了一点儿。这些增长的灵气，和自己吸收的仙鹿古松内的灵气总量差不多。

"难道……有珍奇兰花？"

聂云立刻凝神向自己右边那一小片草地望去。

这片草地上，没有半朵兰花，这让聂云不禁一愣，这儿没有兰花，自己灵木瞳内的灵气怎么会增长呢？难道是……这边还有别的珍奇植物，能给自己提供灵气？

玉龙雪山一带，珍稀植物也有不少，茯苓、雪莲、虫草这些都有。

想到这儿，聂云干脆蹲了下来，仔细观察这片草丛。

"不是这一棵……不是这一棵……咦，是这株……兰花？"

接连看了几株青草，都是淡绿色的灵气，下一刻，聂云的视线之中，突然出现了一株兰花。

说是兰花，实际上并没有开花，只生长着墨绿色的叶子，不知道是过了花期，还是今年的花期还没到。总之这株没开花的兰花，之前混在杂草之中，聂云根本没注意到它，现在蹲下来仔细观察，才发现这株兰花。

用灵木瞳扫视这株兰花，聂云果然发觉，这株兰花叶脉中蕴含的灵气，正是青色灵气。灵气颜色之深，比起玉龙雪山云杉坪那边的云杉树，还要高出不少。

"这株兰花，是珍稀品种么？"聂云心中一动。

如果是老桩树木，从树形根型上，就能判断出老桩的珍奇程度，但是兰花不同，没开花的时候，那些变异的兰花，叶子和普通兰花没有太大的区别。单从叶子上，实在看不出一株兰花是好是坏。聂云跟前这株兰花，到底是不是珍奇品种，聂云也不敢打包票。

"不管了，挖出来再说。"

虽然不能肯定，但聂云还是很看重这株兰花。反正只要把这株兰花挖出来带走就行，纯粹的无本买卖，聂云自然不会放过。

"咦？聂云，你在做什么啊？"不远处清洗藏马鸡的田甄，一直注意着聂云，现在看到聂云似乎在拔草，疑惑地问道。

"一株兰花，感觉有点儿特殊，挖出来带走吧。"聂云回答道。

"特殊的兰花么？"帮田甄清洗藏马鸡的庄雅雯也眨巴眨巴眼睛，放下手中一只洗好的藏马鸡，向聂云这边走了过来。

"还真是一株兰花呢。"

走到聂云跟前，庄雅雯看了下这株兰花，"不过……这株兰花，好像没什么特别的，就是普通的墨兰啊。要说特别的话，这株兰花现在还没有开花，不过看样子，最多半个月，它就会开花，一样是在普通墨兰的花期之内……应该没有太多不同……"

对于聂云为什么要挖这株兰花，庄雅雯十分不解。

"呵呵，就是看到这株兰花有种特别的感觉，这才挖的。可能是第六感吧，我对花卉感觉向来敏锐一些。"聂云呵呵一笑，随口向庄雅雯说道。

自己总不能和庄雅雯说，是自己用异能看到了这株兰花的特殊之处，才把它挖出来的吧？

先拔掉了周围的一些杂草，聂云小心翼翼地将这株兰花挖了出来。因为是用手挖的，聂云的手上此刻满是泥土，不过捧着这株兰花，聂云却微微松了口气。

"感觉么……"庄雅雯又看了聂云两眼。

"或许你的感觉是对的吧，就像我们古玩界，我伯父对古玩就有一种奇妙的感觉，很多人看不准的古玩，我伯父一眼就能辨出真伪。"庄雅雯说道。无论做什么职业，感觉都很重要，很多搞金融的，都是靠感觉屡屡成功。搞古玩花卉也是如此，这也是一种天赋。

"这株兰花估计最多半个月就会开花，不过挖出来移栽的话，可能会让它开花晚一些，但最晚一个月内也会开了。希望它开出的花，能给你个惊喜吧。"庄雅雯说道。

聂云微微一笑，"但愿吧，就算开出普通的墨兰，好歹也是我挖的第一朵兰花，放家里做个纪念也好。"

"好了，去做饭吧，这株兰花，待会儿用油纸包好根部，放我包里带着就行了。"聂云站起身来，随口说道。

对于聂云挖出来的这株兰花，庄雅雯倒没怎么重视。

在庄雅雯看来，在已经开花的那些兰花之中寻找变异品种已经十分困难了，随便挖一株还没开花的兰花，就指望它是变异品种，无疑太虚无缥缈了一些。

聂云也不解释，而是小心翼翼地抱着这株兰花，回到之前几个人放行李的地方。拉开自己的背包，找出一张油纸，聂云把这株兰花的根部包好。这株兰花的叶子，让聂云都束了起来，用薄膜缠好。兰花是喜阴植物，包好放到背包里，一天两天的倒也不至于死掉。况且聂云拥有灵木瞳，这株兰花出了什么问题能第一时间发觉。在这种情况下，这株兰花想要在聂云手上死掉，都不是那么容易的事情。等到了那个白族村寨，把这株兰花放到白族老乡家里寄养，回去的时候再带走就好了。

做完这一切，田甄几人也提着清洗好的藏马鸡回来了。聂云和刘俊伟又去捡了一些柴火，众人开始烧火做饭。这次主食不是米饭，而是烤鸡，六个人每人手上都拿了一只铁叉子，叉着一只藏马鸡烧烤。

虽然这些藏马鸡收拾的不是特别干净，尤其是一些细毛，不用热水烫的话很难拔掉，但是也没什么大碍。放到火上一烤，这些细密的鸡毛就被烧焦了，等吃的时候，轻轻一剥，烧焦的鸡毛就掉了，正好露出里面烤到嫩黄色的鸡肉。

不过半个小时，这些藏马鸡就烤好了，聂云和田甄、庄雅雯烤得最好，毕竟之前聂云和田甄都进过一次山，看到过赵建宏烤肉，要点还是基本掌握了的。而庄雅雯似乎也有野营的经历，所以烤得也相当不错。

刘俊伟几个人的烤鸡，就有些惨不忍睹了。苏怡倒好一些，起码烤得认真，没有焦糊的地方，也基本熟了。刘俊伟和杨雪宁手里的烤鸡，却这边一块糊了，那边一块没烤熟，扒开之后，里面甚至还带着血丝，看着这样的烤鸡，刘俊伟和杨雪宁不禁相视苦笑……

"给，伟子，吃我这个，你这个再烤烤，好歹弄熟，不行就给炭球它们吃算了。"聂云说着，把自己的烤鸡撕下一半递给刘俊伟。

"算了，给炭球它们吃吧。你们先吃我这只，我给你们再烤两只。"

庄雅雯也把自己的烤鸡递给了杨雪宁，自己又拿起两只藏马鸡，用铁叉叉好，放到火上烤，还熟练地涂抹着调料。

"庄姐，你技术很不错啊？哪儿学的？"刘俊伟看到庄雅雯的烤肉技术比众人都高出一筹，不由略带疑惑地问道。

"小时候跟着伯伯学的，那时伯伯的事业刚起步，也不是每天都能买到真品古玩。有时候花钱买了古玩，一时间卖不出去，没钱吃饭，伯伯干脆带我进山抓些兔子、小鸟之类的，烤着吃……"庄雅雯微微一笑说道。

玩古玩的都清楚，有时候一个古玩市场里面，一连两三个月都未必有一件价值连城的真品。这种情况下，就算眼力再好，也不可能在古玩市场捡漏成功。

庄雅雯的伯父白手起家，早期生活自然有些艰苦。

庄雅雯虽然说得轻描淡写，有些苦中作乐的意味，但是大家也都听得心里一酸。

"对了庄姐，一直听你说你伯父，我们还没见过他老人家呢，改天咱回成都，怎么着也得拜访一下吧？"一边吃着烤鸡，刘俊伟一边说道。

聂云也对这位古玩界的传奇人物颇为好奇，之前在成都，因为行程比较紧张，所以也没时间去拜访这位前辈，但是回去的时候，时间宽松了，理应去拜访一下。

"我伯父去美国参加一个拍卖会去了，可能还要去当地的唐人街看几个老朋友，不知道什么时候回来呢。如果咱们回去的时候他也回来了，就一起去看他吧。"庄雅雯说道。

庄雅雯伯父的名字，之前聂云通过刘俊伟了解到了，叫"庄伯言"。

关于庄伯言的传说，带有浓烈的传奇色彩，甚至有人说他曾经深入古墓，与红毛粽子、黑毛粽子大战三天三夜，带出些国宝级的古董。聂云估计，这八成是庄先生的广大仰慕者自行杜撰出来的……

对庄伯言，聂云只是好奇，外加一点敬佩而已。别的想法倒是没有，毕竟自己搞盆景，庄伯言搞古玩，共同之处很少。

几个人一边吃鸡，一边闲聊。

刘俊伟和杨雪宁的烤鸡早丢给了炭球，被炭球和两只圣伯纳分掉了。

那只受伤的圣伯纳吃了一些抗生素，基本没什么大问题了，等到了白族村寨，把它放下，不让它跟着进山，休息几天估计也就痊愈了。

吃过饭休息了一下，聂云几个人继续前进。

又翻过两座山头，前面陡然出现一片相对平坦的小盆地，足有七八十亩地之广，这些土地，被划分成了一块块的农田，都是水田，不过此时都荒着，还没种植水稻等农作物。

在对面山脚下，大约有三四十座屋子，形成了一个小村寨。此刻已是傍晚，隐约能看到几个身穿民族服饰的男男女女在村寨内走动，一些女人拿着箩筐，似乎正要去淘米洗菜。

"到了，就是这个村寨，咱们过去吧。"杨雪宁说着，先举起了相机，给这个白族村寨拍了一个全景。

几个人向村寨走去，一刻钟之后，进了村寨。

村寨之中，一些淘米洗菜归来的白族妇女见到聂云等人，疑惑地看了几眼，倒也没来围观。这些年到云南旅游的人不少，常有人到这个村寨来，所以见到外面的人，这些白族妇女也不至于很奇怪。

对这些人，聂云几个人都报以微笑。

白族使用的是白语，和汉语大不相同，所以聂云几人即便想和这些白族妇女打招呼，恐怕她们也未必听得懂。

"这个村子的村长是汉族人，我认识，咱们过去找他吧。"

杨雪宁说着，带着几人进了村寨。

刚进去，聂云等人就看到一个五十多岁的枯瘦中年人，穿着白族的白褂，头上缠着白巾，手里拿着一个锣，走一段路，到了一座茅草房跟前，就敲几下锣，高声喊两句。

"咦，是刘村长。"看到这枯瘦的中年人，杨雪宁一愣。

"杨大记者，这村长喊得什么啊？"

这村长喊得是白族语言，聂云几个人都听不懂，刘俊伟不禁向杨雪宁问道。

"他喊晚上了，各家把牲畜拴好，不要让黑熊伤害到牲畜。"杨雪宁眉头微皱，解释道，"走，咱们跟过去看看。"

杨雪宁带着几人跟着那村长，走了一会儿，见这村长在一座茅屋跟前停住，这茅屋前，站着一个四十多岁的黑瘦汉子，黑瘦汉子身后的牲口圈里，一个十来岁的男孩抱着一头倒在地上的小水牛，正在抹眼泪。

到了近前，村长先和那汉子用白语说了两句，又看了那孩子一眼，轻叹了一口气。走到那孩子跟前，拍了拍孩子的肩膀，用汉语大声道："娃子，别哭了，小水牛死掉了不要紧，你今年的学费，二爷爷给想办法。哎，这娃子……都一天没吃饭了，快回去吧。"

村长的汉语并不是特别标准，不过聂云几个人勉强听懂了。

村长安慰了那男孩几句，直起身子，看了看不远处的山林。

"哎……"

摇了摇头，刘村长长叹了一口气。

不知道是那头黑熊第几次袭击村子了，就在昨天晚上，黑熊来袭，把这男孩家里的一头小水牛生生咬死，好在村里人发现得早，把黑熊赶出了村子。不过这黑熊没偷到食物，接下来几天会不会继续进村，就不好说了……

不远处的聂云几人，在杨雪宁的带领下，向这边走来。

"杨大记者，你懂白族语言？刚才老村长的喊话居然能听懂，真是佩服佩服。"一边走着，刘俊伟还小声向杨雪宁恭维道。

"我爸爸就是白族人，我的户口本上也是白族，会说白语有什么奇怪的。"杨雪宁白了刘俊伟一眼，同样小声地说道。

第三章　狭路相逢，命悬一线
人熊上演生死搏杀战

一声低喝在刘俊伟耳后响起。刘俊伟只感觉颈后传来一股大力，身体一下子被拽了出去，自己一刀没抹到黑熊身上，而黑熊的爪子却贴着他的双脚挥了过去，"噗"的一声，带起一蓬尘土，旁边的几棵小树都被挥断了。这一瞬间，刘俊伟就觉得好像死神从他身边飘过一般。

"刘大叔，你好！"走到刘村长身后，杨雪宁开口问好。

听到杨雪宁的声音，刘村长下意识地回过头来，看到杨雪宁，不由得眼前一亮："杨记者，你又进山了？"

杨雪宁点了点头，给刘村长和聂云几个人介绍："这是这个村寨的村长，刘木水刘大叔，这是和我一起进山的朋友，庄雅雯、聂云、刘俊伟，还有聂云的女朋友田甄、刘俊伟的女朋友苏怡。"

"你好，你好。"刘木水连忙热情地和聂云几个人握手。

"杨记者你上次走的时候，说还要回来，我们早就盼着了，现在可把你给盼来了。走走走，先去我家喝茶。"刘木水一边说着，一边招呼杨雪宁和聂云几人。

"大叔，那头黑熊，又来寨子里了？"杨雪宁并没有立刻跟着刘木水走，而是向刘木水问道。

"哎，这半个多月，那头熊瞎子就没消停过，来村子里好几回了。这不，昨天还咬死了一头小牛。"刘木水指了指那男孩抱着的小水牛，"寨子里的猎枪早被收走了，政府又不让猎熊，光是这么赶，它根本就不走远啊……"

刘木水说着，言语之中颇多无奈。

聂云看了一眼已经死掉的小水牛，不禁皱了皱眉头。

黑熊这东西，虽然是国家二级保护动物，但也是分布最广的一种野兽。从最北面的黑龙江、吉林，到南面的云贵地区、广西，乃至台湾，向西内蒙等地，凡是有深山老林的地方，必有黑瞎子的身影。

黑熊残害家畜家禽、破坏农田都是一把好手。

在食物匮乏的时候，这东西冲进村寨，抓家畜家禽吃，更是家常便饭。

东北的黑熊还好一些，至少冬天冬眠。

南方的黑熊，很多也就冬眠个几天而已，几乎整个冬天都在外面活动，袭击村寨的事情，时常发生。有的地方，还出现过黑熊伤人的事。

"大叔，你们都怎么驱赶黑熊的？"听到刘木水的话，聂云开口向刘木水问道。

"还能咋驱赶？这东西晚上进村，发现了，就点起火把，敲着锣，把它赶到山林里。进了山林，大家也不敢进去，这东西人多时会逃，要是人少了，发起狂来，弄不好要伤人的！"刘木水说着，叹了一口气，从身后掏出一个竹管烟袋来，点上抽了两口。

作为这个村寨的村长，刘木水对黑熊也是无能为力。

不能任由它吃掉村寨里的家畜家禽，又害怕它伤人，想杀掉它，偏偏还杀不得。这头黑熊体型又大，没有猎枪，一般的弓箭都没法伤到它。只能每天晚上尽量小心，一旦听到黑熊进村，就全村人一起发动，敲锣打鼓，举着火把，把这黑熊"欢送"出村……

"聂子，咋办？要不咱们帮帮忙，把这黑熊干掉？熊掌这东西，我活了二十年还没尝过呢。"刘俊伟给聂云使了个眼色，小声说道。

"你就知道吃！"不等聂云说话，旁边的杨雪宁先横了刘俊伟一眼。

"到底是保护动物，能不杀还是不杀吧。"想了想，聂云也说道。

"咱们在村寨住一晚，明天进山找这只黑熊，如果找到了，帮村民把它赶远一点儿就行了。要是这只黑熊不想走的话，就让它吃点儿苦头，这东西也不是傻子，遇到危险，也会逃跑的。"聂云说道。

"嗯，就这么办吧。"一旁的杨雪宁也点头说道。

"大叔，我这几个朋友过来，就是帮大家对付这只黑熊的。明天我们就进山，把这只黑熊赶走。大叔，能不能在村子里给我们找户人家先住一晚上啊？"几个人商量好，由杨雪宁开口向刘木水说道。

"找住的地方……"刘木水看了聂云几人一眼，眉头一皱。村里的房子基本都是三间阁楼样式的，一家里边能有两三张床就不错了，要找个能住下聂云等六个人的地方还真不好找。

"大叔，只要找间空屋子就行，我们都有睡袋，睡在睡袋里就行。当然了，住一晚上我们也不白住，会给一些报酬的。"聂云看到刘木水有些为难，于是说道。

听聂云提到报酬，刘木水双眼不禁一亮。

"要不……你们就住杨力强家吧。他家的闺女年前刚出嫁，有间空房子，让他家小海和他爹娘挤一挤，就能给你们空出两间房子了。"刘木水说着，一转身，向抱着小水牛的男孩道："小海，家里来客人了，还不快回去收拾收拾。"

显然，刘木水所说的杨力强家，就是这个男孩家。

男孩杨小海抬头看了聂云等人几眼，抹了抹眼泪，终于放下小水牛的尸体，飞快跑回家里。这边刘木水和旁边站着的那个黑瘦男人用白语说了两句，黑瘦男人看向聂云等人的目光之中，立刻露出了憨厚的笑容。

这黑瘦男人，就是杨力强。和聂云几人用白语说了几句话，似乎是对聂云几人表示欢迎，杨雪宁也用白语回应。

"好了，我们先跟杨大哥回家吧。刘大叔麻烦你了。"杨雪宁说着，又向刘木水道谢。

"呵呵，不麻烦，有什么事儿再找我就行。"刘木水说道。

天色渐黑，刘木水拿着铜锣离开，聂云几人也跟着杨力强回了家，杨力强家的婆娘和杨小海早在家里等着了，见到聂云几人过去，杨力强婆娘也露出了笑意，忙活着煮茶、做饭招待聂云几人。

白族人好茶，待客自然也少不了茶。回到了家，杨力强立刻取了一些绿茶，放到砂罐里烘烤，不过片刻，砂罐里的绿茶已经现出黄色，茶香之气逸散而出。杨力强赶忙往砂罐里冲了一点儿沸水，过了一会儿，又把砂罐里的水充满，又烧了一会儿，浓郁的茶香已经飘散出来……

聂云几人跟前，早已摆好了小茶盅，杨力强提起砂罐，给几人都冲上茶水。

"这是白族最有特色的茶道，叫做三道茶，这是其中第一道茶，叫苦茶。"杨雪宁说着，向杨力强微微欠身道谢，"那维你！"

"那维你！"聂云也学着杨雪宁，用白语向杨力强道谢。

茶杯里的茶水，呈金珀色，茶香浓郁，听说这第一道茶是"苦茶"，聂云估计名副其实，于是小心翼翼地喝了一小口。

不过一旁的刘俊伟可就不管那么多了，端起茶杯，将茶杯中的茶水一饮而尽。下一刻，刘俊伟的脸色，立刻就难看起来。

茶水一入口，聂云便尝到了苦涩。

三道茶中的苦茶，果然名不虚传，虽然只是小半杯茶水，但是这种苦涩却浓郁到了极点。苦涩之中，隐隐有一种茶的清香之气，也不是草药的那种纯粹的苦涩，细细品味之下，别有一番风味。

聂云这边品着这第一道苦茶，刘俊伟那边，脸差点儿都扭曲到一起。

一小杯苦茶，被刘俊伟一下子全都灌进了肚子里，显然刘俊伟对第一道苦茶的苦涩估计不足，此刻满口苦涩，也不好意思把这口茶喷出来，干脆一狠心，咕咚一声，把苦茶全部咽了下去。

"噗!"

旁边的杨雪宁和苏怡等几个女孩子，差点儿被刘俊伟这幅样子逗得笑出声来。

"好茶，好茶啊！"虽然心里发苦，但是刘俊伟还是强堆起笑脸，称赞这茶水，不过刘俊伟说的是汉语，也不知道对面的杨力强能不能听懂。

"没必要这么拼命吧？白族三道茶里，第一道苦茶，本来就是让客人略略品位，最好是小口品饮，不用把一杯茶全都灌下去。"聂云凑到刘俊伟的跟前，低声在刘俊伟耳边说道。

刘俊伟脸上的笑容，明显一僵。

"聂子你丫怎么不早说？我听说少数民族拿特色食品、饮品招待客人的时候，客人最好一口吃完喝完，并且表现出很好吃很好喝的样子来，这样才会让少数民族朋友喜欢。就是因为这个，我才一口气把茶水喝下去的！"刘俊伟也低声向聂云说道。

"晕，你把三道茶当马奶酒了？各地少数民族习俗不一样，蒙古族那边，比较豪爽粗犷，自然是一口气喝下去比较好。西南少数民族相对婉约很多，自然点儿就行了，用不着这么刻意。"聂云说道。

"原来如此，那个……聂子，这三道茶第二道、第三道怎么喝？"刘俊伟微微点头，又向聂云问道。

"随意就行了，第二道是甜茶，第三道是回味茶，都没那么苦了。不过味道你未必习惯，最好还是慢慢喝。"聂云说道。

这时，杨力强也沏好了第二道茶。

第二道茶就是第一道茶残余的茶叶，加上白糖、核桃仁片、芝麻面等，重新冲泡之后制成的，这次的茶，果然带着浓郁的甜香气息……聂云喝了一下，发觉这东西和自己小时候喝过的麦乳精差不多，只是稍带核桃味和芝麻香，这道茶自己倒是喝得惯。旁边的刘俊伟喝了一口，脸色倒也正常……显然也适应这种味道。

至于那些女孩子，也都把这甜茶喝掉了。

第三道茶，则是又放了乳扇、红糖、桂皮、蜂蜜等，甚至还加了几颗花椒，这才冲泡而成。这一次的茶水喝了之后，说不出是什么味道，总之这种味道怪怪的，让人有一种回味悠长的感觉。

看到聂云几人喝完这白族的特色三道茶，杨力强脸上露出了笑意。

三道茶寓意是祝客人大富大贵、恭喜发财之类的喜庆意思。同时，先前的苦茶、甜茶，又有一种"顺境不足喜逆境不足忧"的意味，劝人淡泊心境，也算是寓意深远了……

喝完茶，杨力强的婆娘也端来了一些饭菜，聂云几个也连忙拿出之前剩下的藏马鸡，让杨力强婆娘收拾一下做成菜。

这顿晚饭，主食是粑粑。

这是一种白族的特色食品，学名叫做饵块，是用大米制成的一种云南特色小吃。不过鉴于这种食物的名字实在是容易引发联想，所以无论是聂云、刘俊伟两个男人，还是几个女孩子，吃得都不多。

一顿晚饭吃完，杨力强给聂云几人安排了房间。

吃完饭时间还不算晚，昏暗的灯光下，杨力强搬了个小板凳，坐在阁楼门口，低声唱着一着白族的民歌，声音低沉，音调略显沉重。

聂云和田甄的睡袋放在一起，两个人趴在一起，静静地听着。聂云怎么也想不到，看起来有些腼腆甚至是木讷的杨力强，竟然会在家里有客人的时候，旁若无人地歌唱。

云南、广西这边的少数民族，多数还是能歌善舞的，最著名自然就是刘三姐了。白族的青年男女恋爱，基本上都是靠对歌，有了这个习俗，白族的男人就算再木讷腼腆，唱歌总得会点儿。在他们看来，唱歌和抽烟差不多，都是再正常不过的日常活动，没什么好害羞的。

"聂云，你说，如果咱们也住在这样的一个小村寨里，你愿不愿意一直陪着我这么平平淡淡地生活下去？"田甄歪着小脑袋，向聂云问道。

听到田甄这番话，聂云不禁苦笑，恋爱中的女人，就算是田甄，也一样会问出一些傻傻的问题来。

"愿意，再平淡的生活，我也愿意陪着你！"轻轻抓住田甄的小手，聂云斩钉截铁地说道。

聂云好歹是谈过一次恋爱的人，这种时候该说什么话不该说什么话，聂云自然清楚，哪怕自己心里一百个不愿意，嘴上也要说愿意。

这就好像一对男女谈恋爱时，就算女孩子不是很漂亮，但男的想要讨女孩子欢心，也必须要说她漂亮，至少也要说，在自己眼里，对方就是最漂亮的。

和田甄说出这句话，一瞬间，聂云居然也有了一种想要和田甄平淡生活一辈子的想法，反正自己赚到的钱也够花一辈子了，不需要再努力打拼了。与其为了钱而勾心斗角，倒不如学学人家赵建宏，赚够了钱就急流勇退……

"聂云，小甄，能不能不要那么肉麻？这儿还有别人呢！"

聂云和田甄在这边说话，屋子里庄雅雯的声音传了过来。

这次，六个人分在两个房间，聂云和田甄、刘俊伟和苏怡这两对情侣自然不能分开住，干脆就一对情侣一个房间，另外再加上一个人。聂云和田甄这边，一起的还有庄雅雯，杨雪宁则是和刘俊伟苏怡一个房间。

"庄姐羡慕了？"聂云一笑，"羡慕的话，就找个男朋友吧！"

躺在这儿，不知怎么的，聂云居然和庄雅雯开起了玩笑。

平常聂云一直把庄雅雯当姐，和庄雅雯说话都比较严肃，调侃性的语言也很少。这次可能是大家都躺着，不用面对面，没什么心理压力，这才拿庄雅雯的个人问题开起了玩笑。

"不说了，睡觉！"庄雅雯脖子一缩，在睡袋里低声说道。

"嗯，小甄咱们也睡吧，庄姐晚安！"聂云也没多说什么，只和庄雅雯轻轻说了一句晚安。

夜空宁静，不一会儿，聂云便进入了梦乡。

此时，他们还不知道，危险已经悄悄潜伏到他们身边，这一夜，他们注定难眠……

铛铛铛铛……

一阵锣声传入熟睡的聂云的耳中，阁楼下面的炭球和两只圣伯纳也汪汪大叫了起来，外面还传来了一阵呼喝声。

"怎么回事……难道是……"心中一动，聂云立刻想到，怕是那只黑熊又进村了！

一翻身，聂云从睡袋中钻出来，伸手把那柄海豹突击队军刺握在手里。透过窗子，聂云看到外面灯火通明，人们拿着火把驱赶着什么。

吱呀一声，房门响动。聂云也连忙打开房门，只见一个瘦小的身形从杨力强夫妇的房间里钻出来，一伸手从墙上拿了一柄镰刀，飞快地蹿出了阁楼。

聂云连忙跟上，刚到阁楼外，就看到那个瘦小的身形轻轻一跃，从两米高的阁楼上跳了下去。阁楼下面堆着干草，那男孩身形敏捷，轻飘飘地落了下去，只发出轻微的响动。

"小海么？"

刚刚跳下去的男孩，正是杨力强的儿子杨小海。这个十一二岁的小男孩，之前给聂云的印象有点儿内向，不怎么说话，和父亲杨力强有点儿像。而此刻的杨小海，起床、拿镰刀、跳下阁楼，动作一气呵成，却给了聂云另一种感觉。

"这孩子，估计是个倔性子。"

看着杨小海跳下去，聂云嘴角浮现出一丝微笑。

黑熊咬死了杨小海家的小水牛，对杨小海来说，这黑熊就是他的仇人。现在仇人进村，杨小海自然是想去找黑熊报仇去了。不过，一头能咬死小水牛的黑熊，可不是一个十多岁的孩子用镰刀就能对付的……

"炭球，拦住他！"身在阁楼上，聂云低喝一声。

下面的炭球听到聂云的声音，向前一蹿，拦了杨小海的跟前。杨小海的动作虽然敏捷，但是和炭球相比，还是差了很多。

被炭球拦住，杨小海动作一顿，就在这时，聂云也从阁楼上一跃而下，速度比杨小海还快了几分，顷刻间就到了杨小海的身后。轻轻一抓，杨小海紧握镰刀的手臂就被聂云抓在了手里，杨小海下意识地想要挣扎，聂云的声音在他耳边响起："别挣扎了，想去对付黑熊可以，我跟你一块儿过去。"

杨小海听到聂云的话，果然不动了，聂云放开杨小海，甚至连他手里的镰刀都没夺下来，只拍拍他的肩膀，"走吧。"

两人一狗向锣声传来的方向跑去，一会儿便到了村寨外。此刻有七八个白族壮年男子，一手拿着火把，另一只手或是拿着柴刀、镰刀，或是拿着铜锣，一边敲打，一边呼喝着，往村子南头的山林赶去。

"吼吼！"

野兽嘶吼声不断响起，隐约可以看到，男子前面一只体型硕大，足有六七百斤的黑熊，一边向山林方向奔跑，一边不甘心地回头张望，还不时抬起上身，张大了嘴巴示威性地嘶吼。

"嘶……"见到这只黑熊，聂云不禁倒吸了一口凉气。

一般来说，成年黑熊不算大，趴下也就是一米多长，站起来和人差不多高。但是这东西有个特点，成年之后骨骼并不定型，而是一直生长，越长越大，有些十年以上的黑熊，体型比刚刚性成熟的黑熊大两倍多，体重甚至可以达到上千斤。现在进村的这只黑熊，显然是一只老熊。

别说是杨小海了，就是聂云想和它斗一斗，胜算都不大。聂云甚至在想，即便是他们那两把散弹型的雷鸣登子弹打在它身上，恐怕造成的伤害都有限。

村长刘木水左手举着火把，手腕上挂着铜锣，右手拿着大棒死劲敲着，同时大声用白语指挥那些壮年男子驱赶黑熊。

杨小海见到黑熊，眼中仇恨的光芒一闪而过，提着镰刀便想冲过去。

"镰刀给我。"

聂云右手一动，在杨小海手腕上一搭，闪电般夺过镰刀，不等杨小海反应，聂云向前猛冲了几步，手臂一扬，镰刀脱手而出，直奔前方那头黑熊。可惜聂云的准头似乎不怎么样，镰刀贴着黑熊背后飞过，啪的一声，钉在大树上。

"汪汪汪……"炭球冲着黑熊一阵狂叫，不过似乎也忌惮这黑熊的实力，并未冲上去。

"吼!"黑熊回头嘶吼了一声，嘴巴张开，正对着聂云这个方向。也不知道它是向炭球示威，还是向向它投掷镰刀的聂云示威。

吼完这一声，黑熊立刻趴下身子，粗壮的后腿一蹬跑了。片刻之后，蹿入到山林之中，消失了……

刘木水等几个人又敲着锣，在这山林跟前呼喝了好一阵子，没看到黑熊再出来，这才停了下来。

此刻，刘俊伟、庄雅雯等几个人，还有杨力强，也都听到动静跑了过来，杨力强的脸上满是焦急，显然是在担心杨小海。不过看到杨小海在聂云的身旁，不由松了口气。

"聂子，怎么回事儿，那黑熊来了?"刘俊伟手里抓着雷鸣登猎枪，不过看附近没有黑熊，不禁有些失望。

"黑熊刚才进村了，是个大家伙，至少有六百斤，用枪对付它都未必有用。"瞄了一眼刘俊伟手里的枪，聂云低声说道。

"靠，那么大的家伙?"刘俊伟咕咚咽了口唾沫，非但不畏惧，反而两眼放光。

刘木水正用白语向那些白族壮年男子呼喝着什么。聂云等人听不懂白语，都把目光放到杨雪宁身上。

"他问有没有人受伤。"杨雪宁解释道。

这些壮年男子应答了两声，刘木水松了口气，没人受伤就好……

就在刘木水这么想着时，陡的，村寨里传来女人撕心裂肺的哭叫声。刘木水脸色一变，周围那些男子也是脸色变化，其中一个人用白语说了句什么，其他人都飞快转身，向村寨里跑去。

"是刘佰龙家。"杨雪宁说道，几个人虽然不认识那个刘佰龙，但还是跟着村民向村子走去。

村寨内，刘佰龙家的牲口圈边，刘木水和村民都围在这儿，脸色肃然，几个二十多岁的小年轻还抹了两把眼泪，牲口圈里一个白族服饰中年妇女的嚎哭声响彻天际，她面前躺着一个中年男子，身上一片血污……虽然看不出致命伤在哪儿，但半边脸已血肉模糊了……

一个七八岁的小姑娘也趴在这中年男子身上哭泣着，抬眼望到中年男子的惨状，吓得浑身发抖……

看到此情此景，刘俊伟握住雷鸣登枪管的右手，咯吱作响。田甄两只手紧紧抓住聂云背后的衣服，眼睛放在那个小女孩身上。一旁的庄雅雯、苏怡、杨雪宁等几人，脸色也有些凄然，杨雪宁几次举起相机拍照，最终都没按下快门。

"大嫂，节哀。"庄雅雯从随身的小挎包里拿出一叠钱，走上前去，塞到了那个正在嚎哭的中年妇女身上，轻声安慰道。女人此刻根本顾不得庄雅雯那些钱，只顾着大哭……

"伟子，回去把开山刀再磨一磨，来的时候用它开路，刀刃有点儿钝了。磨好了，明天咱们就进山。"良久，聂云口中长长吐出一口气，淡淡地对刘俊伟说道。

"聂云你要干什么？"庄雅雯听到聂云这番话，飞快站起身来，向聂云问道。

"宰了那头黑熊。"聂云转身，一边向杨力强家走去，一边淡淡说道。

"聂云，你别冲动，黑熊是国家保护动物，不能随意猎杀的。我们可以用其他办法解决啊……"庄雅雯听了聂云的话，眉头一皱，快步上前说道。

"解决？"庄雅雯刚赶到聂云身后，聂云猛地转回身来，和庄雅雯面对面，两人相隔不过十公分。

"怎么解决？这黑熊是凶手，是凶手你知道么？它手上沾着人命，一条活生生的人命，我不管它是不是保护动物，我只知道它是杀人犯。庄雅雯，是不是人命在你们有钱人眼里就那么不值钱？几十万就能买一条人命是吧？一条人命连一只黑熊都比不上是吧？"聂云的双眼死死盯住庄雅雯的眼睛，低沉冰冷的声音，从口中传了出来。

庄雅雯身子微微一颤，脸色一怔。

两个人，就这么面对面对视着。良久，庄雅雯的面颊上，忽然滑落一滴泪珠。

"聂云……"田甄跑到聂云身旁，轻轻拉扯了一下他的衣袖。

"呼……"口中舒出一口气，聂云把脸轻轻扭开，目光转向他处。

"聂云，在你眼中，我是那么漠视生命的人么？是不是在你看来，我就和那些飞扬跋扈的富二代一样，开着车子横冲直撞，撞死人也毫不在意的那种……"庄雅雯依旧直视着聂云，口中发出的声音，已经带着一丝颤抖。

"对不起……"聂云没和庄雅雯对视，低声说道。

"走吧，回去睡吧。"聂云轻轻拥住身边的田甄，"总之，明天我和伟子进山，那头黑熊不杀掉的话，说不定还会进村伤人。已经死了的人，无法复生，总不能再让人死在它手上。"

这一夜，聂云什么都没想。和田甄回到杨力强家之后，就钻到睡袋里睡下了。

清晨的阳光照进阁楼，聂云从睡袋中钻出来，略微活动了一下身子。

"聂子，你怎么起这么早？"刘俊伟睡眼朦胧地走出来，嘴里嘀咕道。

此时，庄雅雯也起了床，走到聂云身旁，轻轻咬了下嘴唇："聂云，昨天晚上……对不起……"

"没什么，昨晚是我说话太冲了，应该我说对不起的，庄姐不在意就好了。"聂云也有些赧然，毕竟自己把脾气撒在庄雅雯身上不对，"待会儿吃了饭，先去看下死者吧。"

庄雅雯点了点头，田甄几人也陆续起床，杨力强夫妇张罗着做饭，招待聂云几个人吃了。

经过了昨天晚上的事情，杨小海面对聂云几人，尤其是面对聂云的时候也不那么拘谨了，只是仍然不大喜欢说话。

吃完饭，聂云几人去看了刘佰龙的葬礼。葬礼结束，几人心情沉重地回到杨家。

"伟子，子弹还有多少？"回去之后，聂云向刘俊伟问道。

"猎枪子弹基本没用，还百十颗吧，足够把那头黑熊打成筛子的了。"刘俊伟知道聂云要去对付黑熊，直接说道。

"嗯，把开山刀打磨一下吧，这次我估计得贴身肉搏，光靠子弹打不死那只黑熊。"聂云说道，"这次进山，我，伟子，还有炭球，另外……小甄也跟过去吧，要是我们受了伤，让小甄帮忙包扎一下。"想了想，聂云说道。

本来去对付黑熊，自己跟刘俊伟去就行了，但是聂云怕田甄担心，决定带着田甄。虽然危险一点儿，但自己也有把握保护田甄。黑熊虽然厉害，但到底双拳难敌四手，聂云和刘俊伟手里有刀有枪，还怕这么一个家伙？传说山里的老猎人，一千斤的大黑熊都能猎到，聂云和刘俊伟的雷鸣登虽然威力不如步枪，但比以前山里老猎人的猎枪还是好了不少。

"聂云，为什么让小甄去不让我去，我也学过野外急救，你们受伤了也能帮你们包扎。"聂云话音刚落，苏怡死死抱住刘俊伟的胳膊，向聂云说道。

"我也过去，这次我就是来拍黑熊的专题片的，必须跟你们一起去。"杨雪宁也扬了扬手里的摄像机，对聂云说道。

昨天晚上和今天葬礼上，杨雪宁都拍了一些照片和视频，现在要去斩杀黑熊，杨雪宁自然不会半途而废。

"我也去吧。放心聂云，在你和黑熊之间，我会选择你。如果你和黑熊正面对抗，我会毫不犹豫地向黑熊开枪。"庄雅雯也走到了聂云跟前，正色说道。

"庄姐，你说这话，小心小甄误会哈。不过也是，聂子和黑熊之间，真要选择的话，也只能选聂子了。要是选了黑熊，那不成美女和野兽了。"

刘俊伟在一旁起哄道。

"滚!"庄雅雯狠狠瞪了刘俊伟一眼,俏脸上不易察觉的红晕一闪而过。

"好吧,那就都去吧。伟子,把猎枪给苏怡,苏怡在大学军训时应该学过打靶吧?我这把枪给庄姐,咱们用刀就行了。"既然几个女孩子都要去,聂云也没办法。不过,这些女孩子在身边,他们还放心一点儿。如果强行把她们留下,万一她们偷偷跑进山里,遭遇危险,那可就狗血了……

让庄雅雯和苏怡拿着枪,对黑熊也多些杀伤力。毕竟,聂云和刘俊伟再厉害,也不能一手拿着枪,一手拿着刀,既远攻,又近战。

"带上炭球和那只没受伤的圣伯纳吧。另外,咱们还要一个本地的向导,让刘木水大叔帮忙找一个。"聂云说道。

"阿叔,我去!"

聂云刚说完,一个男孩子的声音响起,正是杨小海。

"寨子里汉人话说的最好的,就是我和二爷爷了,阿叔,让我跟你们去吧。"杨小海望着聂云,口中说道。虽然杨小海是白族人,但是寨子里凡是上过学的孩子,都学过汉语,所以杨小海会说汉语。

"不行,太危险了,找个白族青年向导就行了,会不会说汉语没关系,反正我懂白语。"不等聂云说话,一旁的杨雪宁忽然说道。

杨小海脸色一黯,低下头来,双手紧紧握拳。

"算了,就小海吧,向导而已,碰到黑熊,就让他和那只圣伯纳躲远一点儿就行了。反正就算找别的向导,咱们也不能让人家跟着咱们去和黑熊拼命。小海这孩子不错,身手敏捷,也机灵,不会出什么危险的。"就在这时,聂云忽然说到。

听了聂云这番话,杨小海双目一亮,脸上少有的露出笑意。

"准备一下,尽快出发吧。那头黑熊接连两天进村,估计它栖息之处不远,尽快找到它,早点杀掉,晚上好回村休息。"聂云说道。

枪支、刀具都整理打磨好,药品也准备充足,杨小海向父母说明要去做向导的事情，杨力强夫妇本有些担心，不过看到聂云一行人全副武装，一副志在必得的样子，就答应了下来。

几个人整理好，陆续走出阁楼。

聂云等人刚走出阁楼，就见一个白族中年妇女带着一个七八岁的小姑娘站在阁楼下面，看到聂云、庄雅雯几人走出来，立刻一边不断鞠躬，一边用白语说着什么，说了几句，那中年妇女忍不住又抽泣起来，小姑娘脸上也掉下两行泪。

这中年妇女和小姑娘，正是死去的刘佰龙的妻子和女儿。

"庄姐，她们是来感谢你之前对她们的救助的……"杨雪宁看了庄雅雯一眼，向庄雅雯解释道。

看到这对母女，聂云的心情十分沉重。

"走吧。"身形一动，聂云从阁楼之上跳了下来，不忍再看这对母女，聂云一挥手，炭球紧跟而上，一行人向村寨外山林的方向，大步走去……

茂密的森林中，静谧无比。

刚刚过了正午，正是各种鸟兽都休息的时候。这山林里也没什么风，树叶都不怎么响动，这一切，构成了一幅宁静的画面。

"哗哗……"就在这时，森林的一处草丛中，隐隐约约响起兽类走动的声响，这声响越来越近。片刻，一处灌木丛中，一个硕大的红色脑袋，陡地露了出来，是一只火红色的獒犬。这獒犬露出脑袋，伸着鼻子嗅了一下，紧接着整个身子都爬出了灌木丛，继续前进。

"咔!"獒犬身后的这片灌木丛，被一柄开山刀劈斩开来，聂云一行两男四女，后面还跟着一个十一二岁的男孩和一条圣伯纳犬。

"小海，你确定，附近山上没有山洞么?"

手中拿着开山刀，聂云一边小心翼翼地行进，一边向身旁的杨小海问道。

"嗯，这儿的山，只有一些很小的山洞，都不到半米高，也不深，就是小孩子都很难钻进去。"杨小海肯定地点了点头。他打小就跟着大人进山，对山上的一切都了如指掌。

"没有山洞的话，大家都小心一点儿，这头黑熊很可能会栖息在某棵大树上，大家行进时，注意不要贴近大树。"聂云皱了皱眉头，低声说道。

黑熊一般白天休息，晚上活动。它的巢穴，一般都在山洞里，在没有山洞的地方，黑熊也可能栖息在树上。如果黑熊生活在洞中，还好说些。只要找到山洞，确定黑熊在里面，拿两支雷鸣登堵住洞口，连放几枪，不等黑熊跑出来，估计它就半残了。等它出来，刀剁狗咬，很容易就能解决。现在它蹲在树上，根本不知道方位，这些法子就难用了。

"聂云，黑熊的领地范围有时候能达到十多公里，一些大黑熊的领地甚至可能达到二三十公里，这只黑熊的老巢会不会不在这附近的山上？"庄雅雯在后面，一边提着猎枪，一边说道。

"不至于。"聂云摇了摇头。

"就算它的老巢不在这边，但这附近也应该有它的一个临时栖息处，否则，它也不会频频袭击村寨了。"聂云说道。

前方的炭球走走停停，不时嗅一嗅空气，寻找狗熊的气息。随着几个人逐渐深入山林，周围的树木也变得粗大起来，随便哪一棵树上，都可能蹲着那只危险的黑熊。

跟着炭球走到四五棵大树之间的一小片空地上，炭球的身形猛地停住，头颅高高抬起，鼻子一动一动的，双眼中流露出略带疑惑的目光。

聂云神色一凛，轻轻一摆手，示意众人停下。

后面的庄雅雯、田甄几个人也都看到了炭球和聂云的异样，不由紧张起来，尤其是几个女孩子，下意识地向四周望去。

周围四五棵树都是阔叶树，树干粗大，往上三四米就有分叉，树冠也比较茂密，一时之间也看不出树上有什么东西。聂云几人停住身形，周围立刻静了下来，几乎没有半点儿声响。

两分钟过去了，依然没见到黑熊的影子，众人紧张的心情不禁放松下来。

"聂子，是不是炭球闻不到那只黑熊的踪迹了？要不要咱们在附近找找，或者干脆弄出点儿动静来，把那只黑熊引出来？"刘俊伟又四下里看了两眼，口中说道。

一边说着，刘俊伟还退后两步，用手中的开山刀在附近划拉了两下。

"算了，让炭球再闻一闻吧，最好还是咱们找到那只黑熊，而不是那只黑熊找到咱们。否则，咱们连黑熊从哪个方向过来都不知道，弄不好会出现一些不必要的麻烦……"聂云说着，回头向刘俊伟那边看了一眼。

"咦？"

就在他看到刘俊伟的同时，聂云的双眉立刻皱了起来，身子微微一僵。

"聂子，怎么回事儿？怎么拿这眼神看我？"看聂云紧盯着自己，刘俊伟不禁一愣。

听到刘俊伟的话，庄雅雯、田甄等几个女孩子也下意识向刘俊伟望去。

"啊！"

就在她们看到刘俊伟的同时，苏怡陡然瞪大眼睛，"啊"的一声惊叫出来，向刘俊伟身后指去。

刘俊伟一愣，闪电般回头，就见自己身后的大树上，一只硕大的黑色狗熊，正慢慢地从树干上爬下来，黑熊距离自己，不过短短三四十公分罢了。

"妈的！"下意识的，刘俊伟爆出一句粗口。

"别乱叫，快上树。"聂云向苏怡低喝一声，一拉苏怡的手臂，几人飞快后退，到了一棵大树跟前，聂云先搂住庄雅雯，将庄雅雯用力一举，庄雅雯的双手已经攀到了大树之上，三两下爬了上去，紧接着聂云又在庄雅雯的帮助下，把田甄送上了树。

一回头，只见苏怡手臂发抖，举起雷鸣登猎枪，正想发射。

"别开枪！"右手在枪管上一搭，聂云将枪夺了过来，"这是散弹枪，小心伤到伟子。就算伤不到伟子，把黑熊惹怒了，也没好处。"

这边聂云说着，那边黑熊已经下了树，刘俊伟不敢动作，心中暗骂一声，干脆两眼一闭，身子直挺挺地倒了下去，砰的一声，砸在了地上，半点儿多余的动作都没有，就好像整个人直接挂掉了一般。

那头黑熊看到刘俊伟倒下，似乎一愣，弯下腰来，脑袋凑到了刘俊伟跟前。

"伟子，别装死！"

就在这时，在大树上刚把杨雪宁拉上去的庄雅雯眉头一皱，大声向刘俊伟喊道。

"云南的黑熊吃腐肉，装死也没用，这头黑熊袭击村寨，应该是食物短缺，你要装死，它会直接吃了你！"庄雅雯无比焦急地叫道。

"什么？"刘俊伟原本紧闭的眼睛猛地一瞪，脸上尽是苦涩。

已经凑到刘俊伟跟前的黑熊看到原本已经"死掉"的刘俊伟居然活了过来，不由得"吼"的吼叫了一声，巨大的血盆大口显露在刘俊伟眼前，大口中一阵腥臭的气息冲着刘俊伟扑面而来，让刘俊伟差点窒息。

"老子跟你拼了！"

装死不成，刘俊伟心一横，手中的开山刀冲着黑熊的脖子狠狠地抹了过去。同时，黑熊的一只前爪也猛然向刘俊伟挥了过来！

刺耳的风声，在刘俊伟耳边响起。六七百斤的黑熊全力一击，不用想也知道威力如何。一瞬间，刘俊伟全身的汗毛腾地炸了起来，此时他已避无可避，若是被黑熊爪子扫到，至少也是筋断骨折。

"退！"就在下一瞬，一声低喝在刘俊伟耳后响起。刘俊伟只感觉颈后传来一股大力，身体一下子被拽了出去，自己的一刀没抹到黑熊身上，而黑熊的爪子也贴着他的双脚挥了过去，噗的一声，带起一蓬尘土，附近的几棵小树苗都被挥断了……

刷的一下子，刘俊伟冒出一身冷汗。就在刚才那一瞬间，黑熊的爪子贴着自己脚后跟划了，就好像死神从自己身边飘过一般。

面对黑熊那会儿，刘俊伟还敢拿手中的开山刀和黑熊硬拼，现在从黑熊爪子下逃了出来，刘俊伟后怕不已。

被聂云一拽，刘俊伟身子直直滑出去三四米。

"聂子谢了，救命之恩，没齿难忘。"一翻身，刘俊伟也顾不得身后的黑熊，蹭的一下又蹿出去五六米远。

"客气什么，又不是第一次救你了。"刘俊伟逃过一劫，让聂云升起一股喜悦，但是身形却丝毫不停，急速后退。

"汪汪汪……"

还留在地面上的炭球冲着黑熊汪汪吠叫着，却并不上前，不过炭球眼中闪动的，并不是对黑熊的畏惧，而是一丝狡黠。

"吼！"没击中刘俊伟，这黑熊怒吼一声，上身直立而起。

"砰！砰！"就在这时，两声清脆的枪声响起，黑熊的身子连续战栗了两下，显然是中了枪。大树上的庄雅雯和苏怡分别举着雷鸣登猎枪，这么近的距离，那么大的目标，只要方向对了，子弹就一定会打到黑熊的身上。

"吼！"黑熊被连续击中两枪，子弹破开皮肤进入身体，虽然并不致命，但也激发了黑熊的凶残。这黑熊吼叫一声，猛地向庄雅雯等几个女孩子所在的大树冲了过去，轰的一声，身子整个撞到了大树上。

大树微微一晃，树上的杨雪宁"啊呀"一声，手中的录像机直直坠落下去，刚落到地上，就被这黑熊的后爪踩中，咔的碎裂开来。杨雪宁毫不犹豫，立刻拿出备用的DV，飞快打开，对准了下方的黑熊。

"砰！砰！"树上的庄雅雯和苏怡飞快地填上子弹，冲着下面的黑熊又是两枪，这两枪的效果远胜前两枪，其中一枪打中了黑熊的左眼，黑熊的左眼眼眶中立刻鲜血淋漓，显然受伤极重。

黑熊接连遭到枪击，身子砰砰撞向大树，大树晃动，苏怡紧张之下，手中枪没拿住，掉了下去。

黑熊粗壮的四爪猛一抱树，竟是想要向大树树顶爬去。

"庄姐，别开枪了，让炭球对付它。"眼见庄雅雯等几个女孩子有危险，聂云呼喝道。

就在同一时间，炭球猛地蹿了出去，几个起落到了黑熊身后，纵身一跃跳到黑熊的后背上，尖锐的牙齿狠狠地咬在了黑熊的颈后，四只爪子也紧紧地扒住黑熊的后背。

脖子被炭球掐住，黑熊也顾不得再去对付庄雅雯几人了，吼叫了一声，跳下大树，长身站立，两只前爪不断挥动，想要把炭球抓下来，无奈黑熊的两只前爪很难抓到身后，根本奈何不了炭球。

"吼！吼！"凄厉地嘶吼着，黑熊的身子不断地扭动挣扎着。

炭球的爪子并不像猫科动物那般，能死死抓住猎物，被这黑熊一甩，登时扒不住它的后背，被甩飞了出去，砰的一声，撞到一棵大树上。

被甩飞的同时，炭球的利齿也在黑熊的颈后带起一片血肉，黑熊黑亮的毛发下鲜红的血肉分外狰狞。

身子撞到大树上，炭球"噉唔"一声，没等跌落下去，一翻身稳稳站住。站住的同时，炭球一蹬地面，身子如离弦的弓箭一般，飞快向黑熊扑去。

炭球脑后的鬃毛根根竖起，浑如一只火红色的小狮子一般。到了黑熊身前，炭球张大嘴向着黑熊咽喉处猛咬过去。黑熊脑袋一摆，躲开了要害，被炭球一下咬住了胸前的一块皮肉。

这次炭球在身前，黑熊自然不会坐以待毙，两只前爪飞快地向炭球的身子拍了过去。这黑熊力量奇大，两爪子拍下来，就算是炭球的体质比刘俊伟好上好几倍，也得筋骨立断，丧失战斗力。

然而，炭球根本没让黑熊的爪子拍在自己身上。四条腿在黑熊身上猛地一蹬，炭球身子一扭，居然蹿过了黑熊的肩头，大半个身子翻到了黑熊的身后。牙齿还紧紧叼着黑熊胸口的皮肉，这一翻身，用力一扯，黑熊重心不稳，砰的一声倒跌在地，和炭球滚到了一处。

"靠，炭球这么给力！聂子，不去帮把手？"

不远处的刘俊伟开山刀一挥，就想过去帮忙。

"给我蹲这儿。"聂云一伸手，直接把刘俊伟摁在了原地。

"等炭球没力气了再说，炭球不傻，不会和它硬拼的，这次只求伤它，不求把它咬死。等这大家伙遍体鳞伤，血液大量流失之后，就算它再厉害，动作也会迟缓下来，那时咱再上不迟。"聂云急速说道。

聂云正说着，黑熊已经站了起来，黑熊的胸口处也被撕开了一条大口子，鲜血淋漓。原本和黑熊纠缠在一起的炭球飞快地后退几步，和黑熊拉开了一段距离，张大了嘴巴，大口地喘气。

炭球才一百斤，黑熊却达到了六七百斤，体型相差六七倍，哪怕炭球的身体素质再好，和黑熊硬拼，体力损耗也极大。

"汪汪……"不远处，那只圣伯纳犬大声吠叫着，似乎想给这黑熊施加压力。

跟圣伯纳在一块儿的杨小海早爬到了一棵大树上，此刻杨小海手里没有镰刀，自然也不敢下去和黑熊肉搏。

不过，看到炭球接连重伤黑熊，杨小海也是两眼放光。

"吼！"这次，黑熊嘶吼一声，主动向炭球冲了过去。炭球到底身形敏捷，一闪就躲开了，身形再一动，又向黑熊背后蹿去，不过这黑熊却迅速转身，不把自己的后背暴露给炭球。炭球又接连试了两三次，都没找到黑熊的破绽。对此，炭球也无可奈何。

对峙片刻，炭球干脆汪汪吠叫，开始向黑熊示威。

黑熊也不断直立起来，向炭球嘶吼，不过黑熊却不敢直立太长时间，生怕炭球再蹿过来，在自己肚皮上来那么一下。

不远处的刘俊伟看得心痒，握住开山刀的右手不断握紧再松开，手心都满是汗水。

"靠，这黑熊也怂了，不敢和炭球斗呢。不行的话让炭球闪远点儿，让庄姐再给它两枪。"刘俊伟低声说道。

一边说着，刘俊伟一边向庄雅雯几人所在的大树望去。

这一望之下，刘俊伟登时瞪大了眼睛："靠，杨大记者，你丫跑下来干什么？"

听到刘俊伟这句话，聂云也下意识地向那边的树杈看去，就见之前还在树杈上蹲着的杨雪宁，不知道什么时候溜了下来，正拿着DV，慢慢向正在对峙的炭球和黑熊走去。

树杈上的其他几个女孩子，都目不转睛地盯着黑熊和炭球，根本没注意到杨雪宁已经溜下了树杈。

杨雪宁似乎进入了忘我的状态，一边拍摄，一边四下走动，寻找最佳的拍摄位置，早就忘了这黑熊的危险性。

"吼！"

就在这时，黑熊也发现了杨雪宁，猛地直立起上身，嘶吼一声，向杨雪宁扑去。炭球吠叫一声，前去拦截，刚咬到黑熊身上，就被黑熊猛地一甩，甩出去七八米远。

"雪宁，快回来！"树杈上的庄雅雯也发现了这边的情况，"砰"的一枪打在黑熊身上，然而只让黑熊身形略微顿了一下，根本无法阻挡黑熊的脚步。

眨眼间，黑熊就冲到了杨雪宁身前，此刻的杨雪宁已完全呆滞，根本无法反应……

杨雪宁早就吓傻了。心脏怦怦乱跳，想要转身逃跑，两条腿却像不是自己的一般，根本无法挪动。

"吼！"

黑熊冲到杨雪宁身前，长身而起，仰天嘶吼。

杨雪宁手中的DV，将黑熊嘶吼的画面拍摄得清清楚楚，杨雪宁此刻却大脑一片空白，或许，这DV上的画面，就是自己记者生涯最后的绝唱吧……

下一瞬间，黑熊硕大的身躯，猛地扑了下来。

"闪开!"

几乎是同一时间,一声清喝,陡地在杨雪宁的耳边响起,只听"砰"的一声闷响,杨雪宁只感觉自己的腰部一痛,一股巨力传来,身子直直地飞了出去,手中的DV也脱手而出,啪地跌在地上,摄像头还对着这头黑熊……

不过这DV屏幕上,此刻已经不止是一只黑熊了,还出现了一个青年男子,正是聂云。

一脚将杨雪宁踢飞,此刻的聂云几乎是正面迎接黑熊的攻击。看到黑熊扑来,聂云非但没有后退,反而双脚在地面一蹬,急速蹿起。手中的开山刀,向着黑熊的巨大前爪劈斩过去。

这黑熊速度虽不慢,但是和云豹比起来,却不知道差了多少倍,面对云豹的攻击,聂云尚且能勉强闪开,此刻面对黑熊的攻击,聂云自然有从容的反应时间。

砰!开山刀和黑熊的巨爪相撞,聂云只感觉双臂上一股大力传来,反震力加上黑熊巨爪甩动的力量,一下子把他震飞了出去,横着身子砸在了地面上。地面上的枯叶都被聂云震了起来。

一翻身,聂云半蹲起身子。

黑熊力量虽大,但这一下到底不是直接击打在自己身上,虽然狠狠地摔在了地上,但森林中落叶沉积,土松软无比,就像摔在床垫子上一般,没对聂云造成多大的伤害。

不过,刚才的反震力还是让聂云手臂酸麻,想要紧握刀柄,都变得十分困难。

一下击飞聂云,黑熊居然不来追击聂云,而是向着杨雪宁的方向而去。在黑熊看来,手无缚鸡之力的杨雪宁,明显要比手持利刃的聂云容易对付。

"熊孙子,你刘爷爷来也!"眼见黑熊再度冲到杨雪宁身前,聂云还来不及反应,刘俊伟抓着开山刀从黑熊斜后方杀了过来,到了黑熊身后,猛地跃起，手中开山刀"噗"的一声，刺入黑熊的肩膀，直接掼入一二十公分。

黑熊凄厉地一声嘶吼，正要回头，刘俊伟不等它动作，双脚在黑熊身上一蹬，也顾不得拔出开山刀，身子先跃出三四米。

就地一滚，刘俊伟也不管黑熊了，而是飞快地冲到杨雪宁身边，一把抓住杨雪宁的胳膊，带着杨雪宁头也不回地急速奔逃。

黑熊此刻怒吼连连，伏下身子，再度向杨雪宁追击而去。

就在这时，喘了一口气，双臂基本恢复力气的聂云又向黑熊冲了过去。

"去死吧！"

聂云举起方头开山刀向黑熊后背刺去。然而就在聂云的开山刀将要刺到黑熊后背的时候，黑熊似乎感觉到了危险，猛地转过身来，聂云也顾不得是正对着黑熊了，一狠心，手上用力，一米多长的方头开山刀"噗"的一声，掼入了黑熊的腹部。硕大的方头破开黑熊的肚皮，留下了一个十多公分的巨大血口，鲜血登时喷涌而出。

"吼！"

黑熊的右爪一挥，"噗"的一声，实实在在地击中了聂云的左肋。

咔！聂云只感觉左肋一痛，骨骼断裂的声响传来，自己的肋骨怕是断了几根。紧接着自己呼吸时，都感觉到肺部一阵阵的剧痛，禁不住咳嗽了一声，口鼻之中，喷出了鲜血。

击中聂云之后，黑熊右爪一挥，聂云顺势栽倒在地，手上依然紧紧握着开山刀，开山刀搅动之下，在黑熊腹部划出一个巨大的血窟窿，怕是连这黑熊的肠子都要绞断了。

剧痛之下，黑熊连连嘶吼，两只前爪不断在身前挥舞。此时，聂云身子早已倒地，黑熊利爪再怎么挥舞，也打不到聂云了。

顺手一抽，开山刀离开了黑熊腹部。黑熊腹部的血窟窿之中，肠子混着鲜血，一下子涌了出来。

此刻，黑熊再也支撑不住，无法继续直立，身子一下子伏了下来。聂云忍住肋部的剧痛，猛地一滚，从黑熊的身下滚了出来。

左臂在地上一撑，聂云勉强站了起来。面对身前的黑熊，聂云一咬牙，右手开山刀猛地高高举起，向着黑熊的脖颈急速劈斩下去。

开山刀划过空气，带起呜呜的风声，直接破开了黑熊的皮肤，深入七八公分，若不是这黑熊脖颈极粗，怕是这一刀下去，直接就将黑熊的脑袋砍了下来。

一刀砍下去，聂云右手猛力在刀柄上一推，身子倒着滑了出去，躺在了地上，左肋处的剧痛一阵阵袭来，聂云眼前一片眩晕……

黑熊接连重伤，早已是强弩之末。炭球飞快蹿到黑熊后背，一口咬在黑熊脖颈右侧，猛一用力，再次将黑熊带翻在地。

黑熊脖颈上的开山刀松动，掉了下来，狰狞的伤口处"噗"地飚出一注鲜血……被炭球咬住，黑熊已经没有多少力气反抗了，四只爪子不断地挥动，但是却翻不过身来，脑袋也被炭球狠狠地摁在了地面上。

不远处的刘俊伟，一只手还紧紧抓着杨雪宁，回过头来，望着黑熊，大口大口地喘着气。此刻，刘俊伟和杨雪宁身上，满是汗水，不知道是累出来的热汗，还是被吓出来的冷汗。

另一边的杨小海，却从树杈上飞快地跳了下来，跑到黑熊身后，捡起之前刘俊伟掉落在地上的开山刀，对准了黑熊的心脏。

"小海不要啊……"树杈上的庄雅雯一惊，下意识地喊道。

"没用了，救不活了！"聂云看了眼那头濒死的黑熊，勉强呼吸两下，语气平淡地说道。

"噗"，开山刀直直刺入黑熊的心脏。黑熊身子一抽，四只爪子再度猛力挥动起来，杨小海连忙后退，躲到了四五米之外。这不过是回光返照罢了，黑熊又抽动了几下，便沉寂了下来……

一旁的聂云终于松了口气，一口鲜血喷了出来……

第四章 深山幽谷访异兰，劫后余生寻得至尊极品花中皇后

一株低矮的灌木树桩上，附着一株花草，叶脉修长，上面开着一朵拳头大小的花朵，形似蝴蝶，透着一股妖异……蝴蝶兰最初被发现时，被冠以魔鬼的化身，就是因为蝴蝶兰如魔般妖艳，让人沉迷，因此，也被誉为兰花界的皇后。这是一株极为稀有的变异蝴蝶兰。难得的是蝴蝶兰和老桩花树一体，怕是百万不止了。

聂云为了救杨雪宁，不得不跟黑熊正面搏杀。黑熊虽然被大家合力杀死了，可是聂云也受了极重的伤。

"聂云，你受伤了？"

最先从树上跳下来的庄雅雯，一眼就看到聂云肋下血肉模糊的一片，将聂云半边身子都染红了，不由得双眉一皱，顾不得别的，飞快地向聂云跑去，一边跑着，一边将自己身后的背包解了下来。背包中放着一些消毒药品……

聂云的伤势到底有多重，他自己最清楚。虽然只被黑熊击中了一下，但是却要了聂云半条命。如果不是聂云的身体在灵气的不断滋养下，远比普通人的身体素质好，恐怕黑熊一爪就能震碎他的内脏。那可就真的凶多吉少了。

这一次，真是惊险至极！

现在，聂云身体轻轻一动，就能感觉到左肋传来剧痛。

至少断了两根肋骨。内脏虽然没有被震碎，但受到震荡，内部组织受创、血管破裂的情况不可避免，之前自己口鼻之中咳出鲜血来，就说明自己肺部受创比较厉害。

不过感到疼痛，聂云反倒安心了。能感觉到痛，就说明不是特别严重的致命伤，尤其是内脏的创伤，应该没有表面上看起来那么严重……

"聂云，你别动！"

走上前来的庄雅雯把背包里比较硬的东西拿出来，然后把背包垫到聂云的身后。

看到聂云肋下的伤势，庄雅雯的眉头皱得很深。

此刻，田甄等人也发觉聂云受伤了，田甄跑到聂云的身旁，两只手紧紧抱着聂云的右手手臂，没说话，眼泪却不住地往下掉，不一会儿就将聂云右臂的衣服打湿了。

刘俊伟看了眼聂云的伤势，不由得倒吸了一口凉气，而苏怡和杨雪宁则吓得脸色发白。

"别哭小甄，没什么大不了的，我命比黑熊大多了，待会儿包扎一下就好了。"聂云一阵苦笑，这次玩大发了。右臂支撑着身子，抬起左手给田甄擦了擦眼泪。

"别动，没看你都伤成这样了？"庄雅雯瞪了聂云一眼，把聂云的左手抓了回去。

"没事庄姐，让小甄帮我包扎一下，再休息一会儿就好了。我这伤和那只圣伯纳犬差不多，看着挺严重的，其实没什么事儿。"聂云笑道。

此刻，聂云倒不是充英雄。聂云很清楚自己伤得不轻，但是他感觉到，自己脏器的基本功能没什么大问题。肺部的伤也问题不大，虽然每次呼吸，肺部都是火辣辣的疼，但却没有窒息之感。

至于皮肉骨骼的外伤虽然狰狞，但是没伤到大动脉，现在已经止住血了。再撒上一点儿云南白药，包好，应该就没什么问题了。

但是，自己想要和之前一样行动、打斗，是不可能了。

看到田甄和庄雅雯几个人都十分担心，聂云只能尽量把自己的伤势说得轻一点儿，至少不能让她们太害怕。

"我说聂子，你丫够硬气，铁血史泰龙估计都比不上你。这样的伤还说没事儿？"

一旁站着的刘俊伟笑着打屁，不过，刘俊伟此刻的笑容有些发苦。

"伟子你也别说了！"

庄雅雯又深深地看了聂云一眼。

"你还要小甄帮你包扎，她哭成那样了还行吗？我来吧，我尽量小心，要是弄疼你了，别死撑着，哼哼两声也影响不了你的光辉形象！"庄雅雯说道。

说完之后，庄雅雯深吸了一口气，右手拿起一把小剪刀，先抹上酒精消毒，接着帮聂云小心翼翼地把伤口附近的野战服全都剪了开来。野战服被聂云的血液紧紧地黏在身上，庄雅雯轻轻拉扯一下，聂云就钻心的痛。不过，聂云还是咬了咬牙，忍住了。

倒不是聂云要充英雄，主要是现在的自己，实在不宜有什么大动作，哪怕痛吼两声，肺部都疼。

野战服被剪开，里面深蓝色的保暖内衣也被剪开，聂云的伤口完全露了出来。

看到聂云的伤口，田甄一捂嘴巴，眼泪掉得更快了，两只眼睛都红成了桃子，而刘俊伟干脆转过头去，不忍看了。

"伟子，你还是不是男人？"看到刘俊伟的样子，聂云不禁轻笑。

"还别说，我刘俊伟平常是个男人，血腥恐怖片什么的，看了半点儿感觉都没有。不过这辈子我就有两回不像个男人，连见血都害怕。一回是你替我挡刀子那会儿……一回就是现在了……"

刘俊伟没回过头，话语依旧调侃，但声调却微微颤抖着。

聂云默然，换成是刘俊伟伤成这个样子，恐怕自己也不忍心看吧……

"别乱动，肋骨好像断了两根，我给你接好。伤口这边，好像已经止血了，待会儿给你用酒精清洗下，可能会很疼，再撒上一些药包好就行了。再给你打一针破伤风，应该就没问题了。不过恢复起来，可能时间要长一点儿。"

庄雅雯说着，把聂云的两根肋骨接合到一起，庄雅雯的手触摸到聂云的皮肤，聂云非但没感觉到多么疼痛，反而有些痒痒的。

酒精消毒，撒上云南白药，聂云也只是感觉肋下一疼，很快就结束了。

"把上身衣服都脱下来吧！"

包扎的时候不大容易弄，庄雅雯干脆让聂云小心翼翼地把上身的衣服脱下来。说是脱，实际上是庄雅雯直接将衣服剪破，从聂云身上拿了下来。

"这件衣服，看来也没多少纪念意义了……"

看到被剪成破烂的衣服，聂云不禁苦笑。

庄雅雯看到聂云显露的上身，心神不禁微微一荡。

聂云并不是什么肌肉男，虽然经常锻炼，但是肌肉并不算明显。大学刚毕业那会儿，因为锻炼少了，小腹上还出现点儿赘肉。

不过获得灵木瞳之后，聂云发觉这些灵气在滋养自身的同时，也在调理体内的脂肪结构，腰间的赘肉基本消失了，身体肌肉的线条，也愈加明显。

心神激荡之下，庄雅雯没敢多看，连忙拿绷带在聂云腰间缠了几下，给聂云包扎好伤口。

"好了，先躺着休息一会儿吧。回寨子是不可能了，等下让小海回去，找几个村民，用担架把你抬回去吧。估计至少要在寨子里休息半个月，你才能回去。"庄雅雯说道。

肋骨骨折，不需要特别处理，只要接好，完全可以自己痊愈。

当然，这期间，聂云需要静养，想要沿着原路返回玉龙雪山景区，再开车回去，显然是不可能了。

庄雅雯给聂云包扎好，炭球才凑了过来，伸出舌头来舔了舔聂云的脸颊。

"那头黑熊死透了吧？反正这次的任务也算完成了，大家也都坐下休

71

息一会儿吧，待会儿把黑熊的熊掌剁下来，咱们也尝尝熊掌的味道。"聂云仰面躺在地上，身下就是松软的落叶，口中缓缓说道。

"行，把伤聂子的那只熊掌先剁下来，烤了给你吃，也给你补补！"看到聂云现在没什么问题，刘俊伟也放松了下来说道。

田甄也在聂云身边坐下，把背包放在身下半躺着，两只手依旧紧紧抱住聂云的手臂。

"聂云，对不起，我……我……"杨雪宁走到聂云身边，有些愧疚地向聂云道歉，杨雪宁知道，如果不是自己贸然溜下树去拍摄，聂云也不会受伤。聂云受伤，很大的原因，是为了救自己。

"没事儿，是我自己不小心，太急于求成了，也太小看这头黑熊了，你不用内疚的。我还等着看杨大记者拍摄的视频呢。"聂云呵呵笑道。

事已至此，倒也不必再怨谁了。

庄雅雯给聂云打上破伤风疫苗，站起身来："我和苏怡去弄一下黑熊，把熊掌弄下来给你补补身子。让小甄陪你吧。"

"我也去看一下 DV 有没有坏掉。"杨雪宁说着，也离开了。

聂云和田甄躺在草地上，什么也不用做。

这次自己会受这么重的伤，是聂云没预料到的，不过事已至此，也没什么好说的了，反正他躺着不能动，只能抬头看天，好在有田甄陪着。

视线之中，满是大树的枝叶，没多想，聂云就开启了灵木瞳。

就在灵木瞳开启的同时，聂云感觉到，右眼中的青色灵气竟然不受自己的控制，一直向下，通过脸部、颈部、胸口，一直游走到受伤的左肋，才停了下来。

下一刻，青色灵气绕着肋下的伤口，飞快地流动起来。

聂云肋下伤口处，立刻生出一种麻痒的感觉……

是灵气正在帮聂云治愈伤口，虽然不知道愈合速度最快能达到什么程度，但是聂云能感觉出来，最多一两天，自己的伤口就能结痂，肋骨的伤势，最多有四五天就应该痊愈了。

聂云的心情也放松下来。

躺在地上，轻轻呼吸，感觉有一丝灵气进入了肺腑，在肺部受伤的地方环绕了几周，聂云登时感觉到呼吸时肺部的燥热感减轻了很多，每一次吸气，肺部都清清凉凉的，十分舒服。

这青色灵气，果然十分玄妙……

聂云干脆闭上了眼睛，心神全部放到体内的灵气上，仔细地感受着这些青色灵气给自己身体带来的变化……

也不知道过了多久，庄雅雯的声音传入了聂云的耳朵中。

"小甄，聂云睡了？"

庄雅雯的声音很轻，生怕将聂云吵醒。

田甄点了点头，看了聂云一眼，"好像是睡着了，庄姐，聂云他真的没事吧？"

向庄雅雯问着，田甄又看了聂云几眼，看到聂云的胸口缓慢起伏着，呼吸平稳，心里才略微松了一口气。

"没事的，放心吧小甄，聂云的身体素质很好，这次没有伤到内脏，只是肌肉和肋骨伤到了而已，只要止住了血，基本上就没什么事了。不过……即便痊愈了，聂云身上还可能留有疤痕。"庄雅雯说着，看了眼聂云赤裸的上身。

"有疤痕没事，反正是在衣服里面，别人看不到的。"田甄柔声说道。

"嗯，在衣服里面别人看不到，可小甄你会经常见到啊，小甄你应该不会嫌弃你家聂云身上有疤痕吧？"微微一笑，庄雅雯轻声逗了田甄一句。

"庄姐，我……"田甄俏脸一红，不好意思说话了。

"男人身上留个疤也没啥，这是黑熊伤的，留个疤也算个纪念。"刘俊伟也走了过来，"反正聂子身上又不是没疤……咦？我记得聂子之前给我挡过刀子，身上有道长疤的，跑哪儿去了？"

刘俊伟正说着，看了聂云一眼，却发现自己记忆中，聂云胸口上的一条长疤，居然莫名其妙地消失了。

这道疤是当初聂云帮他挡刀时留下的。伤口缝合的时候刘俊伟在场，这道伤口足有十公分长，两公分深，缝了整整十七针，虽然最后痊愈了，可疤痕也永久地留下了。

现在聂云的胸口，哪有这么一道疤痕？刘俊伟把脑袋凑过去，只在聂云胸口，发现了一条几乎淡得不可见的痕迹……

聂云根本没睡，听刘俊伟这么说，立刻意识到，这道疤痕的消失，八成也和自己体内的灵气有关。

此刻刘俊伟脑袋还凑在聂云胸前，对于聂云胸口疤痕的消失啧啧称奇。

聂云双眼猛地睁开。

"伟子你干什么呢？脑袋凑在我胸口，不会有什么龌龊企图吧？你丫给我滚开。"聂云用异样的眼光看着刘俊伟，口中义正词严地说道。

"靠。"刘俊伟见聂云醒了过来，连忙躲开，"我就是有点儿奇怪，你胸口那道疤什么时候没了？记得临毕业那会儿天气热，你丫天天在宿舍里光着膀子，那疤痕还挺明显的呢。"

"这年头消除疤痕的医院有的是。"聂云随口说道，自己总不能和刘俊伟说，自己是靠着右眼中的灵气消除的疤痕吧。

"不过我这个，是弄了一个民间药方，制成了药膏，抹上之后疤痕才慢慢变淡的。可惜那种药膏很难配，有一味药材很不好找。不然的话，我多弄点儿，卖给爱美的女孩，还能小赚一笔呢。"怕刘俊伟追问是哪家医院，聂云又说道。

躺了一会儿，聂云感觉肋下的伤口，已经好了很多，心中暗想，这身体里有灵气就是好啊。

不过断掉的肋骨，就不是那么容易接起来了。

如果现在让聂云站起来，和田甄她们一起走回村寨，基本上问题已经不大了。

不过作为一个重病号，自己恢复得太快，未免说不过去。所以，聂云只能继续当病号了，最多表现得恢复速度比正常人快一点儿罢了。

"躺着难受，伟子，扶我坐起来。庄姐，熊掌烤好了？"让刘俊伟把自己扶起来，聂云向庄雅雯问道。

聂云鼻子动了动，闻到了一股肉香味。

"烤好了，四只熊掌都给你烤了。"

庄雅雯没好气地说道："早知道你是为了吃熊掌，就不跟你过来找这头黑熊了。"

"我这不也是没办法嘛，这都成了病号，伙食方面自然要加强一点儿了。再说我也不想弄成这个样子啊……"聂云苦笑道。

"对了聂子，你跟炭球和黑熊搏杀的全过程，都被 DV 录下来了。还别说，你那几招，真有点拼命三郎的感觉。"扶住聂云的刘俊伟说着，抬头冲不远处的杨雪宁道："杨大记者，把 DV 拿过来，给咱们的英雄瞅瞅，看看他英勇不。"

录像录得很完整，尤其是黑熊一爪子把自己砸倒的一瞬间，聂云看了身子都不由一抽。聂云虽然也不矮，也不是瘦竹竿，但和黑熊比起来，还是非常弱小，黑熊拍自己跟自己拍苍蝇一样。

看视频时，聂云都不得不庆幸，黑熊那一爪子没把自己拍死真是自己命大啊。

"这段视频，都有欧美大片的感觉了……"看完视频，聂云长长舒出一口气，说道。

"等有了信号，就把视频给你传网上，估计点击率是没问题了。"刘俊伟说道。

"我看你小子是想把自己的光辉形象传上去吧？别说，你那一刀，倒还真带劲儿。"

聂云把视频倒回去，反复看了一下刘俊伟刀劈黑熊的画面，啧啧感叹。

"嘿嘿，彼此彼此。"刘俊伟嘿嘿笑道。

"行了，别看了，让聂云吃点儿东西吧。他刚才失血有点儿多，多补充一下营养，吃完让他休息一会儿。"

庄雅雯说着，拿了一只烤熊掌过来："你这个样子，本来不应该吃烧烤食品的，不过这次出来没带锅，所以只能烤着吃了。烤焦的地方我帮你弄掉。"

庄雅雯说着，左手拿着烤肉叉子，右手拇指和食指轻轻捻起熊掌上烤黄的焦皮，放到自己嘴里，然后把熊掌放到聂云跟前，让聂云咬一口。看到有焦皮，再捏下来自己吃掉……

看到庄雅雯一边吃熊掌，一边喂自己的模样，聂云都有些呆了，熊掌咬在嘴里，都尝不出是什么味了。

"咳咳，那个庄姐，熊掌我自己吃就好了，有点儿烧焦的地方没事儿的。外酥里嫩，要的就是这个效果……"轻咳了两声，聂云说道。看到聂云轻咳，庄雅雯也感觉到气氛的异样，不由脸一红。

"小甄，你……你喂聂云吧。"

把熊掌递给田甄，庄雅雯落荒而逃。

吃着熊掌，聂云倒也没感觉有什么特别的味道，不过这东西口感软滑，肥而不腻，脂肪和蛋白质含量都挺高的，吃在嘴里反而是心里的满足更多一些。

饿了的时候，猪蹄都能吃出熊掌的味道，吃饱了的话，熊掌还不如猪蹄呢。聂云虽然两个小时之前刚吃过饭，但是和黑熊搏杀耗费了很大的体力，而且现在又身受重创，所以聂云早就饿了，一只硕大的熊掌，转眼间就和田甄分着吃完了。

剩下的三只熊掌，在聂云的坚持下，让刘俊伟、庄雅雯、杨小海一起分着吃了。

这东西，还真不是有钱就能吃到的，像刘俊伟这样的公子哥也是第一次尝到熊掌的味道。

庄雅雯几个人中午刚吃了饭，现在还不饿，也就是尝个鲜。

硕大的黑熊尸体，几个人倒不知道怎么处理了，说起来熊肉味道也不错，六七百斤也不好浪费了。

刘俊伟把胸腹剖开，取出熊胆，好歹是一味珍贵药材。

"让小海先回村寨吧，不然他家里人要担心的。明天一早再让村里来几个人，把我抬回去，顺便把这只黑熊的尸体也抬走。"聂云想了想，说道。

庄雅雯几人也同意了。

这次出来，几个人原本都准备当天回去的，就算找不到黑熊，也不在外面过夜，所以帐篷、铁锅之类的东西都没准备。

杨小海回村寨，聂云则在田甄和庄雅雯几个女孩子的威逼之下，睡大觉去了。

聂云身体虽然靠着灵气恢复得不错，但是血液的流失一时间也不容易补回来，全身缺血，大脑也缺血，现在还真有点儿疲倦。

聂云心甘情愿地在众人的威逼之下躺下休息了。

一觉睡到天黑，篝火已经点了起来，聂云睁开眼，先感受了一下伤口处的情况，肌肉的伤势基本痊愈，骨骼也恢复了一点儿。但是自己的灵气却基本消耗殆尽了，现在自己的右眼内，已经空空如也。

积攒灵气麻烦，自己发现了三四株盆景，去浮云观吸收了好几株百年银杏树的灵气，这次云南之行，云杉坪、变异兰都给自己增加了不少灵气……但是，不过是一次受伤，就一下子回到"解放前"了……

此时，聂云唯有苦笑。好在灵木瞳能力没消失，自己还能继续吸收灵气。

吃了晚饭，庄雅雯和田甄几个人小声聊天，继续逼着聂云睡觉。

睡到半夜，聂云实在是睡不着了。

对于普通人来说，或许睡觉是恢复伤势最好的方法之一。但是对于聂云来说，睡觉却没什么作用。比起睡觉，多吸收些草木灵气，用灵气恢复伤势，无疑更好更快。

后半夜醒来，聂云轻轻把田甄抱着自己的手臂拿开，左手在地面上一撑，站了起来。左边肋骨断裂处，还有些疼痛，不过已经不是什么大问题了。

站起身，聂云走了两步，炭球第一时间发现了聂云，聂云比了一个噤声的手势，炭球也没吠叫。

开启灵木瞳，聂云先吸收了附近几株大树中的灵气。

虽然是绿色灵气，但也聊胜于无了，聂云眼中空空如也，多吸收一点儿灵气，就能加快自己的痊愈速度。

吸收完附近树木的灵气，聂云招呼炭球一声，向远处走去。有炭球在身边，自己也不担心会迷路。

开启灵木瞳在森林里乱转，凡是目光所及，五六米之内，大树、灌木杂草、野生蘑菇的灵气都自动进入聂云眼中。

黑咕隆咚的，聂云也不管这附近的植株是什么种类，有灵气吸收就好。

大约走出一里路，正在吸收灵气的聂云陡然发现，一道浓烈的青色灵气，猛地蹿入右眼。聂云一愣，下意识向那边望去，就见距离自己三四米之外，一株低矮的灌木树桩上，附着一株花草，叶脉修长，上面开着一朵拳头大小的花朵，形似蝴蝶，妖异无比……

一株老桩……一株花草？

聂云右眼刚刚吸收的青色灵气，就是从这边来的，只是不知道，那股青色灵气是来自这株低矮的灌木老桩，还是来自于这棵花草。

桩子是老桩，单看直径，就达到了三十公分以上。

虽然有三十多公分粗，但是这老桩却并不高，也就半米的样子，仿佛被人拦腰截断了一般。

老桩上生着几个分叉，分叉上也带着一些枝叶，好像不是一株死桩。

这样的桩子聂云以前见过，聂云淘到的仙鹿古松、狼窝跟前的山石古松，都是这样的。在野外出现这么一株类似盆景桩的树桩，聂云第一时间就觉得那股青色灵气来源于这株树桩。

至于那朵花，虽然黑暗中看不大清楚，特别是看不清花朵的颜色，但是单看花形，聂云就能判断出，这是一株兰花。聂云又觉得，那股青色灵气，也可能来源于这株兰花。

"用灵木瞳看一下就知道了。"没多想，聂云干脆对着它们开启了灵木瞳。

树桩中的灵气和兰花中的灵气脉络一下子呈现在聂云眼中。

"咦?"

让聂云没想到的是,在灵木瞳中,无论是这株树桩,还是这株兰花,其中蕴含的灵气,竟然都是青色的。而且是深青色的,颜色完全相同,根本分辨不出哪个层次更高一些。

青色的灵气,也分淡青色或者是深青色,像是云杉坪附近云杉之中的灵气,就是淡青色,浮云观千年银杏树的灵气则是深青色。不同的植株,其中蕴含的灵气颜色深浅,总有些微的差别。

然而,这老桩和这兰花,灵气颜色竟然一模一样,半点儿差异都没有。

"难道,我刚才吸收的青色灵气,来源于老桩和兰花这个整体?"心中想着,聂云继续观察这株老桩兰花。

这一观察,聂云才发现,这老桩和兰花的灵气,果然是相通的。老桩树杈上有些腐烂,而这兰花的根部,则牢牢扎在腐烂之处,深入老桩树干之中,兰花根部的灵脉,和老桩树干之中的灵脉,连到了一起。

这种灵脉的契合度,比嫁接成活的树木的砧木和接穗之间的灵脉契合度还要高!

花树一体!

聂云惊讶地看着,不禁感叹造物主的神奇。

这样的一株老桩兰花,完全是夺天地造化的产物,难怪其中蕴含的灵气颜色达到了深青色。

吸收了这老桩兰花中的灵气,聂云右眼中的灵气增加了不少,这株老桩兰花给聂云带来的灵气,差不多有仙鹿古松的三倍了!

聂云右眼中的灵气,进入左肋的伤口,缓慢地治疗着他断裂的肋骨。

"这样一株老桩,单独挖出来,栽在盆里,也算是精品盆景了。这兰花虽然不知道是什么品种,但是拥有青色灵气,估计也是极为稀有的变异品种,挖出来带走,单独售卖的话,怕也要价值几十万……

"如果这两者作为一个整体,进行售卖的话,其价值怕就……"

聂云的双眉,微微皱起。

蕴含青色灵气的植株，不是奇花异草，就是精品老桩，自己面前的这株老桩兰花，价值肯定不低。"不走了，在这儿蹲着，天亮之后，让炭球把伟子小甄她们找来，挖走这株老桩兰花！"

　　聂云心中想着，干脆在这株老桩兰花跟前盘膝坐了下来。

　　如此神奇的老桩兰花，聂云一定要带走。走了大半天，灵气也吸收得差不多了，身体也困乏了，索性坐下来休息一下。

　　盘膝坐着，聂云任由新获得的青色灵气治疗自己的伤势……

　　过了两个多小时，天色蒙蒙亮了。聂云听到森林中响起女孩子的喊叫声。喊叫的，正是自己的名字。

　　不用说，是田甄、庄雅雯她们发现聂云消失了，正焦急地寻找呢。

　　"去，炭球，把小甄她们都带过来。"

　　聂云拍了拍炭球的后背，打发炭球回去。

　　"聂云……聂云……"

　　二十分钟后，田甄等几个女孩子的叫喊声逐渐清晰起来，越来越近。不一会儿，几个女孩子以及刘俊伟跟着炭球飞奔而来。

　　"聂云在这儿呢！"

　　苏怡眼尖，第一个发现了聂云，紧接着田甄和庄雅雯都向聂云跑来。

　　"我说聂子，大半夜的你怎么跑这边来了？上学那会儿没听说你有梦游的毛病啊，不会是被黑熊拍了一爪子，染上了病毒，和黑熊一样，昼伏夜出了吧？"

　　看到聂云，刘俊伟松了口气，反倒不急着跑向聂云了，一边向聂云走过来，一边调侃道。

　　"晕，你以为黑熊是吸血鬼呢！"聂云一阵无语。

　　"聂云，你受了这么重的伤，怎么跑到这么远的地方来了？刚才小甄快担心死了，是不是还想小甄为你掉眼泪啊？"

　　跑到聂云身前，田甄立刻扑过来抓住聂云的胳膊，庄雅雯则站在聂云身边，绷着脸斥责聂云道。

　　"好了，没事儿，能走那么远的路，不正说明我的伤势不算太严重。

也就是肋骨断了而已，其他的都是皮肉伤，问题不大……"聂云轻轻在田甄腰部一带，把田甄搂在怀里。

聂云向庄雅雯说道："那么躺着也不是回事儿，活动活动对身体恢复也有好处，白天我睡了那么长时间，到后半夜实在睡不着，又不想打搅你们，这才和炭球出来的。"

"那活动完了为什么不回去？刚才我们看到炭球自己回来，差点儿担心死，还以为你被野兽叼走了，回不来了！"庄雅雯瞪了聂云一眼，说道。

聂云不由苦笑，想不到自己因为守护老桩兰花，没跟炭球回去，倒更让庄雅雯她们担心了。

早知道这样，自己干脆在炭球身上留个纸条，写上"我没事"三个字好了。

"我在这儿找到一株兰花，看着好像是变异的品种，怕回去之后，再找就迷路找不到了，所以才自己守着，让炭球去叫你们的。"

聂云一边解释着，一边指了指面前的老桩兰花。

"庄姐，你看一下，这兰花是什么品种？"

这时，庄雅雯才发现聂云身前的灌木树桩上，的确有一株兰花。

这兰花拳头大小，形似蝴蝶，花瓣鹅黄色，花瓣边缘带着深紫色的斑点，花蕊则是深蓝色，透着一股妖艳的色彩。

"这是蝴蝶兰！"只是了一眼，庄雅雯就说道。

"咦？这个地方，怎么会有蝴蝶兰，蝴蝶兰在云南总共也只有三种，其中两种还是近几年刚发现的品种，在云南文山州和临沧两个地方，这儿是丽江，居然也出现了蝴蝶兰么……"对于这株蝴蝶兰的出现，庄雅雯略显好奇。

"原来是蝴蝶兰啊……"聂云看了一眼兰花，喃喃自语道。

虽然早就发现这株蝴蝶兰了，但是黑天看不大清楚。现在天亮了，自己也是第一次看清这株蝴蝶兰。

蝴蝶兰是近几年一种商业价值极高的兰花，甚至超过了前段时间热炒的君子兰。当然，这种兰花本身也具有极高的观赏性，因此享誉中外。

蝴蝶兰这种兰花，在云南，有资料记载的也就两种罢了。

当然了，并不是所有的东西都写在资料上，那些生物学家也不是将云南每一处土地都搜过一遍，有些地方，会出现一些生物学家不知道或者没发现的兰花。

聂云心中想着，又看了这株蝴蝶兰几眼。

这种色彩的蝴蝶兰，自己没有见过，哪怕是网上或者书本上都没见过。不过不得不说，这株兰花的花朵，绝对配得上"妖艳"二字。看着这株蝴蝶兰，聂云忽然想到，蝴蝶兰最初被发现时，被冠以魔鬼的化身。说明蝴蝶兰如魔般妖艳，同样还说明，这种兰花，有一种让人沉迷的魔力。

整个世界的兰花爱好者，几乎都为这种兰花疯狂。因为蝴蝶兰本身不仅有极高的观赏价值，还是一种观赏性兰花的重要亲本。蝴蝶兰与很多兰花的杂交品种，同样具备极高的观赏价值。正因为如此，蝴蝶兰，被誉为兰花界的皇后！

聂云面前老桩上的兰花，正是蝴蝶兰。

"庄姐，这样的蝴蝶兰你见过没有？"

确定了品种，聂云又开口向庄雅雯问道。

兰花价值高，最主要的不是其观赏价值，如果单论观赏价值的话，任何一种花卉，也达不到几百上千万。兰花的价值，主要体现在稀有性上，如果是大路货，再漂亮，价值都有限；而如果是独一无二的，观赏性又极高的兰花，其价值，就不可估量了……

"这种颜色的蝴蝶兰，之前我没见过，不过，我对兰花的了解也只停留在表面上，现在市面上究竟有没有这样的兰花，还不好说。总之，像是这株兰花这种花色的，至少还没普及，应该是稀有的变异品种吧。"

庄雅雯不确定地说道。

庄雅雯是搞玉石的，花卉，不过是她的一个爱好而已。常见的那些兰花，庄雅雯还能品评一番，但面前这株兰花是不是独一无二，还需要权威人士的鉴定。

"能发现这么一株兰花，也算是意外收获，让伟子把这株兰花挖出来吧，待会儿咱们带回去。等回到成都我找几个花卉盆景界的老前辈帮忙品鉴一下。"庄雅雯说道。

"不过小心一点儿，蝴蝶兰是附生种，根扎在这棵树桩的树杈处，伟子你弄的时候，不要伤到它的根部，实在不行，就直接把这株灌木树桩拦腰砍断，咱们带着上部分回去。"庄雅雯向刘俊伟说道。

"等一下伟子，别砍了，整个树桩全挖出来吧！"

聂云伸手阻止了正要行动的刘俊伟。

"不说这兰花的价值，单是这株树桩做成盆景，价值就比我送你那盆山石古松还高，砍断太可惜了，直接从根部挖出来吧。这边土质松软，应该不难挖。"聂云说道。

听到聂云的话，庄雅雯不禁多看了聂云一眼。

在花卉盆景方面，聂云是专家，聂云说这老桩价值极高，显然不是无的放矢。

虽然庄雅雯、刘俊伟这些人身家不低，不缺这老桩盆景的几十万块钱，但是破坏老桩的话，也暴殄天物了。

"行，聂子你说了算！"刘俊伟说着，动手挖了起来。

刘俊伟带着开山刀，不过片刻，整个树桩，就被刘俊伟挖了出来，带着一些泥土，直接抱在怀里。

"你就这么抱着吧，等回去卖了它，钱分你一半。"

聂云手臂在地上一撑，自己装着在田甄的帮助下起身，同时向刘俊伟笑道。

"对了，最近成都正好要举办一次新春盆景博览会，这棵老桩和这株兰花，都可以拿到盆景博览会上售卖。这次盆景博览会，四川一些盆景花卉界的老前辈肯定要去的，全国各地的前辈估计也会来不少，到时就可以鉴定出这株兰花的价值了！"庄雅雯心中一动，说道。

虽然春节已经过去十天了，但是今年是正月十三立春，现在办新春盆景博览会正合适。

四川的川派盆景，在整个中国盆景界都占有很高的地位，鲁东省的鲁新派远无法与之相比，这次新春盆景博览会，估计会有不少盆景界的人前来参加。

这样一次盛会，聂云自然不会错过。

"庄姐，正好我受了伤，索性就在成都逗留几天，见识见识这盆景博览会。"聂云向庄雅雯微笑着说道。

"你的伤势……最好还是在寨子里多休息几天吧，这次博览会从正月开始，至少持续半个月，不用急的。"庄雅雯皱眉说道。

"还是早点回成都吧，寨子里的医疗条件到底不行，回到成都，可以先去医院检查一下，确认没什么大问题也就放心了。"聂云说道。

庄雅雯想了想，点了点头。

聂云这次伤得太吓人了，虽然庄雅雯帮忙接好了肋骨，但庄雅雯也就会些野外急救，绝对算不上医术高明。寨子里医疗条件落后，也没先进的仪器，最好还是去大城市里的大医院检查一下才能让人放心。

"走吧，先回黑熊尸体那儿，说不定小海早带着人过来了！"

聂云被田甄挽扶着，说道。

花了半个小时，聂云几人重新回到黑熊尸体处，果不其然，杨小海带着寨子里的青壮年，正在那儿等着了。村长刘木水也来了，和几个年轻人围着黑熊的尸体，啧啧称奇。

看到聂云几个人回来，刘木水眼前一亮，走了过来。

"后生仔，这黑熊是你砍死的？"

看着聂云，刘木水问道，显然，之前从杨小海那儿，他已经知道了聂云斩杀黑熊的过程。

"算不上，这黑熊主要还是中了枪，加上大狗咬，最后被我补了两刀，才死掉的。就是这样，我还被这黑熊弄伤了呢！"聂云笑着说道。

"杨记者，你的朋友，厉害！"刘木水没理会聂云的自谦，冲着杨雪宁竖起了大拇指。

白族年轻人看向聂云的目光，也充满了崇敬。白族虽然是农耕民族，但是地处山林，男人有不少会打猎的。对于强者，这些白族年轻人也十分崇敬，聂云斩杀了黑熊，这些年轻人自然对聂云刮目相看。

现在的聂云，如果去参加白族的相亲，恐怕用不着对歌，只要说黑熊是他杀的，就有不少白族女孩子芳心暗许……

这些白族青年带来了一副担架，好把聂云抬回去。

另外的人，则抬着黑熊的尸体回去，这黑熊足足有六七百斤，将它放到木架上，十多个白族青壮年才勉强抬动。

午后，聂云一行人，终于回到了村寨。

黑熊的尸体被抬回来，几乎全村的老少都跑出来观看，尤其是小孩子。

一些十六七岁的白族小姑娘，看到担架上的聂云，不由频频注目，这让躺着装病号的聂云感到压力很大。

黑熊被斩杀，当天晚上，整个村寨，举行了盛大的庆祝活动。

黑熊的熊皮，虽然有破损，但是基本还算完整，被剥了下来给了死去的刘何龙的妻女。剩下的那些熊肉，则被烤了。

村长刘木水还贡献出家里的一头羊，做成了白族特色"生皮"，款待聂云一行人。

在庆祝活动上，不时跑过来小姑娘敬聂云酒，饶是聂云有伤在身，也灌下了不少酒水。这些白族小姑娘个个生得十分水嫩，面对这么多水灵妹子的含羞传情，聂云还真有些承受不起。旁边的刘俊伟，已经开始羡慕嫉妒恨了……

庆祝活动一直持续到晚上十点才结束，聂云几个人也得以回去睡觉。

第二天一早，庄雅雯、苏怡、刘俊伟、杨雪宁四个人，带着两只圣伯纳，从原路返回玉龙雪山风景区。

而聂云和田甄则在村寨里休息了两天，才乘坐一辆牛车，向村寨外行进。

临走的时候，聂云给杨小海家留了几百块钱，算是对杨小海一家这几天款待自己一行人的报酬。

这点儿钱，对于聂云等人来说不算什么，但是对杨小海一家，无疑是雪中送炭。至少今年杨小海的学费是不用愁了，对此，杨力强夫妇俩唯有感谢。

虽说丽江已经成了全国有名的旅游胜地，但是这边的少数民族村寨，也不过刚刚实现乡镇通公路罢了，至于单个村寨，还要走很长一段山路，才能到公路。

牛车差不多走了一天，才走出崎岖的山路，到了公路旁。

刚走到公路上不久，就见两辆越野车跑了过来，一辆复古悍马一辆路虎卫士，到聂云乘坐的牛车跟前，吱呀一声停住，悍马车车窗打开，刘俊伟的脑袋出现在聂云的视线里。

"聂子，上来吧！"

一伸手，刘俊伟打开了后车门。

和白族村寨里那个赶牛车的大哥告别，悍马车开动，向丽江方向驶去。

"伟子，这两天你们回玉龙雪山，没发生什么事儿吧？"

聂云一边躺着休息，一边向刘俊伟问道。

聂云眼中的灵气全部进入了左肋的伤口中，两根肋骨已经差不多接好了，伤势不说完全好了，但也差不多了。

这两天待在白族村寨，自己还得装病号，可把他闷死了。所以一见面，就问刘俊伟这两天有没有新鲜事，正好可以给自己解解闷。

"没发生什么事儿，这两天回玉龙雪山，一路上穿过森林，花都没见着几株。"刘俊伟说道。

"野兽什么的，金丝猴又看到两只，对了，还见着白腹锦鸡了，杨雪宁拍了照片。至于云豹倒是没再见到。"刘俊伟说着，好像是突然想到了什么。

"对了聂子，你拿这东西，上网瞅瞅。百度搜'斩杀黑熊'，丫的你是不知道，这两天你在网上可是大火，人称'杀破熊哥'……"人气比起当初的凤姐、犀利哥什么的有过之而无不及，你的贴吧，短短两天的工夫，帖子就突破了五万个，贴吧首页都给你置顶了！"

"我传上去的那个视频，短短两天时间，点击量过百万！"刘俊伟说着，把自己的电脑递给了聂云。

"你把视频传网上了？"聂云一愣，接过电脑。

"从寨子里出来，不久就有信号了，我立马就传上去了……"刘俊伟说着，嘿嘿一笑，"聂子，你别说，现在可不止你火了，我也小火了一把，不说别的，因为上传了炭球斗云豹还有这个视频，都成著名 ID 了！"

刘俊伟这人，平常就有点儿高调。

这次，炭球斗云豹、聂云斩杀黑熊的视频都在刘俊伟手里，他不第一时间上传到网上才怪。

更何况，第二个斩杀黑熊的视频中，还有刘俊伟一次露脸的机会。

"这样的视频你也敢上传，难道不怕动物保护协会，或者当地有关部门找你的麻烦？"

一边接过电脑，聂云一边随口问道。

"得了吧，咱们这次过去，又不是专门猎熊的，只是偶尔碰上了，正当防卫而已，哪怕是专门跑过去猎熊的，被抓住了，也就是罚款罢了，顶多拘留两天，不至于蹲监狱。再说还有杨雪宁这个大记者撑腰呢，她拍的那个黑熊咬死水牛和村民的视频可都在呢。咱怕啥！"刘俊伟一副满不在乎的神情，说道。

这次猎杀黑熊，刘俊伟除了兴奋就没半点儿罪恶感。实际上聂云的罪恶感本来也十分有限。

黑熊固然是国家二级保护动物，但是黑熊的濒危，主要原因还是熊胆的问题。有那么一些人，靠着猎取熊胆牟取暴利，造成黑熊濒危。

心中想着，聂云打开了电脑。

又温习了一遍现在看来有点二的杀熊壮举。令聂云没想到的是，这个帖子里最红的居然不是自己，而是炭球。

聂云看了一眼安安静静趴在前面的炭球，再看藏獒贴吧里，竟然有人公开出价三千万，想要求购炭球，居然还留下了联系方式。

"炭球这次，算是身价倍增了……"

看了一下这些帖子，聂云微微笑道。短短三四个月，炭球的身价就飙升了十几倍……

"聂子，你看到藏獒吧里的出价了？"

刘俊伟一边开车，一边说道。

"别理那些家伙，三千万也想买炭球？不说聂子你不卖，就算聂子你想卖，以炭球的实力，三千万也太低了。现在普通的獒王，都能卖出那个价了，我敢保证，那些獒王到了炭球跟前，连个屁都不敢放！"刘俊伟冷哼一声，说道。

聂云微微一笑。

獒王卖出天价的讯息，聂云也知道一些。严格来说，獒王和狗王还有不同。

在西藏，獒王是一片地域内，所有獒犬中的王者，其他的藏獒，都认同这只獒王。这样的獒王，价值是普通藏獒无法比的。

当然了，獒王不过是一个藏獒小族群之中的王，如果把它放到另外一个有更强藏獒的族群之中，它就未必是王了。而真正的狗王，在任何一个狗类族群中，都具有王者的气概，任何犬都不敢与之抗衡！

像鬼脸藏獒，就是靠绝对的武力，威慑所有犬，无论是藏獒，还是别的种类的犬，这才是狗王。

狗王的含金量，明显要比獒王高出一些。

炭球的战斗力，就是鬼脸藏獒也无法与之相比，并且天生就具备王者气概，基本上凡是和炭球接触的大狗，都服炭球，这样的一只大狗，价值已经不可估量……

当然，无论如何聂云绝对不会卖掉炭球。

两个小时之后，车子开进了丽江市。

先回到杨雪宁家里整理了一下，聂云把自己那株兰花和那株老桩蝴蝶兰都用花盆装好。自己之前发现的那株变异兰花栽在花盆里，聂云用灵木瞄看了一下，生长还算良好，等着开花就好了。

杨雪宁要回电视台剪辑视频，制作成一期节目，炭球斗云豹、聂云斗黑熊的视频如今在网上已经大火，现在杨雪宁拿回了最原始的视频资料，电视台不重视才怪。估计这期节目制作好播放出去，杨雪宁立刻就会成为一线知名记者了。

杨雪宁有工作要做，聂云几个人也不好在丽江久留。

两辆越野车驶出丽江，前往成都。

庄雅雯、聂云、田甄坐在悍马车里，而路虎车里，则是刘俊伟、苏怡和炭球。另外那盆兰花、老桩蝴蝶兰，都放在悍马车里，至于两只圣伯纳，都是在丽江当地借的，已经还回去了。

再加上那些野营装备，两辆车，塞得满满的……

第五章 盆景也要遇伯乐，八十万拿下可遇而不可求的龙蛇缠丝桂

这株银桂宛如两条龙互相缠绕着飞向天空，其中一条主干上还缠着一根细枝，宛如主干鼓起的筋骨一般，显出一种苍劲之感。这种茎型叫龙蛇并起。到金秋时节，白花盛放就是另外一番意境了。白花类似云朵，两条茎干如龙蛇腾云，正契合钱老"龙蛇入云"这个题笔。

人民医院。

聂云坐在走廊的长椅上休息，田甄就在旁边扶着聂云，对面的长椅上坐着刘俊伟和苏怡两人。

过了一会儿，庄雅雯拿着一张 X 光片和两份化验报告单从骨科走了出来，一出来，庄雅雯的两只眼睛就放到了聂云身上，目光中充满了疑惑。

"雅雯姐，医生说怎么样？"

看到庄雅雯出来，田甄立刻起身焦急地问道。

庄雅雯看了聂云一眼："医生问我，为什么骨折两个多月才过来看病？要不是固定得好，加上身体自我修复能力强，就要出大问题了。"

"两个多月？"田甄一愣。

"给，看看吧，医生说，没有两个月，骨折是恢复不到这个程度的，这样的恢复程度，如果是五天前受的伤，根本就不是骨折，最多是骨裂。"庄雅雯说着，将 X 光片递给田甄。

刘俊伟和苏怡也凑过来看，果然见 X 光片上，聂云的两根肋骨上，只

有一道浅浅的缝隙。

"聂子，你丫超人啊？恢复能力这么强？"

看到 X 光片，刘俊伟的双眼立刻瞪大了。

"什么超人啊，实际上我伤的本来就不怎么严重，你们都说是骨折，其实也就是骨裂，就是外伤看起来可怕一点儿，庄姐以为我伤得很重罢了！"聂云笑道。

刘俊伟几个人恍然大悟，庄雅雯却深深地看了聂云一眼。

当时聂云的伤势如何庄雅雯看得一清二楚，聂云两根肋骨确实断了，都错位了，还是庄雅雯帮忙勉强接好的。

而现在，X 光片显示，聂云的肋骨上，只有两道细缝，其他地方都平滑无比……这其中要是没什么猫腻，鬼才会信！

不过看清聂云伤势的人，只有庄雅雯一个人，庄雅雯也知道，自己无论说什么，刘俊伟他们都不会相信的……

"走吧，血液化验也正常，拿点儿药回去吃一下就好了。我估计消炎药之类的都不需要了，买一瓶钙片回去就好了。"庄雅雯说道。

"还有，这几天就在成都休息，等完全恢复了再回去吧，聂云你给家里的叔叔阿姨打个电话，报个平安。"

"嗯。"

聂云点了点头。

报平安的事情，出了深山，手机有信号的时候，聂云第一时间就做了。不过自己和田甄都在成都，一时半会儿回不去，家里一切都得安排一下。

先给田甜打了个电话，这丫头假期快结束了，眼看就要回省城，她走了，留田爷爷一个人在家，就没人照顾了。聂云干脆让田甜带着田爷爷去省城，让田爷爷先住在聂云家里，聂父聂母平常可以照顾田爷爷。周六周日还可以带田爷爷到省城转转。

现在聂家和田家结成了亲家，相信田爷爷也不会拒绝。当然了，老人长时间住在省城肯定不适应，只要聂云回去，就可以把田爷爷送回老家了。

做完这些，聂云想了想，又给赵建宏挂了一个电话。

请赵建宏帮忙，在老家马家屯买下一块地，请信得过的建筑队，先把聂云老家和田甄老家翻修一下，再在山下建一座小别墅。居住面积不需要太大，但也不好太小，一个装备储藏室、一个研究花木的房间，是必须空出来的。另外院落要弄得大一点儿，以后方便多养犬。

他家单单是炭球、小狼和两只母獒这四个家伙，地方小了都闹腾不开。

这些事聂云自己做起来麻烦，但是对赵建宏来说，就简单了，吩咐一声就行了……

聂云几个人，则在庄雅雯这儿住了下来。

元宵节是在庄雅雯家过的，庄雅雯的伯父在国外，还没回来，原本庄雅雯一个人过节，还有些冷清，现在一群年轻人聚在一起，还颇热闹……

几个女孩子自己买了糯米面和馅儿，田甄会做汤圆，庄雅雯和苏怡则跟着学。

到了晚上，一碗碗热腾腾的汤圆端上桌来，几个人围着一通吃，这种传统食品，倒是南北皆宜。

"聂云，这次成都新春博览会，我要了一个小展位，到时候咱把那株老桩蝴蝶兰和你那盆兰花摆上，让花卉盆景界的前辈帮忙鉴定一下。虽然我要的是个小展位，但是只摆上两盆花，也有点儿少了……"庄雅雯一边用叉子叉起小碗里的汤圆，一边向聂云说道。

聂云略想了一下。

"明天到博览会上，我再去现场收购几盆盆景摆上，凑上五六盆就没问题了。"聂云说道。

盆景博览会，也是允许盆景买卖的，买到了新盆景，很多人都会喜滋滋地摆到自己的展位上，让别人来观看，借此炫耀一番，这个倒没什么。聂云拥有灵木瞳，找几株精品盆景，还是没问题的。

右眼中的青色灵气，早已经用完了。

这次盆景博览会，对于聂云来说，非但可以捡漏几盆盆景、鉴定出蝴蝶兰和自己那株墨兰的价值，最重要的，这是自己吸收草木灵气的一个绝佳机会！

成都新春盆景博览会，在桂湖森林广埸场举行。

桂湖森林广埸场，又叫"新桂湖"。在广埸场旁边，有一个桂湖公园，桂湖森林广埸场还没有建成时，成都市民赏荷赏桂，都是在桂湖公园中。

后来桂湖森林广埸场建成，因为广埸场不收门票，风景也和桂湖公园相差无几，所以远比收取十五元门票的桂湖公园火爆，所以桂湖森林广埸场也被称为新桂湖，而原先的桂湖公园则被称为老桂湖。

这次盆景博览会，就在新桂湖举行。

如果是夏秋季节，桂湖森林广埸场总是非常火爆，尤其是荷花、桂花开放的时候，这地方简直可以称之为人山人海了。现在还是冬季，这边的人流要少一些。

即便如此，平常来桂湖公园游玩的成都市民也不特别少，尤其是这两天，这边举办盆景博览会，前来赏花赏盆景的市民也渐渐多了起来。

上午九点，两辆越野车驶入桂湖森林广埸场。

其中一辆路虎在广埸场外面停好，另外一辆悍马则进入广埸场内部，到展位前停住，车上下来一个二十多岁的年轻人，随手从车上抱了两盆花下来，摆在展位上，一盆是一株树桩上长着一株兰花，而另外一盆花，则是一株还没开花的兰花。

车上，下来两个女子，一个二十出头，另外一个稍稍大一些，两个女子容貌都极美，公园之中无论男女老幼，看到这两个女子，都有一种惊艳的感觉。

这三个人，自然是聂云和庄雅雯、田甄了。

"好了，这两盆花，就等着识货的人过来看了。"搬完两盆兰花，聂云拍了拍手，说道。

硕大的展位上，就摆了两盆兰花，而附近的展位上，至少有七八盆各式各样的盆景，比起来，聂云和庄雅雯的这个展位，实在是太寒碜了一点儿。

虽然这次盆景博览会是开放式的，随便什么人都可以进来看一看，但是也设定了一些固定的展位。总不能随便一个人，随便抱一盆盆景来，放在公园中，就算是参加博览会了。实际上，能在这次博览会中获得展位的，都是花卉盆景界有头有脸的人物，绝大多数都是四川盆景协会的会员，以及外省的一些盆景界的知名人士。

庄雅雯能弄到这么一个展位，也是托了她伯父的一些关系，通过一些花卉盆景界老前辈弄到的。

这展位虽然不大，但是只有这么两盆盆景摆在这儿，的确显得空荡。

"我请了几个成都盆景界的前辈，待会儿过来鉴别一下咱们这两株兰花，现在几个前辈估计有些忙，估计得等会儿才能过来。聂云，你先去把车子停好。"庄雅雯看了看手表，才九点多，向聂云说道。

"嗯，我停好了车，顺便把伟子和苏怡他们带过来。"

聂云点了点头，上了车，发动车子，驶出了桂湖森林广亚场。

找到刘俊伟的路虎车，将悍马也停在了旁边，聂云看到刘俊伟和苏怡老老实实地站在车子旁边等着。

"弄好了，聂子?"

看到聂云停好车，打开车门走出来，刘俊伟随口问道。

"嗯，两盆花都摆上去了，走吧，进去瞅瞅，顺便看看有没有好一点儿的盆景，买上两盆。咱的展位上太空了，就放了两盆兰花，也不太好看。"聂云点了点头，说道。

说着，三人一起向桂湖公园内走去。

桂湖公园，顾名思义，有桂有湖，不过现在这个季节，还不是桂花开放的时节，湖中也没有成片的莲叶和朵朵莲花，好在现在已然到了春天，公园中大部分花木都生了新芽，显得生机勃勃。

这次参加盆景博览会的盆景，大部分都是一些川派的特殊盆景，石梅、山茶、海棠、银杏、罗汉松，简直是琳琅满目。

和聂云之前接触到的鲁新派盆景最大的区别，就是川派盆景中，居然有不少竹子盆景。绵竹、邓竹、凤尾竹、观音竹、琴丝竹、佛肚竹……各种竹子应有尽有，倒是让聂云、刘俊伟、苏怡三个人开了眼界。

　　"聂子，还别说，成都做为大熊猫的故乡，竹子还真多。之前我们在省委大院里也见过竹子，就没这么多名头……"

　　一边和聂云在公园里走着，刘俊伟一边说道。

　　鲁东省虽然不是竹子的主产地，但是竹子在鲁东一样种得活，不过很少被用作盆景罢了。省委大院那边，就有一片小竹林，但那里的竹子，显然没法和这些盆景博览会上的盆景竹子相提并论。

　　盆景除了植株和花盆之外，比较重要的还有几架、题笔，尤其是题笔，算是一个盆景的画龙点睛之处。

　　所谓题笔，就是给盆景题上一个切合盆景姿态、寓意的名字，名字题得好了，盆景的层次也会提升。很多人得到好的盆景，都要专门请一些盆景界或者是文化界的老前辈，题上一个好名字。名字题得好了，还要请书法名家写好盆景的名字，制作成铭牌，放到盆景的花盆。

　　聂云之前弄到的几株盆景，基本上都没经过题笔，最主要的是，聂云并不认识多少盆景界的前辈，也没法请人题笔。

　　这次盆景博览会的盆景，基本上都有相配的几架、题笔，算是非常完整的盆景了。单从欣赏的角度来讲，这些盆景，也比孤零零的一个花盆、一株老桩要好得多。

　　随意看了两眼，聂云开启了灵木瞳。

　　灵木瞳开启的一瞬间，聂云感觉从附近的盆景里涌出的一道道灵气蹿入眼中。这些灵气，基本上都是青色的，极少有绿色的，当然了大多数都是浅青色的，但即便如此，这么多灵气一下子涌入聂云眼中，也让聂云右眼之中的灵气总量一下子恢复到了受伤前总量的一半还多。

　　在这些灵气的冲击下，聂云不由自主地倒退了小半步。

　　"好强的灵气……"

　　隐藏在眼镜下的双眼微微一眯，不禁苦笑。以前聂云眼中的灵气，是吸收了四五株精品盆景，加上几棵千年百年银杏树、云杉坪的云杉树和变异兰花之中的灵气积累起来的。总共算起来，也就是不到十盆精品盆景的灵气量罢了。

而现在，聂云周围的盆景足有数十盆，虽然精品程度和聂云之前吸收的老金桂、仙鹿古松都有那么一点儿差距，但是架不住它数量多啊。可惜，这些盆景中的灵气，没有让聂云眼前一亮的。

慢慢地向庄雅雯的展位走去，聂云吸收的青色灵气总量也在不断增加。

渐渐的，竟然超过了他受伤前右眼内的灵气总量，并且继续攀升……聂云看了一下，整个桂湖公园中的盆景还有很多，如果将其中的灵气全都吸收过来的话，自己右眼中的灵气总量，怕是能超过受伤之前的五倍！

哪怕这次自己捡不到漏，但是能吸收这么多的灵气，也值了！

"先生，这边不允许随意摆摊售卖盆景，如果您有自己的展位，请把盆景摆放在展位上，如果没有展位的话，抱歉，请您到公园外面卖盆景，谢谢！"

在聂云左前方不远处，一个工作人员向一个不到三十岁的男子说道。男子手中抱着一个不算小的盆景，被工作人员驱逐，这男子一脸的苦涩。

"大哥，我就在这儿待一会儿，过会儿有人买走我这盆花，我立马就走，绝对不妨碍你们工作……就在角落里待会儿还不成吗？大哥你行行好……"抱着那盆花，男子小声哀求着。

看到男子怀里抱的盆景时，聂云一愣。男子手中的花盆中，栽培的竟然是一株桂花……

"公园外面街上，那边允许摆摊，你要想卖花，去那边摆摊。"那工作人员说道。

看到哀求无果，男子轻叹一声，抱着桂花走到旁边的一辆电动车旁。

电动车的后车座已被卸了下来，就剩一个铁架子，男子将桂花搬到铁架子上，用橡皮绳拢好，准备带出去。

不能在博览会上卖，就只能出去摆摊卖了。这样就算这盆桂花再好，也卖不上价了，而他现在却需要大量现金……看来这一次，又要无功而返了……

"这位大哥，等一下！"

就在男子要离开时，一个声音响了起来。男子一愣，下意识回头望去。

叫住男子的不是别人，正是聂云。看到这株桂花的第一眼，聂云就知道，这桂花绝非凡品，已经起了买下这株桂花的心思。看到男子被工作人员赶走，聂云脱口而出地叫住了他。

听见有人叫自己，男子略带疑惑地看了聂云一眼。

男子原本以为有人叫住自己，是要买自己的桂花，还有些欣喜。不过看到是聂云，男子又失望了，在他的印象中，喜欢花草的人，都是五十岁以上的中老年人，像聂云这样的年轻人，很少有喜欢花花草草的。他们买盆景花草，大多是附庸风雅，根本不会出太高的价钱……

叫住男子，聂云先跟工作人员说道："大哥，通融一下，让我们看下这盆桂花。我们在里边有展位，第六十八号展位就是！"聂云向工作人员说道。

这次工作人员倒没说什么，既然在展览会里有展位，就算聂云想让男子把这盆桂花放到展位上寄卖，也是可以的。

"这位大哥，你这桂花，是准备卖？"向那男子询问着，聂云走到男子电动车旁边，仔细观察起这株桂花。

"咦？这是……龙蛇缠丝？"

走近了看这桂花，聂云脸色微微一凝。

这株桂花的根型并没什么出奇的地方，但是茎干却极为奇特，有两条主干，呈螺旋状缠绕在一起，中间有一点儿空隙，就像是两条龙互相缠绕着飞向天空一般，另外，这两条主干其中的一条上还缠着一根细枝，这细枝几乎和主干生长到了一起，宛如主干鼓起的筋骨一般，显出一种苍劲之感！

这样的茎型，叫龙蛇并起，那条缠绕着细枝的主干，是龙，那条比较光滑，没有细枝缠绕，显得稍微细了一点的枝干，自然就是蛇了。

"龙蛇茎干，看来这株桂花，是流苏的嫁接品种了……"

聂云看了一下桂花上方的枝干，果然在两条主干上都看到了明显的嫁接缝。

这样龙蛇并起的枝干，制作起来也不是特别困难。

弄两棵流苏栽在地上然后找个粗钢管，把两棵流苏的枝条缠在钢管上，用绳子固定好。生长一年之后，把粗钢管抽出来，两棵流苏的枝条形状固定了，呈现出螺旋状，如双龙缠绕一般。

这时，再另外弄一棵比较细长的流苏枝条，缠绕在其中一棵流苏上，生长两年就会成为龙蛇并起的茎干了。这种制作奇异茎干的方法，比较常见，甚至有人用十几棵流苏枝条，编成一个大花篮，再把花篮上方嫁接上桂花。等过个几年，编织成花篮的流苏枝条，就生长到一起了。

龙蛇并起的茎型不难弄，难的是，这株桂花并不是最近才弄出来的龙蛇茎型。看这株桂花的样子怕是至少养了十几年了。

也就是说，这株桂花，十多年前就已经是这种龙蛇并起的茎型了，又放到盆里养了至少十几年，已经是一株老桂了。两条主干，都有六七公分粗，那"龙"茎上缠绕的流苏，几乎完全融入了这条龙茎，成为一体了。

十几年的盆栽老桂，哪怕茎型根型没有丝毫出奇之处，价值也相当不菲，更何况是这样一株精品茎型的老桂！这时，这株老桂的品种，反倒不重要了。

聂云又看了一下这株老桂的根部，这老桂跟盘极粗，从底部分了三个叉，那龙蛇茎干、缠丝茎干，竟然是从一条根上分出来的，而不是三棵流苏组合制作而成的龙蛇茎。

三条茎干都是同一条根上生出来的，无疑提升了这盆桂花盆景的价值。

"大哥，不知道这株桂花，你想要卖什么价位？"看着这株桂花，聂云向桂花的主人问道。

"兄弟,你真想买这株桂花?"

看到聂云仔细将这株桂花观察了一番,似乎真想买这株桂花,男子试探着问道。

"看看吧,价格合适的话,我就入手了。"微微一笑,聂云说道。

这株桂花的价值,聂云大致判断出来了,就算比周老的老金桂逊色一点儿,也能达到百万左右。如果这个男子要价合适的话,聂云不介意把这株桂花买下来。

"四十万,兄弟你看行不行?"

看聂云似乎是真想要,男子一咬牙,说出了一个心中的最高价。

"四十万?"

聂云还没什么反应,周围那些好奇过来围观的人,先倒吸了一口凉气,大家都没想到,这男子一张口,就是四十万的高价。别说是这株桂花了,就是很多展位上的精品盆景,怕都不值这个价。

其中有几个围观的中年人,干脆摇了摇头,直接离开了。

不用说,这个价格,铁定是贵了。在这些人看来,就算聂云再傻,再有钱,恐怕也不会花四十万去买这株桂花。

听到这男子的要价,聂云也迟疑了一下。

虽然自己判断,这株桂花的价值可能过百万,但是那是在找到喜欢这株桂花的买家的前提下,如果碰不到合意的买家,四十万根本卖不出去。四十万入手这株桂花,单从捡漏的角度,风险很大……

看到聂云迟疑,男子心中燃起了一丝希望。

如果聂云不看重这盆桂花,只过来看看,随便问一下价格的话,那么在他说出四十万时,聂云就会掉头而去,就算不走,脸上至少也得露出嗤之以鼻、不屑一顾的表情。

现在聂云并没有露出这样的表情,而是略显迟疑,这就说明,要卖掉这盆景,还有点儿希望。

这也是因为聂云没经验。真正有经验的人,想捡漏购买盆景,绝对不会让人看出自己内心的真实想法。永远不把自己的底牌透露给对方,这才是最重要的。

"兄弟，实话跟你说，我这盆桂花值这个价钱。这次要不是哥们急用钱，绝对不会卖这盆花的！"看到聂云还在迟疑，这男子赶忙趁热打铁。

"这桂花，原本是我爸一个在鲁东的战友二十多年前送给他的，那时候桂花不值钱，我爸也没想卖，毕竟代表了他们战友间的情谊。可最近，我妈查出了病，肝癌晚期，虽说没得治了，但咱做儿女的，总不能看着老娘受罪，有一线希望也得治啊。我爸十多年前就去世了，家里没多少钱，没办法才拿这盆花出来卖的……"

这男子说着，抹了一把眼泪，这么一个大男人掉眼泪，让人看着的确有点儿心酸。

"肝癌晚期？"没等聂云说话，身后的刘俊伟突然走上前来。

"我说哥们儿，你也别怨我多嘴，你不会是编故事吧？我这兄弟平常挺和气的，但最看不得人家骗他，你要真编故事，我们可扭头就走了哈……"刘俊伟说着，拉了拉聂云。

售卖古玩字画盆景的，很多都会编故事，编故事的内容一般都是针对售卖的物品本身，把这东西的价值说得神乎其神，以此来提价。当然也有把自己的身世说得十分凄惨的，以此来博取买家同情心，来提高物品售价。

现在用第二种方法的，倒是不怎么多了。因为这编身世的方法，有一点儿谋求施舍的意味。

即便如此，刘俊伟还是要提醒聂云一声。

聂云什么性子，刘俊伟清楚，不说是悲天悯人，心肠也不是特别硬，男子这么一说，说不定聂云真信了。

"这位兄弟，我真不是哄人的，这……我身份证，你们要是不信，可以跟我去医院查一查……"听刘俊伟这么说，这男子脸一苦，把身份证拿了出来，递到聂云跟前。

聂云随意瞥了一眼身份证，身份证上的名字是：陈伟先。

"陈大哥，小弟聂云，不是我不相信你，只不过这盆桂花要价的确稍

100

微高了一点儿，得容我考虑考虑吧？"

聂云一伸手，轻轻把陈伟先的身份证推了回去，正色向陈伟先说道。

"聂云兄弟，我也知道，我这价要的是有点儿高。"

陈伟先讪讪地拿回身份证，轻叹了一声。

"平常人家，要是父母得了癌症，花几万块钱也是治，花十几万块钱也是治，反正都是治不好，很多人家也就治治就算了。不瞒你说，我这回卖了这桂花，就是想给我妈用最好的药，花多少钱都愿意，实在不行就去美国、去欧洲……要是不等钱花完，我妈……就没了的话，这盆花卖了的钱，剩下多少，我全捐出去，一分不留！"陈伟先说着，不由得擦了擦眼眶。

"陈大哥，你的心情我理解。百善孝为先，小弟也十分钦佩大哥的一片孝心。这盆桂花我要了。"聂云向陈伟先说道。聂云早就看中这盆景了，刚刚那么说不过是想压压价。此时，看卖盆景的大哥如此情真意切，也就不想再压价了。

"聂子，你丫不会真买吧？"

听聂云这么说，身后的刘俊伟又拉了聂云一把。

"四十万的东西，就算咱不缺这些钱，好歹也掂量掂量吧？咱可不是大善人，钱也不是捡来的……"凑在聂云耳边，刘俊伟小声说道。

聂云一笑，还别说，自己这钱虽然不是捡来的，但也差不多。当然就算是捡来的钱，给谁不给谁，也有个讲究。那些真正困难的，遭遇天灾的，聂云只要碰到了，不介意帮一把。那些有身有力，衣食无忧，还出来坑蒙拐骗的，聂云自然不会上当。

"这盆景运作得好了，价值上百万也有可能，四十万的价钱，不贵了，我是看这盆景本身值这个价值才想买的，不是看他可怜施舍他的。就算他说的全是假的，咱们也不算亏。"聂云同样小声地说道。

"那行，反正你是行家，你看行就行。"听聂云这么说，刘俊伟说道。

此时这边已经围了很多人，毕竟，一盆价值四十万的盆景，在整个盆景博览会里也算少见了，何况那年轻人好像还真想要买。周围的人都想过来看看热闹。

看到聂云似乎真有心要买，围观人群之中，登时有几个人摇了摇头。

"小伙子，花是好花，盆景也是好盆景，保守估计，二十万咱这博览会里有的是人抢着要。不过四十万……还要谨慎啊……"

一个四五十岁、面目方正的中年男子，开口提醒聂云道。

"谢了大叔。"聂云向中年人礼貌性一笑，人家毕竟是为他好，虽然聂云依然决定要买这盆盆景。

"这盆花，四十万，我要了！"就在这时，一个中气十足的声音在人群中响了起来。

众人一愣，下意识地向声音传来的方向望去，只见一个大约七八十岁，身材不算高，头发雪白，留着花白胡子的老者，大步向这边走来。

这老者一身唐装，脚下踏着千层底布鞋，腰杆挺直，显得气势十足。

"是徐老！"

刚才那个提醒聂云的中年人看到老者进来，一惊。

徐老大步走到陈伟先的电动车后，低头看了一眼这盆桂花，轻轻点了点头："好，好，花是好花，四十万，也值了。小陈，你家的情况，我是知道的。当年你爸还在的时候，我就向他求购过这盆桂花，当时我出的价钱，是五万。"

徐老说着，伸出一个巴掌。

"你妈的情况，我也是刚听一个熟人说，原本想着有时间去你家走一趟，想不到这次盆景博览会，你也过来了。四十万，这盆桂花，我要了！"

早先徐老给这盆桂花出价是五万人民币，不过那时是十几年前，五万人民币，放到现在，也值个几十万。聂云还记得，那时自己父母工作一年，也就攒个三五千块，现在工作一年，多了不敢说，攒个三五万还是没问题的。

"徐老前辈，太谢谢您了，说实在的，这花拿出来卖，我还是背着我妈。我妈不想让我卖它，说是我爸没了，留着它也是个念想。我也知道，她是心疼钱，不愿意多花钱治病……"

在现在这种情况下，徐老能花几十万买下这株盆景，对陈伟先来说，已经是莫大的恩情了。

　　口中说着，陈伟先连忙把橡皮绳解开，要把花搬下来给徐老。

　　"等一下!"

　　这时，一个声音陡然响起。

　　徐老、陈伟先都是一愣，向声音传来的方向看去，却见说话之人正是聂云。

　　"徐老前辈，花是晚辈先看中的，晚辈已经决定要买了，徐老现在出价，有些不大合适吧?"聂云带着意味不明的笑意，向徐老说道。

　　这盆桂花，聂云早就看中了，自己看中的东西，聂云还没有轻易放弃的道理。徐老因为认识陈伟先，就想在聂云出了价的情况下把盆景抢走，这种在别人交易过程中横插一杠子的行为，多少有点儿不合规矩。

　　"呵呵，这次咱们是开门办盆景博览会，不是在一个小圈子里交易，买卖也不用讲那么多规矩。小兄弟你既然也看中了这盆桂花，只管出价就是。价格高了，这盆花你就拿走。当然了，小兄弟你出了价，我老头子也可能要加价的。"

　　徐老呵呵一笑，摸了摸下巴上的胡子，说道。

　　盆景交易，如果都是小圈子里的花友，一般都是每人出一个合适的价钱，别人出价更高，也不好意思再加价了。

　　不过开门办博览会就不一样了。博览会上的盆景如果是卖的，就像在拍卖会一样，可以随便出价，价高者得。这其中的竞争意味，明显更浓了一些。

　　盆景博览会中的盆景大部分是不出售的，就是拿出来让同行们鉴赏、交流，也可以说是显摆。

　　显摆自己手上有精品盆景，显摆自己将哪一株普通盆景打理一番之后，大大提升了盆景的价值。

　　如果有人手上拥有大量的精品盆景，之前收购的普通盆景，也被他打理成了精品盆景，这个人在盆景界的地位，就会大大提升。

在盆景界一样是实力为重，别的一切都是虚的，能拿出实实在在的精品盆景才是最重要的。

在这个开放的平台上，如果聂云出价更高的话，就可以和徐老竞争。

"聂云兄弟，这个……"听聂云还想出价，陈伟先皱了皱眉头。

徐老要买自己的桂花，陈伟先虽然感激，但是聂云之前已经答应买自己的盆景了，自己现在卖给徐老确实不大合适。

所以对聂云，陈伟先也是十分感激的，现在聂云和徐老竞争这株桂花，陈伟先反倒不好说什么了。

"陈大哥你不用为难，徐老也说了，这是办博览会，我和徐老都想要这盆桂花，自然是价高者得了。"聂云向陈伟先微笑道，口中说着，聂云又将目光转向了徐老，"徐老，你是盆景界前辈，我作为晚辈，和前辈竞争多少有些失礼。不过这盆花我的确看中了，总不能让我连一次价都不加，就直接放弃吧？这样吧，我只加一次价，如果徐老出价高过我，我就放弃。"

这个徐老，应该是川派盆景的前辈。从他毅然出价购买陈伟先的这盆桂花来看，这徐老人品应该还不错，至少没因为陈伟先急需用钱，就出言压价。在这样的前辈面前，聂云也不好耍无赖乱加价，所以聂云干脆说明，自己只加一次价。

听到聂云这番话，徐老微微颔首。

"小兄弟，你出价吧。"徐老向聂云说道。

"八十万！"聂云没犹豫，双目直视徐老，直接开出了八十万高价。

听到聂云的出价，周围人群一阵惊呼。就连刘俊伟都是一愣，拉了聂云一下，用极低的声音说道："聂子，咱不用跟这老头置气吧？八十万，一开口就翻一番，你也太狠了点儿吧？"

"放心，这个价位咱们也不亏。我还没那么傻，胡乱飚价……不过说起来，你上次给我的老金桂开价，也是从一百五十万直接翻到三百万吧？"聂云瞅了瞅刘俊伟，用同样低的声音说道。

"那不一样，上次我是激庄姐呢，是托儿。况且就算三百万买了又怎

104

么样，凭咱俩的关系，多给你一百万也没啥。"刘俊伟小声道。

聂云微微一笑，刘俊伟这份情谊，他一直记在心里。

这边聂云和刘俊伟说话，那边徐老也有些惊讶。徐老原本以为，聂云即便是加价，也不过是加个五万十万而已，应该不会用五十万以上的价格购买这株桂花。因为在徐老看来，这株桂花，价值最高也就是五十万了。

这时，围观的众人，无论是懂盆景的还是不懂盆景的，都摇了摇头。在他们看来，聂云八成是什么都不懂的富二代，纯粹就是拿钱乱砸。

"说实话，这桂花，老头子我的估价，也就在四十万到五十万之间。小兄弟，你这个价钱，我觉得不值。这株桂花……小兄弟你入手吧。"徐老向聂云一伸手，说道。

此刻的徐老，也认为聂云是不懂花卉的富二代了，八十万徐老出得起，但是和一个不懂花卉盆景的富二代飚价，这么掉份儿的事儿，徐老自然不会做。

"那晚辈多谢徐老了。"微微一笑，聂云向徐老道谢。

徐老不跟价，聂云早就料到了。

这中间涉及到一个十分重要的问题，就是川派盆景和鲁新派盆景的差异。在川派盆景中，桂花盆景虽然有一定地位，但占不了主导，只能算是一个小角色。而且四川处在南方，南方桂花，以原生桂为贵，这株流苏嫁接桂价值要差一些。所以在徐老看来，这桂花，只值四五十万。而鲁新派盆景不同，鲁新派盆景中，桂花占有相当大的分量。

全国桂花盆景，搞得比较大的就是两个地方，青州和沂城，无论是青州还是沂城，都在鲁东省境内。这边的桂花价格要远远高于四川的价格，而且鲁东省地处北方，喜欢抗寒抗旱能力强的流苏嫁接桂。综合起来，陈伟先的这株桂花拿到鲁东省，价值会大大提升，百万以上并非没有可能。

这株桂花，本就是陈伟先父亲的鲁东战友送给他的，从鲁东那边过来的盆景，适应鲁东的气候，难度也不算太大。

正因为如此，聂云才敢说出八十万的价格。

八十万，虽然利润空间不算大了，但绝对不会亏本。哪怕一时间卖不出去，聂云也可以放在家里养着。

以聂云灵木瞳的能力，总不至于将其养死。而且这样的老桂，随着养的时间的增长，价值也会逐步提升。

"徐老前辈，这个……"徐老主动退出，陈伟先只得略带歉意地看了眼徐老。

"没什么，早就说好了，价高者得。这小兄弟出价高，花自然是他的，你也不必介怀。"轻轻一摆手，徐老说道。

"其实我这次也是钻了个空子，我是鲁东人，这盆景放到鲁东，价值远比在四川高。徐老没想到这一层，才被我拿下了这盆花。如果徐老想到这点的话，我还是无法跟徐老竞争的。"聂云谦虚地说道。

说是谦虚，实际上聂云只是想让徐老知道，自己高价买下这盆桂花，是有原因的，免得徐老把自己当成什么都不懂的富二代。

"小兄弟是鲁东的？"听到聂云的话，徐老不禁多看了聂云两眼。

"鲁新派发展起来，也就是这几年的事。听说在鲁东那边，桂花的价格，这三五年就翻了三四倍。我老了，有十年没出四川省了，鲁东那边的情况还真不了解，这一次，输得不冤啊。"徐老看着聂云，缓缓说道。

"你们交易吧，我去那边逛逛。"

和聂云、陈伟先几个人说了一句，徐老大步走出人群。

听徐老这番话，周围的人面面相觑，倒不认为聂云不懂盆景了。连徐老都承认在这次桂花竞争中输了，显然徐老对聂云也是相当认可的，徐老既然认可聂云，就足以说明聂云的能力了……

和陈伟先交易，倒是很简单，刘俊伟拿出电脑，用网银把八十万转到陈伟先账号上。

确认交易，这盆桂花就成了聂云的。

"聂子，这么着，这花我搬着，待会儿就当是我买回来的。聂子你在花卉盆景上的造诣，早被庄姐认可了，我就差了一点儿，这次说这盆花是我买回来的，好歹也让庄姐对我刮目相看一次！"

不等聂云去抱桂花，刘俊伟自告奋勇地把这盆桂花搬了起来。

"你不嫌累就搬着吧!"

对于刘俊伟的孩子气,聂云也有些无语。

三个人搬着这株桂花向庄雅雯那个展位走去,不一会儿,已经远远看到庄雅雯那个展位了。展位上,除了庄雅雯和田甄之外,好像还有两个人,一个老者,一个二十多岁的年轻人。

"咦,是他?"往前走了几步,看清展位上那两个人的同时,刘俊伟眉头一皱,脸色登时就不好看了……

庄雅雯展台旁边,一老一少两个男子正观察那株老桩蝴蝶兰。

这一老一少两个男子,老者大约六七十岁,身材还算高大,头发花白,有些秃顶,后背略微佝偻,但却气势十足,一看便知道是深藏不露的前辈高人。

老者鼻子上架着一副老花镜,此刻正凝神观看那株老桩蝴蝶兰。

而另外的那个青年男子,则是二十四五岁年纪,身材挺拔,面貌也十分英俊,就算是和刘俊伟比,也不相上下。

这青年男人一身休闲西装,脸上一直带着淡淡的微笑,倒有几分偶像明星的气度。

这个男人,聂云和庄雅雯在鲁东见过,正是那个挖过庄雅雯墙角的娱乐公司的老总,和刘俊伟不对付的欧阳涛!

"庄小姐,这株蝴蝶兰,是你培植的?"

那老者还在观察这株老桩蝴蝶兰,欧阳涛开口向庄雅雯说道。

"这株蝴蝶兰,单看花色已经是蝴蝶兰中的精品。据我所知,目前国际上这样花色的蝴蝶兰应该十分稀少吧?庄小姐的这株蝴蝶兰绝对算得上是稀有品种了,想必价值不菲。"一边看欧阳涛一边说道。

欧阳涛的这番话,实际上是在恭维庄雅雯。

兰花的品种千千万万,欧阳涛也没一一见过,这种花色的蝴蝶兰,欧阳涛更是从未见过。但是欧阳涛猜得出来,庄雅雯展位上的蝴蝶兰,绝对不是凡品,所以欧阳涛才说这株蝴蝶兰是"稀有品种"。

"哦?欧阳先生见过这样的蝴蝶兰?"听了欧阳涛的话,庄雅雯美目眨动，向欧阳涛问道。

庄雅雯这么问，欧阳涛心中一动，觉得自己之前胡诌的一番话，应该比较靠谱。欧阳涛想，如果自己说没见过的话，那么之前对这蝴蝶兰是稀有品种的判断，就成了无稽之谈，等于承认自己是胡诌了。

"像庄小姐培植出来的这种稀有兰花，我在现实中自然没见过。不过前几个月我看过一本兰花杂志，其中一张兰花照片，就和庄小姐的这株兰花一模一样。对于那株兰花，我到现在还记忆犹新，只可惜是从哪本杂志上看到的，我却给忘了……"呵呵一笑，欧阳涛说道。

"哦，原来是这样。不过，这株兰花并不是我培植出来的，而是我一个朋友从云南丽江的森林里挖出来的，因为没确定品种，才请李老过来帮忙鉴别一下。没想到欧阳先生之前也见过这种兰花，只可惜欧阳先生忘了是哪本杂志上看到的了，否则的话，也不需要李老他们这么麻烦地鉴别了。"庄雅雯轻轻一笑，随口说道。

听到庄雅雯这番话，欧阳涛脸色微微有些不自然。

野外的兰花，很多都是变异品种，全世界独一无二的，自己偏偏说之前见过这种兰花，万一待会儿确定这兰花的确是独一无二的变异品种，那自己就要尴尬了……

"那个……实际上，我见到的那株兰花，不过是花色花形和这株兰花一模一样罢了，至于是不是同一个品种，还不好说，还是请李老他们好好鉴别一下比较好。"欧阳涛连忙又说道。

和欧阳涛一起过来的这个戴眼镜的高大老者，正是李老即川派盆景中元老级的人物。

李老就是庄雅雯请来帮忙鉴别这株蝴蝶兰的前辈之一。只是没想到，李老居然把欧阳涛带来了。

欧阳涛这次到成都，找李老有其他事情要谈的，恰好李老跑到盆景博览会这边，欧阳涛就找了过来。欧阳涛也没想到，在成都新春盆景博览会上，居然能碰到庄雅雯。

碰上庄雅雯，欧阳涛的心思活络起来。上次在鲁东，欧阳涛花重金挖了庄雅雯的墙角，其实是想挟明星以求和雅致珠玉合作。却没想到，偷鸡不成蚀把米，那次合作不仅黄了，连带庄雅雯对欧阳涛的印象也不好了。

这次遇到庄雅雯，欧阳涛觉得自己时来运转了。如果能抓住这次机会，让自己的娱乐公司和庄雅雯的雅致珠玉搭上线，今后的合作，还是极有可能的。

正因为如此，欧阳涛才借兰花恭维了庄雅雯一番。却没想到，这兰花根本不是庄雅雯的。

而且自己还有可能在美女面前出了个大丑，所以欧阳涛只能祈祷，这株蝴蝶兰不要是什么珍稀品种，最好是之前上过杂志的品种，这样一来，自己还能有个台阶下。

欧阳涛这么想着，李老将目光从蝴蝶兰上挪开，直起了身子。

"李老，这株蝴蝶兰……"庄雅雯上前一步，低声向这李老询问。

李老却轻轻摆了摆手，"这两年兰花新品种也出了不少，人工杂交的、野外发现的，都有不少，我一个人多少也有些看不懂。这样吧，等老徐和老钱过来了，让他们也看看，我们几个老头子商量一下，再给丫头你一个结论。"李老缓缓说道。

"那麻烦李老了。"庄雅雯向李老道谢，同时心中也期待起来。

李老这么说，虽然没直接说这株兰花是特殊变异品种，但至少也说明，这株兰花不是比较常见的品种。不然，以李老的见识，绝对能第一时间认出来，同时也不需要这么谨慎，等另外两个老前辈看过之后再下定论了。

李老说完，不由得斜眼瞥了欧阳涛一眼。这株兰花，李老之前都没见过，欧阳涛居然说他在杂志上见过，真是说谎话不打草稿。李老是盆景界的前辈，同时也是兰花界的权威，基本上全国发行的花卉杂志，关于兰花的内容，李老都知道。甚至有几本兰花专业杂志，还是由李老担任顾问的。欧阳涛说的那张兰花图片，李老怎么没见过？

"这小子，不可深交啊……"李老心中，暗暗摇了摇头。

这次欧阳涛来找李老是谈商业合作的，李老自己也开着经营花卉的公司，本来有人介绍欧阳涛的娱乐公司，找几个明星给李老的花卉公司做代言。但现在看来，要不要和欧阳涛合作，李老还得掂量掂量了……

聂云和刘俊伟也过来了。看到欧阳涛，刘俊伟眉头一皱，一脸臭臭的表情。

"聂子，欧阳涛这小子怎么也跑这边来了？不会是专门过来找庄姐的吧？"一边向展位走去，刘俊伟一边向聂云问道。

"不像，好像是那个老先生带过来的，或者是顺便路过的……"

此刻，聂云也认出了欧阳涛。

欧阳涛和刘俊伟的恩怨，先前刘俊伟就和聂云讲过，这两个人非但都是开娱乐公司有竞争关系，同时，欧阳涛的父亲欧阳毅和刘仲同在官场，向来政见不同，连带着刘俊伟和欧阳涛这两个官二代，也互相看不顺眼。

"欧阳涛，想不到在这儿也能见到你。怎么着，又来找庄姐？不会是想把你手下那些三流女星介绍给庄姐的雅致珠玉做代言人吧？"

走到展位近前，刘俊伟不阴不阳地开口道。

"刘俊伟？"

看到刘俊伟，欧阳涛眉头也是一皱。

"哼，我不过是和李老有生意往来，路过这儿罢了。倒是你，刘俊伟，不会是听说庄小姐在这边，特意过来的吧？"欧阳涛嘴上丝毫不相让，向刘俊伟反击道。

"哈哈，我特意找庄姐？"听到欧阳涛这番话，刘俊伟不由一笑，"你小子也不打听打听，这十几天，我们和庄姐一直都在一块儿，之前跑了云南一趟，这两盆兰花都是我们从云南挖回来的。"

"你……"欧阳涛一滞，刘俊伟的话让他落了个大大的没趣，脸色有些阴沉。

"庄姐，瞅瞅，刚才我买的桂花。咱这展位上盆景太少了，我就弄了盆精品盆景过来。"

刘俊伟没继续挤对欧阳涛，将桂花在展台上放好，向庄雅雯说道。

"你买的，不是聂云买的？"

听到刘俊伟的话，庄雅雯抬头看了一眼旁边的聂云。

"庄姐，这你也不信我？敢情聂子能买到精品盆景，我就买不到？放心，这盆桂花，就是我买下来的，假一赔十！"刘俊伟登时抗议道。

旁边的聂云耸了耸肩，没表示反对。

说起来，这桂花，真是刘俊伟买的。

虽然是聂云看好了出的价，但是交易的时候，却是刘俊伟掏的钱。所以说，还真就是刘俊伟买的。

"你买的盆景，也敢称精品？"不等庄雅雯说什么，一旁的欧阳涛，忽然开口。

瞥了一眼这株桂花，欧阳涛冷笑一声："这么一株桂花，就算它勉强算是精品，恐怕也是你高价买下来的吧？不懂花卉盆景，就别学人家捡漏，被人宰了都不知道！"欧阳涛撇着嘴，露出一丝不屑。

这次针对刘俊伟，欧阳涛倒不是臆测。欧阳涛对刘俊伟十分了解，刘仲算是个盆景行家，但是刘俊伟这小子在盆景上面，就真没什么天赋了。早些年不是把刘仲的精品盆景修剪坏了，就是高价买了下品盆景，在大院里，人尽皆知。

说刘俊伟能以合适的价钱买到精品盆景，傻子都不相信。

正因为如此，同样不懂盆景的欧阳涛，敢一口咬定，刘俊伟这次又被人宰了！

"不懂就别乱说，我这株桂花怎么样，你还没资格评价！"听到欧阳涛那番话，刘俊伟脸色一冷。

"小伙子，这盆桂花是你买的？哪个展位上的，什么价位？"

在刘俊伟和欧阳涛说话时，李老也看到了刘俊伟抱过来的这株桂花，李老的目光放到桂花的龙蛇缠丝茎上时，眼前登时一亮，上前两步，又将眼镜戴上，一边仔细观察桂花，一边向刘俊伟问道。

"这是四川盆景协会的李龙李老前辈。"旁边的庄雅雯向刘俊伟介绍李老。

"哦，李老前辈，这盆桂花是晚辈刚才花了八十万买下来的。不是展

111

位上的，就是一个三十多的哥们儿，骑着电动车带着这盆花过来卖的。"

对李老，刘俊伟自然不敢说谎，说不定李老就和那个徐老认识，自己说了谎人家也能轻易戳穿，况且刘俊伟也没必要说谎。

"不是展位上买的？八十万？"不等李老开口，欧阳涛先嗤笑了一声。

"刘俊伟，我看你是想捡漏想疯了，这样一株桂花，也值八十万？我看八千块都不值。被人宰了就是宰了，用不着嘴硬，你不是那块料，就别在盆景博览会上丢人现眼了。"欧阳涛冷声道。

"你……"刘俊伟此刻，脸色难看到了极点。

"八十万，有些贵了……"

李老也将目光从桂花上挪了开来，摇摇头，说道。

"听到没，刘俊伟，我的话你可以不信，李老的话总归没错吧？我劝你还是赶紧把这盆桂花找个地儿丢了，别放这儿丢人现眼了！"听李老也说刘俊伟的桂花买贵了，欧阳涛仿佛得到了佐证一般，说话底气更足了。

听欧阳涛这么说话，旁边的李老眉头微皱。

这桂花虽然在他看来，不值八十万，但是五六十万还是值的，真要碰到了喜欢桂花的，八十万也未必卖不上。刘俊伟八十万入手这桂花，只能说风险太大，不怎么值。

而欧阳涛为了挤对刘俊伟，把这桂花说得一钱不值，这就有点儿小人得志的意味了，对此李老也十分不喜。

"欧阳涛……"刘俊伟正要再说什么，忽然被聂云拉了一下。

"徐老过来了……"聂云向刘俊伟使了个眼色，低声说道。

第六章　死道友不死贫道，濒死的老龟背树花落谁家

老流苏的根形似老龟，后背上嫁接了一株桂花新枝，一眼望去，就像老龟背着一棵小树，煞是神奇。老龟背树寓意富贵延年极为喜庆。不过，这株老龟背树的灵脉已经被腐蚀了，支持不了多久就会干枯死亡。如果此时把它卖给外行人，那么四百万还是赔不掉的……

刘俊伟向展位外看去，见之前他和聂云见过的那个徐老，正向这边走来。

徐老身边还跟着一个人，这个人聂云和刘俊伟也认识，正是早先在周老家中见过的那个鲁东省盆景界的前辈钱老。

徐老和钱老一边说着话，一边向这边走来，这倒让聂云和刘俊伟有些意外。

"徐老和钱老来了！"

庄雅雯也看到了徐老和钱老，连忙走出展位迎接。

"徐老、钱老。"等徐老和钱老到了近前，庄雅雯连忙打招呼。显然，这两个人是庄雅雯请来鉴别兰花的前辈。

"老徐、老钱，你们可是来晚了啊。"李老也走了出来，笑着向徐老、钱老说道。

"呵呵，老李，你是来早了，我和老钱是准时到的。"徐老呵呵一笑，说道，"刚才在那边，见到了一株桂花，本来想要入手的，结果被个后生

113

一抬价，就把我吓住了，现在都有点儿后悔了。哎，老了，没魄力了。这不，我正和老钱说刚才这事儿呢……"

一边和李老说着，徐老一边在庄雅雯的引导下向展位走来。

"桂花？巧啊，这儿也有个小友，高价买了一株桂花，不会就是老徐你说的那株吧？"李老说道。

"徐老、钱老！"

正说着，三人和庄雅雯都到了展台前，徐老、钱老一抬头，便看到了聂云和刘俊伟几个人，聂云和刘俊伟也向徐老、钱老恭敬地问好。

"是你？"

"是你？"

看到聂云刘俊伟的同时，徐老、钱老都是一愣。

徐老是惊讶，居然在这儿碰到了刚才和自己竞争桂花的几个年轻人，而钱老则对聂云和刘俊伟出现在成都盆景博览会上，有些惊讶。

"老钱啊，这两个小兄弟，就是刚才从我手上夺走那株桂花的小友了，当真是后生可畏，后生可畏啊！"一侧身，徐老向身边的钱老介绍聂云和刘俊伟道。

"不用介绍了，这是聂云，这是刘俊伟，我们鲁东省的老熟人了。庄小姐的那株老金桂，想必你们都见过吧？就是聂云救活的，聂云救治花木的技术，可谓是神乎其神，我们鲁东老周都要甘拜下风的。他们刚才买下来的那株桂花呢？我瞅瞅……八十万不算多，一百万，老钱我要了。"一边向徐老介绍着聂云和刘俊伟，钱老一边搜寻那株桂花。

不远处的欧阳涛，听到钱老这番话的同时，脸色早已变了……

钱老说要一百万买下聂云刚入手的桂花，不止是单纯地恭维聂云，给聂云长脸，也有一点儿真心的成分。

聂云在盆景上的造诣，钱老早就领教了。如果说别的盆景，聂云高价入手，钱老再出更高的价格买下，风险比较大，但是桂花这种盆景不同。连周老的那株老金桂都能救活，聂云在桂花盆景上的造诣已经达到了炉火纯青的境界。

聂云入手的桂花盆景，绝非凡品！

上次，聂云那株老金桂，钱老估价一百五十万，却卖到了三百五十万。这次聂云八十万入手的桂花，在钱老看来，卖个一百五十万，绝对没问题。自己一百万入手，好歹还有五十万的利润呢。

当然了，是不是真要入手，还得亲自看过之后才能确定。这也不妨碍钱老喊价，反正钱老在盆景界的人品向来不咋地，喊了价，看到了桂花，发现不值这个价的话，大不了再反悔，反正又没买定离手……

"你就是聂云？"

钱老到处找那桂花，徐老则惊讶地上下打量着聂云。

对聂云的名号，徐老也听过。虽然四川和鲁东相隔千里，但是徐老和钱老、周老这些鲁东盆景界的泰斗都有联系，经常互相通话。聂云救活老金桂的事情，徐老自然也听说过。

而且，庄雅雯把老金桂带回成都之后，徐老还专门过去看过。

徐老万没想到，之前和自己竞争那株桂花的年轻人，正是周老和钱老都盛赞的那个聂云……

一旁的李老也和徐老一样，开始对聂云刮目相看。

整个展台周围，脸色最难看的，就只有欧阳涛一个人了。欧阳涛刚才还对刘俊伟极尽讽刺挖苦，没想到徐老和钱老一来，形势急转而下。

"咦？是这株桂花？果真是龙蛇根，至少有三十年了。品种上……是银桂品系的，银桂虽然不如金桂那般富贵大气，但也算清雅高洁，若是开了花，即便不能算是'龙蛇并起'也是'龙蛇入云'了，相当不错，八十万，值了！"

钱老终于找到了那株桂花，快步走过去，仔细观察了一番，给出这样一个评价。

"这株桂花还没题笔，多谢钱老，赐给这盆景一个'龙蛇入云'的题笔。"微微一笑，聂云向钱老道谢。

这盆桂花，茎型是龙蛇并起的形态。龙蛇并起，象征腾飞，如果配上金桂的话，更显富贵大气。

但这株桂花是银桂品系，到金秋季节，白花朵朵，就是另外一番意境了。白花类似云朵，两条茎干如龙蛇一般，伸入到云朵白花之中，正契合"龙蛇入云"这个题笔。

而且龙蛇腾飞入云中，同样有升腾升华的意思，而且，升入云层之中，更有一种高洁的意味。如果说金桂的龙蛇并起，意味着升官发财的话，那么银桂的龙蛇入云，就象征着一个人的品位层次，远比升官发财高雅得多。

钱老这个题笔，的确算得上是画龙点睛了。

"老钱，这桂花虽然不错，但八十万入手，风险也不小吧？"听钱老如此赞誉这株桂花，李老不由开口说道。

李老也是花卉盆景界的权威，自己先前认定的价格，总不能因为钱老和徐老都对这桂花刮目相看，就彻底推翻吧？

李老也想听钱老说出个子丑寅卯来，证明这桂花的价值。

"是啊，钱老、徐老，你们不会是看错了吧？这盆花怎么可能值上百万？"听李老开口，一旁的欧阳涛像是抓住了最后一根救命的稻草，连忙脱口而出道。

欧阳涛此言一出，徐老先瞅了他一眼。

看错了？就算自己和钱老估出来的价钱有偏差，也不能说是"看错了"吧？这年轻人是什么人，说话这么没分寸。之前自己已经看走眼一次，被聂云把桂花半路劫走了，现在这年轻人又说自己看错了，这不是揭自己伤疤吗？

若不是看这年轻人跟庄雅雯、聂云几个人在一块儿，好像是他们的朋友，徐老此刻早就怒了。

"老李，这桂花本身，不用说了吧，几十万还是值的，桂花这这两年在鲁东发展极快，售卖的价格比咱们这边高几倍。老周那株老金桂你知道吧？那株老金桂是庄丫头花了三百五十万，才争过来的。"

徐老勉强压住心中的怒气，向李老解释道。

"什么？三百五十万？"听了徐老的话，李老一惊。

三百五十万，在整个盆景界中，也算是难得一见的高价了。看来，在鲁东省那边，桂花盆景的价值的确超出了自己的估计，李老此刻也知道，自己之前的估价，是有些低了。

"这株龙蛇桂，论茎干之形，比那老金桂有过之而无不及，年头也更长一些，若是那老金桂能卖到三百五十万，这株龙蛇桂多了不说，百万应该还是没问题的。"沉吟了一下，李老也说道。

听李老竟然也反水，说这桂花价值百万，欧阳涛如遭雷击，身子不由一颤。

"欧阳涛，我这株桂花，是不是一文不值，是不是买贵了，你都听清楚了吧？以后不懂的事情，别乱说，自以为是！"

刘俊伟冰冷的声音，在欧阳涛耳边响起。欧阳涛脸色一阵青一阵白，却无法反驳刘俊伟。

"庄小姐，几位前辈，我还有点儿事，先告辞了。"冲庄雅雯和李老几人说一声，欧阳涛转身便要离开。

丢脸丢到这个份上，这个展位，欧阳涛自然是不想再待了。

"等一下！"就在这时，庄雅雯的声音，陡地响起。

"欧阳先生，你不是说之前在杂志上看到过和这株蝴蝶兰一样的兰花吗？现在徐老和钱老也到了，几位前辈一起品鉴一下这株蝴蝶兰，你也留下来看看吧。如果几位前辈认不出这蝴蝶兰的具体品种，说不定还要请欧阳先生帮忙呢！"庄雅雯不怀好意地说道。

欧阳涛脸上显出一丝尴尬："庄小姐，我之前看到的那朵兰花，只是颜色形状和这朵一样而已，不一定就是这种的……"

"还是留下来看一下吧！"庄雅雯没和欧阳涛多说什么，转身向徐老、钱老道："徐老、钱老，你们都是花卉盆景界的前辈，这株蝴蝶兰，就麻烦两位了。"

徐老和钱老点了点头，走到老桩蝴蝶兰跟前，徐老的目光并没有第一时间放到兰花上，而是放到了下面的老桩上："咦？这株老桩，倒是不错，便是单独做成盆景，也算是精品了。这兰花生长的位置，也算绝妙，和这老桩相映，从整体上来看，协调性极强……至于这兰花……"

"老徐，不用看了！"

当徐老把目光放到兰花上时，钱老忽然说道。

"兰是蝴蝶兰，确实没错，也不是一般常见的品种。"钱老开口说道。

听到钱老开口，徐老也停下了品鉴，看着钱老。

鲁东省盆景界，周老、钱老是泰斗，周老擅长医治盆景花木病害，而钱老则擅长鉴定花木品种，无论是桂花还是兰花，基本上，只要钱老看上一眼，是什么品系的什么品种，钱老都能一口说出来。

钱老这边既然有了结果，徐老想听听钱老的看法。

"刚才，谁说见过和这兰花一模一样的花来着？"钱老一抬手，指了指老桩兰花，"别的不说，至少兰花品系里，不管是君子兰，还是蝴蝶兰，抑或是卡特兰以及别的观赏性兰花，这个花色花形的兰花，我还是第一次见过。这朵兰花，我老钱敢打包票，绝对世间独一无二！"

钱老这番话说出，欧阳涛的脸色，登时变得一片苍白。

在鉴别花木品种方面，钱老认第二，就没有人敢认第一。就算是川派盆景的泰斗李老、徐老这两位前辈，对钱老的鉴别能力，也十分认同。

"老钱的说法，我也认同！"钱老话音刚落，李老也开口说道。

"这朵兰花，我也是第一次见到。至于这位欧阳小友说，兰花杂志上看到过这样的兰花，我却不记得了。"李老话音稍微顿了顿。

"咱们国家的兰花杂志，全彩页或是附带彩页的，只有那么几本，其中有三本，是我担任顾问，剩下的几本我都有订阅。包括国外的兰花杂志，我也订了，最近三年的兰花相关杂志，在我书架上都能找到，如果欧阳小友的确见过这样的兰花的话……倒是可以去我家里，翻找一下！"李老说着，看向欧阳涛。

欧阳涛脸一红，根本不敢和李老对视。

"这个……我，我最近看过的兰花杂志太多，在网上也见过不少兰花图片。网上的图片，很多都是经过处理变了颜色的。应该……应该是我记混了吧……"硬着头皮，欧阳涛说道。

"我看欧阳涛你见过的那朵兰花，是自己脑补出来的吧？"没等李老说什么，刘俊伟冷笑一声，说道。

"欧阳涛……你不懂花卉就算了，承认就好了，术业有专攻，谁也不是什么都懂。我们不懂兰，所以请几位前辈过来品鉴一下这朵兰花，没什么丢脸的。"刘俊伟冷哼着说，忽然话锋一转。

"不过，不懂装懂，那就是你的不是了，尤其是装懂，最后被人戳穿，那可真是丢脸丢大发了。"刘俊伟看向欧阳涛的目光之中，满是奚落。

"你……"欧阳涛脸色铁青，"刘俊伟，我就算再不懂，也比你懂得多。不就是走运买到了一盆桂花么，在我跟前，你还没牛气的资本！"

"走运买到的桂花？"

刘俊伟哈哈一笑，"欧阳涛，我是走运怎么着，有本事你也走运一次。别的不说，就这盆景展览会的十几天，你要是能买到比我这桂花价值更高的桂花，也不用捡漏买，就是正常价买，我刘俊伟都甘拜下风！"

"好，你说的！"欧阳涛一指刘俊伟，口中说道。

"是我说的，咱可不像某些人，输不起……"刘俊伟下巴一扬，说道。

"两位小友要赌，我那边倒是有几盆桂花，都是从鲁东那边过来的，其中不乏精品，要是有时间的话，欧阳小友不妨过去挑选两株。当然了，既然两位小友有赌约，老夫也不好插手太多，欧阳小友若是想到我那儿挑，就以两株为限吧！"

正在这个时候，钱老忽地开口说道。

钱老家里桂花盆景不少，这次盆景博览会，也带了一些过来，此时还不忘推销一下自己的盆景。

"多谢钱老了。"听钱老这么说，欧阳涛连忙向钱老道谢。

在欧阳涛看来，钱老作为盆景界的元老，手上的桂花肯定更好，自己随便挑一株，只要运气不太差，总归能比这株龙蛇桂强。况且，对于盆景，基本的鉴别能力他还是有的，不敢说捡漏，至少正常价买一株精品桂应该没问题。

欧阳涛向钱老道谢，刘俊伟身边的聂云却在心中暗笑。

钱老这位前辈的人品，盆景界也算人尽皆知了，价值五千的四季桂都能被他卖到十五万，钱老绝对不会吃亏。欧阳涛真想去他那儿买桂花的话，被宰是肯定的。

"钱老、李老，你们刚才说这蝴蝶兰绝无仅有，不知道三位前辈是否能给这株蝴蝶兰估一个大致的价格呢？"

听刘俊伟和欧阳涛立完了赌约，庄雅雯适时插嘴，重新询问蝴蝶兰的问题。

"价格嘛……"三位老人不禁互看了几眼。

"庄丫头，兰花我懂得不是很多，不过单看这老桩与兰花相连，形成了一体盆景，我可以开出五十万的价。也就是说，即便这兰花并非变异，只是普通的蝴蝶兰，这桩、花一体，也值这个价了！"徐老首先开口道。

"徐老说得不错，我也这么看。至于这兰花……"李老沉吟了一会儿。

"如此兰花，可谓是无价之宝了。要我开价的话，我开五百万！"李老说着，伸出了五个手指头。

"珍稀变异兰花，前段时间甚至有价值千万的。不过庄丫头，千万兰花，可遇不可求，五百万的价钱，也比较合适了。"一旁的钱老也如此说道。

千万兰花可遇不可求。倒不是说那样的兰花可遇不可求，而是肯出上千万的买家可遇不可求。盆景遇不到合适的买家，可能只值几千块，遇到肯出大价钱的买家，就可能卖到几万十几万。

上千万的变异兰的确有这样的交易先例，但是并不是每株变异兰都有这样的际遇。一般来说，就算变异兰的可观赏性再强，品种再稀有，五百万的价格也比较合适了。

"多谢三位前辈。"庄雅雯向三人道谢，一转头，看向聂云。

"聂云，三位前辈给这株兰花开价五百万，加上盆景本身价值，是五百五十万，这样吧，我出六百万，你把这株兰花转让给我怎么样？"庄雅雯向聂云说道。

"这株兰花是聂云发现的？"庄雅雯说出这番话，没等聂云说话，钱老、徐老、李老三人先吃了一惊。

之前聂云救治老金桂，买下龙蛇桂，固然让几人对聂云刮目相看，但在几人看来，聂云不过是一个在桂花上造诣极高的年轻人罢了。毕竟，聂云的年纪摆在那儿，二十多岁，能在一种花卉盆景上有所成就，已经极为难得，他总不可能在所有花卉盆景上都有相当的造诣吧？要知道，便是钱老这三人，一把年纪了，也不是所有花卉都精通的。

而现在，这株兰花竟也是聂云发现的，这种情况，是三老没有想到的。

"庄姐，这花是咱们一起进山发现的，如果你喜欢尽管抱去好了，何必谈钱。"聂云眉头一皱，向庄雅雯道。

"如果只是这么一株盆景的话，我自然不会和你客气。"

庄雅雯微微一笑，"不过这兰花的价值，并不在它本身，而在于利用它可以培育出更多的这种变异兰花，甚至形成一条变异兰花产业链。兰花喜石，我们雅致珠玉本来就有意购买变异兰花，和玉石配合，制作一些玉石兰花的精品盆景。在这种前提下，你再不收钱，就不合适了。"

兰花这种花卉，喜欢在石缝里生长，加上性高雅，和玉石倒是相配。

"况且，你既然说花是大家一起发现的，总不能你做主送给我吧？"庄雅雯嫣然一笑，"这样，这盆兰花六百万，我们一行人，每人一百万，我打给你四百万，你和伟子、小甄、苏怡分。"

"那好吧，就这样。"聂云想了想，只得点头同意。

"对了，钱老、徐老、李老，这儿还有一株兰花，不知道三位前辈能否鉴别一下？"

和庄雅雯说完，聂云看到自己那株没开花的兰花，心中一动，又向钱老三人说道。

"这株兰花？"

钱老走过去看了一眼。

"是建兰品系，好像是墨兰品种，但还没开花，到底是不是变异品种，还不好说。不过，建兰品系的兰花，就算是变异品种，观赏性也不高，聂云你最好别抱太大期望。这样吧，我看这花最多五六天就要开了，六天之后，我们三个再过来一趟，帮你看看。"钱老说道。

"正好，欧阳涛，咱们的赌约，也放在六天后吧。到时候你能拿出精品桂来，也可让三位前辈品鉴一下。"那边刘俊伟忽然说道。

"好，六天就六天。"欧阳涛对刘俊伟的建议，根本没有半点儿异议。

六天，够他把整个盆景博览会所有展位仔仔细细逛一圈儿了。况且，欧阳涛都打算好了，一会儿直接到钱老那边买一株桂花，经过三老鉴定之后，只要比刘俊伟这株龙蛇桂价值更高，就够了。在欧阳涛看来，自己如果从钱老那儿购买桂花的话，鉴定的时候，即便桂花本身价值不高，钱老也会说得高一点儿。

"六天之后，我等着你!"刘俊伟丝毫不让，轻蔑地说道。

这边定好了赌约，徐老和李老也告辞了，钱老却没离开。

"聂云，这株桂花，一百万，转手给我怎么样？虽然这桂花不错，但是拿回鲁东，能不能马上卖掉也不好说，倒不如直接给我，你一转手就赚二十万，已经不错了。"钱老留下，还在劝聂云出手这桂花。

虽然刚才刘俊伟和欧阳涛打赌的时候，说这桂花是他买来的，但是钱老知道，真正能对这株桂花做主的人，还是聂云。

"钱老，不瞒你说，我买下这株桂花，不是为了转手赚个差价，您看一下，我们这展位上，就放着两盆兰花，空空落落的不怎么好看。买下这株桂花，也是为了让展台好看一点儿。再说您刚才也看到了，出手了这株老桩蝴蝶兰，我户头上又多了一百万，暂时不缺钱，所以这桂花暂时也没出手的打算。"聂云笑着向钱老解释道。

"这样，等回到鲁东，如果钱老还对这桂花感兴趣，到时定然优先转手给钱老您"。聂云保证道。

"嘿嘿，你小子够精明啊，到了鲁东，我再想一百万拿下这株桂花，是不大可能了。"钱老摇头笑道。

"算了，我也不强人所难，这株桂花，你就先留着吧。"钱老说道。

钱老在花卉盆景界名声不好，主要就是因为他好坑蒙拐骗，欺负刚刚入行的新人，强买强卖的事情钱老是干不出来的。其实说他名声不好，倒不如说他为老不尊，没有前辈高人的气度，他高价卖出去的那些普通盆景，也都是你情我愿的，只能怪买方看走了眼，怨不得别人。

"不过……"刚说完之前那句话，钱老忽然话锋一转。

"聂云，今天有件事，还得你帮帮忙，我那边有一株桂花，似乎是生了病，有些蔫，我把它带过来，原本是想请这边的几个老朋友帮忙看看。不过既然你来了，那我也不麻烦旁人了，你帮我看看得了。"钱老说道。

"哦？钱老您的桂花生了病害？"聂云心中微微一动。

"钱老是盆景界前辈，你都看不透的病害，晚辈怕是也无能为力啊……"聂云笑着，摇头说道。

未虑胜先虑败，聂云虽然拥有灵木瞳的能力，但也不是真的有起死回生的能力。聂云在没见到那株桂花之前，也不敢肯定就能查出病因，根治病症。这时，谦虚一点儿，没什么坏处。

"你也别谦虚，老头子我今个儿就认你了。放心，就算看不好，老头子我也没二话，不会怨你。"听聂云有推脱之意，钱老连忙道。

"那行，钱老既然这么说了，晚辈也就不自量力，跟钱老过去看看。伟子，走，去钱老那边瞅瞅。"

聂云招呼刘俊伟一声，跟着钱老走出了展位。

欧阳涛早跟着李老离去了，庄雅雯的展位上，只有三个女孩子，叽叽喳喳的，刘俊伟也受不了，干脆跟聂云去见识见识钱老的桂花。别的不说，好歹得看看钱老手上有什么货，别真有价值上百万的精品桂，又恰好被欧阳涛买走，那六天之后，输的恐怕就是刘俊伟了……

跟着钱老，不过片刻，就到了钱老的展位。

钱老的展位比庄雅雯那个稍大一点儿，但也不是很大，毕竟钱老是鲁东省的盆景大佬，而不是四川的。这儿不是他的主场，他也没法把自己所有的盆景都运过来摆上。

摊位之上，有七八株桂花盆景，都是中型盆景，各有特色，可惜现在不是八月，否则，钱老这个摊位肯定能吸引不少人。除了桂花盆景之外，

还有一些别的盆景，无非是山楂、腊梅、流苏树等。

一个不到四十岁的男子，帮钱老看着摊位。男子是钱老的侄儿，和这位钱大哥问好之后，钱老带着聂云和刘俊伟来到一盆桂花跟前。

"聂云啊，看看，就是这株桂花，这两天都不怎么旺盛，之前我以为是因为过冬，伤冷或是伤热了，不过现在看起来不是那么回事儿，你给瞅瞅吧。"钱老说道。

桂花在北方过冬，有伤冷、伤热两个问题。伤冷，就是冻伤了，北方天气冷，容易把不适应的桂花冻死，很多流苏嫁接的桂花，第一两年还没适应过来，上边的接穗桂花极易冻死。

至于伤热，则是冬天时，把桂花放到室内，因为室内气温太高，桂花没法适应造成的问题。冬天，北方很多有暖气有空调的房子，温度都上了二十度，把桂花放里面，就可能出毛病。一般来说，桂花在北方过冬，以四五度气温为宜，不可超过十度。

不过钱老养桂不是一天两天了，这些基本常识还是懂的，这株桂花，在钱老看来，应该不是这些毛病。至于具体什么毛病，钱老也不拿不准。

聂云走上前去，看了眼这株桂花。这株桂花，是老桩流苏嫁接桂，取的是"老树新芽"的意境。一块老流苏树桩子，嫁接上一支桂花枝。下面的流苏根，盘在花盆里，竟像老龟一般，在老龟的后背上，嫁接了一株桂花新枝，一眼望过去，就好像是一只老龟的后背，生出了一棵小树一般，煞是神奇。

老龟背树，一般是寓意富贵延年，极为喜庆，其难得程度，远超聂云刚刚买的龙蛇入云的桂花。这样一株盆景，算是精品中的精品了。

不过，此刻，这株老龟背树，上面的桂花叶子却有点儿蔫。

靠近这株老龟背树，聂云开启了灵木瞳。

聂云感觉到一股深青色的灵气蹿入眼中，这股灵气颜色之深，比龙蛇入云桂花更厉害，甚至隐隐触摸到一丝蓝色灵气的门槛了。只不过……这灵气层次虽高，但是总量却十分稀少，还不及龙蛇入云桂花的十分之一。

显然，是因为这株老龟背树生了病，本身生命力不足的缘故。

灵木瞳在老龟背树内一扫，其中的灵脉情况，聂云便看得一清二楚。

"咦？"聂云探查老龟背树中灵气状况时，发现下面的流苏桩子里，仅有的一条向上传递灵气的灵脉，此时似乎被什么东西腐蚀了，几乎完全断了。

灵脉断裂，根部吸收的灵气，很难进入上面的桂花枝叶中，上面的桂花枝叶灵气供应不足，生长自然不可能旺盛了，再过一段时间，很有可能枝枝干枯，最终死亡。

聂云一眼便看出了这株老龟背树的病因。不过到底是什么情况造成了这种结果，聂云还需要仔细看一看，这条灵脉到底是怎么被腐蚀的，聂云还没找出具体原因。

聂云又仔细观察了一阵这株老龟背树盆景。

"呼……"良久，聂云直起身子，长长吐出一口气，脸色凝重。

"怎么样聂云，这盆桂花到底是什么毛病？"见聂云脸色不轻松，钱老心神也是一紧，连忙问道。

这株老龟背树，在钱老的桂花之中，也是排得上号的，其价值不比周老的那株老金桂低。所以，钱老对这株桂花十分重视，这次这桂花出了毛病，钱老十分着急。

"钱老，如果我没猜错的话，这盆桂花的流苏桩子当初挖出来的时候，根部底下，应该有腐烂的地方吧？"聂云没直接说这桂花的病因，只是向钱老问道。

"不错，这盆桂花是我五年前亲手嫁接的，下面这流苏桩子，是从山里刨出来的，当时是豫南省山上的流苏，被雷劈了，大树倒了，就剩下这么一个老根，我过去之后，刨出老根，选了这么一块。"钱老详细说道。

"选的时候，看这树根似老龟的形态，可惜老龟肚皮那块儿，有一处腐烂了。好在这老龟是趴着的，肚皮朝下，我就没怎么在意，只把那处腐烂的地方处理了一下，回来之后，把这老龟树桩培植好，第二年在老龟背上切了个小口子，做成了这株盆景。"钱老把老龟背树盆景的制作过程，都说了一遍。

"钱老，如果我没看错的话，这老龟桩子当初腐烂的地方，应该没清理干净。"聂云盯着老龟背树，缓缓说道。

"那块腐烂的地方，将这树桩内的导管筛管都腐蚀了，这老桩吸收的营养供应不到上面的桂花枝叶上，才造成了这种情况。"聂云说道。

大树生长久了，树干之内、根部之中，容易出现腐烂。像聂云老家峤县那株千年银杏树，树干中间早就烂空了，形成了一个巨大的树洞。

"什么？这里边又烂了？"听到聂云这番话，钱老脸色一变。

"那，有没有办法，给这盆桂花治一治？"紧接着，钱老又略带急切地问道。

聂云看着老龟背树，略微沉吟了一下。

"烂掉的地方，想要接起来，基本上是没可能了，不过这桩子就那一个地方出了问题，老龟桩子的四肢、还有龟壳的周边，都没有任何问题。如果把龟壳中央的桂花接穗去掉，转而嫁接到其他地方的话，自然就没问题了。"聂云指了指老龟桩子四肢等部位，向钱老说道。

"把桂花嫁接到其他地方？"钱老脸一苦。

"聂云啊，你也知道，这桂花嫁接到老龟龟壳中央，这是老龟背树之形。如果把桂花嫁接到别的地方，固然也能成活，这老龟形态也能保全，可这盆景的价值，可就大大降低了啊……"钱老说道。

"实不相瞒，这盆桂花，前段时间有人出三百万，我都没卖，这要是把桂花嫁接到别的地方，怕是连一百万都卖不了了啊。"钱老说着，叹了一口气。

盆景这东西，讲究整体协调感。什么枝子在什么地方，都是有讲究的，一根枝子放在这个地方，有寓意有美感，要是截下来挪到另外一个地方，就可能寓意美感尽失，盆景也就彻底废了。

这老龟背树，老龟根是一个整体，上面的桂花嫁接到别的地方，虽然不至于一文不值，但价值也要大大降低。

"钱老，其实这桂花的病因，晚辈也就是这么一说，也不一定准，钱老您姑且听之。还是让其他前辈过来诊断一下再说吧。"聂云抬起头，看着钱老，说道。

"算了，实话跟你说，这盆桂花，之前老周已经给我看过了，说法和你差不多，他也说基本没治了。我不死心，知道成都这边开盆景博览会，千里迢迢跑过来，就是想让这边的老家伙给看看。刚才老徐也给我看了，他倒好，什么病因都没看出来……"钱老说着，不断唉声叹气。

"现在你也看出病因了，和老周说的一样，我也不用找别人看了。我也知道，说到让桂花起死回生，你的手段最高，我也不求别人了，只求你想想办法，给我保住这株桂花。"

钱老说着，一狠心，竟然要向聂云鞠躬。

"钱老，使不得。"聂云眼疾手快，一把抓住钱老，没让钱老弯下腰去。

"钱老，您也别这样，这是折我的寿。这样吧，我尽力而为，试一试吧，但是不能保证成功。"聂云正色说道。

钱老虽然人品不怎么好，但是好歹是盆景界的前辈，也没做过对不起聂云的事，这样一个前辈求到自己，聂云确实不好袖手旁观。

不过，聂云的灵木瞳只能操控草木灵气而已，想把破损的灵脉修复好，难度极大。

和钱老说完，聂云再度靠近这株桂花。这一次，聂云不仅开启了灵木瞳，而且把右眼中的青色灵气放了出来，让青色灵气探入老龟树桩中，引导着根部的灵气，沿着近乎断裂的灵脉，向着上方的桂花接穗冲去。

在聂云的灵气引导下，老龟树桩根中的灵气，猛地向上方的接穗冲去，接穗中一下子多了不少灵气。

然而，当聂云把灵气从老桩之中收回来时，这条破损的灵脉一下子恢复到了原样，只有极少一丝灵气进入上方的桂花接穗中……

就像是一条水管，破损了一大块，几乎无法输送水流了。要是在一端加上很强的水压的话，可以压着水流，直接冲过破损的地方，把水输送到另外一边。当水压消失之后，水管还是破损的，一样没法输送水流。

深吸一口气，缓缓吐出来，聂云摇了摇头。

"钱老，对不住，这盆桂花，我是真的无能为力……"聂云无奈地向钱老说道。

"真没法治？"钱老脸色一黯。

"要不这样，聂云，这盆桂花，我就交给你了，随便你怎么折腾，要是折腾成功了，治好了桂花，我给你五十万，要是治不好，我也不怨你，怎么样？"钱老一咬牙，向聂云说道。

听到钱老这番话，聂云不由得苦笑一声。

钱老也是病急乱投医，这样的法子都想得出。可惜聂云对这盆桂花的确无能为力，否则的话，为了五十万，帮钱老一下倒也可以。

钱老能把这盆桂花交给聂云折腾，也说明钱老对这盆桂花的重视。不过说真的，这盆老龟背树的桂花，的确算是精品中的精品，价值极高。如果聂云手上有这么一株桂花，出了毛病，几乎无药可治的话，聂云也不会放过任何一丝机会。

"钱老，这不是钱的问题，我实在是无能为力，您这不是强人所难么……"正说着，聂云忽地想到了什么，脸色一凝，"花我治不好，不过，如果钱老只是想保住这盆桂花的价值的话，我倒有个不是办法的办法。"

"哦？什么法子？"听聂云这么说，钱老眼前一亮。

"这个法子，说起来，倒是很简单。"聂云说着，诡异一笑。

"这盆老龟桂花，放在钱老您这儿，过些日子，上面的桂花死亡，这老龟桂花的价值就要大大降低。但是，如果钱老现在就把它卖掉，换成人民币的话，实实在在的钞票放手里，就不会那么快贬值了。"聂云低声说道。

"卖掉？"钱老一愣，一抬头。

不远处，一个青年男子正向这边走过来，正是欧阳涛……

钱老姓钱，本身也不是一个不重名利的人，一盆盆景，能卖个高价，他就绝对不会低价卖出去。即便卖不到高价，在钱老的忽悠之下，也可能有人出高价买走，之前峤县那个任处长十五万从他那儿买走价值五千的桂花，就是这种情况。

128

但是，钱老爱财，也不代表他把金钱看得比一切都重。至少，在盆景和金钱之间，钱老绝对会选择盆景。

　　这盆老龟背树，是钱老最喜爱的一盆桂花盆景，本来别人出多少钱都不会卖的。这老龟背树出了问题之后，钱老第一时间想到的是怎么治好它，而不是将其尽快脱手，换成金钱，从此高枕无忧。

　　如果这老龟背树有治好的希望的话，钱老绝对不会卖掉，钱老是真的喜欢花卉盆景，所以，他才能在花卉盆景界达到现在的成就。

　　聂云说这老龟背树难以治愈了，钱老也没想把它卖掉。哪怕现在聂云提醒了他，钱老也没露出恍然大悟的表情，反而有些犹豫。

　　"钱老，我知道你喜欢这盆桂花，问题是这盆桂花留在您手上，也得废掉。与其这样，倒不如卖出去，到了别人手上，弄不好就有起死回生的转机。就像之前周老那株老金桂，本来也不想卖给我，被我软磨硬泡才买过来。如果他当时铁了心不卖的话，说不定现在，盆景界就少了一盆精品桂花……"看到钱老犹豫，聂云低声劝解道。

　　"不破不立，把它出手，好歹也是一种破而后立的法子。天底下好盆景有的是，有了钱，大不了再买一盆差不多的桂花盆景。"聂云说着，抬了抬眼，看了眼不远处正往这边走来的欧阳涛。

　　欧阳涛原本是想向钱老这边走的，但是看到聂云和刘俊伟在这边，下意识地就想避开，所以没直接走过来。

　　聂云劝钱老卖掉这盆桂花，多少有些坑人的意思，十分不地道。不过，如果坑的人是欧阳涛的话，那就不同了。

　　欧阳涛不缺钱，对他来说，几百万虽然不能说九牛一毛，但是少了几百万，他也一样过得好好的。如果欧阳涛是普通人家的子弟，辛辛苦苦地赚了几百万的话，聂云绝对不会让钱老蒙骗欧阳涛。

　　再说，欧阳涛和刘俊伟是死对头，聂云自然站在刘俊伟这边。

　　"好！"

　　听了聂云这番话，钱老眼神闪烁，挣扎了片刻，最终还是低声说出一个"好"字。

这个字说出来，钱老再抬起头来，眼中已然多了几分狡诈。下定了决心，钱老又变成了一只老狐狸。

"就听你的，这盆桂花，想办法卖掉，换成人民币。你这法子，也算不是办法的办法了。"钱老低声说道。

"不知道……钱老想把这株桂花卖给谁？"聂云淡淡一笑，低声向钱老问道。

钱老没说话，只抬了抬眼皮，看了一下在不远处假意游逛的欧阳涛。聂云也顺着他的目光看了眼欧阳涛，一老一少，相视一笑。

旁边的刘俊伟，把聂云和钱老的对话都听在了耳朵里，看到两人这眼神，立刻就明白了过来，不由得暗骂了一声。什么时候忠厚的聂云也变得这么阴了？难道是跟自己在一块儿学坏了？

"钱老既然有了人选，伟子，我们帮帮钱老吧。"聂云给刘俊伟使了个眼色。

"钱老，这花是好花，不过你要的价钱，也太贵了一点儿，这样吧，三百万，三百万我们就要了。你也知道，这个价钱我们入手，风险已经很大了……"

和刘俊伟说完，聂云突然抬高了声音，向钱老说道。当然了，即便是抬高了声音，也不是大喊大叫，甚至比普通说话的声音还小那么一点儿，也就是这边人少，比较僻静，否则的话，不远处的欧阳涛根本听不到这边的声音。

聂云这句话出口，钱老眼角余光一瞥，就看到了欧阳涛耳朵一竖，注意到了这边，显然欧阳涛把聂云这句话听了个八九不离十。

"聂云啊，咱都是鲁东盆景界的，我这盆花值什么价，你也清楚。三百五十万，你买回去的确有风险，三百万的话是没风险了，你铁定赚，但既然这个价卖给你你铁定赚，我干吗还卖啊？自己留手里，等着涨价不就行了？我现在又不缺钱，要不是你们强求，说实在的，这花我还真不想出手。"钱老一脸为难地说道。

钱老这话却没刻意压低声音，本来他这句话就是说给旁边的人听的嘛。

"得，钱老爷子，您也别急。"钱老刚说完刘俊伟立刻插了一句。

看了一眼不远处的欧阳涛，刘俊伟的脸上立刻流露出了警惕的神色。

"那个，这样，三百五十万，说好了，聂子你也别讲价了，咱就按钱老爷子说的来。"刘俊伟一咬牙，定了三百五十万的价。

"不过钱老爷子，最近我手头有点儿紧，买了那株桂花，暂时还真凑不出三百五十万。这样，这盆花我先预定下来，最多三天，三天之后，我就给您把钱凑齐，您看成不？"刘俊伟放低了声音，向钱老说道。

钱老想了一下，一点头："成，那就这样，三百五十万，三天之内拿过来，过期不候。"

"这您老放心吧，还能骗你不成？要不我们先交押金？"听钱老松口，刘俊伟脸色轻松起来。

"都是鲁东人，用不着这么麻烦，三天之内把钱凑出来就行了。"钱老大手一挥，大度无比地说道。

"那行，老爷子忙着，我们上那边瞅瞅。"刘俊伟说着，便和聂云一起告辞。

"不看看别的桂花了？"钱老随口问道。

刘俊伟在钱老展位的其他桂花上瞄了两眼，嘴角流露出一丝淡淡的不屑："好花，有那么一两株，就够了。"

说着，刘俊伟、聂云向钱老告辞离开了展位，两人没向别的地方走，偏偏向欧阳涛所处的地方走了过来，没等走上前，刘俊伟脸上先现出了一丝冷笑："呦，这不是欧阳公子么，怎么着，博览会里没找到别的桂花，来求钱老了？"

"哼，刘俊伟，你也不用逞口舌之利，六天之后赢了赌约再说。这次钱老答应卖给我两盆桂花，我自然过来看看，莫不是你怕了？"欧阳涛冷哼一声，直视刘俊伟道。

"我怕了？简直是笑话。"刘俊伟也同样冷笑了一声。

"走了，聂子，咱到别的地方瞅瞅去，说不定能捡个漏什么的。让欧阳公子安心在钱老这挑桂吧。"说着，刘俊伟直接和欧阳涛擦身而过，向其他展位而去。

"欧阳公子，再会。"聂云也向欧阳涛不失礼貌地点了点头，这才随刘俊伟而去。

欧阳涛目光冰寒，看着刘俊伟远去，略微整理了一下自己的西装外套，大步向钱老的展台走去。

"欧阳小友，你过来了？"见欧阳涛过来，钱老微笑着打招呼。

"呵呵，钱老，刚才我看了，整个博览会上，桂花盆景都不多啊，也就是您的展位上，精品桂花多一些。我和刘俊伟的赌约，是要买精品桂花盆景，所以就过来看看了。如果在您的展位上买不到好桂的话，恐怕整个博览会里，都没有好桂了。"欧阳涛走上前来，向钱老恭维道，"晚辈这次过来，还要请钱老帮忙推荐几株不错的桂花……"

"要我帮忙推荐，那可是违规哦。"钱老一笑。

"也罢，你既然开了口，我就给你推荐两株。你看这株，流苏接的老金桂，根型、枝叶，都是上佳……"钱老明明站在老龟背树旁边，却没给欧阳涛介绍，而是向另外一株桂花走去。

听钱老介绍这株老金桂，欧阳涛的目光却瞟向那株老龟背树的桂花盆景。之前聂云、刘俊伟和钱老一番接触，欧阳涛都看在眼里。特别是看到刘俊伟和聂云围着这株桂花团团转，欧阳涛便猜到，这株桂花绝对不是凡品。

钱老向自己介绍的那株老金桂，虽然也不错，但明显和这株老龟背树无法相比，尤其是在欧阳涛已经先入为主地认为那株老龟背树盆景是难得的精品之后，他对这株老金桂，自然看不上眼了。

"这老金桂，品系纯，株型好，是难得的佳品。"钱老却不管欧阳涛的想法，依旧卖力介绍着老金桂。

"实话跟你说，聂云之前就买过一株桂花，和这株品系一样，都是老金桂，株型也不比这株好，只不过是盆栽的年头多，又是难得的原生桂，价钱就卖到了三百五十万。我这一株，我估价是一百二十万。"钱老指了指自己那株老金桂，向欧阳涛说道。

"呵呵，要不你看下这株，是丹桂品系的，状元红，流苏老桩嫁接，寓意步步高升，和状元红的品种也相配，这株我估价是一百三十万，比那株还高一些。"钱老又向欧阳涛介绍另外一株丹桂。

钱老给欧阳涛介绍的桂花，都是有讲究的。花是不错，但却不值钱老说的价，那株老金桂也就七十万，这株状元红，最多不过八十万，都被钱老翻了一倍。

钱老这么做，就是要给欧阳涛一种这些桂花不值那个价，自己是忽悠他的感觉。

这两株桂花，价值本来就无法和老龟背树桂花相比，欧阳涛既然已经注意到了那株老龟背树，钱老就不信，他会看不出来这些桂花不如老龟背树。

钱老现在使的法子，就是欲擒故纵。钱老此人绝对是老谋深算，他要骗一个人，就能让他自己乖乖上当。况且，现在他要骗的是欧阳涛，那就更简单了。

无论是花卉盆景界，还是古玩字画界，最好骗的不是外行人，外行人什么都不懂，对这些东西也没太大的兴趣，反而不怎么好骗。最好骗的，往往是那些略懂一点儿，但又懂得不多，一瓶子不满半瓶子晃荡的人，而欧阳涛，就是这样的人。

"钱老，这两株桂花虽然不错，但在你这里算不上上品吧？"

果不其然，就在钱老给欧阳涛介绍了两盆桂花之后，欧阳涛笑了一下，说道。

一边说着，欧阳涛一边装作无意地在展台上随便看着，向着那株老龟背树走了过去。

第七章　赌石玩的就是心跳，
　　　　一刀天堂一刀地狱

　　赌石，赌的就是运气。谁也不知道，一块石头中到底有没有玉。一刀切下去，赌涨了，一夜暴富家财万贯；赌垮了，倾家荡产分文皆无。刘俊伟不缺钱，也不是来靠赌石发家的，说白了，他就是闲得无聊，来玩心跳的。赌石嘛，就是享受它的过程。

　　"钱老，这株桂花，我看就不错。不知道钱老给这株桂花的估价是多少？"蹲到老龟背树盆景前，欧阳涛"咦"了一声，假装将这株桂花仔细地看了一遍，这才向钱老说道。

　　"呵呵，这花是不错，不过，这边这株也不差啊。欧阳小友你拿这一株，价值定然比那株龙蛇桂高。"

　　钱老呵呵一笑，又给欧阳涛介绍另外一株。

　　"不用了吧，就这一株吧，钱老你开个价，我要了。"欧阳涛根本没动，依旧看着老龟背树，向钱老说道。

　　"这个……"钱老脸上现出一丝为难。

　　"实不相瞒，这株桂花，刚才聂云已经订下了，三天之内，就来提货……"钱老低声说道。

　　"哦？钱老，那个聂云，刚才付定金了？"欧阳涛双眉微微一皱，口中问道。

　　"这个倒没有，不过……"钱老还要说什么。

"钱老，聂云和刘俊伟是鲁东人，我也是鲁东人，钱老不能这么厚此薄彼吧？既然他们没付定金，交易就没定下，价高者得，就算你和他们说好了，我如果出价更高的话，也理应卖给我啊。"欧阳涛看着钱老，缓缓说道，"这样，这盆桂花，我出四百万人民币，现在就可以转账付款，还请钱老出手给我。我想就算那个聂云和刘俊伟再过来，也没什么可说的吧？"

听到欧阳涛这番话，钱老的脸上又现出犹豫之色。

看到钱老犹豫，显然是动摇了，欧阳涛脸上，露出一丝微笑。

另一边聂云和刘俊伟闲逛着。

这一次，两人倒真是闲逛了，整个盆景博览会中，精品盆景的确有不少，聂云一棵都没放过，全用灵木瞳瞅了一遍，自己体内灵气总量的增长十分迅速，逛游了一圈下来，已然达到了自己受伤前的五倍。这么多灵气，就算聂云受再重的伤，只要不致命，也不会有什么危险了。

就这么游逛了一个多小时，聂云两人又回到钱老展位附近。

此时，钱老正坐在自己的展位前，跷着二郎腿，哼着京剧，十分得意。展位上，那株老龟背树盆景已经消失了，不用说，肯定是被欧阳涛买走了。

聂云两人也没去打扰钱老，径自向庄雅雯展位走去。

丁铃铃……

聂云的手机突然响了起来。

拿出手机，聂云看了一眼，居然是田甜打过来的，聂云才想起来，过了正月十五，田甜就要去省城上学了。之前和田甜说好了，带田爷爷到省城，在聂云家住几天。让他们到了省城就给聂云打电话，估计这丫头和田爷爷已经到省城了。

接通手机，里面立刻传来田甜的声音。

"姐夫，我和爷爷到省城了，打了一辆出租车，在去姐夫家的路上呢。"田甜向聂云说道。

聂云和刘俊伟都不在省城，庄雅雯、苏怡这几个朋友，也都待在成都，田甜到了省城，自然没人过去接她，只能自己过去了。

"嗯。到了就好，我现在没和你姐在一块儿，想和你姐说话的话，直接打她手机好了。这么远的路，爷爷还适应吧？"聂云关心地询问道。

"爷爷有点儿晕车，在车上吃了药好一些了。"田甜说道。

"嗯，到了家之后，让爷爷先休息一下。"聂云没怎么在意，只叮嘱了田甜两句，便挂断了电话。

接下来的三天，几个人就一直待在盆景博览会。聂云发现了不少价格比较便宜的盆景，都买了下来。这些盆景，底子都不错，但是打理得并不好，买下来之后，随便弄弄，价值就能提升一两成。庄雅雯这个展位，也渐渐充实起来。

聂云吸收的青色灵气，一部分进入到聂云的肋骨处，将聂云肋骨的最后一点儿伤势也治愈了。现在的聂云非常健康，体质也有了提升。

在盆景博览会上游逛了这么几天，聂云还没怎样，刘俊伟先腻了。

第四天早晨，刘俊伟再也不想去博览会了，博览会上盆景虽然不少，但看来看去就是那么几株。

外行看热闹，内行看门道。聂云碰到精品盆景，还会看一看，这株盆景是怎么修剪成的，什么地方是怎么嫁接的，什么地方是怎么弯折的……这些，都让聂云增加了不少盆景经验，而且都是无法在书本上学到的。

而刘俊伟，完全就是看热闹，看到一株盆景不错，欣赏几分钟，再让他继续欣赏，他就要烦了。

一大早，刘俊伟就和苏怡窝在卧室里，吃早饭都没出来。聂云和庄雅雯也不好闯进两人的卧室，聂云只好给刘俊伟打电话。

接了电话，刘俊伟懒洋洋地说："聂子，今天你陪庄姐去博览会，我是不去了，和苏怡再腻一会儿……"

对于刘俊伟的公然"罢工"，聂云有些无语。

"算了，今天咱们也不过去了。"庄雅雯也说道。

说实在的，庄雅雯对盆景花卉虽然有点儿兴趣，但是也没到痴迷的程度，在博览会待了三天，庄雅雯也有点儿烦了。反正那株蝴蝶兰已经鉴定出来了，那株墨兰还得两天后才能鉴定，庄雅雯也不想过去了。

"这样吧，聂云，今天带你们去雅致珠玉总部，把那盆兰花送过去，那边有一生物研究所，里面有几个专家，让他们先研究一下，能不能把这株蝴蝶兰培植出来。"庄雅雯向聂云说道。

"正好你也喜欢玉石之类的小东西，雅致珠玉总部保险箱里，有几件精品，你也可以过去看看。"庄雅雯说道。

聂云想都没想就点了头。

"那行，今天就去雅致珠玉总部吧，看了几天的盆景，也换换口味。正好让我们见识一下，庄姐的精品玉石。"聂云笑道。

实际上，聂云对玉石摆件兴趣也不大。不过要是碰到自己喜欢的，在资金充裕的情况下，也可以买两个摆件收藏。尤其是带着田甄，遇到不错的珠玉首饰，也可以给田甄添置两件。至于专业性的东西，聂云就半点儿不懂了。

聂云还有一个目的，就是探寻左眼的奥秘。聂云在庄雅雯的蓝天酒吧，以及庄雅雯家里，见过几件玉石摆件和民国的仿古董，那时就感觉到金黄色的气息进入了左眼。

聂云猜测，如果左眼吸收了足够多的金黄色气息，说不定，还会开启另外一种和灵木瞳完全不同的异能……左眼的异能，很可能跟玉石、古玩这些东西有关。

"我给伟子打电话问问他去不去。"见聂云同意，庄雅雯拿出手机，又给房间里的刘俊伟打电话。

"伟子，今天我们去雅致珠玉总部，看看那边的玉石。那边我也有段时间没有过去了，说不定出了一些精品呢。你和苏怡要是没时间的话，就别跟着过去了，在家里腻着吧。"手机接通，庄雅雯调侃着刘俊伟。

"去看玉石……别啊庄姐，那啥，等一会儿，我和苏怡马上出来。你别光带聂子和小甄去啊，聂子，你可不能不够兄弟，吃独食啊。"那边的刘俊伟，几乎是吼出来的。

五分钟之后，匆匆穿好衣服的刘俊伟就跑了出来，顾不得洗漱，就跑到餐桌上吃早餐。

"行了，没那么急，赶紧洗漱去。我们等着你们。"聂云没好气地瞅了刘俊伟一眼，说道。

"嘿嘿，还别说，早晨起来，尿都没撒就过来吃东西，还真憋得慌……"刘俊伟嘿嘿一笑，跑去洗漱了。

一个小时之后，几个人整理好，这才上了车，前往雅致珠玉总部。

这次把炭球也带了出来，这家伙在家里闷了好几天，这次带它出来透透气，用刘俊伟的话说，炭球如此英勇神武，当代狗王，怎么着也得给它弄个雕像什么的，纪念它的雄姿。弄个石雕太大了，没地方放，倒不如带它去雅致珠玉挑块好玉料，请那边的老师傅雕刻一个炭球的小摆件。

对刘俊伟这个提议，聂云倒觉得不错。炭球虽然还不到一岁，但狗毕竟活不长，炭球能活二十年就算顶天了，到时候它去了，不留下个念想，也是个遗憾。

等自己年纪大了，拿出摆件，给儿孙们看，也能回忆一下炭球斗云豹、斗黑熊的事迹。

车子行驶了一个小时，在成都市中心附近的一座大厦前停住。大厦足有二十多层，楼体上镶着四个大字——雅致珠玉。

"庄姐，你们这雅致珠玉，够气派的啊。"

下了车，看着二十多层的雅致珠玉总部，刘俊伟啧啧赞叹。

"这是三年前建造的总部大厦，当时雅致珠玉还没发展到现在的规模，这大厦都是贷款建的。大厦里有三层是拍卖场，有三层是陈列室，放着一些普通的玉石摆件，另外还有几层，是解石的地方，有几层是专门雕刻玉石摆件、饰品的地方。当然了，我们的兰花研究室，也设在这个大厦里。"庄雅雯下了车，微微一笑，说道。

"好了，我们进去吧。"

庄雅雯随手一招，雅致珠玉总部大厦前的一个工作人员立刻上前，庄雅雯让工作人员小心搬着那株老桩蝴蝶兰，自己则带着聂云几个人，向总部大厦一楼大厅走去。

"庄小姐!"

"庄小姐好!"

走进总部,立刻便有迎宾小姐和前台向庄雅雯微笑问好。

"林教授今天过来了吗?"走到前台,庄雅雯向一个面容姣好的前台问道。

"庄小姐稍等……"前台飞快地查了一下,"林教授过来了,正在十六层的 B3 号研究室内。"

"把这株兰花搬到 B3 号研究室,交给林教授。待会儿我们就过去。"庄雅雯一边吩咐工作人员,一边回过头来,看向聂云,"聂云、伟子,是先参观一下我们的兰花培育研究室,还是先去陈列玉石摆件、饰品的收藏室看看?"

"先去兰花研究室吧,把正事儿办完了,有的是时间参观。别让研究室的专家教授们等太长时间了。"想了想,聂云说道。对研究培育兰花的地方,聂云也相当好奇。

几人向研究室走去。

研究室里有几个人正在忙着,庄雅雯带众人来到一个穿着白大褂的老人面前,介绍到:"林教授,这是我的几个朋友。"又转回头对聂云几个说,"这是林于民教授。"

"林教授好!"聂云微微一笑,向林于民教授打招呼。

林教授矜持地点了点头,打量了一下聂云几个人,脸色不冷不热的,似乎对聂云几人不怎么待见。

这个林教授,是一个纯粹的生物学者,只适合做研究工作。以前曾在成都某大学生物系任教,不过,只醉心科研不会带学生,实在算不上一个好教授。庄雅雯成立了兰花研究室之后,就把林教授挖了过来,专门搞兰花研究培植。

在林于民教授眼中,科研是神圣不可侵犯的。庄雅雯带着几个朋友,随意跑过来参观,林于民教授自然不大高兴。

"林教授，我已经两个多月没过来了，咱们的兰花研究，不知道出了什么成果？"给林于民介绍完聂云几人，庄雅雯向林于民询问道。

"这个……"

听到庄雅雯的问话，林于民的脸上露出一丝尴尬。

三四个月之前，庄雅雯就建立了这个研究工作室，让林于民领衔，带着一群学生搞兰花杂交研究，希望能培育出有观赏价值的兰花配合雅致珠玉的玉石。对林于民的研究，庄雅雯也抱有很大的期望。

野外的变异兰花，毕竟可遇不可求，而我国的国兰，都是有亲本价值的观赏性兰花，它们进行杂交出变异新品种的概率，远比野外的新品种要靠谱一点儿。

"庄总，之前我们一直都在做国兰杂交的项目。亲本选择已经完成，人工授粉也完成了，不过现在只做到兰花受孕生理反应这个阶段，想要出成果，恐怕还需要一段时间……"林于民扶了扶眼镜，说道。

"国兰杂交，虽然也可能出新品种，但也有可能一无所获。最好的培育新品种的办法，还是找野外的变异兰花，进行无性繁殖。无论是茎杆扦插繁殖，还是花梗潜伏芽的无性繁殖，抑或是分株繁殖法，都能较好地保持变异兰花的性状。实在不行，用组织培养，也就是克隆的繁殖法也不错。这些，都比国兰杂交出成果要快。"林于民教授说道。

"像庄总购买的这株蝴蝶兰，就是一株变异兰花，用无性繁殖，尤其是分株法，就能在三个月内，培育出一批新的变异蝴蝶兰。"林于民肯定地说道。

听了林于民的话，聂云皱了皱眉头。

分株繁殖法，就是把一株兰花劈成几份，每一部分都带有枝叶、根茎进行培养，这样一株兰花就能变成好几株兰花。

对其他兰花，这种繁殖方法是可行的，但是这株变异蝴蝶兰不仅是一株兰花，还是老桩兰花一体的盆景，如果劈开，就会把盆景破坏了。

"分株繁殖法还是不要用了，会破坏盆景结构，组织培养法或者花梗潜伏芽的无性繁殖也可以，茎杆扦插，最好也慎用。"心中想着，聂云开口说道。

"为什么不能用分株繁殖?"听聂云反对自己的方法,林于民眉头一皱,不满地看了聂云一眼。

"哼,分株繁殖法,是培育兰花最快的方法,分株繁殖之后,再采取其他繁殖方法,繁殖速度会快好几倍。你什么都不懂,就不要乱插嘴。庄总,这株兰花交给我,三个月内,必出成果。"林于民下保证说。

"林教授,还是听聂云的吧,用克隆或者花梗繁殖就好了。"

庄雅雯不是林于民这样只知道研究兰花的学者,庄雅雯深知老桩兰花连在一起的价值,破坏了这株老桩兰花,的确有些暴殄天物了。

"庄总,这兰花还是分株繁殖更好啊。"

听庄雅雯倾向于聂云的方法,林于民把眉头皱得更深了。

"庄总,你不要听别人乱说,现在的年轻人,什么都不懂,偏偏还不懂装懂。什么盆景价值,一个二十多岁的小年轻,也懂盆景?庄总,还是听我的,用分株繁殖,绝对比用别的方法快很多。"林于民说着,狠狠地瞥了聂云一眼,十分不悦。

在林于民看来,聂云就是给庄雅雯出馊主意的。

对林于民的坚决反对,聂云只能苦笑。不得不说,这个林于民在人情世故方面,的确有点儿欠缺,研究兰花把脑子都研究坏了。同样是研究花卉的,这林于民比起李老、徐老这些人,不知道差了多少。

如果是钱老、李老、徐老他们,就算对聂云不悦,也不会表现在脸上,更是不可能出言讽刺。这已经不是单纯地不懂人情世故了,还是气度的问题了。有气度的前辈,哪怕小辈真的做错了什么,也能包容。林于民,明显没有这种气度……

"林教授,聂云是鲁东盆景协会会员,周老、钱老,李老、徐老都十分看重的人物,他说的话,应该有些参考价值吧?"听林于民这么说聂云,庄雅雯也有些不悦了。

听了庄雅雯的话,林于民一愣,他虽然不是盆景界的人,但是对于盆景界的几位前辈,尤其是同在四川的徐老、李老,还是知道的。林于民没有想到，自己面前这个年轻人，居然大有来头。

"林教授，这株兰花是聂云在云南丽江发现的。作为这株兰花的发现者，我想聂云对这株兰花要如何培植，应该有发言权。"微微一顿，庄雅雯再度开口说道。

此时，林于民盯着聂云，目瞪口呆。

"林教授，这盆蝴蝶兰，光是盆景价值，就在五十万以上。"聂云缓缓开口。

"最重要的是，这蝴蝶兰的根部，完美附生在老桩茎干中，它的根毛甚至深入到老桩茎干的导管中。如果强行把它们拆开的话，说不定非但无法让这株蝴蝶兰尽快繁殖，这株蝴蝶兰还有可能死掉。"聂云看了一眼老桩蝴蝶兰，淡淡说道。

"这个……"林于民此刻想要说话，但是底气明显不怎么足了。

"林教授，这株蝴蝶兰盆景，是我花了六百万从聂云手里买下来的，现在交给你研究，希望你不要让我失望。我言尽于此，你自己考虑吧。"庄雅雯用冷冷的声音说道。

说完，庄雅雯转过身来："聂云，我们走吧。"几人没再多说，走了出去，只剩下呆滞的林于民。

"这个林于民，真是固执……"走出研究室，庄雅雯无奈地叹了口气。

庄雅雯之前听说过他固执，但也只是耳闻而已，现在才算真正体会到了。好在自己刚才已经警告他了，估计他应该不会轻举妄动，胡乱对付那盆蝴蝶兰了。

"庄姐，林教授只是醉心研究，没考虑别的而已。"聂云反倒帮林于民说好话了。

在聂云看来，这样的教授，没有那么多花花肠子，不会弄虚作假，对庄雅雯的兰花研究还是大有帮助的。

"算了，不管他了，先带你们参观一下研究室，再到十一楼收藏室看看我们收藏的一些不错的玉石摆件、饰品。最后再参观一下我们解石、加工的地方。"庄雅雯说道。

带着聂云几人，在兰花研究室内参观了一圈。不得不说，对于培植兰花，庄雅雯也下了一番心思。打通了两层楼，做成培育兰花的研究室。这两层楼南面的墙壁都是一大块特殊玻璃，充分采光。在这个培育兰花的研究室内，用空调等设备模拟了兰花的生长环境。至于其他的兰花组织培养室、无菌播种室、试育苗室，应有尽有。

参观了半个小时，几人才离开这几个楼层。

几人乘坐电梯来到第十一层的玉石陈列室，从第九层到第十一层，都是陈列玉石饰品、摆件的地方。至于加工玉石的地方，在第六层到第八层。

"进来吧，先看一下这边的玉石，这儿的玉石虽然不算精品，但也是相当不错的。有很大一部分是样品，也就是外面也售卖一模一样的玉石摆件或首饰，也有一些是独一无二的，偶尔我们会拿出去拍卖，或者是举办玉石博览会时，带去参展。"

出了电梯，面前是一扇电子门。

庄雅雯一边说着，一边打开电子门，前方是个小走廊，居然还有一扇密码门，输入密码之后门打开，最后庄雅雯又用钥匙开了最后一扇门，才进入玉石陈列室。

"随便看看吧。"走进陈列室，庄雅雯说道。

聂云发现，这陈列室类似于博物馆一般，放着一个个玻璃柜子，玻璃柜子里摆放着一个个玉石饰品、摆件。绝大部分都是翠绿色的，也有一些是血红色、鹅黄色、墨黑色的，还有带斑纹的玉石饰品。雕琢工艺都十分考究，使得玉石摆件更加绚丽。

几个精美的大摆件，玻璃柜都上了锁，显然价值不低。

"庄姐，这样的摆件，少说得几十万吧？"刘俊伟走到一只玉狮子跟前，见玻璃柜上上了锁，问道。

跟在后边的炭球，看到二十多公分高的小狮子，汪汪乱叫。

"这些上锁的，价值都是百万以上的。你说的这个玉狮子，玉石的质地稍微差一点儿，如果是蛋清地的玉石，雕工再精致一点儿的话，价值就

143

能达到上千万了。"庄雅雯一笑，说道。

"上千万？"刘俊伟倒吸了一口凉气。

"我说聂子，这东西可比你的盆景值钱，你那些盆景，顶天也就是几百万吧？好的玉石直接就上千万了。"刘俊伟向聂云说道。

盆景的价值几百万也就封顶了，上千万的兰花绝对是凤毛麟角，比起玉石摆件，单论价值，是要差了一些。

"不是这么算的。"听刘俊伟这么说，聂云不禁一笑。

"放在盆子里的盆景老桩，价值的确也就几百万。但是，中国地大物博，无数地栽的老桩子，都有上千年的历史，甚至比华夏文明还要久远，那些老桩的价值会比玉石低吗？"聂云向刘俊伟道。

别的不说，聂云老家峤县那株银杏树，比老子的年纪还大，而且那棵银杏树还是有生命的，这样一株老树，价值会比几千万的玉石低？

只不过这些老树都生长在地上，不归某一个人所有罢了，那才是全民族全人类的瑰宝。

"也是了，可惜那些老树没法给弄过来收藏在一起，不能像这些玉石一样，弄这么一个陈列室……"刘俊伟说道。

聂云没再理刘俊伟，走近一个玉兔形的玉石摆件，仔细看了一下。

咻！

就在聂云靠近玉石摆件的同时，感觉一股金黄色的气息，猛地从玉兔中射了出来，蹿入了他的左眼。

略一转头，周围其他玉石摆件中也有不少金黄色气息进入聂云的左眼。聂云感觉到，左眼在吸收了这些金黄色的气息之后，有了变化……

心绪一动，聂云尝试着将意念集中在左眼上，就像进入灵木瞳状态一般。和以往每次尝试都毫无反应不同，聂云左眼刹那间发生了变化，就像右眼进入灵木瞳一般，进入到一种玄妙状态。聂云随意在陈列室内一扫，看到玉石摆件上都散发着淡淡的金色光芒。那几件价值百万以上的玉石摆件，金黄色光芒更深……

"待会儿带大家去解石的地方，你们挑几块玉石毛料，小赌一把，如果出了玉的话，就让上面的师傅雕成摆件，送给你们，怎么样?"庄雅雯眉毛轻轻抬了抬，向众人说道。

"既然庄姐那么大方，我们就不客气了，待会儿肯定要试试手气……"刘俊伟嘿嘿一笑，搓着手说道。

赌石，刘俊伟只听说过，还没见过，这次竟然能亲自试一试，刘俊伟自然不会错过。

赌石赌石，其中赌博的成分特别大。谁也不知道，一块石头中，到底有没有玉。如果低价买来的玉石毛料中，能出产高品质的玉石的话，无疑会大赚特赚。如果是高价买来的玉石，只出产了极小一块品质不怎么样的玉石，或者根本不出玉石，无疑就折本了。

刘俊伟不缺钱，他在乎的，也不是单纯的赚了还是折了。赌石嘛，主要还是享受过程。

这就像打牌，抓到一手好牌，一口气砸出来，赢了，即便不赢钱，也爽快无比。赌石也一样，一块几百块钱买来的毛料，一下子出了价值几百万的玉石，就算自己家财万贯，不缺这几百万，但也爽快的不得了。

"既然这样，就说定了，待会儿到解石的地方，大家都各选三块石头，试试手气吧。"庄雅雯看到刘俊伟兴奋的模样，微微一笑，说道。

"庄姐，我们四个人一人三块，那不是整整十二块? 就算运气再差，怎么着也得出一块玉石吧? 庄姐你岂不是亏大了?"听庄雅雯这么说，刘俊伟道。

"没那么严重。"庄雅雯笑了下。

"我们这边的玉石毛料，都是没切过的毛料，即便是精挑细选的，出玉的概率也不高，十块里面能出三两块玉石就算不错了。而且玉石的质量、大小也不能保证，你们就算运气再好，出的玉石最多也就值上百万，你不会认为这点儿钱我都舍不得吧?"庄雅雯向刘俊伟道。

"也是，真出了上千万的玉石，我们也不好意思要不是。"刘俊伟笑着说道。

玉石毛料都是采自于玉矿矿脉，矿脉里面的玉石毛料出玉石的概率较高，但那也是相对于其他石头而言。要真是特别倒霉，弄一批玉石毛料，全部解开之后，半块玉都没有的情况也不是没发生过。

"庄姐，咱再去楼下瞅瞅，看完了这些成品玉石摆件，就去上边赌石去。"

想到赌石，刘俊伟早已迫不及待。随便瞅了瞅这层陈列室的成品玉石，就张罗着要走了。

"走了聂子，看什么呢?"刘俊伟招呼着有些傻愣的聂云。

"哦……哦……"

听到刘俊伟的招呼，聂云猛地回过神来。

"等一下，再看一会儿，猴急什么啊，这样的心态别说是赌石了，就是打扑克都赢不了。"回过神来，瞅了刘俊伟一眼，聂云说道。

就在刚才，聂云吸收了那些金黄色的气息之后，左眼发生异变，异能终于开启了。

和聂云所料一样，自己左眼的异能能看到金玉古玩中的特殊气息。开启了这种能力之后，聂云能够清晰地看到，陈列室中的玉石摆件上，都有一层金黄色的气息。

因为玉石古玩中，没有草木一样的灵脉，所以这些金黄色气息都散布在外。不过这些玉石似乎自有一种吸引力，能把这些灵气吸引在自身附近，环绕在周围。

聂云给自己左眼的异能命名为"金玉瞳"。

金玉瞳能吸收金黄色灵气，至于这种灵气有什么作用，聂云暂时还不清楚。

不过根据灵木瞳的能力类推，聂云可以利用金玉瞳看到灵气的深浅，判断一件玉石或者一件古玩的品级。例如普通的玉石摆件，都是金黄色灵气，而那些价值百万以上的玉石摆件，灵气却偏向橙色。

聂云装作随意地在陈列室中逛了一圈，将这些玉石中的金黄色灵气全部吸收完毕，左眼中已有了一层淡淡的黄色灵气。

"走吧，到下一层去看看。"做完了这一切，聂云说道。

"聂子，你什么时候对这些玉石有兴趣了，还挨个瞅一遍。"对聂云的举动，刘俊伟有些奇怪。

"没什么，就是想看一下，有没有玉石饰品适合小甄。刚才看了一圈，没发现适合她的。"聂云总不能和刘俊伟说自己是吸收灵气来的，干脆把田甄搬了出来。

听到聂云这番话，田甄心里一甜，轻轻拉住聂云的手。

"靠，有异性没人性。"刘俊伟鄙视了聂云一番，几个人这才随着庄雅雯，离开了这座陈列室。

到了下面一层，依旧是玉石摆件，聂云又转了一圈，将灵气全部吸收。他左眼中的金黄色灵气，已经相当多了。

再往下一层，依旧是陈列室。

不过这层的陈列室中，基本都是一些小玉石饰品，雅致珠玉出品的饰品，在这儿都有样品。在这一层，几个人停留的时间最长。

且不说聂云要给田甄挑选饰品，就是苏怡看到这些饰品，也挪不开脚步了，刘俊伟虽然急着赌石，但是在苏怡的雌威之下，也只得乖乖地待着。等苏怡挑选了几样饰品之后，才算作罢。

聂云也给田甄挑选了几件小饰品，主要是项链、耳环和手链，田甄十分高兴。

在这一层，聂云倒是没吸收到多少灵气，因为这些饰品用的玉料都不多，甚至很多是一些玉石摆件上切割下来的下脚料，能提供的灵气十分有限。

"好了，上十七层，去看看解石吧。"从陈列室出来，庄雅雯说着，几个人再次进入电梯。

第十七层完全是一个开放的大厅，两大排桌子上，工作人员手持切石机，在分解那些大大小小的玉石毛料。

这些玉石毛料有大有小，大的几百斤，最小的也有十几斤。

正在分解的那些玉石毛料上，都用粉笔画着一条条白线，工作人员沿着这些白线进行分解。

一个满头白发，至少七十多岁的高大老者，在两排桌子间踱步。

"严老，这块没出绿。"一个工作人员切完一块毛料，转头向老者说道。

"嗯？"老者走上前去，翻看了一下工作人员切割的石头，眉头微微一皱，用极沙哑低沉的声音道："废了，别切了，换一块吧。"

"严老，这块也没出绿。"另一个工作人员也切完了一块毛料。

"往里两公分，再擦一下。"老者说道。

口中说着，严老不禁摇了摇头："这批毛料不怎么样啊，出绿率太低，这么切下去的话，弄不好连这些毛料的运费都赚不出来……"

"出绿了，出绿了，严老，我这块出绿了。"这时，一个工作人员兴奋的声音响了起来。

那个工作人员一喊，周围几个工作人员的目光立刻被吸引了过去。

"这些玉石毛料，都是从缅甸运来的翡翠毛料。"

庄雅雯一边看着严老解石，一边小声向聂云几人解释。

"这些玉石毛料都要切石，切了之后，看毛料的质地，一般透明度越高，质地越好，价值也越高。其中最好的是玻璃地，完全透明。其次有冰地、水地、蛋清地等质地，这些也还算不错，不过比起玻璃地来，就差远了。"

"当然了，还有一些玉石毛料，切开之后，完全不透明，和石头一样，像干白地、糙白地、糙灰地，还有最差的狗屎地，就是不透明的黑褐色，和普通的石头完全一样，那样的毛料，可以说一钱不值。"庄雅雯大略解释了一下。

"这块毛料，是青花地，半透明的玉质，色泽有些斑杂，算是一种下等玉石了，不过，好在这块毛料比较大，如果雕刻成比较大的玉石摆件，也有一定的价值。"庄雅雯说道。

庄雅雯说着，严老又在这块毛料上切了一刀。这一刀切得谨慎了一点儿，没有出绿，严老拿着切石机擦了一下，便显现出了绿色。只见严老左切一刀，右切一刀，不过片刻，一块绿色半透明的玉石便呈现在几人面前。

这块玉石足有三十多公分长，二十多公分宽，二十公分高，形状比较规则，算起来也是一块大玉了。

"制成大摆件，也值个几万了，本钱总算是弄回来了。"切完这块毛料，严老松了一口气，说道。

面对这块青花地的玉石，聂云开启金玉瞳看了一下，只有淡淡的黄色灵气。这玉石的质量确实不怎么高。

玉饰店里卖的大型摆件，基本上就是这样的玉石制成的，价值从几千到十几万不等，没有太贵的。那些玻璃地、冰地的翡翠，毕竟是少数，价值也高到了普通人难以承受的地步，那些玉饰店之中就算有，也不会摆在外面。

翡翠毛料出玻璃地的几率极小，哪怕是次一等的冰地、水地、蛋清地，要出也不容易。不过一旦出了，解出玉质极高的翡翠，那可真就是一夜暴富了。

如果看着毛料品相好，花了高价买下来，一刀切下去，出了狗屎地，那就是一刀之间，倾家荡产。

将玉石随手放好，严老转过身来，看到了庄雅雯几人。

"丫头，几个月没过来了吧？怎么想着来了？"

看到庄雅雯，严老并没有员工见到老总的那种恭敬，而像长辈见到晚辈一样，微笑着问道。

"严爷爷，这几个月我不是忙着找花去了嘛，现在找到了，就回来看看啦。正好我几个朋友也想来雅致珠玉参观一下，我就带他们来了。"庄雅雯在严老跟前，根本拿不起老总的架子，只能像个邻家小女孩一般。

"哦？这些是你的朋友？"严老看了聂云几个人一眼。

"严老好！"聂云连忙向严老问好。

"介绍一下，这是我在鲁东认识的朋友，聂云，刘俊伟，还有聂云的女朋友田甄，刘俊伟的女朋友苏怡。这位是严爷爷，我伯父都要管严爷爷叫师叔的。"庄雅雯介绍完聂云几人，又介绍了一下严老的身份。

"对了严爷爷，你平常不是很少过来的吗？怎么今儿来了？"庄雅雯拉着严老，疑惑地问道。

严老虽然是雅致珠玉的顾问，但他到底是庄雅雯爷爷辈的人，年纪也大了，平常很少亲自到雅致珠玉来。一般解石，都是让他两个徒弟过来盯着，严老的两个徒弟，年纪也都四五十了，解石经验不少，又年富力强，一直守在雅致珠玉这边。只在出了问题，这两人无法解决时，才会请严老出山。

"呵呵，也没什么，就是这批毛料，出玉不怎么好，小李和小冯和我说了，我过来看看。"

听到庄雅雯的问询，严老笑了一下。他口中的小李小冯，就是他那两个徒弟。

"这批毛料是一个月前从缅甸运过来的，目前解了差不多一半了，出玉都很一般，绝大部分都是废料，还有狗屎地的。虽然解出了几块玉石，但是照目前这情况看来，勉强够个运费。"

严老说着，脸色变得凝重了一些，走了两步，从桌子上拿起一块拳头大小的暗红色玉石。

"像这块，居然是红翡，质地也一般，价值不高。其他黄翡、豆种翡也有一些，老坑玻璃种却没出一块。"放下暗红色玉石，严老说道。

"这种红翡我瞅着也不错啊，庄姐，这样的玉石不好？"

严老把那块红色玉石刚放下，后面的刘俊伟就把红翡拿了起来，向庄雅雯询问道。

"红翡的色泽虽然不错，但在翡翠里边，一般不算上品，通常是中档或者下档，价值也不是很高。"庄雅雯小声解释道。

翡翠之中最好的，自然是老坑玻璃种了，那才是翡翠中的上品乃至极品。不过对于刘俊伟这样的小白来说，那些质地好的玻璃种翡翠，也就是透明度高，没多少杂质罢了。

人家啤酒瓶子也透明度高没杂质呢，玻璃种翡翠和啤酒瓶子比起来，也好不到哪里去嘛，倒是这红翡更好看一点儿。刘俊伟心里暗道。

刘俊伟把红翡放下，聂云又把这块红翡拿起来看了一下。聂云和刘俊伟一样，对玉石品质，并不怎么在意。

在聂云看来，自己更喜欢这种颜色鲜红的红翡，不止是因为这东西更加艳丽，最主要的是，这次来雅致珠玉，聂云想弄块翡翠给炭球雕个小摆件，留作纪念。火红色的炭球用红翡做摆件最恰当。这红翡的档次不高，价值有限，正和聂云的意。

待会儿赌石的时候，自己尽量找一块带红翡的毛料，切出红翡来，正好给炭球做摆件，同时也不会让庄雅雯损失太大，一举两得。心中想着，聂云开启了金玉瞳，记住了这块红翡的灵气层次。

"严爷爷，这批毛料不好就算了。"

庄雅雯和严老说话的声音再度传来。

"那么多毛料，总归会有一些质量不好的。这批毛料不是还有一半没切么，说不定能出块极品玉石呢。我带朋友过来准备选几块毛料切着玩，就在这批毛料里挑吧。"庄雅雯说道。

"庄姐，不会吧，就让我们在这里选啊？"

听到庄雅雯的话，刘俊伟的脸色一苦。

虽然刘俊伟对赌石基本没什么了解，但是刚才庄雅雯和严老的对话他可一清二楚地听到了。

这批毛料，出玉的概率不高，而且品质不怎么好。刘俊伟在这堆毛料之中找出几块来，恐怕就不那么容易出玉了。毕竟，这些毛料是同一批，还是从同一个矿洞挖出来的，质量估计也不会相差太多。

虽然刘俊伟不在乎玉石的价值，但是一连出三块狗屎地，自己得多憋屈啊！

"每块毛料切开之前，很难说里边的玉质怎么样。说不定之前那些毛料，把霉运都用光了，接下来这些全都出玉呢。伟子，你要不想玩就算了。"庄雅雯连看都没看刘俊伟一眼，直接说道。

"我们雅致珠玉，也不是每次都从缅甸进翡翠毛料的，有时候也会弄一些别的玉料，直接加工。你们这次正好碰到有毛料进来，已经算运气不错了。你要是这次不玩，下次来的时候，可就不一定有机会了……"随手拿起桌子上的一块小毛料，庄雅雯又道。

翡翠百分之九十五产于缅甸，又称缅甸玉，这东西出产的时候，外面会带一层壳，任何科学仪器都探测不到里面的情况。这样的毛料，才有赌的意义。别的玉石，一挖就是一大块裸玉，还用得着赌吗？

雅致珠玉的玉料，也不全是翡翠，也会买些裸玉直接加工。所以说不是每一次到雅致珠玉总部，都有毛料可赌的。

"得，反正不要钱的，出了狗屎地，就当我倒霉。"听庄雅雯这么说，刘俊伟赶忙改口。

"呵呵，丫头，你们玩着，我去那边歇会儿，人老了，精力不济啊。不过真要是出了什么好翡翠，可得叫我一声，让我来瞅瞅。"严老呵呵笑道。

"嗯，等出了好翡翠，还得严爷爷指导把它解出来呢。"庄雅雯说着，把严老送到不远处的沙发上坐下，这才走回来。

"好了，毛料都在那边的筐子里，过去看看吧。"庄雅雯把聂云几人带到解石车间的角落处。这里放着不少筐子，筐子中都是花花绿绿的石头，有些表面就显出翠绿色，有些的表面是红色、紫色，当然也有和普通石头没什么区别的。

这些石头，就是翡翠毛料了。

那些表面显出颜色的石头，石头表面也算是玉了，不过玉质很差，杂质太多，基本上没什么价值。聂云对赌石了解很少，但也知道，表面颜色艳丽的石头，一刀下去未必就能出绿，那些外貌看似普通的石头，一刀切下去说不定就能出玻璃地的极品翡翠。这个运气成分极大。

"好了，你们随便挑吧。"庄雅雯说道。

一说要挑毛料，刘俊伟立刻就奔着筐子里最大的几块去了，而田甄和苏怡两个女孩子小声商量了一会儿，则去拿那些比较小的，外表颜色比较艳丽的毛料。这样的毛料，哪怕不切开，本身也挺好看的……

聂云随意瞅了几下，目光放到几块表面暗红的毛料上。

毛料呈暗红色，主要是铁元素染红的。根据聂云些微的玉石知识，只知道红翡这种玉石呈现红色，也是因为铁元素染色。

对于翡翠是怎么形成的，目前科学界还没有一个定论。

有的科学家说翡翠是在高温高压状态下产生的；有的科学家说是在低温高压状态下产生的……但不管如何，有一点儿错不了，出产红翡的地方，肯定有铁元素。

聂云看的这几块红色毛料，要是出玉的话，肯定是出红翡。

随便拿起两块，左看看右看看，聂云根本就看不出这两块毛料哪块有玉。

聂云干脆开启了金玉瞳。一看之下，聂云一愣。

这两块毛料都隐隐散出金黄色灵气，灵气层次虽然不算很高，但是却比较旺盛。很明显，这两块毛料里边都有玉。

不过聂云的金玉瞳不像灵木瞳那样，有透视能力，它只能看到一块毛料表面散布的灵气，至于里面的玉石什么质地、大小如何、在什么位置，都看不清楚。

当然了，聂云也可以根据灵气层次、灵气旺盛程度来判断毛料内玉石的情况。一般来说，灵气层次越高，说明玉石质量越好；灵气越旺盛，总量越多，也就说明玉石的个头越大。

掂量了一下这两块毛料，每块都得十来斤沉。里边出的玉，至少也得拳头大小。

"难道真和庄姐说的一样，之前那批没出多少玉，剩下的这些，出玉的概率就高了？"

心中想着，聂云又用金玉瞳去看筐子里的几块红色毛料。

这一看之下，聂云禁不住倒吸了一口凉气。这个筐中共有六七块红色毛料，其中竟然有四块散发着强烈的金黄色灵气。加上聂云手里这两块，总共六块毛料有玉。这些红颜色的毛料，出玉的概率竟然达到了七成以上。

第八章 抛砖引玉，三块红翡
让废料变成金玉之石

毛料切面上，赫然可见一层半透明的大红色玉料。非但刘俊伟失声叫了出来，就连冯师傅心里都"咯噔"一下。这批毛料运过来之后，一多半解完了，出玉寥寥，聂云就挑了三块毛料，刀刀切下去次次见玉。难不成这次时来运转，这批废毛料一下子全都赌涨了？

聂云挑了三块有灵气的毛料，三块毛料都是一般大小，每块都在十七八斤上下。

倒不是聂云贪心，主要是聂云想要弄块红翡给炭球做个摆件。但是毛料中红翡的颜色聂云看不到，也不知道哪块最适合炭球，所以干脆选了三块，切出玉来，挑一块给炭球做摆件，剩下的就还给庄雅雯好了。

聂云刚挑出三块毛料，就看到刘俊伟从筐子里搬出三块大个毛料。那三块毛料，每一块都有上百斤。

"庄姐，就这三块了。"刘俊伟拍了拍手，说道。

"反正也是碰运气，这三块大的，碰着了就赚了，碰不到就算了。我就瞅着这三块顺眼。"刘俊伟嘿嘿笑道。

庄雅雯和聂云都是一头黑线。

真正的赌石，玉石毛料的价钱都是按斤两算的，小个的毛料，价钱低一些，大个的石头，价钱也会高一些。买下大个毛料，出了玉，就可能一步登天，要是没玉的话，至少也要损失几万，遇到一些品相好的毛料，花费几十万上百万买下来，一下子全部损失掉，直接就能倾家荡产了。

一般来说，初涉赌石的，经验少，资本也不多，都不敢赌这么大的，花个几千块，弄块小毛料，出绿了，就赚了。没出绿，就当是交学费。

刘俊伟挑选毛料用不着付钱，自然抱最大的了。

"伟子，你不至于吧，这三块要是都出绿了，你不是让庄姐赔死了?"看刘俊伟抱出这三块毛料，聂云笑道。

与此同时，聂云也开启了金玉瞳，在这三块毛料上扫了一眼。

这一眼扫过去，聂云心脏"怦怦"跳了起来。

橙色灵气!

在刘俊伟挑选出来的三块毛料中，聂云看到其中一块散发着浓郁的橙色灵气。这种橙色灵气，聂云现在的金玉瞳还无法吸收。

不用说，这块毛料中玉石的质量、大小，都远远超过聂云手里的几块红翡毛料。

另外两块毛料，其中一块散布着金色灵气，虽然不如这橙色灵气，但总量上也比聂云这几块红翡大。看起来这块毛料里的玉石质量，和聂云手里的红翡差不多，但是大小上，就比他的大了不少。

最后一块毛料，倒是没有灵气散出来，就是块普通石头。

"伟子，你要三块太狠了点儿吧，随便挑一块吧，出了玉就是你的。剩下的两块，就解着玩算了。"聂云脸色凝重，向刘俊伟说道。

庄雅雯和刘俊伟之间，不过是普通朋友，如果庄雅雯送刘俊伟百万以上的东西，倒也没什么，如果是上千万的东西，那就不合适了。

等翡翠开出来，庄雅雯肯定会按照约定把翡翠给刘俊伟，那时候刘俊伟是要还是不要? 要的话，刘俊伟就成了见钱眼开; 如果不要的话，庄雅雯又怎么好意思收回去? 如果真收回去了，庄雅雯又成了言而无信……所以，如果刘俊伟开出了天价翡翠，对两人来说，都不是好事儿。

"算了聂云，三块就三块吧，这三块毛料虽然个头大，但品相并不好，开出玉石的几率很小，就算拿出去拍卖，这三块石头恐怕连十万都卖不上。你总不会认为，十万块钱的东西，我庄雅雯都送不起吧?"聂云的话说完，刘俊伟还没说话，庄雅雯先开口了。

"得，庄姐，还是按聂子说的办吧，从庄姐这儿拿三块毛料，也太狠了点儿。这次主要是玩嘛，两块切着玩的，一块切了送给我们，这样正好。要是三块都送给我们，也忒不好意思了。"刘俊伟说道。

刚才，聂云跟刘俊伟说话时，脸色有些凝重，刘俊伟看到了。刘俊伟对聂云十分了解，知道聂云那么郑重其事地说话，肯定有原因，虽然不知道是什么原因，但是刘俊伟还是决定按聂云说的做。

"就这样吧庄姐，我们几个人，都选了三块，一块自己带走，两块赌着玩儿。"不等庄雅雯再说什么，聂云先说道。

"这样……那好吧。"看聂云和刘俊伟都坚持那么做，庄雅雯也点了点头。

"如果你们切出翡翠来，翡翠就送给你们，如果切不出来，我就再送你们一件摆件，待会儿可以去陈列室选。至于小甄和苏怡，她们之前挑中的那几样饰品，就当送给她们的好了。待会儿再切出玉来，也送给她们，切不出来，我可就什么都不送了。"庄雅雯想了想，说道。

"行，就这么办了，苏怡，选好了没?"

刘俊伟说着，向苏怡望去，此刻的刘俊伟，已经迫不及待地想验证自己的眼光了。

"等下，马上就好了。"

苏怡和田甄俩丫头在那儿商量了一下，每人抱了三块不算很大的毛料走了过来。

聂云随意地在六块毛料上扫了一眼，六块毛料，居然有三块带着淡淡的金黄色灵气。田甄两块，苏怡一块，不过灵气的层次，连聂云手里的红翡都不如，显然玉质不是特别好。

即便如此，六块毛料，三块出玉，这个概率也相当高了，毕竟，田甄和苏怡都是外行，就是随便抱的毛料。

"庄姐，这三块里边……我就选这块了，要是开出玻璃地的翡翠来，我也不客气了哈。"

刘俊伟在自己的三块毛料里瞅了几眼，选了一块最顺眼的。

聂云用金玉瞳看了一眼，是那块金黄色灵气的，不是橙色灵气的，虽然也出玉，但价值应该不会特别高。刘俊伟既没选择那块天价毛料，也没选择那块狗屎毛料，这样的结果是最好的。

"我选这块。庄姐，咱们现在就解石吧。"聂云也随便选了一块，随口说道。

这三块红翡，质地相差不多，选哪块都一样，如果自己选的那块不适合给炭球做摆件的话，就干脆和庄雅雯换一块儿就是了。

"那好，到这边解石吧。你们是自己解，还是找我们专业的解石师傅操作？"庄雅雯向聂云刘俊伟问道。

"找个师傅帮忙吧，我们都是外行，解坏了就可惜了。"聂云说道。

聂云虽然能看出哪块毛料中有玉，哪块没玉，但玉石的具体位置，就看不到了。自己一刀下去，把毛料里的翡翠一分为二，那就惨了。做小饰品、小挂件也就罢了，如果做整个的摆件的话，最好还是保持翡翠的完整性。

况且，自己解石，也太刺激了点儿。

据说南洋一些赌石的生意人，解石的时候，自己都不敢在现场，而是跑到别的地方，焚香祈祷，在现场的话，都怕解石的时候，切出极品翡翠或者狗屎地，自己会受不了刺激，精神失常。

就算刘俊伟神经强悍，真要见了绿，万一兴奋之下，手一抖，把那块极品翡翠切坏了，那就暴殄天物了。

"那好，冯师傅，帮我几个朋友切一下这几块毛料吧。"

听聂云这么说，庄雅雯向附近一个工作人员说道。

工作人员走过来，聂云几人才发现，这个冯师傅居然四十多岁了，比别的工作人员都大一些。他们之前都穿着白色工作服，聂云几人没注意到罢了。

"冯师傅是严爷爷的徒弟，手艺也很好，几乎从未切坏过翡翠。"

等冯师傅走过来，庄雅雯介绍道。

"呵呵，做这行的，可不敢说没失误过。当初跟着师傅，我也切坏了不少翡翠，交了不少学费。现在跟着庄总干，也就是谨慎一点儿了，宁愿多切几刀，也绝不冒险。"冯师傅呵呵一笑，"庄总，是这几块毛料？"

　　聂云和刘俊伟已经把几块毛料搬到了工作台上，听冯师傅问，庄雅雯点了点头："嗯，聂云，伟子，你们谁先来？"

　　"聂子你先吧，先垫垫手。"

　　刚才要切石，刘俊伟还十分兴奋，现在真开始切了，刘俊伟反倒有点儿患得患失了，干脆向聂云说道。

　　"呵呵，这兄弟，还知道垫垫手，看来也懂行啊。"听刘俊伟这么说，冯师傅笑着说道。

　　赌石这东西，在切石的时候，有时候会垫垫手，弄几块不大可能出玉的石头，先切一切，然后再去切可能出玉的石头。这样做，是为了让霉运都被前几块石头消耗掉，再切，就是好运，出绿的概率就大了……

　　当然了，所谓垫手，没有任何科学依据，无非是个心理作用。

　　"冯师傅，先切我这块吧。"说着，聂云把自己选的那块毛料放到了冯师傅面前。

　　冯师傅一笑，手按在聂云这块毛料上，看了两眼，脸上收起了笑意，变得无比认真，"这是块红翡毛料啊，先擦一擦，开个天窗看看吧。"

　　口中说着，冯师傅选了个位置，离毛料边缘也就两三公分，开动切石机，缓缓切了下去。

　　刘俊伟瞪大了眼睛，紧紧盯着切面。

　　这一刀切下去，毛料切面露了出来，冯师傅登时"咦"了一声，而刘俊伟则俩眼一亮："靠，聂子，见绿……不是，见红了。"

　　整齐的切面上，一小块半透明的暗红色玉料显现在众人面前。

　　冯师傅和庄雅雯同时上前察看。

　　"是红翡，透明度不是很高，不过杂质很少，算是中档玉料。目前来看是赌涨了，这块毛料的价值，应该可以达到十万以上。"庄雅雯说道。

　　冯师傅点了点头，转头看向聂云，"小兄弟，还要不要切？别看这块

158

毛料现在赌涨了，万一一刀下去，没出玉的话，说不定就垮了，价值不够十万了。"

一块开了天窗的毛料，见了绿，价值大涨。但是整块毛料没全解开之前，谁也不知道毛料中的玉料有多大。玉料有可能遍布整块毛料，表皮只有一层薄薄的石壳；也有可能只有切开那里有一点点玉料。

所以哪怕是见了绿，也不好确定毛料的最终价值。

有些赌石却资金不是特别充裕的，保险起见，切一刀赌涨之后，就不切了，让人估个价，直接卖掉。这是稳赚不赔的办法。但是绝大部分人，还是会继续切下去。

这和股票差不多，谁都知道玩股票只要涨了就卖掉，一直跑短期，除非运气极差，否则基本上不折本。但人的贪心作祟，看到涨了，谁还会收手？道理都懂，真要做就难了。

"冯师傅，尽管切吧，这次就是赌着玩，毛料都是庄姐送给我们的，就算是再切一刀赌垮了，也没什么。"聂云一笑，示意冯师傅继续切。

冯师傅点了点头。且不说聂云要继续切，这个选择是对是错，至少这种心态，就是赌石最可取的。

看了一下这块毛料，冯师傅在毛料上比划了一下。

"庄总，你看从这儿切……"冯师傅为人很谨慎，虽然选好了位置，还是征询了一下庄雅雯的意见。

"切吧，没事的。"庄雅雯点了点头。

又是一刀下去，这一刀保守了一点儿，一刀下去，没见到暗红色的玉料。

"看这纹理，也是赌涨，擦两下吧，估计擦两下，就能出玉。"这次冯师傅直接拿起切石机，在毛料切口附近擦了一下。切面上又显现出暗红色的翡翠玉料。

"呵，又赌涨了。小兄弟，这块红翡，价值怕是要翻到三十万了。"冯师傅不由得开口说道。

切了两边都出了玉，这毛料里的红翡至少有二十公分长，虽然还不知道宽度和高度，但是估计也不会太小。

　　冯师傅也不用庄雅雯吩咐，三下五除二剔除了外层的石料，一块红翡出现在众人面前。

　　这块红翡长二十公分，宽度和高度也都达到了十公分，玉质也不错，杂质很少，而且整块玉完整性保持得很好。

　　"这块红翡保守估价也得三十五万，制成摆件的话，能上四十万，一些边角料，估计还能做些小饰品、挂件什么的。"最后，冯师傅总结道。

　　"靠，聂子你丫手气不错啊，这红翡给炭球做个摆件差不多。早知道你手那么红，我也不垫手了，直接让冯师傅先给我切了。"一旁的刘俊伟说道。

　　"要不，这次给你切？"聂云随口道。

　　"得，好运都让你用了，我才不切呢，等你切出两块狗屎料我再来。"刘俊伟连忙说道。

　　聂云一笑，也不管他，把另外一块毛料拿给冯师傅，刚才那块毛料出的红翡，虽然品质不错，可惜是暗红色，和炭球的毛色还有些差异。聂云还想看一下其他两块毛料有没有和炭球毛色相配的。

　　冯师傅把另一块毛料摆好，一刀切了下去。

　　旁边刘俊伟先把脑袋伸了过去。

　　"聂子，你这什么手气？又见红了！"刘俊伟忍不住说道。

　　冯师傅一刀下去，切面上，又出现了一块红色的玉料。

　　这块玉料的透明度不及上一块，但是颜色却是鲜红，如血一般，和炭球的毛色一模一样。看到这种玉料，聂云眼前一亮，这块红翡给炭球做摆件最合适了。

　　"看这玉料，至少值八万。小兄弟，继续？"冯师傅询问道。

　　"继续吧。对了庄姐，我看这块红翡更适合给炭球做摆件，要不换一下，我要这一块吧。"聂云点了点头，向庄雅雯说道。

　　"这块红翡的玉质稍差，就算是再赌涨，估计也不能超过三十万，聂云你真要换？"庄雅雯两只大眼睛眨了眨，向聂云问道。

"反正是白赚来的红翡，最贵的不如最合适的，就这块吧。"聂云说道。

三块红翡毛料，灵气层次差不多，聂云估计，正在切的这块，也不会小。

"那好，冯师傅，继续切吧。"庄雅雯也没多说，示意冯师傅继续切。

冯师傅选了个角度擦了一下，这一下竟又见玉了。连续见玉，几个人倒不像第一次那么惊讶了，冯师傅花了些时间，把这块红翡解了出来。

"比那块还大一点儿，价值也有三十万了。"这块红翡的长宽高，都比上一块多了两三公分，但玉质透明度稍差，冯师傅给出了三十万的价钱。

"就这块了，能给炭球做个摆件就行。庄姐，第三块毛料先别切了，让伟子来吧。"聂云说道。

一连切出了两块红翡，价值都在三十万以上，聂云的手气好到爆了。如果再切出第三块红翡来，那未免太吓人了，反正聂云已经拿到了最合适的红翡，第三块切不切也无所谓了。

"别啊聂子，"这时，刘俊伟开口了，"你接连走红，到我这儿，铁定走霉运了，还是把你那块也切了，最好切出个狗屎，再切我这个呗。"

"刚才我说第二刀切你那块，你还不让，结果我又出玉了。这次我要是还出玉，你可别后悔啊。"

见刘俊伟反对，聂云也没坚持，直接搬来第三块毛料。聂云现在是伸头一刀缩头一刀，也没办法了。

"冯师傅，先擦一下，开个天窗吧。"

连续切了两块毛料，聂云对这些术语也有了点儿了解，向冯师傅说道。

"呵呵，这一刀下去，要是再见玉，小兄弟你今天可就是连红三把了，这样的运气，就是在整个赌石界，也不常见啊。"

一边说着，冯师傅一边开动切石机，擦着这块毛料边缘三公分，切了下去。

"靠，又见红了。"这一刀下去，刘俊伟登时叫了起来。

毛料切面上，赫然可见一层半透明的大红色玉料。

这下子，非但刘俊伟失声叫了出来，就连冯师傅心里都"咯噔"一下。这批毛料运过来之后，都是冯师傅和他师兄李师傅负责解石，一多半解完了，出玉寥寥，这才把严老请了过来……

聂云就挑了三块毛料，一刀刀切下去，次次见玉。难不成这次时来运转了，这批废毛料一下子全部赌涨了？

刘俊伟的惊叫声把那边休息的严老也惊动了。

"师父，你看这……"看到严老走了过来，冯师傅连忙让开位置。

"嗯，果真是红翡，玉质比刚才那两块还要好，小冯，你从这边，这边，再切上两刀。"翻看了一下这块毛料，严老脸色凝重地说道。

这两刀切下来，倒真是刀刀见红了，一块红翡雏形出现在众人面前，这块红翡价值也要在三十万以上。聂云这三块毛料，全部出玉，出的红翡价值还相差不多。

"那边的几块红翡毛料，大家都拿过去，小心擦一下。"此时，除了聂云之外，庄雅雯也保持着冷静，看了一眼不远处筐子里的几块暗红色毛料，庄雅雯吩咐几个工作人员道。

几个工作人员立刻把那几块毛料拿了过来，用切石机擦了起来。

"庄总，出玉了。"

"这块也出玉了。"

"还有这块，也出了。"

"我这块没有，庄总要不要继续擦？"

不过片刻，工作人员的声音纷纷响了起来，剩下的六块毛料又擦出了三块红翡。这样看来，聂云连续三块毛料出玉，也不是偶然事件了。"这些红翡毛料，出玉率这么高？"严老的脸上，一副不可置信的神色。

"丫头，之前那些毛料出玉虽然少，但光是这几块红翡毛料出的玉，价钱也过了百万了，这批毛料的本钱至少出来一半。剩下的那些，随便出几块，凑足一百万，咱就不算折本了。要是再出玉，那就是赚的了。"接连出玉，严老心情也好了起来，微笑着向庄雅雯说道。

"想不到我这次找红翡给炭球做摆件，还真碰对了运气，一连出了三块玉。"聂云笑着说道。自己连续三块毛料出玉，被聂云说成是为了给炭球找红翡做摆件，碰运气碰对了，恰好撞上了这批出玉率极高的红翡毛料。这种说法，倒也说得通。

　　"赌石这东西，哪怕是慧眼如炬，有时也全凭运气。真要是想着出好玉，赚大钱，总是要失望的。只想着能出块玉就好，说不定运气来了，就能出好玉。赌石时，心态一定要放平。"严老略带赞赏地看了聂云一眼，说道。

　　"这红翡，你是要给这只大狗做摆件？嗯，倒也相配，待会儿你们上去，找老铁吧，那家伙这些天闲着没事儿，正好让他帮忙雕一个。"严老看了一眼炭球，说道。

　　"如果铁老亲自出手的话，那这块红翡做出来的摆件，价值可就要翻倍了。"庄雅雯说道。

　　听庄雅雯这么说，铁老应该是位手艺高超的玉雕大师。

　　"得，我心态也放平了，冯师傅，你看看，给我这块也切一下吧。"连续三次垫手，结果都出了玉，刘俊伟现在也没垫手的心思了，搬了自己选的毛料放到冯师傅面前。

　　"这块毛料品相不错，哪怕没开窗，这么一大块拿出去拍卖，至少得三十万起，小伙子，你倒是有眼光。"严老看了一眼毛料，说道。

　　听严老这么说，刘俊伟立刻得瑟起来，聂云的三块红翡毛料开出的红翡，也就值三十万。自己选的这块，没开窗就值三十万了，看来自己眼光还真不错。

　　"从这儿、这儿，还有这儿，都擦上两下吧。"严老在毛料上划了几道线，让徒弟切石。第一刀开窗，一刀还没切完，一抹绿意，已然出现在切面上。

　　"靠，见绿了。"说是心态放平了，毕竟是第一次赌石，刘俊伟差点儿跳起来。

　　算起来，聂云的三块毛料全都是红翡，一刀切下去，不能叫"见绿"。

这次刘俊伟这个，才算是真真切切地见绿。

"咦？冰种蛋清地，赌涨啊，小伙子，这一刀下去，你这块毛料的价钱就攀上一百万了。"一见这切口，严老都倒吸了一口凉气，看来，这批毛料还真有好东西。

"严老，这就赌涨了？一块毛料就赶得上聂子三块红翡了，这也太狠了点儿吧？"刘俊伟惊疑地向严老问道。

"目前看是赌涨，至于到底如何，还不清楚，说不定下一刀切完又垮了，连十万都不值了。"严老说道。

"冯师傅，您把切石机给我，我自己来吧。"自己选的毛料一刀赌涨，刘俊伟也忍不住了，干脆从冯师傅手里接过切石机，自己动手。反正严老把线都画好了，自己直接切就行了。冯师傅接连切了好几块毛料，也有些累了，索性让刘俊伟自己来。

开动切石机，刘俊伟一刀切下去，切面平滑无比，和毛料表面完全一样，见没出绿，刘俊伟的脸不由耷拉下来。

"小伙子别急，我让你切这刀，也是保险起见，要是这儿就切出绿来，那这块翡翠至少价值千万了。来，你从这边再切一刀。"严老说着，在毛料中间一比划。

按照严老比划的位置，刘俊伟又切了一刀，依旧没见绿。严老目不转睛地盯着毛料："往里两公分，擦一下。"

刘俊伟连忙收敛心神，拿切石机擦起毛料，这一刀擦下去，一抹绿意，登时显现在众面前。

"成了！"严老禁不住双眉一抖，脸上现出兴奋之色。

"这块翡翠，下不了两百万，从这边、这边，慢慢来，不要急……你小子手能不能不抖？"严老指挥着刘俊伟切石，片刻之后，一块差不多两个拳头大小的翡翠，出现在众人面前。

"嗯，玉质不错，无论是做摆件，还是分割了做镯子、挂件都行，总体价值，得近三百万了。"严老看了眼这块翡翠，说道。

"三百万？庄姐，这份礼物太贵重了，要不这样，庄姐把它收回去，随便送我个翡翠摆件就成了。要不就再看看这两块毛料，切出三五十万的玉来，送我就成了。"近三百万的翡翠，刘俊伟可不敢白收。

"行了，别废话了，三块毛料里边你选了这块，这是天意。如果你没选这块，而是选了一块狗屎地的毛料的话，我也一样不会和你换。"庄雅雯说道。

"伟子，庄姐让你拿着你就拿着好了。"

听了庄雅雯的话，聂云笑了下，劝刘俊伟道。

"行，那我就收下了。庄姐，我把这两块也解了吧，严老，您给画个线儿？"刘俊伟说着，又搬过来一块，这块正是带有橙色灵气的毛料。

"两位小兄弟手气都不错，这一次，就别抱希望了。这块毛料，品相不是很好啊，出了狗屎地，你们也别奇怪。照例，先开个天窗吧。"严老心情不错，随便画了道线，说道。

刘俊伟也没管，直接扛起切石机，一刀就切了下去。

"狗屎就狗屎，反正……"一边切着，刘俊伟还一边说着。一刀飞快地切了下去。

"咦，见绿了。"就在刘俊伟一刀下去的同时，旁边的严老双眉陡地一皱。凑过去看了眼切面上的那抹绿意，严老身子一震，脸上现出不可置信的神色："冰种玻璃地？"

整齐的切面上，一抹绿意，晶莹剔透。

和之前聂云的红翡相比，这抹绿意并不怎么艳丽，但是透明度上却远非聂云的三块红翡能比的。看着这抹绿意，就好像看着一潭碧水一般，饶是工作间内开着空调，温度并不低，场内几人看到这抹绿意，还是感觉到了丝丝凉意。

即便这包藏在毛料中的翡翠只现出了冰山一角，也让人产生一种心灵上的震撼。

"这是……玻璃地啊……"

看到这抹绿意，严老直接倒吸了一口凉气。

玻璃地，在翡翠中是最上等的，近乎完全透明，没有丝毫杂质，就如碧水一般。一块玻璃地翡翠，可以称得上是得天地之造化的产物。

"小伙子，你先挪一挪。"也不知道哪来的力气，严老一伸手就把刘俊伟拨到了一边，自己走上前来，脑袋靠近玉石切面，两只眼睛紧盯着毛料的切面。

"赌涨，绝对是赌涨，就算只切出拳头那么大一块翡翠，价值都得五百万往上。要是这块翡翠更大的话，等完全切出来，雕成摆件，那价值就能过千万啊。"看了大约三五秒钟，严老说道。

"嘶……"除了聂云之外，在场几个人，齐齐吸了一口凉气。

刘俊伟更是下意识地瞅了聂云一眼。

刚才切出三百万的翡翠，刘俊伟已经觉得收下那块翡翠有些不大好了，现在这块毛料，一开天窗，价钱就直奔着千万去了。如果之前聂云没提醒自己，自己把三块毛料都要着的话，现在可就难办了。

"丫头，这块毛料，还切不切？"转过头来，严老向庄雅雯问道。

如果开了天窗，赌涨不过是百万的话，那是肯定要继续切的。严老看得出来，不说庄雅雯，就是聂云和刘俊伟，身家也都不低，未必在乎一百万，哪怕再切一刀下去赌垮了，也没什么大不了的。

但是这块玻璃地翡翠已经上千万了，要不要切，就得问庄雅雯了。

这块开了天窗的毛料，放到雅致珠玉的拍卖行，拍出八百万的高价都很正常。如果再切的话，一刀下去，继续赌涨，可能就过了千万。但要是赌垮，一刀下去，这八百万的毛料，说不定连一百万都不值了。

一刀涉及七八百万，严老就不得不谨慎了。

"严爷爷，切吧。本来我们对这批毛料的期望已经很低了，如果不是聂云和伟子过来，沾了他们的好运气，说不定还出不了玻璃地翡翠呢。这次无论是赌涨还是赌垮，咱们都赚了，既然这样，还怕什么？"

深吸了一口气，庄雅雯神色凝重，缓缓说道。

"那行，小冯，你操刀，从这儿切一刀。"严老点了点头，让出位置，让冯师傅操刀切石。这么一块价值近千万的毛料，让刘俊伟这个外行操刀，就太冒险了。

冯师傅深呼吸了几下，平复好心境，稳稳握住切石机，操作起来。

一刀下去，众人又是一阵惊呼。

"又出绿了？赌涨赌涨啊，我让小冯切这边，已经很保守了，原本想着三下擦出绿来，就算赌涨，想不到一下就出绿了，这块翡翠，绝对价值不菲啊。"这一次，严老都笑出声来了。

这一刀切下去，这块翡翠毛料基本就没有赌垮的可能性了，在场几人都是松了一口气，脸上都现出了喜色。冯师傅也轻松了起来，在严老的指导下，不急不缓地将这块翡翠切了出来。

一块近三十公分长，宽度在十五公分上下的墨绿色翡翠，呈现在众人面前。

"出十几个镯子，二十多个小挂件都没有问题，单单是这块翡翠，价值就在两千五百万以上啊。"看着这块翡翠，严老估出了一个价格。

单单是这块翡翠，就把这批毛料的本钱全抵了，还有大量剩余。

当然，也不是每一批毛料都能出价值千万的翡翠，即便如此，也足以看出赌石的暴利了。

接下来的切石，就没那么幸运了，田甄和苏怡挑选的毛料都没出玉。

"大家今天加加班，争取把这些毛料解出来，这个月每人加两千奖金，每解出一块翡翠，再加一百。"

聂云几人解完石，庄雅雯对工作人员说道。说是加班，实际就是变着法给工作人员加奖金罢了。

公司业绩好了，自然要给员工加奖金，这次出了价值千万的翡翠，庄雅雯得了利，对手下员工，也得有所表示。

"好了，我们上十九层吧。这块翡翠得拿给铁老，让他看看能不能雕成摆件，分割的话，太可惜了。正好聂云的那块红翡，也拿去给铁老看看。"庄雅雯说道。

先叫了几个安保人员过来，把那块价值千万的翡翠放到保险箱里，几人才向十九楼走去。

十九楼和下面的解石车间不同，这里并不是开放状态，而是一个一个的房间。

"这边的玉雕师傅，都是我们高薪聘请来的手艺精湛的老师傅，只做一些独一无二的雕件拿出去拍卖。至于那些饰品、玉镯等普通玉饰，则在车间制造，尤其是一些玉质不是很好的饰物，很多都是机械化作业雕琢出来的。"庄雅雯边走边向众人说道。

聂云点了点头，很多玉店售卖的玉饰，价值最便宜的只有几百块几十块，那样的玉饰，自然不需要这些手艺高超的玉雕师傅亲自雕琢。

"到里面吧，最里面那个房间，就是铁老的工作间。"庄雅雯边说，边带几人向里面走去，到了最里面的房间，庄雅雯伸手轻轻敲了一下门。

没等里面传出"请进"的声音，庄雅雯就推门走了进去。

铁老的工作间被隔成了两层，中间是一层玻璃，聂云等人在外面，透过玻璃能看到里间的情况。

里间的面积比较大，除了一些传统的刻刀之类的东西，竟然还有一些先进的仪器，仪器都连着电脑。一位六十多岁，身材高大健硕的老者，正拿着一块玉石，在仪器前专心操作。

这种情形和聂云、刘俊伟几人想的不一样。原本几人以为，做玉雕的老师傅，都是手里拿着金刚刀，一刀一刀地慢慢刻，却想不到竟然也用上了现代仪器。

现在都是用现代仪器把玉石切出雏形。精细的地方，再由老师傅慢慢雕琢，若是直接让老师傅们一刀一刀地切，速度也太慢了。一些翡翠的硬度比金刚石差不了多少，这东西不是豆腐，一刀刀切，也能把人活活累死。

"这位就是铁老。"看着里间的老者，庄雅雯低声说道。

"里间和外间，是完全隔音的，就是为了防止在师傅们操作的时候受到打搅，造成失误。铁老正在工作，等一会儿他停下来，我们再按铃进去吧。"庄雅雯说着，指了指外间的一个按钮。

听庄雅雯这么说，聂云几人专心地等在外面。

铁老制作雕件的速度并不快，打磨十分仔细，一边打磨，一边紧盯着手中的玉石，打磨一会儿，就将玉石拿在手里，仔细看几眼，然后再继续打磨。

"庄姐，咱们这得等多长时间啊？"

看着铁老不紧不慢地打磨玉石，他手上那块玉连个雏形都没出来，等他完全打磨好，还不知道何年何月，刘俊伟已经有些急了。

"不用着急，最多五分钟，铁老就要休息了。"微微一笑，庄雅雯说道。

"雕琢玉石，尤其是雕琢精品玉石，是一件十分耗费心神的事，别说是铁老这样的老人了，就算是三四十岁的壮年人，体力精力都在巅峰状态，连续雕琢半个小时，也得休息一会儿。"

"而且，一块玉石放到铁老手里，也不要求他第一时间就雕琢出来。"

"一块玉石拿给铁老，要雕琢什么东西，具体什么形态，都由铁老确定。等铁老脑中酝酿出玉石摆件的形态之后，有了感觉，才会开始打磨雕琢。如果没有感觉的话，就得继续酝酿。有时连续好几天，都不打磨玉石，只是酝酿。他在这儿打磨玉石的时间，不足十分之一。"庄雅雯此时倒成了解说员。

庄雅雯刚说完，里间的铁老打磨玉石的动作就停了下来。

伸手关了机器，铁老手里拿着那块玉石，眉头皱成了一个川字，过了半天，摇了摇头，轻轻叹了口气。

显然，对手中这块玉石的雕琢，铁老十分不满意。

随手放下玉石，铁老一抬头，正好看到外间的庄雅雯。这时，铁老脸上才露出一丝笑意。

"好了，不用按铃了，直接进去吧。"庄雅雯也隔着玻璃向铁老一笑，伸手推开玻璃门。

玻璃门一开，铁老浑厚的声音先传了过来。

"雅雯丫头，怎么有空了，居然跑到这地方来看我这个老头子？不会又有精品玉石要做大摆件了吧？"铁老一边说着，一边把庄雅雯让进了里间。

里间的面积不小，除了切割玉石的工作台之外，还有两排沙发，铁老在雕琢玉石之余，也可以到沙发上休息一会儿。

　　"什么事情都瞒不过您老，铁老，这次还真有精品翡翠带给您。"庄雅雯一笑，先给铁老介绍了一下聂云几人。

　　聂云几人都恭敬地跟铁老打招呼。

　　铁老淡笑点头，目光转到庄雅雯身上，"真出了精品翡翠？小丫头你可别骗我，我这边还有两个摆件没完成，要是质地普通的翡翠，就不要拿过来了。"

　　"是不是精品，铁老一看就知。"庄雅雯说着，让安保人员把保险箱放到沙发前的小桌上，输入密码，保险箱"咔"的一声打了开来，庄雅雯小心翼翼地将玉石拿出来，放到桌子上。

　　"咦？"

　　看到这块玉石，铁老神色一凝，双眼却亮了。

　　"冰种玻璃地翡翠，这是极品啊丫头，这块翡翠，是老严解出来的？这个老严，赌石的眼光虽然和你伯父没法比，但也算高手中的高手了。"小心翼翼地拿起这块翡翠，铁老一边仔细观察，一边随口说道。

　　"这块翡翠解出来的时候，严爷爷的确在场，不过翡翠不是严爷爷开出来的，而是我朋友刘俊伟开出来的。伟子选了三块毛料，其中就开出了这块翡翠。"庄雅雯说道。

　　"哦？"铁老抬头看了刘俊伟一眼。

　　"小伙子，运气不错啊。"看着刘俊伟，铁老点了点头。

　　能开出这么一块翡翠，别说是刘俊伟了，就是严老这样的前辈，也只能说运气好。所以铁老不赞扬刘俊伟的眼光，而是佩服他的运气。

　　"开出这样的翡翠来，穷光蛋也能一夜暴富。不过赌石这行，多数还是靠运气，手里有闲钱，偶尔赌赌可以，真要把它当事业做，那就要慎之又慎了。饶是严老这样的行家，也因为看走了眼，赔得倾家荡产。雅雯丫头她伯父，虽是靠赌石起家，但身家起来了之后，也很少赌了，现在更是根本不碰了。年轻人，你别嫌我人老多嘴，赌石，不可涉之太深啊。"铁老对刘俊伟缓缓说道。

铁老虽是搞玉石的，但他是靠手艺吃饭，而不是靠赌。铁老对赌石向来不怎么待见，这次刘俊伟虽然开出了这块极品翡翠，但铁老还是要劝诫他一番。

"呵呵，我们也就在庄姐这儿玩玩。开出这块翡翠就是运气好，像是聂子才有真本事，三块毛料就出了三块红翡，百分百出玉。"

刘俊伟呵呵一笑，随口说道。

"哦？连出三块红翡，这样的运气，整个赌石界也少有啊。"铁老又看了聂云一眼。

"庄姐这批红翡毛料，出玉率在百分之七十以上，我也就是碰上了。"聂云笑了一下说道。

铁老点了点头，没再说什么，看聂云这般模样，倒像是个淡定的。而刘俊伟这家伙嘴上虽然说自己全凭运气，但铁老却也看得出来，刘俊伟此刻已经快飞到天上去了。

"丫头，这块翡翠，放我这儿吧，两个月内，应该能出成品。"把翡翠放下，铁老向庄雅雯说道。

"好，应该赶得上下一次雅致珠玉拍卖会了。"庄雅雯点了点头，"对了，铁老，我朋友聂云有块红翡，想要给他的大狗雕一个雕件，不知道铁老……"

"哦？是这只大狗？"不等庄雅雯说完，铁老看了一眼炭球。

"嗯，是条好狗，红翡怎么样，拿来我看看。要是颜色配的话，就放我这儿吧。雕这些玉件费心费力，有时候雕个简单一点儿的，也算是调剂。"铁老向聂云说道。

雕刻别的玉件，需要构思。给炭球雕玉件，就不需要构思了，照着炭球的模样来就好了。

"铁老，就是这块玉。"聂云将手里的红翡递给铁老。

铁老看了眼这块红翡："哦？玉也算不错，嗯……让这大家伙趴下，拍几张照片，留这儿我照着雕。最多五天就能雕出来。"

"炭球，趴下，照相的时候别动。"聂云拍了拍炭球的脑袋，低声说道。

炭球老老实实地找了个宽敞的地方，摆了个 Pose，一动不动。刘俊伟随身带着数码相机，从各个方位给炭球来了十几张照片。整个过程，炭球连眼睛都没眨一下。

"这大狗，真有灵性。"铁老面带笑意，看着炭球点了点头。铁老答应给炭球雕像，主要是因为庄雅雯给自己送了块极品翡翠，铁老心情不错。不过如果是给一只普通畜生雕像，铁老多少也感觉有些掉份儿，如果是给一只灵性十足的大狗雕像，那就不一样了。

拍完照片，铁老这儿就有电脑，直接把炭球的照片传到了电脑上。

没什么事了，庄雅雯向铁老告辞，带着聂云几人退了出来。

刘俊伟虽然也得了一块翡翠，但是还没想好要雕什么东西，就决定把翡翠抱回去摆家里。亲戚朋友来家里看到这块翡翠，刘俊伟还能吹嘘一下自己这段赌石经历。

庄雅雯带着聂云几人来到雅致珠玉大厦二十二楼，二十二楼保险箱里放着几件精品玉石摆件。

这些玉石摆件，价值最低的也在五百万以上，上千万的也有几个，价格最贵的一件，丝毫不比刚才那块翡翠逊色。

这间陈列室的安保防卫，比之前那些陈列室还要完备，光是密码门就开了两扇。

到了陈列室内，也不见有摆件放在玻璃柜子里，因为它们全都在单独的保险箱中。

"先看一下这件吧，是只玉麒麟，个头比较大。伟子你那块翡翠，按照这个雕，雕成一个小一号的玉麒麟还是没问题的。"庄雅雯打开保险箱，从里面拿出一个玉麒麟摆件。

就在玉麒麟摆件拿出来的同时，聂云也开启了金玉瞳，一眼望过去，就见这玉麒麟上散发着一股淡淡的橙色灵气。灵气虽淡，但却是实实在在的橙色，聂云想吸收根本办不到。

172

庄雅雯把玉麒麟放到保险柜上面，让聂云几人欣赏。

在玉石方面，聂云几人到底是外行，内行看门道，外行也就是看个热闹。这个玉麒麟看着的确不错，但对聂云和刘俊伟来说，这样一个玉麒麟，好看程度，还不如大型网络游戏里制作出来的3D麒麟模型呢。

"庄姐，这青绿色的翡翠，看起来忒单调了一点儿，就没有色彩艳丽一点儿的摆件？"

看了两眼，刘俊伟便没什么兴趣了。

"颜色多一点儿的摆件，这儿的确有一件，这件摆件比较特殊，玉质有些混杂，不过这些不同颜色的玉质完美地融合到了一起，杂质极少。那块玉雕成了摆件之后，上次拍卖会我们开出了三千七百万的底价，可惜最后流拍了……"

庄雅雯说着，走到另一个保险柜前。输入密码，保险柜打开，庄雅雯小心翼翼地从保险柜中拿出了一件放在白玉托盘上的玉石摆件。

"靠……这个，是……唐三彩？"

看到这个玉石摆件，刘俊伟两眼登时瞪得溜圆。

白玉盘中的玉石摆件和之前那件玉麒麟完全不同，这件摆件的色彩非常艳丽，除了翠绿色之外，还夹杂着淡黄色、暗红色、鲜红色、墨黑色等色彩。看来这块玉石的颜色确实十分驳杂。

这个玉石摆件，是一头玉骆驼，黄玉部分的骆驼身体，翠绿色的鞍、鬃毛，驼峰是暗红色的……一只色泽艳丽、栩栩如生的玉质仿唐三彩骆驼。

"不错，这件摆件的创意，就是来自唐三彩中一个陶瓷骆驼，不过比起那件唐三彩骆驼，这件玉石摆件的价值，绝对有过之而无不及。它的价钱是我伯父定下来的，最少三千七百万，也就是上次的起拍价。"小心翼翼地放好玉骆驼，庄雅雯说道。

在庄雅雯把这尊唐三彩骆驼放好的同时，聂云也开启了金玉瞳。一股艳红色的灵气，猛地从骆驼中蹿了出来，聂云左眼飞快地眯了一下，甚至还小小地后退了两步。

靠近这尊玉石骆驼，聂云感觉自己眼中的那点儿黄色灵气，几乎要被这股红色灵气吸收脱离自己身体，融入到红色灵气中……

"金玉瞳的第三层是红色灵气。"

深吸一口气，聂云的心中冒出这样一个念头。

金玉瞳灵气的第一层，是聂云现在能吸收的黄色；第二层是橙色；而第三层就红色了；至于第四层，聂云现在还没见到过。

来雅致珠玉一趟，开启了左眼异能，同时对自己左眼的升级层次大致有了一些了解，也算不虚此行了。更何况，聂云还得到了一块红翡，能给炭球做一个雕件留作纪念。

现在聂云唯一疑惑的就是自己左眼吸收的灵气，对自己身体有什么作用。灵木瞳吸收的灵气，能滋养身体、治疗伤势，那左眼的灵气是什么效用呢？

"啧啧啧……庄姐，这玉骆驼真不错，应该是独一无二了吧？三千七百万绝对值。要是我有个十几亿的话，就算花五千万，我也把这玉骆驼买下来。"刘俊伟说道。

别的玉石摆件，还可以仿造。像那件玉麒麟，如果还能找到一块那么大的玉石翡翠的话，完全可以雕出一件一模一样的摆件。

而这件玉骆驼，数种颜色的玉石完美结合，哪怕能再找出一块数种玉石结合在一起的，但是只要各种颜色玉石的位置、比例不一样的话，想仿造出这么一件玉石骆驼来，都是不可能的。

物以稀为贵，独一无二的玉石摆件，价钱自然不会低。

"庄姐，放起来吧，这东西我们也看不出门道。"

欣赏了一会儿，聂云跟庄雅雯说道，这么一个价值几千万的玉石摆件放这儿，聂云还真有压力，万一一个不小心，谁给碰倒摔坏了，不说损失几千万，最主要的是，世界上又少了一件绝世玉石宝物。

放好了玉石骆驼，庄雅雯又打开几个保险箱，拿出几件玉石摆件给聂云几个人欣赏。

这些玉石摆件中蕴含的灵气，最低都是橙色的，聂云都无法吸收。

中午，几个人在雅致珠玉吃了工作餐。

雅致珠玉的具体工作，都由庄雅雯任命的一个总经理来做，庄雅雯只做一些决策。

下午，庄雅雯处理了一些公司的事务，而聂云几人则随便逛了逛。晚上在外面吃了饭，几人又回到了庄雅雯的别墅。

离刘俊伟和欧阳涛约定的时间，只差三天了，博览会那边，老让展位空着也不合适。第二天，聂云几人在家又休息了一天，第三天，几人才带着盆景去了博览会。

刘俊伟和欧阳涛约定的时间也到了。

对刘俊伟和欧阳涛的赌约，聂云倒不怎么关心，毕竟，这已经是一场必胜的赌约。欧阳涛会带来什么样的桂花，不用猜聂云也知道。

那盆桂花，如果是健康的，价值绝对远超聂云那株龙蛇桂。然而，那却是一株濒死的老龟桂。

虽然那株老龟根的桂花不会完全死亡，但是上面嫁接的桂花死了之后，它的价值，自然无法与龙蛇桂相提并论了。

一大清早，吃过早饭，几人一同前往桂湖公园。

到了展位，看了看时间，才早上九点多，聂云几人先把之前聂云买来的盆景搬了下来，放到展位上。

吱呀一声，一辆奔驰商务车停在展位前，车门打开，一身得体休闲西装的欧阳涛走了下来。这次，欧阳涛不是一个人来的，在他车上还有一个女孩子。

"呦，欧阳涛，这么早就来了?"

见欧阳涛从车上下来，刘俊伟双手插在裤袋里，下巴一扬，冲欧阳涛阴阳怪气地说道。

刘俊伟瞥了一眼欧阳涛带过来的女孩子，看到这女孩，刘俊伟眉头登时一皱。

女孩居然是之前在云南和聂云刘俊伟几人一起进山的杨雪宁，杨大记者。

杨雪宁走下车，和欧阳涛保持了一定距离。显然，虽然是和欧阳涛一起过来的，但是杨雪宁和欧阳涛关系并不亲密。

"刘俊伟，有点儿素质。"冷冷地看了刘俊伟一眼，欧阳涛沉声说道。

"这位是电视台的杨雪宁杨记者，她父亲可是大人物。别怪我没提醒你，你最好别给咱们鲁东丢脸。"此时的欧阳涛，身子挺直，表面上做出一副温雅坦然的样子，低声向刘俊伟说道。

"靠，欧阳涛，你丫能不能不装?"看到欧阳涛这副样子，刘俊伟一笑，根本不压低声音，向欧阳涛说道。

"在杨大记者跟前，用不着这么装，我说欧阳涛，平常你在我跟前那牛哄哄的样子跑哪儿去了，现在充大头鬼了? 装什么绅士啊，自己什么东西还不知道，沽名钓誉。你也不用装了，杨大记者和庄姐是至交好友，跟我和聂子也是一起进过山打过熊的交情，在她跟前装，没用!"刘俊伟劈头盖脸地向欧阳涛说道。

"咦? 伟子你和欧阳涛他……之前我听他说是鲁东人，父亲也是官场中人，还以为你们两人……"看到刘俊伟对欧阳涛极尽讽刺，杨雪宁一愣。

显然，在这之前杨雪宁还以为欧阳涛和刘俊伟同为鲁东官二代，不说志趣相投，也应该是朋友。却想不到，两人竟然十分不对付。

欧阳涛在刘俊伟说出那番话之后，脸色早就一片铁青。这次来成都，欧阳涛真是流年不利，倒霉透顶了。

本来想和李老合作，结果因为自己胡乱品评那株蝴蝶兰，被李老、庄雅雯认为是虚伪之辈，和李老的合作也被拒绝了。

这几天，欧阳涛好不容易通过一些关系，搭上了杨雪宁这条线。那期黑熊的纪录片播放之后，杨雪宁名声大振。这次能和杨雪宁搭上线，欧阳涛的娱乐公司准备在电视台承办一期节目。这里本来就是全国有名的旅游胜地，在这样的地方搞选秀，噱头十足。

因为和杨雪宁刚刚认识，所以在杨雪宁面前，欧阳涛也表现得十分有风度。

这次来成都，杨雪宁说有朋友在成都，想过来看看，欧阳涛就带她一起过来了。但他没想到，杨雪宁到成都是要找庄雅雯、刘俊伟他们的。

　　"雪宁，你来了。"看到杨雪宁居然跟着欧阳涛过来了，庄雅雯连忙走过去拉着杨雪宁，两个女孩子小声说话。说了一会儿，杨雪宁不由皱起眉头，看了欧阳涛一眼。不用说，欧阳涛之前那番虚伪做作，都被庄雅雯拆穿了。见到这种情况，欧阳涛也知道，这次自己想和电视台合作也黄了。

　　"刘俊伟……"这一切都是刘俊伟造成的，欧阳涛此刻恨得牙痒痒。

　　就让他再得瑟一会儿，等李老、徐老来了，自己拿出那株老龟桂，定然要他乖乖认输。

　　那株老龟桂，欧阳涛养了几天，上面有些枝叶竟然有些干枯，欧阳涛以为缺水了，没怎么在意，又浇了一些水。

　　"咦？聂云小友、俊伟、欧阳小友，你们都过来了啊。"这时，一个爽朗的声音传来。

　　聂云几人向声音传来的方向望去，只见不远处三位老者联袂而来，正是徐老、钱老、李老三人，走在最前面的，便是和聂云、刘俊伟最熟的钱老。

　　聂云几人，分别向三位老前辈打招呼。

　　"嗯，聂云啊，六天之期已到，按照约定，我们三个老头子过来看看。怎么样，你那株兰花，可是开花了？"李老点了点头，看向聂云问道。三老之中，李老是最权威的兰花专家，对兰花也最感兴趣，他到这边来，主要还是为了看看聂云那株墨兰。

　　"昨天就开了，还在车里，我这就搬出来。"聂云说着，走到悍马车前，开了车门，将那盆墨兰搬了出来。

　　"咦？"聂云将墨兰搬出来的同时，在场三老同时身体一震，脸色齐齐改变。

第九章　独一无二的变异墨兰，开创建兰系观赏兰花新纪元

　　这是一株独一无二的变异墨兰，非但本身具备变异兰花的优点，还有一个无可比拟的优势，那便是，用这株变异墨兰和墨兰、寒兰杂交，很可能培育出具备观赏价值的变异墨兰、寒兰。那样，就打破了观赏性兰花的传统，将建兰一系也带入到观赏性兰花的殿堂中。

　　这株墨兰早已开放，花朵足有拳头大小，和普通建兰系的兰花一样，这墨兰的花瓣是绿色的，花蕊也没什么出奇之处。不过，这墨兰的花朵，却是翠绿色，类似玉质的半透明，最重要的是，花瓣的边缘竟然有一连串硕大的紫色斑点，和绿色的花瓣、白色鲜红斑点的花蕊映衬，艳丽到了极点。这朵墨兰的花朵，明显比普通墨兰大。

　　"变异新品种，绝对是变异新品种。"这盆兰花不等放到展台上，钱老就上前一步，飞快地说道。

　　就连徐老、李老二人，也赶忙走上前来观看。

　　"是新品种，应该没有错。"点了点头，李老说道。

　　徐老也点了点头："不错，我这些年从未见过这等墨兰。"

　　"聂云小友，你这次可赚大了！"又仔细看了一下这株墨兰，李老忽然抬起头来。

　　"墨兰这种兰花，本不是有多大观赏价值的兰花。主要是因为它的花瓣窄小，远不如君子兰、蝴蝶兰、卡特兰这些兰花。而且花瓣的颜色还是

绿色。绿色花瓣虽然少见，但混在绿色的兰花里，并不显眼，更谈不上艳丽了。"

"但是这株墨兰，绿色花瓣边缘，带了紫色斑纹，一下子将花朵与兰花，完全区分开来。而且花朵够大，观赏价值极高啊。"口中说着，李老脸色凝重，看向聂云。

"这株墨兰，可以说打破了观赏性兰花的传统，将建兰一系也带入到观赏性兰花的殿堂中，意义非同小可啊。在我看来，这株墨兰的价值，比之前那株蝴蝶兰，只高不低，至少也得千万。"

这株变异墨兰，非但本身具备变异兰花的优点，还有一个无可比拟的优势。那便是，用这株变异墨兰和墨兰、寒兰杂交，很可能培育出具备观赏价值的变异墨兰、寒兰。让建兰系的兰花，也变成一种具备观赏性的兰花。

所以，对兰花研究颇深的李老，给这株兰花开出了过千万的高价。

"嘶……"在场诸人，包括聂云，听到这个价钱，都不由得倒吸了一口凉气。

千万兰花，赶上聂云的全部身家了。这三千万，还是聂云耗费了两个月的心力赚回来的。而这株墨兰，聂云不过是在山上顺手挖了回来，根本就没刻意栽培。

"聂子，今年咱时来运转啊，先是在庄姐那边赌石把一批毛料给赌涨了，庄姐开出价值三千万的翡翠，紧接着你这随随便便找来的兰花，价值竟过了千万……敢情财神爷最近就在咱头顶逛游呢!"盯着这株兰花，刘俊伟不禁感叹道。

"不过……好像有些人却流年不利，倒霉透顶了……"正说着，刘俊伟忽然话锋一转，瞥了欧阳涛一眼。

欧阳涛脸色一变，刘俊伟说的是谁不言而喻。在场这么多人，三位老前辈不算，人家聂云、刘俊伟、庄雅雯都是大赚，田甄和苏怡也跟着得了不少好处。哪怕是杨雪宁，最近也因为那个纪录片，成为全国知名记者，声名鹊起。

只有他欧阳涛……

"哼，待会儿搬出那株老龟桂花来，让你刘俊伟还得瑟。不就是运气好点儿嘛！论眼力论实力，你，就是个渣。"欧阳涛心中暗骂。

"李老，这株兰花，真的价值千万？"欧阳涛正想着，庄雅雯开口向李老问道。

"何止，遇到喜欢的人，就是一千五百万也值了，我和几个兰花研究机构有联系，如果聂云小友想出手的话，我就给你问问，价钱绝对不会低。"李老说着，看向聂云。

一旁的钱老和徐老都没说话，钱老虽然能鉴别花卉，但是他到底不是兰花专家，这变异墨兰价值连城不错，但让他给开出具体的价钱，也不好说。李老说的价钱，钱老也是认同的。

"不用了李老，就一千五百万吧，我们雅致珠玉要了。"不等聂云说话，庄雅雯就先开口了，"聂云，这个价格可不可以你决定吧。上次那株老桩蝴蝶兰本来也是你发现的，我们每人却分了一百万，这株兰花是你一个人找到的，我们可不能再分了。"

听了庄雅雯这几句话，聂云不禁苦笑，既然庄雅雯开口要买这株兰花了，哪怕别人出价再高，聂云也不能卖给别人了。

"一千万，李老说这兰花价值过千万，要价少了倒显得李老言过其实了，要多了我也不好意思，一千万，就这个价钱，不还价，庄姐你要就拿走吧。"想了想，聂云正色说道。

"好，就一千万。"庄雅雯诡秘一笑。

"用这么低的价钱买到这株兰花，我心情好。等你们离开的时候，我再送大家每人一个玉石小摆件，聂云你不会拒绝吧？"庄雅雯微笑说道。

聂云不禁翻了个白眼。庄雅雯每人送一个小摆件，价值都得在百万左右。聂云这边就四个人四个小摆件，也差不多得有五百万。等于庄雅雯一千五百万买下这株兰花，聂云等人又每人分了一百万。

"那敢情好，行了聂子，庄姐最近开出那块翡翠，发了大财，咱就再剥削庄姐一回得了。"刘俊伟给聂云使了个眼色，说道。

"那好吧，就这样。"聂云也点了点头，聂云也知道，庄雅雯话说到这份上，自己再扭捏，反而可能伤到两人间的感情。

看到聂云和庄雅雯达成协议，李老眉头一皱。

"庄丫头，你真要买这兰花？我老头子多嘴要劝你一句，你们雅致珠玉兰花研究刚起步，经验不足，真要买了这兰花，研究不出什么成果的话，万一把它弄坏了，你又花了钱，兰花也没了，那可就亏大了。"李老劝庄雅雯道。

"李老，我对我们雅致珠玉的兰花研究机构有信心。"微微一笑，庄雅雯说道。

"不过的确如李老所说，我们的兰花研究机构现在还不成熟，如果有李老这样的前辈坐镇的话，我想会好很多。所以我想聘请李老做我们雅致珠玉兰花研究机构的顾问，不知道李老可有这个意向？"紧接着，庄雅雯又说道。

"呵呵，你这丫头，鬼精灵啊。"听了庄雅雯这番话，李老不由一笑。

"好，就冲着这株变异墨兰，我也得到你们那边照看一下。"都没怎么想，李老便答应了庄雅雯的请求。

庄雅雯一千万买下变异墨兰，又请到了李老这样的顾问，也算收获不小。

当然，聂云这株变异墨兰卖出千万高价，收获更大。

"庄姐，李老，这变异兰花的事儿结了，我和欧阳涛还有个赌约，还得请李老、徐老、钱老几位做个裁判呢。"刘俊伟终于找到机会说起这事。

看了欧阳涛一眼，刘俊伟扬了扬下巴："怎么着欧阳涛，你买来的桂花，也该拿出来让我们见识见识了吧。"

"哼，刘俊伟，拿出来之前咱们先说好，这次我赢了，你以后见了我，就给我绕着道走。"冷哼一声，欧阳涛说道。

"行，要是你输了，记住喽，见了我也请乖乖绕道。"刘俊伟脸色一凝，正色沉声说道。

"哼！"又哼了一声，欧阳涛转身回头，打开自己车子的后车门，抱出一盆桂花，正是那株老龟背树的桂花。抱出这株桂花之后，欧阳涛的脸上现出一丝自信的笑意，将桂花放到展台上："李老、钱老、徐老，还请三位前辈帮忙鉴定一下这盆桂花的价值。"

看到这株桂花的同时，李老和徐老都是一愣，对视了一眼，又看了钱老一眼，脸色颇为古怪。

"这个……"沉吟了一会儿，徐老当先走上前去。

"花是好花，这个不用说了，这是老钱那儿的花，造型寓意，我就不班门弄斧地品评了……"徐老说着，伸出手来，轻轻抚摸了一下老龟背树上的叶片，"只不过，这花已经病入膏肓，难以医治了……"

说着，徐老手指轻轻用力，"啪"的一声脆响，将一片枯叶摘了下来。

"单从这株桂花来看，的确是病入膏肓，怕是很难再救了！"看到徐老发话，李老也摇了摇头，说道。

欧阳涛的脸色一下子变了。徐老和李老的话，就好像一柄大锤，狠狠地敲在欧阳涛的心头，欧阳涛的身子都震了一下。

自己从钱老那儿买来的这株桂花，居然是一株病株？而且还是病入膏肓，难以救活的病危植株？即便早就发现这株桂花生长不是很旺盛，但是欧阳涛也没想到会是这样。

原本，欧阳涛还指望这株自己花了四百万买来的桂花，能力压刘俊伟那株龙蛇桂，狠狠地挫一下刘俊伟的锐气，却想不到，居然是这样的结果。

欧阳涛一下就慌了，"钱老，你看……"抱着最后一丝希望，欧阳涛将目光放到钱老身上。

钱老脸色凝重，甚至于脸上还有一丝悲愤的情绪。快步走上前来，钱老没观察这株桂花，而是捻起了花盆中一点儿湿土，口气中带着询问急声道："这株桂花，最近两天你浇水了？"

"前天见它不太旺盛，花盆里的土又有点儿干，所以我……"欧阳涛正说着，就见钱老轻叹一声，摇了摇头。

这下，欧阳涛的心彻底沉了下去。

一旁的徐老、李老看到钱老这副模样，眼观鼻鼻观心，没说什么。这二人之前都见过钱老这株桂花，知道这株桂花的确是生了什么病症，绝难治愈了。却想不到，钱老居然把这株桂花卖给了欧阳涛。

　　虽然钱老的名声向来不怎么好，但是同为花卉盆景界的元老，李老和徐老也不好揭破钱老。更何况，这个欧阳涛的人品，也实在不咋地。

　　既然刘俊伟和欧阳涛叫自己二人过来做个见证，干脆就老老实实、本本分分地做见证算了，这盆桂花到底是什么情况，徐老、李老照实说就行了。至于到底为什么成了病株，两人就不多嘴了。

　　说多了，岂不是得罪了钱老？

　　"病入膏肓、难以医治啊……啧啧啧啧……"刘俊伟走上前来，装模作样地看了几眼这株桂花。

　　"欧阳涛，你丫还在我跟前装专业人士，你到底有没有养过桂？"抬起头来，刘俊伟带着讽刺的目光瞥了欧阳涛两眼。

　　"就你这样，还跟我打赌呢。别以为花了高价，你就能稳操胜券。告诉你，就算钱老卖给你一千万一亿的桂花，到了你手里，养死了，也是一钱不值。"

　　"专业人士，不是有钱买到好桂就能冒充的。欧阳涛，你就是个暴发户，花钱买个古董摆家里，就以为能提高自己品味？可惜啊，盆景不是古董，这东西，真要不懂，是要被养死的。"刘俊伟仿佛教导后辈一般，连敲带打地说道。

　　"你……"欧阳涛的脸色，一阵青一阵白。

　　"怎么着，不服气？告诉你欧阳涛，要是个爷们儿，就给我爽快点儿，愿赌服输，以后见了我，你给我绕道走！"口中说着，刘俊伟的声音猛地提高，几乎一字一顿地向欧阳涛说道。

　　"好，刘俊伟，咱们后会有期。"

　　欧阳涛目光冰寒，抛下这么一句话，猛地回过身，头也不回地走到自己车前，拉开车门钻了进去，砰的一声，关上车门。

　　"喂，欧阳涛，你这盆儿百万的桂花，不要了啊？"刘俊伟脸上现出一丝笑意，脸轻轻扬起，大声说道。

回答刘俊伟的是一阵汽车发动的声音，欧阳涛没有一丝一毫的停留，直接开车走了。

"钱老、徐老、李老，你们作证，这花是他欧阳涛不要了，我们没他那么大方，几百万都不在乎，这花我们捡着了。"说着，刘俊伟将老龟背树搬到了自己前边，和展位上别的桂花摆到一起。

这株老龟背树的情况，之前聂云和钱老交谈的时候，刘俊伟在一边听得一清二楚。

即便上边的桂花枝子死掉了，单是这株老龟形状的流苏根，也能值个几十万。聂云在花卉盆景上造诣不低，说不定这花搬回去，让聂云鼓捣鼓捣，又能活了。那样的话，这老桂背树又是一株价值三四百万的极品盆景了。

"那个……庄丫头、聂云小友，兰花也鉴赏完了，刘小友和欧阳涛小友的赌局，我们也见证过了，若是没什么事情，我们先去那边逛一逛……"

李老、徐老此番"助纣为虐"，也不好意思待在这儿了，和聂云几人说了一声，两人对视一眼，结伴而去。

"聂云啊，这次我该好好谢谢你。以后有什么事，尽管找我老钱。"拍了拍聂云的肩膀，钱老低声说道。

"嗯，以后晚辈在花卉盆景方面有什么不懂，少不了麻烦钱老。"聂云微笑着说道。

和聂云道了一声谢，钱老也告辞而去，展位边只剩下聂云这些年轻人了。

"聂云，这次盆景博览会，该做的事情做了，再待在这儿也没什么意义了，我们回去吧。这些盆景如果你们不好带走的话，折价卖给我好了。"庄雅雯看了一眼展台上的盆景，向聂云说道。

"嗯，那盆龙蛇桂和老龟背桂我们带回去，其他的，都按买价给你吧。"聂云说道。

龙蛇桂和老龟背桂是刘俊伟战胜欧阳涛的证据，自然要带走，其他盆景不好带走，给庄雅雯好了。反正这些盆景都是聂云低价买来的，原价给庄雅雯，庄雅雯也能赚个一二十万。

几人把盆景搬上车，离开了。

接下来的几天，聂云原本想回鲁东，但是庄雅雯还是担心聂云身体没有恢复。过了一天，带着聂云去医院拍了片子，确认聂云完全康复，庄雅雯才允许聂云和刘俊伟几人回鲁东。

炭球的摆件第三天就做好了，摆件做得栩栩如生，和炭球几乎一模一样。铁老的技艺果然高超。

和庄雅雯、杨雪宁到外面喝了一顿践行酒，聂云几人回到庄雅雯别墅，随便洗漱了下，就各自回屋睡了。

聂云和田甄在一个房间。之前，聂云虽然也和田甄住在一个房间，但一直以来，两人都没跨越雷池一步。不是聂云不想，也不是田甄非要固执地守身如玉，主要是，之前聂云受伤，田甄担心聂云的身体，不许聂云使坏。

刚开始聂云还忍得有点儿辛苦，过了几天之后，聂云也慢慢适应了，可以安然地抱着田甄睡了。

晚上，聂云和刘俊伟都喝了不少酒，一直到家，聂云还感觉脑袋有些晕晕乎乎的。聂云走着S步回到房间，打开房门，便看到田甄坐在床头整理几件带来换洗的衣服。

此刻，田甄已经脱了外套，因为庄雅雯家里比较暖和，田甄只穿了一件薄薄的白色小毛衣，下身是黑色的紧身裤，棕色的翻毛小皮靴，完美的身材映入聂云眼中，聂云看得吞了口口水。

缓步走过去，聂云轻轻拥住田甄。

"做什么啊，叠衣服呢……"被聂云从前面拥住，田甄一愣。

"不叠了。"轻轻说着，聂云双手微一用力，田甄"啊"的一声轻叫倒在了大床上，聂云炙热的目光紧盯着田甄，飞快地脱去外套，迫不及待地向发愣的田甄压了过去……

感受着聂云炙热的目光，田甄俏脸腾地一下红了，两只眼睛根本不敢和聂云对视，干脆闭上了双眼。

下一刻，田甄便感觉到聂云火热的嘴唇一下子印了下来，紧紧地贴在了自己的嘴上。"啊"，田甄下意识地叫了出来，就是这一声轻叫，让聂云的舌头长驱直入……

两个人立刻纠缠到一起……

聂云在田甄的脸上、脖颈上、耳后疯狂地吻着……

身子一颤，田甄浑身上下好像涂上了一层染料，成了粉红色。

一边吻着，聂云手上动作不停，飞快除去两人的衣物……

"唔……"也不知道过了多久，田甄的身体一阵连续地抖动，接着像被抽光了所有力气一般，一下子瘫软下来。嘴巴微微张开，轻轻喘着气，两只眼睛眯着，满是春意。聂云嘴角，浮现出一丝坏笑。

嗡嗡……嗡嗡……

云收雨歇，聂云刚穿上裤子，床头的手机就震动起来。

田甄凑过脑袋看了一眼，脸上露出疑惑之色："咦？是田甜的，你和她说咱们今天回去了？"

"没啊……反正回去的时候得经过西安，我准备在那儿打电话通知家里的。"聂云也有些疑惑，拿起手机按下了接听键。

刚接通电话，田甜一声"姐夫"就叫了出来，田甜的声音中，似乎带着哭腔，下一刻，电话里的田甜，已然泣不成声。

"田甜，怎么回事儿？别着急，慢慢说。"聂云眉头紧紧皱起。

那边的田甜又说了几句，聂云脸色微微一变，拿着手机远离了床上的田甄。

不知过了多久，聂云脸色凝重，放下手机，看了一眼一脸疑惑的田甄，聂云深吸了一口气，略微组织了一下语言："小甄，爷爷他……爷爷他前些天不舒服，爸妈带他去省城医院检查，医生说……可能是肝癌晚期……"

早上八点钟，略微收拾了一下，聂云几人便驱车赶回鲁东。

得知爷爷患病的消息之后，田甄立刻就懵了。

第二天早上，田甄连早饭都没吃。聂云也没心情吃早餐了，简单地收拾了一下，穿好衣服，两人下了楼，和庄雅雯、刘俊伟、苏怡说了一下情况，四人决定立刻出发赶回鲁东。

悍马车上，刘俊伟开车，苏怡坐在副驾驶位，聂云和田甄坐在后排。

田甄的身子，几乎整个儿靠在聂云的胸口，聂云的身子稳稳地坐着，支撑着几乎要软倒的田甄。旁边的炭球不时呜呜叫着，伸出舌头舔舔田甄和聂云握在一起的手。

"没事的小甄，放心吧，不会有事的……"搂住田甄的右手，在田甄后背轻轻抚摸着。

口中虽然说着没事，但是聂云的心中也不由得叹了口气。爷爷都八十多岁了，晚期癌症，怕是撑不了几个月……

看到田甄的样子，聂云不禁有些心疼。

"吃点东西吧，你这个样子，回去见了爷爷，爷爷也要心疼的。"拿了一盒牛奶放到怀里，用体温暖了暖，聂云插上吸管，将吸管的一头放到田甄嘴里。

轻轻地吸着牛奶，田甄的眼泪一滴滴地滑落下来。

聂云将田甄搂得更紧……

这次，聂云和刘俊伟没有休息，轮流开车，一天之后，车子进了鲁东省。

上午九点多，车子开进省城，刘俊伟早累得不行了，坐在后座的田甄、苏怡依偎在一块儿睡着了，车上还清醒的恐怕只有聂云和炭球这一人一狗了。

先把刘俊伟和苏怡送回家，聂云和田甄马不停蹄地赶往医院。

早在成都那会儿，刘俊伟就打电话回鲁东，托关系找专家，给田爷爷会诊。会诊的结果，依旧是肝癌晚期，只是究竟用什么方法治疗，还没有定论。

　　田爷爷在住院部五楼的特护病房。病床上，枯瘦的田爷爷静静地休息，床头挂着吊瓶，缓缓地给田爷爷输送着药液。肝癌晚期，田爷爷吃什么东西都没了胃口，基本只能用营养液维持生命了。

　　聂云母亲在病房里看护，另外一边趴着睡着了的田甜。

　　"聂云，你来了……"看到聂云和田甄进了病房，聂母连忙站了起来，小声说道。

　　"爷爷……"见到躺在病床上的爷爷，田甄失声哭了出来，害怕打扰爷爷，田甄紧紧地捂住嘴巴，身子一颤一颤的，眼泪涔涔流下。

　　轻轻扶住田甄，走到病床前，聂云松开手，让田甄和田甜趴在一起。

　　"妈，爷爷他怎么样了？医生……"聂云向母亲低声问道。

　　聂母轻轻叹了一口气，看了一眼田甄和田甜，压低了声音："医生说，田大叔年纪大了，手术治疗已经不可取了，就是保守化疗，也不知道能不能撑得下来。医生说，现在这种情况，老人有什么愿望，就尽量满足，想吃点儿什么就多吃点儿。要是想回家，就回去，人老了，不想死在外头……"

　　聂母说着，擦拭了一下眼角。

　　"姐……姐夫……"田甜也醒了过来，看到田甄，姐妹俩抱在一起痛哭起来。

　　任姐妹俩哭了一会儿，聂云拍了拍两人的肩膀。

　　"好了，小甄、田甜，别哭了，让爷爷看到不好，别这样，有点儿信心，爷爷肯定不会有事的。"聂云低声说道。

　　"是啊，田大叔还不知道自己得了什么病，在田大叔跟前，你们都得好好的，就当是小毛病，万一让田大叔知道了……"

　　聂云母亲也劝解道，田老伯得肝癌的事情，还没和他本人说。

　　癌症这种疾病，治疗过程中患者的心理因素十分重要，如果整天想着自己得的是癌症，不久于人世，心情抑郁之下，人很快就会垮掉。如果不知道自己得的是癌症，或者抱着相对乐观的态度来应对的话，不说最终能战胜病魔，起码也能多撑一段时间。

所以，一般病人得了癌症，能瞒住的，都会瞒着。

"想哭的话，就先出去哭一会儿，别让爷爷看到了。"轻轻扶起姐妹俩，聂云带着二人出了病房。

"姐夫……"

刚出病房，田甜再也忍不住了，一下子扑到聂云怀里，呜呜痛哭起来，田甄也扑在聂云怀里哭，姐妹俩和聂云紧紧拥在一起，哭得梨花带雨，聂云见了，不免心酸。

现在这种状况，聂云倒不能因为田甜是小姨子，就厚此薄彼了，只能拍拍这个后背，再拍拍那个，柔声安慰着。两个女孩子的重量基本都挂到了他身上，虽然不算沉，也有将近两百斤，若不是聂云体质还好，怕都撑不住了。

不知道哭了多久，两个女孩子才慢慢停下来。

"去那边坐会儿吧，待会儿心情好一点儿，再去洗把脸，眼睛也不能这么红着，让爷爷看到不好。"带着两个女孩坐到病房走廊的长椅上。

"放心吧，爷爷的病虽然难治，但也不是没有办法治疗的，先得让爷爷有信心，至于别的事情，我来想办法。"沉吟了一下，聂云说道。

如何治疗爷爷的病，聂云心中已经有了一些想法。现代科技、传统秘方治疗癌症效果都不明显，但是聂云有自己的法宝，就是右眼灵木瞳中储存的那些灵气。

灵木瞳中的灵气在自己受伤之后，发挥了巨大功用。但是，灵气虽能治愈伤势，却未必对癌细胞有用，究竟自己的灵气能不能治愈田爷爷的病症，还得试验过后才知道。

让田甄姐妹俩洗了脸，等红眼圈稍微消退了一些，聂云才带着姐妹俩回田爷爷的病房。

一进病房，看到田爷爷已经醒了，聂母正陪着他说话。

"田家大叔啊，你就放宽心，这点儿小毛病好治。治病的钱也好说，我们家聂云和小甄的事儿既然已经定了，治疗费什么的就让聂云出好了，您只管安心养病，等病好了，还得看着聂云和小甄结婚，给你生个大胖曾孙呢。"聂母脸上带着笑说道。

聂母虽然说田老伯病不重，但是她小心翼翼的模样，反而说明，田老伯的病不是那么简单。

田爷爷虽是农村人，见识不多，但活了一把年纪，世事人情十分通透，聂母的这番表现，都落到了他眼里。

"亲家啊，我自个儿的病，自个儿清楚……"躺在病床上，田爷爷轻叹了一声。

"人老了，不中用了……我这不是小毛病啊，治不好了。我活了八十多年了，也活够了……这辈子就想着把大妮儿、二妮儿养大，让她们多读点儿书，有出息……"田爷爷幽幽地说着。

"这辈子我最对不起的，就是大妮儿啊……那年大妮儿她娘要带她走，是我拦着把她留下了，这些年没过过好日子不说，上学那会儿，还让她下来，让她妹妹上……要不是聂云这孩子和大妮儿好了，我就是到了地下，也没脸去见她爹啊……"或许自知时日不多，田爷爷把藏在心里十多年的事儿都说了出来。

当初，田甄母亲改嫁，也舍不得两个孩子，但留在家里的话，日子实在太苦了，田甄母亲那时还不到三十岁，相貌在十里八乡也是数得上的，想要改嫁，有的是人家要。在那种情况下，又如何守得住这个残破的家？

田甄母亲在改嫁时，曾经提出要带着两个孩子。至少，也要带着当时比较大的田甄。

然而，作为一个保守的老人，田爷爷严词拒绝了田甄母亲的要求，把大妮儿田甄硬生生留在身边。

只可惜，田爷爷根本没有能力抚养田甄姐妹俩，更不用说供姐妹俩上学了。就算是村里、镇里、学校里都有补助，也是一样，田甄勉强上到高中，为了能让妹妹继续上学，便退了学。这是田爷爷觉得最对不起田甄的地方。

"田家大叔，别说了，你这病没事儿，好好活着，好日子才刚开始呢。"听到田爷爷这番话，聂云母亲不由得又偷偷擦拭了一下眼角。

"爷爷……"

刚走进病房的田甄，听到爷爷这番话，眼泪又忍不住流了出来，紧走两步扑到爷爷的病床上。

"爷爷，大妮儿不走，大妮儿陪着爷爷，就是重新选择一回，大妮儿也不跟着妈妈走，大妮儿要陪着爷爷……"

扑在病床上，田甄早就泣不成声。

母亲的离去对田甄姐妹俩来说，都是不想碰触的痛。

父亲去世的时候，田甄姐妹俩还没上小学，田甄也才六七岁，那时都对母亲十分留恋。母亲离开，田甄姐妹在内心对母亲都有怨恨。

但是现在，听爷爷说，当初母亲本来有意要带她们离开，但是被爷爷拒绝了，才造成田甄姐妹和母亲分离，其实是爷爷……但是，此刻，爷爷身患绝症，田甄又怎么可能怨恨爷爷？

当初把田甄姐妹留在身边，爷爷还不是拼了命地劳作，自己不吃不喝，也让两个小孙女吃饱。

"大妮儿，别哭……没事儿，爷爷老了，爷爷活了八十多年了，也该去了。你们都好好的，你和二妮儿都好好的……"

伸出还扎着针管的枯瘦的手掌，田爷爷轻轻抚摸着田甄的头。

说着，田爷爷又将目光放到聂云母亲身上。

"亲家母啊，我要是去了，大妮儿到你们家我放心，可二妮儿还小，还没个婆家，等她上完学，还得麻烦你们啊……"田爷爷目光之中，带了一丝恳求。

"田家大叔，快别说了，大妮儿、二妮儿就是我们家的闺女，等二妮儿毕了业，我们找好人家，风风光光地嫁出去。田家大叔，你也得活到那一天，看着二妮儿风风光光地出嫁啊……"聂云母亲说道。

"等不了啦……等不了啦……"田爷爷挪开目光，缓缓地摇了摇头。

田爷爷的目光中没有悲哀，反而有一丝欣慰，把田甄姐妹俩托付给聂云家，田爷爷也算放心了。

"爷爷……"

听爷爷嘱咐后事，田甜也忍不住了，扑到病床上大哭起来。

"爷爷，大妮儿、二妮儿出嫁，你都等得了。"聂云握住田爷爷枯瘦的手掌。

"爷爷，刚才医生说了，您得的是胆结石，时间有点儿长了，结石比较大，所以不大好治。本来做手术就能取出来，但您老年纪大了，身子骨差，做手术恢复太慢。医生建议保守治疗，估计得吃个一年半载的药才能治好。不过爷爷您放心，真不是什么大病，能治好的。"聂云向田爷爷低声说道。

与此同时，聂云也把右眼中青色的灵气散了出来，射入爷爷的手掌中，顺着田爷爷体内的经脉向田爷爷的脏器而去……

青色灵气一进入田爷爷的体内，虽然还没进入癌变的肝脏，但是却好像干枯的土地流入一股水流一般，被迅速吸收。

见田爷爷的身体能吸收自己的灵气，聂云暗暗地松了一口气，且不说田爷爷癌变的器官能不能治好，至少自己的灵气能让田爷爷的生命力提升。

聂云刚放松下来，下一刻，让他意外的事情就生了。聂云左眼金玉瞳中的金色灵气，在青色灵气进入田爷爷体内时，竟然也融入青色灵气之中，进入到田爷爷体内。

金色灵气进入田爷爷体内，并不被田爷爷身体吸收，而是直奔田爷爷头顶而去。到了头顶，金色灵气飞快地融入田爷爷的大脑中，与此同时，聂云明显感觉到，田爷爷精神一振，比起先前萎靡的状态，精神了不少。

"这金色灵气，是作用于人的精神的？"心中一动，聂云脑海中冒出了这样一个念头。

灵木瞳中的灵气，作用于人的身体，能增强人体的生命力；而金玉瞳中的灵气，则是作用于人的精神，使人精神振奋。这一点，算是聂云的意外收获。

田爷爷的精神比之前好了很多。

"小云啊，大夫说我是胆结石？"听了聂云的话，田爷爷不由略带疑惑地向聂云问道。

起先，田爷爷身子不爽利，吃不好睡不好，精神也差了很多，来医院检查之后，虽然聂云父母都没告诉他是什么病症，但是老人看他们和田甜的表情，就猜到自己这病怕是极难治……田爷爷索性抱着自己不久于人世的念头。

这个念头生出来，田爷爷的精神自然更差了，正因为如此，才有了刚才他和聂云母亲的那番话。

现在，聂云却说他的病不过是胆结石，而且仿佛是为了验证聂云的话一般，聂云说了这病症之后，老人突然感觉自己的精神一下子好了不少，眼睛也明亮了，听力也恢复了不少，大脑都清醒了。这种大脑清明的状态，老人已经好几年没出现过了，所以本能地信了几分。

"爷爷，您还不信我吗？"听田爷爷问自己，聂云一笑。

"爷爷，别的不说，就是这吊瓶里的药，就是针对您的病的，这吊瓶里的药输入您血管了，待会儿您就会感觉好了很多。就算我要骗你，这药总不能骗你吧？待会儿如果爷爷感觉身子好点儿了，那就说明您的病不是什么大病。要是大病的话，这些药哪那么容易见效？"聂云一边说着，一边继续向田爷爷体内输送灵气。

聂云右眼中的青色灵气，已经在田爷爷体内转了一圈。一小部分融入田爷爷身体的各个细胞中，滋养田爷爷的身体。

青色灵气在田爷爷体内转了一圈，飞快进入内脏。聂云明显感觉到，自己的灵气消耗了一大部分。

"这些灵气，被癌细胞消耗掉了吗？"聂云眉头轻轻皱了一下。

消耗的这部分灵气，已经达到灵木瞳灵气总量的三分之一了，比之前聂云身受重伤消耗掉的灵气还足足高出一倍。剩下三分之二的灵气，在进入田爷爷的肝脏时，仿佛泥牛入海，一下子消耗得干干净净。

"这癌症……需要耗费很多灵气?"聂云能清晰地感觉到,灵气的确对癌症有治疗效果。不过,治疗癌症需要的灵气量十分庞大,聂云现在的灵气远远不够。

不过既然对癌症有效,那就好办……

"咦?还别说,这药进入我身体里边,肚子疼真就好了一点儿……小云啊,爷爷这病,治着真不麻烦?"田爷爷的声音响了起来。

"当然不麻烦了,就是对普通人家来说,花钱多一点儿。不过爷爷您别担心,这次我和小甄去成都,弄到两盆兰花,又赚了好几百万,小甄自己就有一百多万呢,咱不缺钱,爷爷您尽管放心治疗就好了。"站起身来,聂云向田爷爷道。

此时,田甄和田甜姐妹俩也停止了哭泣,抬起头来,疑惑地看着聂云。姐妹俩不知道为什么田爷爷听了聂云的话,突然从万念俱灰一下子变得有了信心。

这时,一个四十岁左右的大夫带着几个护士,拿着一些东西走了进来,其中赫然有一根粗大的针管。

"王大夫你来了。小云,这是你田爷爷的主治大夫王大夫,是俊伟昨天晚上打电话请来的。"见到大夫进来,聂母连忙起身,向聂云说道。

"王大夫!"聂云和田甄姐妹连忙起身打招呼。

"你就是俊伟的朋友?"王大夫笑着看了聂云一眼,"你们的情况,昨天俊伟已经和我说了,放心吧,对老先生的病情,我们一定会尽最大努力医治的。嗯……今天我们过来,是想抽一点骨髓化验,可能会有点儿痛,希望老先生能忍一忍。"

王大夫说着,看向田爷爷。

既然是检查,田爷爷自然忍得住,因为对治疗有了信心,就算治疗过程再痛,田爷爷也不在乎。护士麻利地给田爷爷打上麻药,田爷爷十分配合地抽了骨髓,整个过程,田甄田甜姐妹都不敢看,只转过头去掉眼泪,倒是田爷爷一直咬牙坚持着。

"老先生这份毅力,值得钦佩啊。有这份毅力,什么病不能治愈?"王大夫先是赞赏了田爷爷一句，又转头看向聂云。

"老先生的血液、骨髓，我们拿回去化验，估计半小时之后，就能拿到结果。"

聂云也知道，王大夫这么重视田爷爷的病情，主要的原因还是刘俊伟的面子。

"麻烦你了王大夫。"聂云向王大夫微微点头，送王大夫和几个护士离开。

抽了骨髓，田爷爷也有些累了，索性躺下休息了。聂云则和田甄、田甜走出病房。

"小甄，田甜，很早之前，我在一个养盆景的老前辈那儿得知了一个治疗癌症的秘方，那个老先生曾经用那个秘方控制了癌症十几年。不过，这个秘方需要的药草有些特别，可能需要到大江南北很多地方去寻找，我想等田爷爷病情稳定之后，就去找那些药草，给田爷爷配药。"想了一下，聂云向田甄姐妹说道。

"秘方？姐夫你真有治癌症的秘方？"听聂云这么说，田甜两眼都亮了起来。

"秘方的确有，不过配药的时间可能长一些，所以要田爷爷撑住，田爷爷支撑的时间越长，治愈的希望就越大。"点了点头，聂云说道。

"先看看田爷爷的化验结果吧，如果结果不算糟的话，治愈的希望就大了。"

所谓的秘方，聂云根本没有，聂云有的，是他灵木瞳吸收的草木灵气。

田甄田甜姐妹又问了聂云一些关于这个秘方的事情，聂云随意编排了些话回答了。

大约过了半个小时，之前离开的王大夫又走了回来，手中拿着两份化验报告。

"王大夫，化验结果出来了？"见到王大夫过来，聂云连忙迎上前去。

"王大夫，我爷爷的病到底怎么样了？"见王大夫还在卖关子，田甄急切地问道。

王大夫点了点头，看了聂云一眼，脸色有些怪异："这位老先生的化验结果有些奇怪啊，若不是在他的血液里检查出一些癌细胞，我们甚至要怀疑之前的诊断是误诊了。"

听到王大夫这番解释，田甄姐妹不由得看了聂云一眼，在聂云和爷爷交谈之前，爷爷的身体状态和精神状态看着都差很多；和聂云交谈之后，才对治疗恢复了信心。此刻，姐妹俩将爷爷病情好转的原因，都归到聂云身上。

"王大夫，我爷爷以后应该怎么治疗？"聂云又向王大夫询问道。

"我建议还是用药物保守治疗比较好，无论是化疗还是手术，对病人伤害都比较大。病人毕竟年纪大了，化疗和手术都不可取。"

"更何况，病人心态不错，如果进行化疗，在长期化疗的折磨下，反而可能让病人心态改变，不可取。"想了一下，王大夫说出了自己的见解。

"谢谢王大夫了，用中药治疗吧，中药副作用小一些。如果爷爷的病情继续好转或者没加重的话，就这么治疗着，如果再有反复，再采取别的办法。"聂云说道。

"那好，我们医院也有一些对癌症有些效用的中药方子，我去给你们开几副，照方抓药就行了。"王大夫说道。

聂云向王大夫道谢，王大夫立刻回去开方子。

"既然爷爷病情有好转，我们就有时间去找那些草药了。只可惜那些草药都是一些比较特殊的草药，药店买不到。而且采到了之后，要立刻用秘方工艺保存好，使其药性不损失，所以只能自己去采集了。"目送王大夫离去，聂云又对田甄姐妹说道。

"姐夫，我陪你去采药。"下意识地，田甜脱口而出。

说完这句话，田甜这才意识到什么，看了姐姐一眼，小脸一红。

"呵呵，小丫头又忘了，之前不是说好了，回去好好上学吗？怎么又反悔了？"聂云看着田甜，微微一笑。

"放心吧，采药的事情我自己就能做，就算要人陪，也是你姐姐陪着，你还是乖乖上学就好了。"聂云道。

"聂云，你现在事业刚起步，现在给爷爷到处找草药的话……"这时，田甄轻轻拉了聂云一下，担心地说道。

之前爷爷病情严重，田甄姐妹俩光顾着伤心了，现在知道爷爷有希望痊愈了，田甄想的又多了一点儿。聂云这几个月狂赚几千万，说明花卉盆景事业的发展前途很好，现在让聂云为了自己爷爷的事情，丢下事业，田甄有些过意不去。

"放心吧，没事的，多出去走走，见识一下各地的盆景也好。况且，这次咱们是到山中采药，说不定能找到极品盆景卖出天价呢。"聂云说道。

"嗯……这样，出去之前，我先把需要嫁接的桂花嫁接好，放那儿就行了，也不需要怎么管理，就有时间去外地了。"

聂云的确有几盆桂花需要嫁接。最重要的一盆，就是三色桂。

三色桂的构想，很早之前聂云就想到了，不过一直没时间嫁接。现在到了春天，正是嫁接桂花的最好时节，自己一定要弄一株三色桂。

另外，就是那株老龟背树。老龟背树的桂枝虽然快要死亡了，但到底有没有希望重新嫁接活，还不好说，自己得尽量尝试一下。

"那去外地采药，要我陪你吗?"田甄又向聂云问道。

"嗯，你跟我一起过去吧，也有个照应。爷爷这边，我让爸妈买断工龄直接退休，在家照顾爷爷。你和田甜，也不要整天陪在爷爷身边，整天陪着爷爷，爷爷说不定还会怀疑自己病情严重，不久人世，这样反而不好。你们该做什么就做什么，田甜依旧上学，你依旧跟着我，偶尔陪陪爷爷就好了。"想了一下，聂云说道。

"好了，先进去陪爷爷吧，田甜你明天就去上学。"聂云说完，打发田甄姐妹俩进了病房。

过了一会儿，王大夫就拿了几张方子给了聂母，并向聂母讲解一些注意事项。

"好了，就这样。老先生的病不是什么大病，今天就办出院手续吧，回家静养就可以了。"交代完，王大夫就离开了。

田爷爷回到了聂云家里休养。聂云先把田甜送回学校，紧接着又带田甄到了省城花卉市场。来这边主要有两个目的。一是寻找流苏砧木，制造三色桂花；二是寻找精品盆景，吸收灵气。

到了花卉市场，停好车子，聂云带着田甄走了进去。

"随便逛逛吧，买两株流苏，再买些普通桂花。"一边走着，聂云一边说道。

制作三色花，材料除了砧木流苏之外，还需要七星银桂、晚金桂、状元红这三种桂花。省城花卉市场这么大，寻找三种桂花还是比较容易的。

一路走着，聂云的眼睛在两边的摊位上巡视着，灵木瞳也已开启，无论是普通盆景内的灵气，还是上品、精品盆景内的灵气，一概吸收。

普通盆景内的灵气虽然是绿色的，但比起普通植物的灵气还是高了一个层次，这些灵气如果积少成多的话，也能顶上在一盆精品桂花中吸收的灵气。

一路走下来，聂云只看到了三株精品盆景。这三株精品盆景收拾得都相当不错，盆、几架、题笔一应俱全，显然是放在那儿当门面的。价格标的也比较离谱，想捡漏是不可能的。

市场里也有不少售卖流苏的，而且都是成品流苏，可以直接拿回去嫁接的。现在是春天，正是流苏嫁接桂花的最佳时期，售卖流苏的多一点儿也很正常。

不过，一路走下来，聂云却没找到适合的流苏。

花了一个多小时，走马观花地把半个花卉市场逛了一遍，聂云右眼吸收的灵气虽然不算多，但也有之前的二十分之一了。

看到前面一个摊位售卖桂花，聂云决定去买几株晚金桂、七星银桂之类的作接穗用。买花用些时间，也能让田甄休息一下。

前面的摊位比较大，摆着几十盆成品桂花，摊位后面是一个不到四十岁的中年大姐看着。

"大姐，这株晚金桂怎么卖的？"

到了摊位前，聂云先拽过来一个小马扎让田甄坐着，接着选了一株生长旺盛的桂花，向中年大姐问道。

"小兄弟对桂花也有研究，这还没开花就看出品种来了。这盆花要价两百，去年拆上的，长得很好，秋天就能开花。"中年大姐听聂云一口叫出了这盆桂花的品种，不禁看了聂云一眼，同时回答道。

这盆晚金桂的株型不算好，也就是普通盆景，两百的价位也不算很贵，现在四公分的流苏，不需要嫁接，都得两百多块。

"那个……大姐，这盆桂花，应该是状元红吧？这盆什么价？"把目光从晚金桂上挪开，聂云又看向另外一盆桂花。

"这个贵一点儿，要五百，不过你要是两盆都要的话，就给你便宜一点儿。"中年大姐说道。

"咦，这盆花……"聂云的目光放到一株流苏嫁接的桂花上。

这株桂花比起其它桂花，无论是根型还是株型，都高出一个档次。桂花的根部呈现三叉结构，三条大根插在花盆中，仿佛一个等边三角形，十分对称。而上面的分支，先是三条对称的大分支，每个大分支又有三条对称的小分叉，总共分了九个叉，是制造三色花的绝佳砧木。

聂云要制做的三色花，并不是只有三个分叉，每个分叉上嫁接上一种颜色的桂花，等秋天的时候，三色花同时开放那么简单。聂云要做的，是弄一个九叉的流苏桩子，把白色的银桂、黄色的金桂、红色的丹桂混杂嫁接到九个分叉上，当秋天桂花开放的时候，造出一幅三种色彩的花朵彻底混杂的效果。

对于一般的养桂人来说，让三个枝子上的桂花同时开放，难度极大。

想要九个枝子上不同类型的桂花同时开放，那几乎是不可能的事。但是拥有灵木瞳，这一切于聂云来说，就简单了。

只要控制好了每个分支通过的灵气量，一切都将可控。

当然了，无论如何，聂云想要造就一株三色桂花，合适的流苏砧木是第一位的。这株三叉根九叉枝的砧木，正符合聂云心中所想。不过，这株流苏上面已经嫁接了桂花。

九个分叉，每一个分叉上面，都单独嫁接了桂花，显然，嫁接这株流苏的人，也不想破坏这种九叉枝流苏的"奇观"。

当然了，聂云如果想要用它的话，直接把上面嫁接好的桂花再截下来就是，也不会很麻烦。

"小兄弟，你说这盆桂花啊？"

见聂云询问这株桂花的价钱，摊位后面的中年大姐不由得略带为难地笑了一下，"这花我们原本不准备卖的，不过既然摆出来了，也有个价，二十五万，这是我家男人定的价钱，我也不好再往下降……"

这株三叉根九叉枝桂花，原来是这位大姐的丈夫嫁接的。

对于这样的一株小极品，大姐的丈夫本来没打算卖，毕竟，自己嫁接出来的桂花，都是心爱之物，只要不缺钱，能不卖自然不会卖掉。但是大姐却不一样，在她看来，花嫁接出来就是卖的，既然这盆花值钱，为什么不能卖掉？

听到这个价钱，聂云倒是脸色没变，只略微沉吟了一下。

之前聂云开启灵木瞳看了一下这盆桂花，深绿色灵气，说明这盆桂花的整体层次不算高，二十五万的确有些贵了。

但是反过来一想，自己买下这桂花，用底下的流苏桩子嫁接出三色桂来，价钱恐怕要翻数十倍，卖出二百五十万、三百五十万，乃至四百五十万都不是什么问题。从这个角度来看，现在花费一点儿本钱，倒也不算什么。

"小兄弟，你也知道，流苏桩子年年涨价，这下面的桩子有六七公分了，我们养了三十亩的流苏苗圃，这些年就出了这么一棵好的……而且拆桂花的时候，也费了不少事儿，这也就是我们，换了刚养桂花的，还未必能把九个枝子全拆活……"

见到聂云沉吟，中年大姐眼前一亮。

面前这年轻人没被价钱吓到，应该是有心要买这花，所以中年大姐连忙解释这桂花要价高的原因。

"大姐，二十五万就二十五万，我要了。另外，这盆晚金桂，这盆状元红，也一块儿要了。"聂云用平淡的声音说道。

"啊?"

聂云说出这句话的同时，中年大姐一愣。

她本来以为，要是聂云真想要这盆桂花的话，自己就算降个三万五万，让老公骂一顿，也把这桂花卖出去，却想不到，聂云连价都没还就要了。

聂云拿出一台之前在成都买的平板电脑。

"大姐，给我个账号，我先把钱划过去，我车子在那边，待会儿开过来，把花搬走就好了。"聂云向中年大姐道。

"哦，哦，好……那个……这两盆桂花，就……就不要钱了吧，一共二十五万……"中年大姐脸上露出笑容，热情地说道。

那株晚金桂和那株状元红，统共五百块钱的东西，当添头送就是了。二十五万的东西，只给五百块的添头，中年大姐还觉得有点儿过意不去。

"对了大姐，您这儿有七星银桂吗? 我还想弄株七星银桂，株型差点儿没问题，健康就行。"摊位上几十棵桂花，聂云也不想一棵棵找了，直接向中年大姐问道。

"有，有，这棵吧，这棵就是七星银桂，在我的银桂里是最好的了，要价是一千，也给你算了。"听聂云问七星银桂，中年大姐连忙找了一棵。

流苏砧木有了，七星银桂、晚金桂、状元红三种桂花也都有了，三色桂花嫁接所需要的材料，已经齐备了。

中年大姐说了个账号，聂云直接把钱划了过去。

"大姐你查下吧，钱到账了。"划过去钱，聂云说道。

"那个……小兄弟你等下，我让我家那口子上网查查……"中年大姐说着，给自己丈夫打了电话。

查账需要一点儿时间，聂云正百无聊赖地看着花，突然手机响了起来，拿出手机一瞅，是刘俊伟打过来的，聂云顺手按下了接听键。

第十章　百善孝为先，为爷爷
治癌寻药千里奔泰山

五岳独尊泰山，泰山是自然景观胜地，有不少的古松老树，这些老树给聂云提供了不少灵气。泰山石刻更是绝佳的人文奇观。传说泰山有三千文字，可以辟邪，细细算起来，石刻上的文字又何止三千，且都是千古流传的名篇名句，说一字千金也不为过。

"喂，聂子？田爷爷还在医院？我寻摸着带点儿东西去看看他老人家，好歹也是个心意。"

接通电话，刘俊伟的声音传了过来。刘俊伟和聂云是铁哥们儿，和田甄也是朋友，现在田爷爷生病，他也应该过来探望一下。

"爷爷出院了，在我家呢，要来的话就来我家吧。"聂云说道，"对了，从你那儿到我家，要经过省城花卉市场吧？我和小甄在这儿呢，你来北头，往里一走就看到我们了，待会儿咱们一块儿回去。"

"行，我在路上了，最多十分钟到。"刘俊伟说着，挂断了电话。

既然刘俊伟过来，聂云也懒得去开悍马了，直接让刘俊伟把车开过来，把几盆桂花搬车上拉回去就好了。

挂断电话没一会儿，中年大姐确认收到聂云打过去的钱了。

又过了五分钟，刘俊伟的黄色法拉利吱呀一声停在花卉市场北头，刘俊伟和苏怡下了车，看到聂云和田甄在这边。

"聂子，你来这儿买桂花？田爷爷怎么这么快出院了，他的病……"

快步走过来，因为田甄在，田甄爷爷又得了癌症，所以刘俊伟也没嬉皮笑脸，一脸严肃地向聂云询问田爷爷的病情。

"大夫说保守治疗好一些，另外我还弄了个秘方，准备过两天出去找药材。今天过来买几盆桂花，搞盆景用的。"聂云说道。

"我车在那头，干脆搬你车上，帮我拉回家算了。"聂云说道。

"行，先搬我车上。"刘俊伟说着，便和聂云动手搬花。

"好了吧，聂子，现在回去？"拍了拍手，刘俊伟问道。

"你先把车开到花卉市场南边，我和小甄走过去。你和苏怡先在南边等个十来分钟，我们就过来了。"聂云说道。

这次来花卉市场，聂云不止是为了购买这些桂花，还是为了吸收灵气，之前聂云和田甄只逛了一半，另外一边还没逛呢。索性从市场里走回去，把这边也逛了，遇到精品盆景，也好吸收些灵气。

"那行，我们这就过去。"刘俊伟说着和苏怡上了车，调转车头，向花卉市场南边驶去。

"走了，大姐。"聂云和中年大姐打了个招呼，和田甄向花卉市场南边而去。

一路走过来，这才是真正的走马观花。

聂云开启灵木瞳，连花卉市场里到底有什么盆景都没看清楚，只将所有盆景的灵气都吸收了过来。

走出花卉市场时，聂云眼中的灵气，总算有了之前的十分之一左右。虽然不多，但也聊胜于无了。

刘俊伟和苏怡已然在这边等着了，聂云和田甄上了悍马车，在前面开道，刘俊伟的车子跟着，向着聂云家驶去。

半路上，刘俊伟和苏怡停下买了些营养品。

到了聂云家，田爷爷居然没卧床，而是坐在客厅里，一边抽着旱烟一边看着电视。在田爷爷看来，自己既然没什么大毛病，自然不需要老待在床上，虽然肝脏偶尔会痛，但也能忍住，之前刚有这毛病时，自己不也忍了一段时间吗？

看到田爷爷这个癌症晚期患者像个正常人这般活动，而且连烟都没戒，刘俊伟惊讶得下巴差点儿掉了。

不过转念一想，或许人家心态乐观，视病痛如无物呢。其实想想也是，这些病，没查出来之前，好好的，能走能站能坐，一查出来了，就躺床上下不来了，就算没什么事儿，都要躺出事儿来了。

放下礼物，刘俊伟和苏怡向田爷爷问好。

田甄给爷爷介绍了一下，刘俊伟是聂云好朋友，他和苏怡也都是田甄的朋友。朋友来家里玩，也是很正常的事情，田爷爷也没觉得奇怪。

在屋里待了一会儿，刘俊伟就待不住了，让他陪着田爷爷这样耳聋的老人说话，旁边还有田甄、苏怡两个女孩子叽叽喳喳地说话，刘俊伟实在受不了了。

"走，伟子，帮我把那几盆桂花搬楼上来。"看到刘俊伟坐立不安，聂云说道。刘俊伟如蒙大赦，连忙屁颠屁颠地跟着聂云出来。

"我说聂子啊，田爷爷也太厉害了，这是肝癌晚期的样儿？我听医院王大夫说，田爷爷这病挺严重的，别说是治愈，按照王大夫的话说，恐怕连三五个月都没得活了……谁承想老爷子精神还那么好……"房门关上的同时，刘俊伟奇怪地问聂云。

"我们没和他说是肝癌晚期，老爷子蒙在鼓里，心态正常的情况下，估计能撑久一点儿。现在就看我弄的那个秘方有没有用了，不过不管有效没效，总归要试试的。"聂云说道。

"也是，尽人事，听天命吧。对了聂子，你出去找药材，用我一块儿去不？"刘俊伟又问道。

"算了，你挺忙的，我和小甄一块去就行。反正我搞盆景，大江南北跑跑也有益无害，不耽误做事。你做娱乐公司，不适合经常在外面做甩手掌柜。"聂云说道。

"嗯，也是。"刘俊伟点了点头，说起来，他最近确实有点事。

"在成都不是和杨大记者敲定了个合作项目么，可能近期还得去丽江那边筹备个选秀节目。聂子你自个儿保重吧。"刘俊伟说道。

一边说着，两人到了楼下，刘俊伟开了车门，把晚金桂抱了出来，聂云也抱出了七星银桂。

"对了伟子，明天陪我去钱老家一趟吧。还有周老那边，周老除了学校里的小院之外，省城还有别的住处吧？听说他的精品盆景都在学校外面的住处，有时间过去拜访下。"聂云和刘俊伟一边往楼上搬花，一边向刘俊伟说道。

聂云要吸收精品盆景的灵气，去钱老、周老这些老前辈家里，倒是个不错的选择。

"行。聂子，你不会只为了拜访钱老一下吧？"刘俊伟说道。

"当然不只是拜访。"聂云一笑。

"那株老龟背树你还记得吧？明天我过去，是想把那株老龟背树重新弄好，再卖给钱老。"聂云说道。对于如何逆天改命，让老龟背树盆景起死回生，聂云想到一个办法。

"那盆老乌龟的桂花，聂子你能给弄好？"

听到聂云这番话，刘俊伟不禁愣了一下，看向聂云的目光满是深意。

"聂子，你丫够聪明啊，明明能治好，偏偏说治不好，让钱老把那花卖给欧阳涛，既骗了欧阳涛的钱，让他丢了面子，还让钱老欠了你一个人情，现在你把它治好了，咱又能卖一笔钱……啧啧啧啧，一举三得啊。"刘俊伟盯着聂云，不住地感叹。

"晕，当时我真没想到怎么治疗这桂花。"听到刘俊伟的话，聂云不禁苦笑。

"这个法子，也是最近两天才想到的，要不然，在成都那会儿我就救了，也不会拖到现在。"聂云正色道。

聂云虽然拥有异能，也不是神仙。就算是神仙，也有想不周全的时候，刚刚从钱老那见到这株老龟背树的时候，聂云确实没想到怎么医治它。

不过话说回来，之前自己没想到医治方法，不得已才让钱老把老龟背树卖给欧阳涛，倒真是一举三得……

"行了，伟子，把花搬楼上去吧，今天晚上我就把它弄好，明天早点过来，去钱老那边。"不管刘俊伟怎么想，聂云懒得跟他解释了。

　　刘俊伟在聂云家又待了一会儿便和苏怡离开了。

　　刘俊伟离开之后，聂云开始治疗老龟背树桂花。先把桂花从盆里倒出来，把老龟龟壳正下方的土壤清出去。不一会儿，"老龟"的肚皮就呈现在聂云眼前，聂云看到，老龟肚皮处果然腐烂了，老龟肚皮底下的几条灵脉都烂断了。灵脉断掉，无法向上输送灵气，上方的桂花小枝自然要枯死。

　　看了一眼老龟后背的桂花小枝，已经干枯了，不过还没完全死掉。聂云拿了把小刀，把老龟龟壳下面烂掉的树根小心翼翼地剜了出来。剜出来之后，这个老龟龟壳只剩下三四公分的一层了，中间基本都空了。把腐烂的地方剜掉，再消一下毒，这龟壳内就不会再腐烂了。

　　当初钱老制作这老龟背树的时候，也知道下面腐烂了，也想全部剜出来。但是，一旦剜出腐烂的部分，就有可能将老龟树桩底下的导管、筛管都破坏，那样就无法向上输送水分了。

　　这就像一个人得了胃病，如果把整个胃都切除的话，肯定就没病了，但是没了胃怎么活？钱老明知道这边的导管、筛管会腐烂，却只能留着它们，希望它们能多少发挥一点儿作用。

　　聂云敢把这些腐烂之处全部剜掉，是因为聂云有信心给这株老龟背树重新续上灵脉。

　　剜掉了腐烂之处，聂云在创面涂了一层消毒液。紧接着，聂云开启了灵木瞳。

　　灵木瞳开启，老龟背树中的灵脉情况一清二楚，取了小刀，聂云在老龟后背断掉的那条灵脉上，劈出一条小口子。然后把自己之前买来的桂花拿过来一盆，用小刀小心翼翼地截断一条流苏根，这条流苏根中，有一条完整的灵脉。将这条截下来的流苏根一端削尖，插到老龟背后那条灵脉的缺口。老龟背后的灵脉和这条流苏根的灵脉，完全契合到一起。

　　做完这些，聂云长长地松了口气，现在，只要把这条流苏根的另一头和老龟背树的流苏桩子的某一条根连接上，就等于给老龟背树龟壳上的桂枝接上了一条灵脉。这条截过来的流苏根，就是一条灵脉桥梁，如此一来，老龟背树龟壳上的桂枝就可以源源不断地吸收根部传输过来的灵气，就可以正常生长了。

聂云看了一下，老龟流苏桩子的四条老龟腿，左后腿明显比其他三条腿粗壮一些，开启灵木瞳看了一下，这条后腿比其他三条腿多了一条灵脉。

"就是这儿了。"

聂云手持小刀，在这条腿上切出了一条口子，正好切断一条灵脉。

把那截流苏根的另外一头削好，将其插到这条小口子中，让后腿中多的一条灵脉和流苏根内的灵脉完全契合。

这时，聂云的灵木瞳看到，右后腿中的一条灵脉吸收的灵气进入了那条流苏根搭成的桥梁之中，通过这条流苏根又进入了老龟龟壳上的灵脉之中，最后终于进入了老龟后背上的那条桂花树上。

完全通畅！

这个过程说起来简单，如果聂云没有灵木瞳，能够清晰地看到植物内部的灵脉状态的话，根本就行不通。

接好后，聂云找了一些蜡，小心翼翼地把两个接口封好。

聂云截的流苏根稍长了一点儿，一边接在龟壳上，一边接在龟腿上，呈弓形，它自身的弹性就能让这根流苏根牢牢地插在龟壳和龟腿上，不刻意移动就不会偏离。

因为是流苏根，所以契合度很高，估计用不了两三个月，这条截过来的流苏根，就能和老龟根完全长到一起。

做完这一切，聂云又把老龟背树重新扣到花盆里，中间的那块没填土，就那么空着。反正老龟一趴下，肚皮是不是空的，从外面根本看不到。等老龟肚皮上的创面和嫁接的切口完全愈合之后，再把中间填上土，才不会继续腐烂。

老龟背树救治完毕，聂云长长地呼出一口气。

接下来，就要对付那株三色花了，比起老龟背树，聂云对三色花更重视一些。老龟背树再好，也不是聂云塑造出来的盆景。而三色花则不同，这株三色桂花将是聂云亲自打理、嫁接出来的第一株精品桂花。

嫁接容易一些，把那盆三叉根九叉枝的桂花拿过来，上边的接穗全部削掉，然后重新接上三种桂花就好了。

嫁接的时候，聂云让三种桂花完全混杂在一起。第一条大分叉上，分别是金桂、银桂、丹桂；第二条大分叉上，则是银桂、丹桂、金桂；第三条大分叉上的顺序则成了丹桂、金桂、银桂。三条大分叉，九条小分叉，按照这个规律嫁接完毕。

嫁接这九个分叉，花去了聂云一个下午的时间。直到晚上七点快要吃饭的时候，才完全嫁接好。

嫁接完，聂云长长地呼出一口气。

嫁接只是塑造三色花的第一步而已，最重要的是使用灵木瞳的灵气引导作用，将这九条分枝上的灵气量调整，以此保证到秋天，九条分枝上的三色桂花能同时开放。

开启了灵木瞳，对准其中一条小分叉，聂云调整起来……

调整灵气耗费的时间更长。总共九条小枝，每条中的灵气量都要达到标准，不能多一丝，也不能少一丝，控制起来，颇费心神。

好在聂云的灵木瞳中有不少灵气，可以散出体外控制这些桂花小枝之中的灵气。小心翼翼地控制着三色花内的灵气，花费了整整一个晚上，才勉强完成。

就在聂云想将灵木瞳关闭的时候，面前这株刚刚制作好的三色花突然"轰"的一下，发生了奇异的变化。

聂云发现，面前这株三色桂花中，原本绿色的灵气竟然猛一下提升了，直接蹿升到深青色，比起当初的老桩蝴蝶兰都有过之而无不及。下一刻，这些深青色灵气霍地蹿入聂云的右眼，瞬息间，聂云右眼的灵气就多了不少。

第二天一大早，刘俊伟就开车过来了。聂云搬着老龟背树桂花，和刘俊伟直奔钱老的住所而去。

钱老住的地方，在千佛山脚下的一处庄园。车子刚在小院前停住，就见钱老在院门口等着。

"欢迎欢迎啊，聂云小友和刘大公子来我这小院，我这小院可是蓬荜生辉啊。"聂云和刘俊伟一下来，钱老立刻笑着迎了上来。

"得，钱老，你真正欢迎的是聂子吧？我也就是个陪衬。"刘俊伟笑着说道。

"怎么可能，你们两个我都欢迎。昨天你打电话过来，说今天要来，我这不立等在家了，就连几个老友请我下棋，我都给推了。"钱老呵呵笑道，"来来来，先进来再说，进来再说。"

说着，钱老便把聂云和刘俊伟往家里让。

"等一下，钱老，我们这次过来，也不单纯是来看钱老的，还给钱老带了个礼物。"聂云微微一笑，口中说着，拉开法拉利后门，将那株老龟背树盆景抱了出来。

"哈哈哈，来我这儿，还用得着带什么礼物！说实话，我别的不喜欢，就喜欢盆景。聂云你们要是带烟酒过来，我可一概不收……咦？还真是盆景？"

钱老正说着，突然看到聂云抱出来一盆桂花，愣了一下。

看清这盆桂花就是自己之前那株老龟背树的时候，钱老脸色立变，目光牢牢盯住聂云。

"这是……那老龟背树？聂云，你这次把它抱来，难不成……难不成你把它……"

钱老说着，眼中都要冒出光来了……

"钱老猜得不错，这盆桂花，晚辈刚刚救活。"看到钱老的样子，聂云也没卖关子，点了点头，微笑着说道。

"这盆老龟背树，晚辈前天才想到救治的法子，昨天刚刚治好，如果不出意外的话，最多一个月，就能恢复到最佳状态。"聂云说着，又详细地把救治老龟背树的过程说了一遍。

听了聂云的法子，钱老看向聂云的目光也变了。

无论是聂云当初救治老金桂所用的扎针法，还是这次接上一段流苏根的法子，原理都很简单，但是操作起来难度极大。如果不是聂云拥有灵木瞳的能力，能看到其中灵脉，这两个法子根本无法实施。

关键问题是，钱老根本不知道聂云拥有灵木瞳，能看到植物的灵脉，所以，对聂云这种神乎其技的救治方法简直佩服得五体投地。

"聂云啊，你这份礼，我可满意极了！"看了这老龟背树一眼，钱老不禁感叹道。

"钱老，聂子说这是给您的礼物，但您不会真把它当成礼物了吧？这可是四百多万的东西，就是聂子送给您，您作为前辈，好意思收下？"刘俊伟随口说道。

"呵呵，那自然不能，不能。"钱老呵呵一笑。

"聂云你能把这盆花拿过来，而不是卖给别人，这已经是给我最大的礼物了，我又怎么能白要？"钱老说着，略微一思量，"要不……就按咱当初那个价钱，我出钱，把这桂花买下来？"

"当初那价钱？"聂云还没说什么，刘俊伟先一撇嘴。

"钱老，您老别以为我什么都不知道，我可都打听了，你把这花卖给欧阳涛，可是要了四百万。你现在要按三百五十万从聂子这儿再买过去？这一倒手，您这病入膏肓的花变成了好花，还净赚五十万，哪有那么好的事儿？"

"没说的，我们也不多要您的，四百万。您一点儿不折本，等于聂子白帮你把花治好了，也算赚了。您要是觉得不合适，这花我们就转手给别人了……"刘俊伟说道。

"别，别，四百万，就这数了，现在就打钱。"听刘俊伟这么说，钱老价都没还，直接说道。

本来以钱老的精明，向来只有宰人的份，从来没有被别人宰的时候。这盆桂花，真正的价钱也就是三百五十万，四百万，的确是高了。

不过这花到底是钱老亲手塑造出来的，算是有了感情，之前卖掉这盆花，虽然得了四百万，钱老还是肉疼了几天。现在有机会能再把它买回来，就算是多花点儿钱也没什么。

就像刘俊伟说的那样，四百万买下来，自己也不吃亏。这价高是高了，但被宰的又不是自己，钱老也没犹豫，立刻同意了。

此时，钱老也有些怀疑，聂云当初是不是就有了救治这老龟背树的方法，只是为了坑欧阳涛才说没法治的。

现在这些都不重要了。

如果当初聂云就有办法救治这老龟背树，钱老让聂云救治，按照约定，还得给聂云五十万。

而现在，不过是一倒手的事儿，自己半分钱没花，花就治好了，这比当时聂云就说能治这桂花还要好。整个过程唯一倒霉的，就是白白花了四百万的欧阳涛。如果能重来一回的话，钱老倒是甘愿再被聂云"骗"一次……

"钱老，合作愉快。现在我们也该进去看看钱老的精品盆景了。"交易达成，聂云向钱老一笑，说道。

"进来看看吧。"钱老哈哈一笑，带着聂云和刘俊伟进了小院。

钱老的小院中，足足摆了上百盆盆景，差不多能开一个小型盆景博览会了。从桂花到黄杨、山楂、枸杞、流苏、腊梅、松柏……各种盆景，应有尽有。

不过，论质量的话，这些盆景整体上就不如盆景博览会上的那些盆景。盆景博览会上的盆景，基本都是上品和精品，还有少数的极品。

"来来，聂云啊，来瞅瞅我这几盆。"将老龟背树桂花放到院子里，钱老带着聂云和刘俊伟，去看自己最得意的几盆盆景。

这些盆景，或者是钱老自己精心塑造出来的，或者是捡漏低价买过来打理了一番，价值增高的。说起这些来，钱老十分自得。对于这些盆景怎么来的，聂云也就是听个热闹，在钱老介绍的时候，聂云已经开启了灵木瞳，将精品盆景中的灵气，全吸收了个干净。

在钱老家待了半天，能吸收的都吸收了。中午，钱老留二人吃饭，聂云和刘俊伟谢绝了，离开了钱老的小院。

中午随便找地方吃了饭，下午两人又奔赴周老在学校外的小院。

周老的小院中，精品盆景也不少，在这边转悠了一圈，能吸收的灵气聂云一丝都没放过。从周老家离开时，聂云眼中的灵气总量，已经达到了盆景博览会之后灵气总量的一半左右。

离开周老家已经是下午四点了，刘俊伟开车把聂云送回了家。他那边公司很忙，把聂云送到楼下，也没上去坐坐，就开车跑了。

聂云自己上了楼，看到客厅里，除了父母和田爷爷之外，居然还有俩女孩。一个是田甄，另一个是田甜。

"田甜，怎么今天过来了？田爷爷的病又没什么大碍，你昨天刚回校，用不着今天就回来看望吧？"

看到田甜在，聂云眉头一皱。在聂云看来，田甜这丫头是担心田爷爷的病情，才这么快又跑回来的。

听到聂云这番话，田甜冲着聂云吐了吐舌头。

"姐夫，你不知道明天是周六吗？我们今下午就没课了，回家过个周末而已，用得着这么凶巴巴地盯着人家吗……"田甜小声嘟囔道。

聂云脸色一滞，自己不上学，也没个正式工作，对周末都没概念了，没想到明天就是周六了。

"周末没跟同学出去玩儿？"干咳了两声，聂云转移了话题。

"嗯，我们宿舍几个同学说要去爬泰山，我觉得有点儿远，就没跟去。"田甜说道。

田甜大一时，一直勤工俭学，没时间和宿舍同学出去玩。现在经济条件虽然好了，田爷爷又出了这么一回事儿，田甜为了在家照顾田爷爷，自然没法出去和同学一起玩了。

"同学一块儿出去，田甜你也跟着一块儿去吧。"想了想，聂云说道。

"正好治爷爷病的配方上有种药要去泰山那边采，我本来准备近期和你姐过去一趟的。既然你们也去爬泰山，干脆一块儿吧。这次让你姐在家，下回出去再带着你姐，你在家照看爷爷。"聂云说道。

五岳独尊泰山，是中外闻名的旅游胜地了，比起丽江，泰山非但是自然景观胜地，同样还是人文景观胜地，山上石刻无数。同样也有不少的古松老树，这些老树，倒是可以给聂云提供不少灵气。

当天晚上，田甜就给几个同学打了电话，说自己也要去泰山。本来几个小丫头打算乘火车去泰安的，听说聂云开车拉着她们去，这些丫头自然求之不得。

第二天，聂云带上田甜和炭球上了车，先去农大接上了田甜的三个同学。这三个女生，有两个聂云有些面熟，自己以前来找田甜的时候，在实验楼碰到过娜娜和小雯，至于那个爱儿，聂云就没见过了。

随意看了三个女孩一眼，娜娜和小雯都是二十岁左右的年纪，长得还算不错，娜娜是一头红色的波浪长发，小雯则是披肩直发，俩女孩身高都在一米六到一米七之间，因为穿着运动装，所以看起来活泼靓丽。

那个爱儿，看起来年纪稍稍小一点儿，和田甜差不多，身高也矮很多，还不到一米六，下巴有些婴儿肥，不过看起来也挺可爱的，倒是和她的名字很相配。

俗话说一个女孩子等于五百只鸭子，这车上拉着两千只"鸭子"的滋味还真不好受。

好在这几个女孩只围着聂云聊了一会儿，爱儿主动去摸炭球，炭球老老实实地被摸了，于是三个女孩子就像发现了新大陆一般，都去摸炭球。等她们将注意力都放到了炭球身上，聂云才彻底解脱了出来。

车子直奔泰安市而去。三个小时之后，车子已经到了泰安市范围内。

"咱们从什么地方爬山？是开车到中天门，从中天门开始爬，还是从山脚下往上爬？或者干脆开车到中天门，坐索道到南天门，再从南天门爬到玉皇顶？"聂云征询几个女生的意见。

爬泰山，对于一般人来说，是个比较艰巨的工程，尤其是比较柔弱的女孩子，想要一口气爬到山顶，很有难度。

好在泰山不一定非要爬。从山脚下开车，走盘山公路，能直达中天门，差不多是泰山一半的高度了。到了中天门，也有两个选择，一是直接爬上去，二是乘坐索道，坐索道能直达南天门。

到了南天门，基本就算是爬到顶儿了，再往上到玉皇顶，就是小菜一碟了。

如果是聂云一个人的话，他肯定要一路爬上去，但是他怕几个女孩子体力撑不住，所以才问要不要开车上去。

"那个……我们是第一次爬泰山，第一次，总该从山脚开始吧？"娜娜想了一下，说道。

"是啊，等第二次、第三次过来的时候，再坐车上去，或者坐索道吧。这一次，咱们自己走上去，再自己走下来。"小雯附和道。

"我也同意，咱们从山脚下开始爬吧。"爱儿也说道。

"那行，咱们从虹门开始吧。"既然三个女孩子都这么说，聂云自然从善如流。爬泰山，比较完整的一趟，就是从山底红门开始爬，一直爬到玉皇顶，再回到红门。

几个小丫头想要自己爬上去，聂云自然求之不得。大不了，等到了中天门，几个女孩子累了，再坐索道也不迟。

现在才上午十点多，离天黑还有六七个小时，这么长的时间，走得慢一点儿，多歇一会儿，也能上去了。

"好了，到红门了。"不一刻，到了泰山脚下的红门，聂云找地方停了车，和田甜还有其他三个女孩下了车。从红门抬头向上望去，远远的，南天门和著名的十八盘，都可以望得到了……

远远望去，泰山南天门，比火柴盒还要小一些。

"好了，东西都拿好了吧？现在上山了。"

几个女孩子都下了车，一个人背着一个书包，聂云招呼一声，几人带着炭球开始上山。

泰山山脚红门之外，两边有不少店铺，卖的都是一些香火之类的东西。见到聂云几人上山，店铺的老板老板娘都招呼："小伙子，来点儿香火吧？这边香火便宜，到了山上可就贵了。"

泰山风景区，相对比较开放，买了门票之后，山顶任何一个地方都能去。

"香火什么的，还是别买了，咱也不是专门上山拜祭的，大型香火没必要买。至于小型香火，山顶也不贵，随便买两支上上香就行了。"聂云说道。

"先弄一副地图。"说着，聂云走到路边的一个小摊子上，买了一份地图。

其实，地图的作用并不大，毕竟爬泰山就那么一条道，顺着台阶上就行了，就算没地图也不至于迷路。地图的唯一作用是，当你走累时，拿出地图瞅瞅，离着山顶（山脚）还有大约多少路程，心里有个数儿。

买了份地图，聂云带着几个女孩子过了红门。

红门这儿还不算进入泰山风景区，得往上爬一段距离，才到售票的地方，买了门票，才算正式进入泰山风景区。

进入泰山风景区前的这段山路，不过是热身罢了，很多地方都是平直的石板路，得走一段之后，才会出现向上的石阶。比起泰山十八盘的陡峭，这儿不过是小儿科。

一路上，聂云几人看到不少上山锻炼的老头老太太，这些都是住在泰山附近的本地人。

"真羡慕这些爷爷奶奶，能每天爬泰山锻炼……"

看着这些爬山的老年人，娜娜羡慕地说道。

聂云轻笑了一下，也就是现在，娜娜她们会有这样的想法，等爬完了泰山，娜娜她们的想法就会改变了。聂云还记得，自己第一次和同学来爬泰山的时候，也是抱着这个想法，结果等下了山，谁也不想再爬一次了。那时聂云的身体素质虽然不如现在，但是因为坚持练武术，比起这几个女孩子不知强出多少，即便如此，下了山，小腿肚子也疼了三天。

"想爬泰山锻炼的话也简单，来这儿当兵就好了，泰山附近的军队，每天早晨都要进行爬山训练。就从这边开始，一直到风景区那边。"聂云随口说道。

"还是算了吧，当兵苦死了。"娜娜吐了吐小舌头，说道。

走了一会儿，石阶道路两旁的树木渐渐多了起来，聂云也开启了灵木瞳。

泰山的树木，尤其是石阶两旁的大松树，至少有几十年的历史，那些比较粗的，上面都挂着小塑料牌写着标号。

聂云开启灵木瞳观察这些大松树，这些大松树内的灵气，都是深绿色，虽然达不到青色，但却非常浓郁。哪怕在泰山找不到拥有青色灵气的植株，但是单单是这几千株松树，也能给聂云提供大量的灵气。走了一会儿，聂云明显感觉到，右眼中的灵气多了很多。

继续往前走，没过多久，一处石刻出现在聂云和几个女孩面前。

泰山上，最多的就是石刻了，上山的路上，各朝各代名人的石刻应有尽有，大多数都是文人骚客的，也有一些政治人物的。

这些，都是绝佳的人文奇观。

传说文人有三千文字，可以辟邪。泰山之上，何止三千，而且这些石刻上的文字，都是精髓，是一些千古流传的名篇名句，说一字千金也不为过。整个泰山，足有数百顶尖文人的文字，其中的灵性不言而喻。

聂云看着那石刻，心中微微一动，开启了金玉瞳。登时，石刻文字上的金色灵气，飞快地蹿入聂云的左眼中。

"这些石刻中，也有金色灵气？"

泰山上的石刻和玉石古玩类东西一样，都代表了人类的文明成果，所以其中才蕴含着灵气。

聂云这次来泰山，本来只是为了吸收生命灵气，却想不到这些石刻中还蕴含着大量精神层面的灵气，这倒是意外的收获了。

既然有金色灵气可以吸收，聂云干脆将双眼异能全部开启，不吸收白不吸收，这些灵气存在自己双眼之中，总有用处。吸收完灵气，聂云和几个女孩子继续前进。

又走了一会儿，几棵大松树映入眼帘。这几棵大松树上，居然有小松鼠，泰山的小松鼠，或许是见多了游客，并不怕人，在大树树干上不断地转着圈，偶尔停下来，闪着大眼睛，盯着游客看。已经有几个年轻游客，拿着相机猛拍了。

"姐夫，快看，小松鼠。"看到这些小松鼠，田甜俩眼放光。

虽然在老家山里也见过小松鼠，但那边的松鼠可没这么大胆，总是见了人就跑，田甜还没仔细观察过这种可爱的小动物。现在看到这几只小松鼠，田甜立刻来了兴致。其他几个女孩子，也都是兴致盎然，赶紧跑过去看。

大松树下面，几个学生模样的男生也在观察小松鼠，见到田甜几个女孩过来，几个男生也是眼前一亮。

一共四个男生，倒是和田甜四个女生挺配的。这四个男生个头都不算矮，都在一米七五左右，其中一个比较胖，足有一百八十斤，两个比较瘦的，其中一个虽是学生，但却长了络腮胡子，即便剃掉了，也能看出来，另外一个长得普通一点儿。还有一个，不胖不瘦，身材很匀称，长得也比较帅。

"美女，你们也爬泰山啊？我们是省城大学的，咱一块儿吧，也有个照应。"

等田甜几个女孩子看了一会儿小松鼠，四个男生中比较帅的立刻过来向田甜几人搭讪。

这些男生想和田甜几个女生同行，本来也不是什么大事儿。虽然娜娜很怀疑那个体重足有一百八以上，身高却不到一米八的男生爬山的时候会不会掉队。

娜娜看了胖男生一眼："真想和我们一块儿，那就在我们后边跟着吧，掉队了我们可不管啊。"

"我说美女。"那帅哥一脸苦笑。"我们和你们一块儿也是好心，待会儿你们走累了，还能帮你们拿一下包什么的，这光天化日的，我们又没什么图谋，你用不着对我们那么大敌意吧？"这帅哥为胖子鸣不平了。

"谁知道你们怎么想的。"娜娜白了帅哥一眼，"再说，我们就算走累了，也不一定需要你们帮忙拿包。我们还有聂学长和炭球呢，是吧聂学长？"娜娜说着，回头看向聂云。

聂云一笑，走上前来。

"你们是省城大学的？她们几个是省城农大的，不过我也是省城大学的，一一届的毕业生，说起来还是你们学长，我叫聂云。"聂云向几个男生自我介绍道。

"哦，原来是学长啊。"

见到聂云，原本这几个男生还有些不大高兴，现在听聂云说是省城大学的学长，几个男生立刻眼前一亮。

这几个男生已经把聂云当成和田甜她们联络感情的桥梁了。

这年头，虽然人心险恶，但是同学之情很多时候还是比较坚挺的，聂云是他们一个学校的学长，在这几个男生看来，应该可以能帮他们拉近和田甜几人之间的关系。

"学长，我叫刘涛，宿舍排老二，这是我们大哥杨兆军、老三姚宁、老四王金龙，想不到爬个泰山，还能碰到学长……"帅哥刘涛向聂云介绍几人。

帅哥叫刘涛，那个络腮胡子瘦男生才是老大杨兆军，胖子老三是姚宁，另外那个瘦子则是王金龙。

"学长好！"

"学长好！"

几个男生立刻向聂云打招呼。

"你好，这是我妹妹田甜，这是娜娜、小雯、爱儿。"聂云也介绍了一下几个女孩子。

"聂云学长，用得着给他们介绍吗？这群家伙，尤其是那个胖子，还不一定能跟得上咱们呢。"娜娜嘀咕道。

"娜娜姐，别这样说话嘛，我看那个姚宁还好啦……"一旁的爱儿看了胖子姚宁两眼，拉了拉娜娜的衣服，小声说道。

胖子姚宁听力倒是不错，听到这话，不由得冲着爱儿呵呵一笑。

爱儿也回了一个微笑，耳朵根子却红了……

"好了，不多说了，继续上山吧。这还没到泰山风景区呢，万里长征第一步都还没开始。"招呼几人一声，聂云带着众人继续前进。

一路上，聂云的金玉瞳和灵木瞳齐开，凡是灵气，无论是金色的还是绿色的，全都不放过。

不一刻，几人就到了风景区前，先去排队买票，好在现在不是黄金周，虽然游客也有一些，但是排队买票的地方不算很挤，十几分钟之后就买好了票。

进了泰山风景区，这才开始登山。

刚开始，几人都是兴致勃勃的，走得也比较快，尤其是娜娜，好像和刘涛几人较劲儿似的，一直走在最前面，刻意提高了速度。

她速度如何，聂云倒是无所谓。田甜也好说，乡下丫头，小时候常爬山，身体素质也别的女孩子强一些。倒是小雯和爱儿，身体似乎不怎么好，这样的速度，刚开始还行，估计再走一段，就要累了。

后面的刘涛等几个男生，身体素质果然不错，一直紧跟着。

"娜娜，走慢点儿，这还不到斗母宫呢，南天门还远着呢，用不着那么急吧？"聂云跟在娜娜后边，低声提醒道。

这丫头这样和刘涛他们较劲儿，恐怕走不到中天门，几人就要累个半死了。那时，别说是走快了，就是能不能走得动，都不好说了……

"聂云学长，你当初杀狗熊的气势跑哪儿去了？这个速度就嫌快了啊？"听聂云叫自己慢点儿，娜娜扬了扬眉毛，似笑非笑地向聂云说道。

看着娜娜一脸的挑衅，聂云不禁苦笑了一声。不过，聂云也不会做和娜娜斗气那么无聊的事情，更何况同行的还有三个女孩。

娜娜自己跑得快，聂云干脆让她自个儿在前边跑。

聂云刻意压低了速度，带着田甜、小雯、爱儿，还有后面的刘涛他们慢慢地走着。

反正，娜娜跑到前面，看看后面聂云等人还没跟上，也不可能自己继续走，还是得停下来等聂云几人。

一路上，就这么走走停停。基本上都是娜娜在前面跑，每遇到一个石刻景点之类的，就停下来，等着聂云几人过来。

　　聂云几人跟上来拍照留念，略微休息一会儿，再继续走。每次还没等休息够，娜娜就嚷着要继续走了。

　　本来刘涛几人倒是有心和娜娜比比。不过，聂云和田甜她们走得慢，刘涛他们就只能跟着，总不能为了娜娜一个女生，就抛弃田甜她们三个女生吧。鱼和熊掌，刘涛他们自然会选择熊掌了。而且胖子姚宁的体力也确实差一点儿，真要噌噌噌往山顶蹿，他也跟不上。

　　走了半个小时，众人才来到泰山真正意义的第一个景点——斗母宫。

　　说是真正意义的第一个景点，实际上也就是一个小宫殿罢了，没什么可看的，还不如外面的石刻好看。

　　跑到里面逛了几圈，聂云几个人连拍照留念的心情都没有。

　　斗母宫里边倒是有几个游客在上香，聂云几人刚进入，就有工作人员每人一支香，细细的一根，可以点上插到斗母宫香炉里。至于想要更大更多的香火，就得花钱买了。聂云看到，香炉中，拇指粗的香火，倒是有那么三四根。点了香插上，聂云几人就溜了出来，继续前进。

　　一路上，聂云的两只眼睛，吸收了大量的灵气。

　　尤其是左眼金玉瞳，因为观看这些石刻，吸收了极多灵气，比右眼灵木瞳还要多出不少。继续前进，聂云发觉有些石刻中的灵气，竟然是浅橙色，以聂云金玉瞳目前的等级，是没法吸收了。

　　这些石刻，通常是有名有号的名人的诗句石刻。

　　倒是右眼灵木瞳，无论是什么样的植物，都可以吸收灵气。主要是聂云的灵木瞳达到了第二层，可以吸收青色灵气，另外，这边的拥有青色灵气的树木，也不算太多。

　　又走了一段时间，聂云看到石阶旁边的大松树上，尤其是大树的枝干上挂满了红绳的大松树中，灵气层次明显比普通的松树灵气高，甚至有一些，已经达到了浅浅的青色。

　　登泰山的时候，一般的游客，都会买根红绳带着。上了山，随便找棵大树，在红绳上拴上小石子，丢到树上，让红绳挂在树枝上，寄托自己美好的愿望，和对着流星许愿差不多。

因为游客的从众心理比较严重，看到哪棵树上红绳多，也把红绳往这棵树上丢，到最后，就有那么几棵大树挂满了红绳，比别的树上的红绳都多很多。这些挂满红绳的大树中的灵气就比普通大树层次高。

因为众人走得都不算快，照这个速度，上山至少需要六个小时。好在无论是聂云还是田甜、刘涛几人，都是准备在山顶过夜，早起看日出的，所以只要晚上之前能到达就行了。

这时，之前跑得最快的娜娜，已经有些跑不动了。

"咳咳，娜娜姐，才这么一会儿，你不会就要掉队吧？中天门还早着呢。"看到娜娜磨磨蹭蹭地跟着几个人，一脸苦相，胖子姚宁登时扬扬得意，说道。

听到胖子姚宁的讽刺，娜娜哼哼了两声。

旁边的爱儿瞪了胖子姚宁一眼，姚宁立刻闭口不言了，也不知道怎么的，队伍里最"雄壮"的姚宁，反而对最娇小的爱儿有些畏惧。

"老三，一块儿爬山，至于这样吗？"帅哥刘涛说道。

走到娜娜身前，刘涛把手一伸："你的包，拿过来吧，我帮你背着。"

娜娜抬头看了一眼刘涛，犹有些不服气，一转眼，看到在前面慢慢走着的聂云，眼珠一转："不用你帮忙。聂云学长，那个……我的包能不能帮我背一下……"

拒绝了刘涛，娜娜快步走到聂云身边，向聂云小声央求道。

聂云苦笑一声，随手抓过娜娜的包："行了，我拿着吧。"说着，又转头看向小雯和爱儿，"你们的包要不要我一起拿了？"

"不用了聂云学长，我们自己拿就好了。"小雯向聂云田甜一笑，说道。

"姐夫你帮娜娜姐姐拿着就好了，我们要是累了，这不是还有几个男生嘛。"田甜看了刘涛几人一眼，向聂云说道。

不知道怎么的，田甜说出这番话的时候，聂云心里突然感觉有点儿异样。就好像原本属于自己的东西，被别人抢走了一般……

"我怎么会出现这种想法？"第一时间，聂云就发现了心中的异样。

"难道……是害怕田甜找男朋友？"想了想，聂云觉得有这种可能。

聂云对田甜，就像哥哥对妹妹，甚至有几分父亲对女儿的那种感情。父亲在女儿出嫁时，也会舍不得，也会失落，大概自己也是这种情况吧……

吃了午饭，又走了一个小时，众人已经接近泰山中天门。

这时，除了聂云之外，其他的人都有些累了，小雯和爱儿已经气喘吁吁，爱儿的包早交给了胖子姚宁。最惨的是娜娜，此刻，娜娜也尝到了之前自己较劲儿的苦果，两条腿就像灌了铅一般，走不动了，几乎每一步，都是咬着牙坚持。

"怎么样娜娜，不行的话，待会儿到了中天门，你坐缆车上去，在南天门等着我们。谁陪着娜娜一块儿坐缆车？"

聂云说着，眼睛在刘涛几人身上扫了眼，娜娜一个女孩子，尤其是一个没了体力的女孩子一个人跑去坐缆车，也有些危险，最好还是有个男生陪着好。

"我来吧。"刘涛自告奋勇道。

"不了，我不坐缆车。"娜娜嘴巴一扁，差点儿哭出来，"大家都是第一次爬泰山，你们是走上去的，我却坐缆车上去，我不会拖累你们的，你们要是嫌我慢，你们先走好了，我慢慢爬……"

"喂，娜娜，你这说的什么话？"听到娜娜这番话，刘涛脸色一凝。

"早先你比我们爬得快，还不是停下来等我们。现在你走得慢了，我们就不能等你了吗？放心吧，就算是扶，我们也把你扶上去。"刘涛斩钉截铁地说道。

"是啊，聂云学长，别让娜娜自己坐缆车了……"小雯也略带祈求地向聂云道。

"那好吧，先到中天门，在那儿多休息一会儿再上去。其实娜娜只是没分配好体力罢了，坚持走下去，待会儿突破了人体极限，就不会感觉那么累了，然后就能一口气走上去了。就是到了十八盘的时候，大家互相照应一点儿。"聂云说道。

实际上娜娜这丫头并不算坏，只是对胖子姚宁有点儿毒舌罢了。

看她可怜兮兮的样子，也算是受到惩罚了，聂云也不可能丢下她不管。

继续前进，不一会儿，几人到了中天门，中天门有一段比较平坦的路，再往上，就越走越陡了，一直到十八盘，石阶呈现七十度斜坡，可谓是天险了。

在中天门几人休息了好一阵子。差不多到了下午两点，才开始继续登山。

这时对娜娜才是真正的考验，非但是娜娜，就连小雯、爱儿也都支撑不住了，田甜虽然好一点儿，但也自顾不暇，没力气帮别人。刘涛他们和田甜差不多，只有胖子姚宁还咬牙坚持着。

小雯和爱儿的包，都落到了聂云身上，田甜的包也让炭球叼着。另外田甜和刘涛还扶着娜娜一起走。

临近十八盘的时候，众人第一个考验到了。

十八盘虽险要，但是这段路，石阶的两边、石栏上都镶着铁扶手，抓着铁扶手顺着边儿走，手脚一起用力，还算好一些。而十八盘之前，有那么两段路，斜坡也过了六十度，却没有铁扶手，这段路才是真正的考验。

走这段路，聂云提了万分小心，一直走在田甜、娜娜后边。

这几段石阶，实在是太长了，走到进入十八盘前最后一段石阶，刚走了一半，前方的娜娜似乎体力不支了，小腿肚子一打战，身子猛地一歪。

"呀！"

扶着娜娜的田甜也没多少力气了，被娜娜身体一带，她的体重又轻，登时歪倒了下去，身子直直地向着陡峭的台阶跌了下去。

第十一章　艺高人胆大，千钧一发
　　　　　聂云悬崖舍命救同伴

聂云双脚一动，整个身子跃起直奔石缝而去，右手如钢锥一般狠狠地插了进去，砰的一声，石屑纷飞，聂云的右手整个钻进了石缝，牢牢地固定住身子，一伸左手把杨兆军的右臂抓住，猛一用力甩向两米外的石台上。无论是这边的刘涛几人，还是远处的游客，同一时间瞪大了眼睛。聂云的臂力太惊人了！

"小心！"

就在这时，一只有力的臂膀，把要倒下的田甜牢牢抓住。

"啊！"

田甜被吓呆了，被聂云抓住的同时，也下意识地伸手乱抓起来，抓到聂云的身体，立刻像抓到了救命稻草一般，整个人八爪鱼一样将聂云牢牢地抱住了，脑袋都差点儿埋到聂云的胸口，两眼闭着，瑟瑟发抖。

"嘶……"

直到聂云和田甜的身形都稳下来，一阵倒吸凉气的声音，才响了起来。

这段台阶上，有不少登山的游客，从十七八岁的小伙儿、姑娘，到五六十岁的中年人都有。娜娜歪倒，把田甜撞倒的一瞬间，几乎所有人的心都提到了嗓子眼儿。

这么陡峭的石阶，又有几十米长，顶得上四五层楼了，要是田甜跌倒，从台阶上滚下来的话，绝对凶多吉少。万一碰到了别人，引发连环事故的话，那后果可就不堪设想了！

好在聂云眼疾手快，第一时间抓住了田甜，才避免了危险的发生。

"小伙子啊，你们可得小心点儿，这几个丫头实在没劲儿了，就找人把她们抬上去吧，要不休息休息再走，上面的十八盘，更险啊！"一个五十多岁的中年大叔向聂云说道。

"谢了大叔，看看吧，不行就让人抬她们上去！"聂云对大叔笑了一下，说道。

"刘涛，带着娜娜到边上休息一下。好了田甜，别怕了，松开姐夫，咱先到旁边休息一下再走。"和刘涛说着，聂云轻轻拍了拍田甜的后背，说道。

"唔……"这时，田甜才反应过来，俏脸一红，连忙离开聂云的身子。然而田甜双脚刚沾台阶，身形一个趔趄，双眉紧皱了起来，"姐夫，我的脚……好像，好像扭到了……"

"怎么回事？先去那边坐下看看。"聂云双眉微皱，扶着田甜到石阶边坐下。

泰山登山石阶最好的地方就是，石阶两边都有高高的石栏，这些石栏是为了保护游客用的。同时，山顶旅馆、店铺的用电线路，也是沿着石栏扯上去的。

聂云带着田甜，刘涛带着娜娜，几人到了石阶边，贴着石栏坐下。前面的姚宁、小雯他们也都停了下来，关切地看过来。

"哪只脚？"聂云在田甜下方，让田甜先坐下，两眼盯着田甜的脚。

"左脚……"田甜小声道。

聂云将田甜左脚上的运动鞋脱下来，再伸手脱下田甜的袜子，田甜的左脚脚踝处整个成了青色，也肿了起来。

看到这种情况，田甜小嘴一扁，差点儿哭出来。

"田甜……对不起，都怪我，要是我在中天门坐索道上去，就不会有这种事了，是我太任性了……"上面几个台阶，同样坐着休息的娜娜看到

225

田甜的样子，歉意无比地说道。

"好了，这是意外，大家都没想到会发生这种事，谁都不要自责了！"聂云打断了娜娜的话，又看了一眼田甜的脚，"伤的有点儿重，要先把淤血揉开，不然的话，短时间内很难好，如果淤血不散，以后就算好了，弄不好会留下后遗症。"

"揉散淤血？"田甜脸一苦，"姐夫，会很疼吧？"

聂云心中哑然失笑，这丫头到底还小，会怕疼。

如果是别人的话，无论怎么揉，都肯定会很疼，但换成聂云就不一定了，毕竟，聂云拥有灵木瞳的灵气，治疗伤势，这些灵气能起到至关重要的作用，能让田甜的伤很快痊愈。

"放心吧，我学过一种揉捏方法，不会很疼的。"聂云说道。

口中说着，聂云把田甜的脚放到自己的怀里，两只手捧住，慢慢地揉了起来。聂云的这种揉捏方法不疼，根本原因就是……聂云根本就没揉，就是在抚摸田甜的脚而已。同时，聂云开启灵木瞳，灵气渗入田甜脚踝，帮田甜驱散淤血，治疗伤势。

实际上，聂云根本不用揉，直接用灵气就能治疗。但是自己不做做样子，看两眼田甜伤势立刻就好了，也未免太惊世骇俗了点儿，所以聂云只能用抚摸来做做样子了……

"咦？姐夫，还真不痛呃……"看到聂云揉捏，田甜非但没感觉到疼痛，反而感觉脚里痒痒的，一种说不出的感觉。

足足过了十多分钟，田甜的伤势差不多治好了一半，聂云没敢全部治好，等到了山顶再继续治。一次性治好，太明显了点儿。

"好了……"一抬头，聂云看到田甜脸红红的，两只大眼睛紧紧地盯着自己。

"好了，差不多了，这样……就没事了。"给田甜穿好袜子和鞋，聂云说道。

田甜也连忙扭过头去，不再看聂云。

"聂云学长，接下来咱怎么走？要不，找几个人，把娜娜和田甜抬上去?"刘涛向聂云询问道。

泰山上面,有抬轿子的轿夫,一般两个人,抬着竹子编成的轿子。轿夫都是老手了,一般不会出什么问题,直接把人抬到南天门都成。

"姐夫,我怕……我不坐轿子!"听刘涛这么说,田甜忽然脸色一白,看了聂云一眼,飞快说道。

田甜也看到过轿子,很简陋的样子。爬泰山,十八盘,险峻是一方面,最主要的,还是一边爬,一边害怕,这是个问题。脚踏实地还会害怕,更何况是被人抬在半空里"飘"上去。反正田甜是不敢坐那种轿子的……

"算了,就剩最后的十八盘了,还有两个小时才天黑,慢慢来吧,挪也挪上去了。炭球,你叼着行礼,我抱着田甜爬。"聂云说着,把行礼都挂到了炭球的脖子上,让炭球带着,左臂在田甜纤细的腰上一搂,说道。

"那行,就这样。老三,过来帮忙扶着娜娜!"刘涛让胖子姚宁过来帮忙扶住娜娜。

走过了这段石阶,上了十八盘,众人就解放了,因为石阶的石栏上有了铁扶手,虽然只是一根根五六公分的钢管,但是抓着这些钢管往上爬,手脚并用,也简单了好多。哪怕是娜娜,也能坚持着慢慢爬了。

聂云右手抓住钢管,左手搂住田甜,田甜整个人的重量都挂到了他身上,田甜的两只手臂紧紧地搂着聂云的脖子。

一直到天色黑下来,众人才爬过十八盘,登上了南天门。

到了南天门,几个小丫头立刻兴奋地大叫了起来。

"好了,再往里走走,到观看云海的地方,那边有个小广场,先去那边休息一下。待会儿再慢慢往玉皇顶爬。就算今天到不了南天门,也先找个旅馆住下。"聂云长长地松了一口气,说道。

听聂云这么说,刘涛几人有些为难:"我们……我们原本没准备住旅店来着……"

"一块儿爬上来,就是缘分,这次也多亏了你们,否则娜娜也没那么容易爬上来。待会儿一起去旅馆吧,我请客。我好歹毕业了,做点儿生意，赚了些钱，你们还是学生，总不会让你们破费。"聂云笑着说道。

"这个……不好吧？"非但是刘涛几人，就连娜娜她们也有些不好意思地看着聂云。娜娜她们也没准备住旅店的。

"田甜伤得挺厉害的，让她在山顶租个大衣，陪着大家挨冻，你们也过意不去吧？好了，就这样，去旅店，顺便点几个菜，咱也吃顿好的。就这么定了！"聂云笑道。

"也是，聂云学长你开悍马的，这点小钱肯定不在乎！"娜娜一想，立刻赞同。

听说聂云开悍马，刘涛几人也不客气了，能开得起悍马，非富即贵，聂云好歹是他们学长，吃学长的住学长的也不算丢人。

旅店不在南天门，想要住店就得继续往玉皇顶走。

好在过了南天门，上面的路就平缓了，和红门最开始那段路差不多，聂云干脆把田甜背起来，向玉皇顶走去。

"姐夫，你看那些星星……"趴在聂云后背，田甜的脑袋贴着聂云的后颈。

或许是因为天黑了，田甜和聂云紧贴着也不在意，"姐夫，要是和喜欢的人在山顶看星星，会不会很浪漫啊……"

听到田甜的话，聂云笑了笑。小丫头的脑袋也不知道是怎么想的，聂云可是实实在在爬了一天山了，累得都不想说话了，此刻怎么可能有这种想法。

聂云索性也不答话，只背着小丫头继续前进。又走了差不多半个小时，众人终于到了日观峰附近，远处出现了宾馆的影子。

泰山的最顶端玉皇顶，论海拔比日观峰高不到哪去，但是想跑到玉皇顶那边的话，还得走比较长的一段路。天色已经完全黑了下来，聂云几人也不准备去玉皇顶了，先找宾馆住下，明天早上看完了日出再去玉皇顶游览一番算了。

下山的时候，无论是乘坐索道还走到了中天门坐车下去，就都好说了……

日观峰的宾馆不止一家，聂云几人随便选了一个最大的，宾馆中有餐厅，随便点了几个菜，几个人饱饱地吃了一顿。

　　虽然这边的菜比较贵，味道也不是特别好，但是众人吃了一天的饼干，喝了一天的矿泉水，所以即便吃的不是什么山珍海味，还是吃出了山珍海味的味道……

　　吃饱之后，聂云开了几个标准间，几人住了进去。

　　田甜她们四个女生住一起，刘涛四个男生住一起，聂云一个单独住。

　　因为要早起看日出，几人吃了饭就睡了。刚躺下没一会儿，就听"咚咚"的敲门声，聂云心道泰山山顶难道也有从事特殊职业的女子专敲客人的门？

　　想了想估计不可能，就算是真有这样的女子，也没有市场啊。到山顶的人基本上都是辛辛苦苦爬上来的，累得半死，躺下就睡了，谁还有心情去享受特殊服务？

　　因为是和衣而卧，聂云直接跳下床，打开了房门。

　　"田甜？"刚打开房门，聂云就看到田甜伸进来一个小脑袋。

　　"姐夫，我睡不着，和我一个房间的小雯累坏了，躺下就睡得跟猪一样，叫都叫不起来，我只好找你聊聊天啦……"田甜两眼闪动着兴奋的光芒。

　　"哦，这样啊，那进来聊一会儿吧，不过只准聊一会儿！"想了想，聂云还是把田甜让了进来。

　　聂云的房间只有一张大床，好在是一张双人床，田甜坐到了聂云的大床上。

　　"脚踝好一点儿了吗？"

　　聂云坐下向田甜问道。

　　"嗯，好一点儿了，就是还有一点儿疼。姐夫……你之前用的是什么按摩方法啊？怎么这么短的时间就好了啊？"说到自己脚踝的伤势，田甜不知想到了什么，俏脸微微一红，紧接着又略带疑惑地向聂云问道。

　　"就是普通的按摩方法……"聂云说道，"你的扭伤并不严重，筋骨没什么实质损伤，只有肌肉有点儿小伤，只要把淤血揉散了，也就没事儿了。"

"对了，我再帮你按摩一下吧，估计今晚差不多就能好了。"聂云说道。

在聂云看来，田甜就是自己的小妹妹，自己既然能治好她的伤势，自然不会让她继续受苦。

田甜脱了鞋袜，把白嫩的脚放到聂云面前，聂云帮田甜"按摩"了起来。

"好了，穿上袜子和鞋，然后乖乖回去睡觉去吧！"治疗完毕，聂云说道。

"哦……"田甜答应了一声，"可是姐夫，回去了我也睡不着……"

面对难缠的小丫头，聂云多少有些无语。她睡不着，也不能待在自己房间里啊！

聂云倒好说，一天两天不睡也不算什么，但是也不能这么陪着田甜啊。毕竟，田甜是聂云的小姨子，小姨子在姐夫房间里待一个晚上……这根本就是黄泥巴掉裤子里，不是屎也是屎了……

"要不这样，去玉皇顶逛一趟，待会儿累了再回来睡觉！"想了想聂云说道。

待在房间里不行那就出去逛逛。虽然姐夫和小姨子大半夜跑出去也挺让人遐想的，但泰山毕竟不是寻常地方，虽然是晚上，但是从玉皇顶到日观峰，不说人山人海，也差不多了。这种情况下，姐夫带着小姨子到处逛，显然没法干坏事儿，也就不怕别人说闲话了。

"好啊，我们现在就出去。"听聂云这么说田甜立刻同意了。

穿上外套，聂云带着田甜离开了房间，炭球立刻跟上，两人一狗也没和熟睡中的其他人打招呼，便离开了宾馆。

外面的人不少，绝大部分只穿着普通春装。先给田甜租了一件大衣穿着，想了想，聂云自己也租了一件。

裹着大衣，两人跑到"五岳独尊"的石碑前。这块刻着"五岳独尊"

的大石头，算是泰山的标志性石刻了，五元纸币的背面，就是这个石刻。

白天，这边不少人和大石头合影，根本挤不进来，但现在是大半夜，合影的人少了，聂云和田甜倒是能轻易地过去。

到了这边，聂云开启了金玉瞳。这块大石头上，四个硕大的汉字中，橙红色接近红色的光芒闪动着，可惜，其中的灵气聂云无法吸收。

在这边逛游了一会儿，聂云又带着田甜去了玉皇顶。

玉皇顶上有个小寺庙，寺庙中的大香炉里香火缭绕，另一边有不少铜锁，都是游客买了，寄托了自己的美好愿望之后，锁在这边的。大香炉上，居然有金黄色的灵气，看来这东西也沾了不少灵性，聂云也不客气，直接就给吸收了过来。聂云左眼中的灵气已经相当多了，聂云隐隐感觉左眼中的灵气，似乎有了要突破的迹象。

灵木瞳第二层青色灵气，拥有引导灵气的能力，不知道金玉瞳第二层灵气，有什么特殊能力……

在寺庙里，田甜买了几炷香点上，又买了个大铜锁，郑重其事地许了愿，锁在这儿。

许完了愿，田甜还回头瞅了瞅聂云。

"不知道小妮子许的什么愿？"聂云被田甜看得发毛，不过自己是她姐夫，这种事……也不大好问出口。万一这小妮子许的是男女情爱方面的愿望，自己问了，也太那啥了一点儿，所以聂云闭口不言。

从寺庙出来，聂云带着田甜到了寺庙门口左边的一处石碑。

石碑是唐代女皇武则天立下的，本来是想在这块石碑上书写武则天的丰功伟绩。后来武则天说，她是中国第一个女皇帝，当时很多士大夫阶层对其不满，她立下这块石碑，不书写文字，留给后人书写，要后人评说她的是非功过！

对着这无字碑，聂云开启了金玉瞳。

聂云陡地感觉到，一股接近橙色的灵气，猛地蹿入左眼。自己左眼的金玉瞳，也有了一丝改变……

这道灵气刚进入聂云的左眼，聂云立刻产生了一种奇妙的感觉。

聂云将自己全部心神放入左眼，仔细探查。

此刻，左眼中雄浑的黄色灵气中，竟然掺杂了一丝橙色，虽然这丝橙色极浅，但是也达到了橙色，比完全的金黄色更高一筹。

"左眼的金玉瞳升级了吗？"

心念一动，聂云心中暗暗想道。

虽然左眼中的高级灵气只有薄薄的一层，但是至少说明他可以吸收橙色灵气了。

"待会儿，回到五岳独尊那块石头那边，看看能不能吸收橙红色灵气吧。"聂云心中暗道。其实，聂云的金玉瞳还在第一层的门槛上，并未真正提升到第二层。

和田甜跑到日观峰，两人找了一块大石头坐着。今天晚上的天空很晴朗，几乎每一颗星星都能看得清，田甜窝在聂云旁边，仰望天空，随意地和聂云聊着。

两人聊的都是小时候的事情。

那时候，聂云六七岁，田甄四五岁，田甜更小，虽然田甜是最小的，但是田甜也是最古灵精怪的，老是闯祸。

那时聂云也多少懂点儿事了，知道照顾两个小侄女，聂云从来不和她们生气，一直让着她们。田甄还好一些，主要田甜，老是搞一些恶作剧作弄聂云。

就这么说着，一直过了两三个小时。到了午夜，聂云瞅了瞅田甜，这丫头不知什么时候睡着了。

大衣裹在她娇小的身上，只露出一个小脑袋，枕在聂云的肩膀上。

"这丫头……"看到田甜睡得香甜，聂云会心一笑。

帮田甜裹了一下大衣，聂云想把这丫头抱回宾馆，不过转念一想，也不是回事儿。抱回宾馆总不能让她在自己房间里过夜吧。小雯的房间，聂云也不好进去。再开一个房间的话……也说不清楚。除非先把田甜叫醒，再送她回去。

不过看到田甜的睡相，聂云就不大想叫醒她了。

山顶起了风，有些凉了，好在聂云和田甜坐在一块大石的背风处，风倒是不大。让炭球趴在身边，聂云和田甜紧挨着取暖，也不是特别冷了。

"就这么睡几个小时，等会儿看日出算了。"聂云心中想道。

挨着田甜，两人像寒冬里相互依偎取暖的小鸟一般睡着了。

不知道过了多久，一道明亮的光线射入聂云的眼睛里，聂云轻轻地揉了揉，睁开了眼睛。

此刻天色早已大亮，聂云一愣，连忙站起来，这才发现，太阳早就出来了，泰山日出竟然错过了！

回头一瞅田甜，小丫头还枕着炭球，睡得正香呢。

聂云一阵无语。

日观峰之上，都是看完日出准备找地方吃东西的人。也不知道娜娜和刘涛他们跑到什么地方去了，有没有来看日出。

丁铃铃……

就在这时，田甜的电话铃声陡地响了起来。

迷迷糊糊地睁开眼睛，看到天色居然大亮了，又看到前边站着的聂云，田甜不由吐了吐舌头："天亮了啊，姐夫，咱们没看到日出吗？"一边说着，田甜拿出手机，看了一下，是娜娜打过来的。

"喂，娜娜？"接通电话，田甜道。

"田甜，你和聂云学长跑到什么地方去了？怎么一大早就没看到你们啊？"那边娜娜的声音传了过来。

"娜娜姐，我和姐夫早就出来……等着看日出了，那个，娜娜姐，你们现在在什么地方啊？"一边说着，田甜也站了起来。

"我们在日观峰北面……"娜娜说道。

"哦，我们也在这边呢。等下，我看到你们了！"田甜眼尖，发现了不远处的娜娜和刘涛他们几个人。原本聂云和田甜与他们就离得不远，之前俩人躲在石头下面睡大觉，娜娜几人才没发现聂云和田甜罢了。

"这儿呢！"看到之后，几个人连忙聚到了一起。

"咳咳，大家都看到日出了吧，那个什么，找地方吃点儿东西吧，吃了饭先去玉皇顶看一下，然后咱们就下山回去吧！"为了防止娜娜几人追问自己和田甜的事情，聂云赶忙说道。

先去把大衣退掉，又随便吃了点儿东西，这才向玉皇顶而去。到了玉皇顶，拍照、上香、逛了一圈儿，这才准备下山回去。

无论是以哪种方式回去，从玉皇顶到南天门这段距离，还是得走回去。到了南天门附近，路上有不少卖小纪念品的……

因为时间充裕，几个人慢慢地走着，一边走，一边买几个小纪念品，吃了点小吃。

休息了一晚上，爬山后遗症显现出来了，几个女孩子，甚至刘涛几人，都是腰酸腿痛。

"好了，说一下……大家怎么下去吧，要不要坐索道？"

一个小时之后，众人才到了南天门，该考虑怎么下去最好了。

"聂云学长，我看我们还是坐索道下去吧。不过……来的时候，我们没带太多钱，坐索道好像很贵，能不能向你借点钱……"娜娜瞅了瞅聂云，小声说道。

"要不，我们还是走下去吧，下山比上山耗费体力少很多，很容易就下去了……"那边刘涛几个想了想，也说道。

索道下山，价格在一百左右，算是很贵了，这几个人都是学生，来的时候，仗着自己年轻，觉得可以爬下山去，都没带多少钞票，现在要坐索道，才发现囊中羞涩。

"要是坐索道的话，我请大家就好了。不过……不知道那边能不能刷卡……"聂云才发现，自己的现金没有多少了。来的时候聂云带了三千块钱，也不少了，可是八个人吃饭住宿，钱如流水般花了出去，现在只剩下几百块，不够所有人坐索道的了。

"算了，姐夫，我们走下去好了。爬一次泰山，还是有始有终的好，下山应该不会很累吧？"田甜说道。

从泰山下来所耗费的体力确实不能和上山比，但最大的问题是腿部的酸痛。

娜娜刘涛几人此时一点儿都不想动了。

田甜提议直接下山，倒不是为了给聂云省钱，主要是田甜先前腿部的酸痛，在聂云灵气治疗的时候全部消除了，此刻的田甜根本就没觉得腿痛。她哪儿知道，这短短一个晚上，娜娜她们的爬山后遗症全都发作了……

"那……就走着下去吧。咱们上山的时候，有些景点可能落下了，现在也可以去看下……"

既然田甜说要走着下山，娜娜也不好说要坐索道了。

"嗯，那好，就这样，走着下去！"见几人都没意见，聂云也说道。

倒不是聂云存心整治这几个学生，而是聂云突然间想到，来泰山的一个重要目的，让他给忘了！

聂云来泰山，主要是想用灵木瞳吸收草木灵气。

泰山上最著名的草木，就是泰山迎客松了，也就是"望人松"，这棵松树，并不在泰山石阶周围，而是在中天门以上的半山腰上，离石阶有段距离。聂云和几人上山时，为了赶在天黑前上来，没去看那株望人松。

如果坐索道下去的话，直接就到中天门了。难道自己还得再从中天门上来，去瞅瞅那株望人松？

还是直接走下去，到了附近过去看看比较好。

另外，泰山除了望人松之外，还有两棵松树，聂云也要去看一下，那便是泰山著名的"五大夫松"。

传闻五大夫松是当年秦始皇前往泰山封禅，下来时，遇到暴雨，秦始皇躲避不及，差点儿被暴雨冲下山，幸好抱住了一棵松树才幸免于难。于是秦始皇封这棵松树为"五大夫"，便是五大夫松的来历了。

如果是那棵松树的话，那就有两千年历史了。

不过，现在的五大夫松并不是那时流传下来的。

因为后人错误的解读，将五大夫松解读为"五棵大夫松"，所以这五大夫松在唐宋时期，变成了五棵松树。后来因为枯死、雷劈、山洪……五棵大夫松又都死掉了。现在的五大夫松是明朝万历年间重新栽上的，而且也不是五棵，而是两棵，都是有三百多年树龄的老松了。

三百多年的老松，即便沾了灵性，估计灵气层次也不会太高，聂云应该可以吸收。

既然做出了决定，众人就向南天门台阶走去。

对于走下山，几个女孩也没说什么，这次上山，三人给聂云添的麻烦已经不少了，这都是沾了田甜的光，再让聂云出钱坐索道，她们也有些过意不去，还是走路下去，心安理得一点儿。

众人差不多走了一个小时，五松亭出现在众人的视线中。

"在这儿休息一下吧，给爷爷治病的药方里有一种药材，在这边能采集，我们过去看看吧！"聂云说道。

"聂云学长，你要采药？五松亭能有什么药物啊？"听聂云说要采药，娜娜疑惑地向聂云问道。虽然泰山上也有一些药材，但是没听说什么药材是五松亭这边的特产啊。

"没什么药材，就是松针，越老的松针越好，五松亭这儿的松树是三百年的老松了，它的松针药用价值比较高！"

聂云也没胡乱编造一种药物，干脆就说采的是松针。

"松针？咱可没听说过松针可以做药材，聂云学长，你不会是骗我们的吧？"这时，一个略显阴阳怪气的声音突然响了起来，不是别人，正是杨兆军。

"呵，民间的秘方而已，不一定有效的，也就是试一试罢了。病急乱投医吧，反正松针也吃不死人。"呵呵一笑，聂云随口说道。

五大夫松就在五松亭旁边，石台南北各有一棵大松树，并不是竖直的，而是长得弯弯曲曲的，显然是被几百年的山洪、雷雨给糟蹋成这样的。

面对这两棵百年松，聂云开启了灵木瞳。两棵百年松被一股深青色中夹杂着一点儿蓝色的灵气环绕着。就在聂云开启灵木瞳时，这些灵气立刻分出了一部分，融入到聂云的右眼中。可能是因为这些灵气的层次比较高，近乎蓝色，所以吸收起来也比较慢，过了好半天，才逐渐融入聂云的

236

右眼。

吸收了这些灵气之后，聂云体内的灵气含量已经达到了前所未有的高度。比起当初从盆景博览会上归来时眼中的灵气还要浓郁几分。

这次泰山之行，也算是收获颇丰了。

现在，只剩下一棵望人松，也就是泰山迎客松了！

站在石台上向西望去，可以看到迎客松。这迎客松的两条"手臂"伸展开来，像是迎客一般。然而，这手臂并不是平展的，而是耷拉的。聂云第一次爬泰山的时候，还以为这条手臂被风吹断了呢，后来才知道，本来就是这个样子。

泰山迎客松离石阶还有很远一段距离，聂云的灵木瞳虽然能大致看到迎客松的灵气状态，但是想要吸收其中的灵气还得靠近一些。

"田甜，娜娜，我去迎客松那边采点儿松针，那段路难走，你们就不要跟着过去了。在这儿等一会儿，我马上就回来！"

一眼望过去，石阶到迎客松中间都看不到一条可以攀爬的路，聂云一个人过去也就罢了，再把田甜她们捎过去，就有些危险了。

"聂云学长，你自己跑那边去，让我们几个在这儿，不大合适吧？"这时，一个不和谐的声音突然响了起来。

说话的正是不甘心做配角的王金龙。

"就是，聂云学长，去迎客松那边虽然有点儿危险，但是你能爬过去，我们就不能过去了？你既然想过去，我们几个人就陪着你，也过去瞅瞅吧！"杨兆军此刻也开口说道。

"你们也想过去？"

听了杨兆军的话，聂云的双眉皱了皱。

聂云注意到，杨兆军说话时眼睛有意无意地向田甜瞄过来，明眼人一眼就能看出来，杨兆军是想吸引田甜的注意。

"望人松那边太危险了，我也就是过去看看，如果能上去就上去，不能上去的话，半路上就回来。你们还是陪着田甜、娜娜她们吧。我连炭球都不带。炭球，去和田甜一块儿待着去。"微微一笑，聂云一边说着，一边吩咐炭球。

虽然杨兆军、王金龙几个男生想表现一番，但是去望人松那儿确实有些危险，聂云不想让杨兆军他们过去。

"危险？我看也不怎么危险啊，还不如十八盘呢。聂云学长用不着那么谨慎吧。反正我们也休息够了，待着也没事儿，干脆和聂云学长比比吧，咱们各选一条路，看看谁先到望人松那边！"

此时的杨兆军，根本听不进聂云的劝告，冷哼一声，说道。

"金龙，走！"

说着，杨兆军招呼了王金龙一声，两人便向望人松走去，杨兆军还回头看了刘涛和姚宁一眼："老二、老三，走不走？"

宿舍里杨兆军是老大，刘涛老二，姚宁老三，王金龙老四。

不过一直以来，宿舍几人出来活动，有什么事都是刘涛出面。刘涛才是几人中的领头人，原本的宿舍老大杨兆军一直被忽略了。

现在杨兆军提议要去望人松，问刘涛和姚宁过不过去，这让刘涛有些难办。刘涛和姚宁都知道，去望人松那边确实危险，但是老大杨兆军要去，也不好驳他的面子。

"算了，轻装上阵过去瞅瞅吧，小心一点儿就行了。"想了想，刘涛最终硬着头皮说道。

几人丢下行礼，随便选了一条还算好爬的山路，往望人松那边走去。刘涛还向聂云歉意地笑了一下。

"算了，愿意上就上去吧……"摇了摇头，聂云心中苦笑。

腿长在人家身上，听人劝吃饱饭，他们不听人劝也没办法，干脆自己快一点儿到望人松，让杨兆军他们输了，尽快回来就行了，应该不会遇到什么危险。

选择了一条路，聂云也开始爬山了。

泰山除了上南天门的石阶之外，其他地方很少有石阶，随便选一条能爬的路往上爬就行了。好在除了十八盘之外，其他地方的坡度都不是特别大，勉强可以攀爬。

望人松在聂云的视线中越来越清晰。

似乎是聂云的好运气用到了头，刚爬了一会儿，聂云突然发觉，自己选择的这条路是一条死路。爬到半路，前方就是峭壁了，从这边根本上不到望人松那边。

好在聂云离望人松也比较近了。开启了灵木瞳，望人松灵脉中的灵气状况，聂云也都能看到了。

望人松中的灵气，已然达到了蓝色，聂云现在还无法吸收。虽然稍微有点失望，但是也免去了这趟危险的爬山之行。

"刘涛，你们回来吧，这边路断了！"

抬头一看，刘涛几个还在向望人松方向爬，那条山路也十分险峻，聂云赶忙向几人喊道。

听到聂云的喊声，几人回头一看，发现聂云的前方果然没有路了，哪怕是聂云回去重新选一条路过去，想要第一个到望人松那边也不可能了。

"老大，咱回去吧，估计聂云学长也不想去采松针了，这边的确太危险了。就算到了望人松那边，想要采到松针也很难。咱回去吧……"见聂云认输，刘涛长长地松了一口气，对前面的杨兆军说道。

"都到这儿了，就这么回去？"

杨兆军望了一眼不远处的望人松，口中说了一句。

下一刻，杨兆军的脸上浮现出一丝笑意，直了直身子，杨兆军向不远处的聂云喊道："聂云学长，你既然采不到松针了，我们就过去帮你把松针采了吧！"

口中说着，杨兆军还洋洋得意地看了一眼亭子里的田甜几人。此刻，田甜、娜娜等几个女孩子，还有一些上山下山的游客都向杨兆军这边望了过来。四个男生要爬到望人松那边，这些游客都想看看，杨兆军他们能不能办到。

"走，先过去把望人松的松针采到手。老二老三，你们别过去了，我和老四过去就行了。"

杨兆军说着，和王金龙向望人松走了过去。

杨兆军也不完全是胆大妄为，至少还知道让刘涛和姚宁留在原地，他和王金龙身体偏瘦，身子骨利索，攀爬过去还简单一点儿，让刘涛和姚宁跟着，想要爬到望人松那边，稍稍有些困难。

　　听杨兆军说要继续攀爬，而且他和王金龙也继续向着望人松行进，聂云的眉头紧紧皱在一起。

　　这个杨兆军，要表现也不能选择这么危险的方式吧？

　　不过即使杨兆军那么做了，聂云也不能就这么看着他们两个去冒险，所以，他先退了回来，向杨兆军几人走的那条路走去。

　　聂云刚退回来，突然听到"啊"的一声大叫。

　　紧接着，听到不远处围观的人全都惊叫起来，聂云心中一颤，向杨兆军的方向望去。

　　杨兆军脚下一滑，差点儿从山体上滑下去，好在他反应快，抓住了一块山石，这才没滚落下去。饶是如此，现在的情形也是万分惊险了。

　　泰山上裸露的山石经过常年风化，早已不结实了，杨兆军本想抓住那块山石借力爬上去，却没想到，这山石被他用力一扳，竟然松动了……

　　"老大，抓住我的手！"

　　这时，王金龙飞快地趴下身子，将自己的右手伸到了杨兆军眼前，杨兆军眼疾手快，一把抓住了王金龙的手，就在同一时刻，杨兆军右手抓住的那块山石已经被他掰碎了，滚落山下。

　　右手没了借力之处，杨兆军身子一沉，身子的重量全都压在了左手上，王金龙的身子连带着急速向下滑了一下。

　　两个人就这样吊在了半山腰上。

　　"老大，老四！"

　　下一刻，后面的胖子姚宁已经忍不住了，向那边冲了过去，在陡峭的山路上奔过去，直接趴下身子，一把把王金龙的衣服抓住，整个人紧贴在山石上，增加摩擦力，不让杨兆军和王金龙继续下落。可惜，胖子姚宁的力气也十分有限，想将王金龙和杨兆军抓上来，几乎是不可能的。

　　"老大，撑住啊！"中间的王金龙右手紧紧抓住杨兆军的手臂，丝毫不敢放松。王金龙的脸色已经一片惨白。

五松亭那边围观的众人，此刻都倒吸了一口凉气，有些人想要近前帮忙，但又害怕山路陡峭，自己发生危险。有些人干脆拨了报警电话。但是看目前的情况，杨兆军爬不上来，几人恐怕支撑不到救援人员来了……

杨兆军连续试了几次，都没法爬上去，脸色已经变得一片惨白。

"老……老四，撑不住……就松手吧……"

怎么试都上不去，杨兆军心中，早已一片死灰，这时也不知道是怎么想的，从牙缝里蹦出这几个字。

"老大，你撑住，我和老四一定把你给拉上来！"

胖子姚宁紧咬牙关，一次次用力，可惜，就算是以姚宁巅峰时期的力量想要拉上俩人都不可能，更何况爬了一天泰山力气早已耗费得差不多了。

"老四……松开算了……我不能连累你们俩……"杨兆军的脸上，现出了一丝惨然的笑容。

"老大，你撑住，我过来帮老三，肯定能拉你上来！"最后面的刘涛本来也想冲上去救援，不过他比胖子姚宁冷静一点儿，知道直接冲上去于事无补，所以一直在想办法。

忽然，刘涛眼前一亮。

"老大、老四撑住，老大你身边不远就是个石缝，我过去攀着石缝，一定能把你拉上来！"

攀住普通的山石恐怕会承受不了重力掉下去，但是如果攀住一条大石缝就可以承受好几个人的力量，发现石缝的同时，刘涛就想攀住石缝救三个兄弟。

不等刘涛行动，一个声音陡然在刘涛身后响起。

"刘涛，你给我待这儿！"

声音传来的同时，一个人影飞快地向杨兆军三人奔去……

刘涛一愣，下意识地停住了身子。转过头，只见一个人影从身后攀爬过来，迅速从自己身边掠过，其敏捷程度彷佛是一只灵猫。之前刘涛几人小心翼翼花了好长时间才爬过这段山路，这人几乎是瞬息即至！

"聂云学长？"

看清人影的同时，刘涛一愣。

这个人，不是别人，正是聂云！

之前虽然和聂云一起爬山，但是聂云给人的印象一直是温文尔雅，放在古代，就是一介书生。但是现在，聂云表现出来的敏捷，让任何一个人都不敢小觑。

看到聂云竟然向姚宁那边而去，五松亭的田甜、娜娜几个女生，都瞪大了眼睛，捂住了嘴巴。

杨兆军三人的情况已经很危急了，聂云现在过去，难道是去救他们？就这么过去的话，恐怕不仅救不到三个人，怕是连自己也要陷入危险中吧，不由得，娜娜几个女孩都对聂云担心起来。

到了刘涛看到的那条石缝前面……聂云身形不由一顿。

聂云发觉，这条石缝，根本过不去。刘涛在那边看着这条石缝触手可及，但到了近前才知道，这条石缝是悬在半空中的，和这条可攀爬的山路之间还有两米左右的空隙，想要到达石缝那边，必须跳过去。

要跳过两米的空隙很简单，但是，跳过去之后，如果抓不住那石缝的话，整个人就会直接落下山崖……

正因为如此，到了这儿，聂云略有迟疑。

哗啦！

这时，前方的杨兆军三人又向下滑了一点儿。

"老四，快松开吧！聂云学长，别过来了……死我一个……总比大家都死好……"在这种生死攸关的时候，杨兆军说话反而利索了，向王金龙和聂云喊道。

王金龙紧咬牙关，连话都顾不得说，只是紧紧地抓着杨兆军的胳膊。

聂云双眉微皱，双脚一动，整个身子跃起直奔那条石缝而去！

眨眼间，聂云已然跃到了石缝的前方，右手伸出如钢锥一般，向着石缝狠狠地插了进去。

砰的一声响，石屑纷飞，聂云的右手几乎整个钻进了石缝，牢牢地固定住身子。因为惯性，聂云的身子也一下撞到了石缝左边的山石上。撞上去的同时，聂云身子一个摇晃，凭借着右臂的力道，生生把身子稳住，紧接着聂云双脚在山石上找了两个勉强可以着力的凸起，这才把身子完全稳住。

嘶……

看到聂云挂到了石缝上，远处围观的众人全都倒吸了一口凉气。

聂云的这番举动，也太冒险了。当然，这也是聂云艺高人胆大。

"这边，抓住！"

稳定住了身子，聂云离杨兆军已经很近了，一伸左手把杨兆军的右臂抓住。

"金龙，松开手，你们老大我抓着。"把杨兆军的右臂抓住，聂云对王金龙说道。

直到这时，王金龙才松了一口气，松开了抓住杨兆军左臂的手。手一松开，王金龙立刻感觉全身的力气都好像被抽空了一般，使不上一点儿劲儿。

"兆军，待会儿我把你甩到那边平坦一点儿的石台上。刘涛，过去接应一下！"回头看了一眼自己刚才跳过来的地方，是个相对平坦的石台，如果能把杨兆军送到那边，就安全了。

聂云所处的石缝和那个平台有两米多远，带着一个人跳过去，基本不可能。

刘涛听到聂云的话，连忙过去。

这时刘涛才看到，聂云所在的石缝跟地面根本不连通，聂云刚才是跳过去的，刘涛不由暗暗心惊，对聂云的胆略，佩服到了极点……

然而，下一刻，让刘涛更惊讶的事情发生了。

聂云抓住杨兆军的右手，猛地一用力，杨兆军那百十斤的身子，竟然被聂云当成小石子一般，直接从石缝那边硬生生向刘涛所在的小石台扔了过来。刘涛连忙张开双臂，一把把杨兆军抱住，两个人接连后退了两步，这才稳住身形。

一瞬间，无论是这边的刘涛几人，还是远处围观的游客，都是同一时间瞪大了眼睛。

刚才聂云跳到石缝上，因为比较远很少有人看得清，但是现在，聂云直接把杨兆军甩了过来，众人都看得清清楚楚。杨兆军虽然瘦弱，但是体重至少也有一百多斤，把一百多斤的甩出去两米，还是用左手，聂云的臂力太惊人了！

"这还是人吗?"这个念头，出现在每个游客的心中。

这些游客本来以为，聂云此去肯定会无功而返，但是现在，聂云把最危险的杨兆军救了，这些人心中却萌生出聂云肯定能把三个人全部救回来的念头。

除了杨兆军完全悬空之外，姚宁和王金龙都趴在山石上，就算是没人救，不乱动弹，也能支撑很长时间，等到救援队上山。

至于聂云，他能过去，自然就能回来，在这些游客看来，这个完全不是问题。

此刻的形势和之前已经完全不同了，围观的游客也不那么紧张了，很多都掏出了手机或者数码相机，远远地给聂云摄像。

就在这时，异变陡起。

第十二章　悬崖再坠人，聂云伸
援手三人生死一线间

　　王金龙和胖子姚宁坠下悬崖的一瞬间，姚宁的左胳膊突然被抓住了。聂云一手抓着三百多斤的重量，另一只抓在石缝里的手已经被碎石弄伤了。哪怕聂云拥有异能，身体素质绝佳，但此时，也已经把吃奶的力气都使出来了。聂云甚至可以清晰地听见左臂骨骼发出咯咯的声响……

　　完全放松下来的王金龙再也提不起一点儿力气了，就那么趴在大石头上，可是没想到他趴的地方并不安全，身下的山石被风化的表面在身体重力的作用下，碎裂滑落下来，连带着王金龙的身体飞快地向下滑落。

　　"老四！"胖子姚宁脸色一变，毫不犹豫地向前一扑，一把抓住了王金龙的衣领。

　　姚宁所处的地方本来也不怎么安全，这么一扑更是把自己也置于危险之地，非但没拉住王金龙，反而两个人一起滚了下去！

　　"啊！"正在摄像的游客几乎齐齐惊呼出声。

　　两个人，一个王金龙，一个姚宁，俩人加起来近三百斤，在这些游客看来，怕是没人能抓住了。虽然那处不是悬崖，但是下面几十米都十分陡峭，姚宁和王金龙只要滚下去，至少得滚出几十米，哪怕到了坡度比较缓的地方，也未必能停住。在山坡上滚那么长一段距离，凶多吉少啊！

　　"姚宁！"

　　站在五松亭的爱儿看到姚宁要掉下去，不由得惊呼出声，眼眶里差点涌出泪水。

然而，下一刻，爱儿的惊叫陡然停住。

远处，山石上的姚宁和王金龙并没有滚下去，一只大手将两人牢牢抓住，确切地说，是牢牢抓住了姚宁的一只手臂，将这两个人三百多斤的重量挂住了！

此刻，王金龙的身体完全悬空，被姚宁紧紧抓住，而姚宁的左胳膊被另外一只手臂紧紧抓着。

是聂云！

三百多斤的重量，饶是聂云身体素质极佳，抓在手里，也感觉到左臂一阵酸麻。

另外，身体其他部位也不怎么好受。

刚才的一连串动作看起来潇洒无比，实际上身体承受的压力极大。不说别的，单是把自己挂在石缝上，就已经很吃力了。此时，聂云的手恐怕已经被石缝弄伤了，也就是自己身体素质好，加上有灵气滋养，能第一时间止血，否则的话，光是流血，聂云都吃不消了。

把杨兆军甩到石台上，看着轻松，但是已经达到了聂云的极限。

现在聂云再把姚宁和王金龙抓住，所用的力气更大，对聂云的体力是一个极大的考验！

"挂住了！"

"居然抓住了？"

"这家伙什么人啊？这样都能抓住，丫的这简直是超人啊！"

见姚宁俩人被聂云抓住，五松亭的游客惊呼起来，那些先前拿着摄像机给聂云摄影的游客不禁庆幸，刚才那么惊险的一幕都被自己拍摄下来了，这段视频要是发到网上去，绝对能引起轰动啊！

"聂云学长，我们……"

被聂云抓住，这也是姚宁之前没想到的事情，姚宁下意识地就想效仿老大，让聂云把俩人松开，独自求生……

"少废话，留着点儿力气，往上爬吧！"不等姚宁说完，聂云的声音就响了起来。

"你们这三百斤，我可甩不过去。姚宁，想要活的话，我把你们提上来，你抓住我脖子，把金龙交给我抓着，你踩着我的身子，自己爬上去。你上去了，再把金龙拉上去，一切就好说了。"

聂云对姚宁说道。

聂云右手深入石缝，抓得比较牢固。

让姚宁踩着自己，正好能爬到安全的地方，只要姚宁上去了，重量大大减轻了，一切就好说了。

"聂云学长，行不行啊？"听聂云这么说，姚宁俩眼一亮，听聂云说要把自己和王金龙提起来，姚宁觉得难度大了点儿。

"试试！"聂云只回答了两个字。

聂云左手用力抓着三百多斤的重量往上提，难度可想而知。哪怕聂云拥有异能，身体素质绝佳，但此时，也是把吃奶的力气都使出来了。

咯咯……咯咯……

左臂骨骼摩擦，发出咯咯的声响。

聂云的左臂肌肉早已酸痛无比，好在右眼中的灵气飞快地蹿了出来进入左臂。一瞬间，聂云感觉左臂一下子恢复过来，酸痛也消失了，力量还增加了几分！

"起来！"低喝一声，聂云把姚宁举到和自己平行的位置上，姚宁也不客气，空出来的左手一把把聂云的脖颈揽住，整个人都挂到了聂云后背上。

成功了！

姚宁心中一喜，调整了一下姿势，这才把王金龙交到聂云手里。

"行了，爬上去吧，小心一点儿……"

聂云右手抓紧石缝，两只脚也牢牢扒住这块巨大的山石，让姚宁踩着自己的肩膀，小心翼翼地爬到上边安全的地方。

"行了，上来了……"爬上去的同时，姚宁大口喘气，死里逃生，姚宁冒出一身冷汗……

"刘涛，把金龙接住！"深吸一口气，聂云一使力又把王金龙甩到了刘涛那边。在灵气的滋润下，聂云的左臂肌肉恢复到最佳状态，又把王金龙甩了过去。

不过，聂云的动作，却把刘涛和那些围观的游客全都惊到了。

聂云动作做完，杨兆军三人，算是彻底被救了，那些围观的游客都啪啪啪地鼓起掌来。

"聂云学长，要不要帮忙？"

现在，唯一一个还处在险境的人就是聂云了。

"不用了，我自己上来就行！"聂云甩了甩手臂。

借助山古上的凹陷，聂云往上移动了一米多。

"闪开点儿，我要跳过去了！"

让刘涛几人闪开，聂云在山石上一蹬，跨越两米多，稳稳地落到了石台上。

"好！"

"小伙子厉害啊！"

聂云也脱离了危险，围观的游客纷纷叫起好来，小女孩看向聂云的目光中都带着小星星了。

"赶紧回去吧。"落到平台上，聂云喘了两口气，向刘涛几个人说道。

"聂云学长……谢谢了！"姚宁舔了舔嘴唇，向聂云说道。刚才那一瞬间的惊险，姚宁现在想起来，还阵阵后怕。几人在鬼门关走了一遭。

"呵呵，不用谢了，你们叫我一声学长，救你们也是应该的。姚宁你们也很不错，没给咱省城大学丢脸！"聂云拍了拍姚宁的肩膀，说道。

说起来，姚宁不顾危险过来救杨兆军和王金龙，算得上是有情有义的好男儿了。虽然最后救人的不是他，但如果不是他拖延了时间的话，聂云也赶不过来，杨兆军和王金龙就得掉下去了……

"好了，先下去吧！"聂云说着，搀扶着杨兆军，小心翼翼地下了山。

重新回到五松亭，田甜、娜娜和爱儿第一时间冲了过去。

"姐夫，没事吧？"

"姚宁，没事吧？"

田甜和爱儿的声音，几乎同时响了起来。

田甜还好说，聂云毕竟是她姐夫，而且是从小的玩伴，关系很好，田甜对聂云关心也正常。但是爱儿和姚宁不过是萍水相逢，认识才一天，爱儿却对姚宁那么关心，就有点儿那个了……话刚出口，爱儿的俏脸就红了。

"呵，没事，有惊无险……"姚宁挠了挠脑袋，呵呵笑道。

"真笨，刚才那么危险，你怎么还过去……"爱儿低着脑袋，小声地说道。

"那是我大哥啊，好歹我们也做了两年兄弟，哪能袖手旁观啊！"姚宁挺了挺胸膛，大义凛然地说道。

"呦，我们的小妮子动春心了啊？"确认刘涛没什么事之后，娜娜也跑过来取笑爱儿。

这下非但爱儿的脸红了，就连姚宁胖子的脸也泛红了……

"小伙子，不简单啊！"

"那么危险的情况都能化解，兄弟够强！"游客们也在称赞聂云。

"刚才那段视频我可全录下来了，而且我也给电视台打电话了，兄弟你这么强，不曝光咋行！"其中一个游客说道。

"视频我刚才就传网上去了，不用一个月，兄弟你必火啊！"另一个游客也说道。

听到这些游客的话，聂云不禁苦笑，想不到自己这次又出名了，杀熊哥的热度还没减退，救人哥怕是又要火。好在刚才自己离这边比较远，拍视频的游客没把自己的脸拍清楚，否则的话，让人知道了杀熊哥和救人哥就是一个人，那聂云可就超火了。

"聂云学长，这一次，谢谢你了……"

这时，杨兆军和王金龙过来感谢聂云。

"要不是聂云学长救我们，我们这次……"回头看了一眼望人松那边，杨兆军身子一颤，脸色苍白了几分。

"呵呵，没事，别说是你们了，就是不认识的游客，该救的能救的我也会救的。"聂云说道。

对于杨兆军和王金龙，聂云也不是特别讨厌，虽然事情的起因是因为这俩人想在女孩子们面前表现一下，但这也是人之常情，只是这次他们倒霉地遭遇了危险罢了。况且，遇到危险的时候，杨兆军还能为别人考虑，王金龙也能紧紧抓着杨兆军不松手，单单是这份义气，就足以让聂云钦佩了。

"对了，现在感觉怎么样？没事儿了吧？"虽然知道杨兆军和王金龙都没受伤，但是聂云还是不放心地问道。

"没事儿了，就是老流虚汗，可能是刚才吓着了，心理作用吧。估计回去休息休息就好了。等到了中天门，我们就坐车下山吧……"勉强一笑，杨兆军说道。

"嗯，要不休息一会儿再下去吧！"聂云拍了拍两人的肩膀，看来这俩人确实是吓到了。

众人点头同意。大家坐在五松亭里休息了一段时间后，才慢慢走下山。

和刘涛等人告别，聂云带着田甜等人开车向省城方向而去。在望人松经历了一次生死之劫后，几个男生对聂云心服口服，下山的路上没再有半点儿挑衅的言语。一路上虽然走得慢，但还算平稳。

这次泰山之行，聂云眼中集聚了足够的灵气，可以给田爷爷治病了。

回到家里，已经是晚上八点了。

田甜也回家了，聂云又得住客厅了。这也让聂云萌生出尽快给父母换个房子的想法，至少得弄个一百四五十平的，有四五个房间才好，不能总让自己睡客厅吧。

聂云现在不缺钱，买房子近期也该提上日程了。

"爷爷，我去泰山采了点儿药，对您的病有奇效，待会儿我去煎了给您服下，应该能减轻您肚子疼的症状。"聂云向田爷爷说道。

"哦，好好，我这病，也不怎么疼了……"田爷爷说道。

聂云拿出一小包用薄膜袋包的松针给田老伯看，松针都掰碎了，田老伯根本认不出是什么东西。反正是聂云采来的药，有效没效的，喝喝看就是了。

聂母去做饭，田甄和田甜也帮忙。不一会儿，一大桌子菜做好端了上来，一家人吃晚饭。吃完了晚饭，聂云和田甄姐妹跑到厨房，鼓捣着给田老伯煎药。虽然聂云知道这是松针，根本就不是灵丹妙药，但田甄姐妹却不知道，专心致志地煎药。

不一会儿，药煎好了，给田爷爷喝了下去。

"爷爷，我学了几手把脉的功夫，给你瞅瞅？"聂云说着，拿起了田爷爷的手腕。

眼睛紧盯着田爷爷的手腕，就像专心把脉一般，实际上，聂云是把灵木瞳中的灵气全部渗透进田爷爷的手腕中。

青色的灵气环绕了一阵，进入田爷爷体内，疯狂涌入肝脏……

田爷爷喝完药，躺在沙发上，感觉一股清流在身体内流动，小腹处的疼痛明显减轻了，身子骨儿十分舒服，一点儿都不想动弹，也就没在意聂云把脉的时间已经很长了……

青色灵气滋养着田爷爷的肝脏。过了一会儿，田爷爷的身体已经不再吸收灵气了，因为这些灵气在田爷爷体内绕了一圈，居然又回到了聂云的眼中。

此时，聂云右眼中的灵气，还剩下五分之一左右，薄薄的一层，附着在聂云右眼眼球中。

"难道……爷爷体内的癌细胞全部被杀死了？"聂云想着。

究竟是怎么回事聂云还不能确定，最好还是去医院检查一下。

"爷爷，感觉怎么样了？我给你把脉，感觉你的病基本都好了。"松开田爷爷的手腕，聂云说道。

"嗯，我觉着肚子也不疼了，小云，你这药效果真好啊。我看我这病差不多好了，要是不再疼了的话，别的药就不吃了吧？"田爷爷说道。

"行，明天咱先去检查检查，问问医生，要是真好了的话，咱就不吃药了。"聂云笑道。

第二天上午，省城医院，聂云父母陪着田爷爷在医院化验科走廊的长椅上坐着，而聂云和田甄以及逃课的田甜和王大夫交流。

王大夫的手里，拿着田爷爷的化验单，双眼之中散发出兴奋的光芒。

"奇迹啊，这简直是奇迹！"王大夫的声音都有些颤抖了，要不是田爷爷就在不远处，恐怕王大夫就要叫出来了。

"这是医学上的奇迹。你们在家是怎么治疗的？根据化验结果，老先生体内的癌细胞，几乎查不到了。就算是经过一年的化疗，也不可能将癌细胞杀到这种程度啊，我都怀疑，前一次是不是我们医院误诊了，老先生得的根本就不是肝癌呢。"王大夫向聂云和田家姐妹说道。

王大夫把化验单递给了聂云。

化验单上的字迹龙飞凤舞，聂云就算是双眼都有异能，但这些字儿还是看不懂。只有打印出来的数据能看懂，但是聂云不是医生，看了这些数据，也无法判断病情。

"王大夫，你是说我爷爷的病完全好了？"随手把化验单递给田甄姐妹俩，聂云向王大夫问道。

"也不能说是完全治愈了。"听了聂云的询问，王大夫摇了摇头，脸色略带凝重地说道。

"目前只能说，老先生体内的癌细胞，已经全部清除了，但是癌症这种疾病，毕竟是从基因上出了问题，基因方面出问题的疾病，一般都是很难根除的。现在老先生体内没有了癌细胞，但是将来会不会反复，还不好说。"王大夫说道。

聂云点了点头，这次他终于听懂了。

众所周知，细胞癌变，除了一些外界因素之外，绝大部分还是人体内部出了问题，只能控制，很难根除。癌症早期患者，因为癌细胞没有扩散，可以采取手术治疗，切除癌变的部分器官，按理说，体内的癌细胞没了应该算是痊愈了。但是，即便这样，还需要不断吃药，控制细胞的癌变。而且即便是吃药，也有很大的反复概率。田爷爷的细胞基因不改变，就不能说癌症完全治愈。

"不过……"

王大夫说着，话锋一转，脸色也轻松起来。

"老先生现在的状态，即便体内再生出癌细胞，也能很快杀死。你们要记住，最近老先生吃了什么东西，吃了什么药，以后坚持吃，癌细胞滋生之后，就会立刻被杀死，就对老先生没有半点儿威胁了。"

"当然了，药物方面，可以减少一些，之前喝的那些草药，可以改成三天一副，或者一星期一副，预防为主嘛。"王大夫笑道。

"嗯，我们明白了。"聂云点了点头。别人不知道，聂云却清楚，田爷爷癌细胞被杀死，全是自己灵气的功劳。

感谢了一番王大夫，聂云和田家姐妹回去，向田爷爷和聂父聂母说明了情况，大家都十分高兴。

中午一家人去酒店点了一大桌子菜，海吃了一顿。吃饱了之后，聂云才把父母、田爷爷送回家，才和田甄一起，送田甜回学校。

送走了田甜，聂云并没立刻和田甄回家，而是开着车子，到了离市中心比较近的一处楼盘的售楼处。

这处楼盘位置绝佳，附近都是省城最大的商场、最好的学校，所以楼盘的价位也是最高的，达到了两万四一平米。在二线城市，这样的价格算得上是高价了。

聂云和田甄向售楼处走去，一边走，聂云一边向田甄解释："我们买两套房子，家里有点儿小了，而且每次回来，都跟爸妈住一块儿，太不方便了……"

和父母住一块儿，的确不方便。

"先生您好，小姐您好，要买房子吗？可以到这边来看下。"

见聂云田甄进来，售楼小姐立刻迎了上来。

这个小区叫做天堂小区，是省城最高档的小区之一，价格极高。别的小区，价格一般的，基本上一开盘，房子就被抢购没了。天堂小区因为价格高现在还有不少空房。

"随便看下吧。"聂云说着，和田甄走到楼盘模型前。

售楼小姐看聂云和田甄的穿着都很不错，经济情况应该不错。

"两位，可以看下这几座楼的房子，这边都是九十平米左右的三室一厅，比较适合你们这样的年轻夫妻，价位也很不错。另外，购买一套房子，我们还送你们一辆本田商务车，价值二十万，相当实惠，有了房子的同时也有了车子。要办理贷款的话，只要办理房贷就好了，还省下了车贷……"售楼小姐向聂云推荐道。

聂云想了下，自己父母都不会开车，而且年纪大了，也不想学了。田甄、田甜要开车的话，商务车也不适合她们。

"不用了，看下别的吧。"摇了摇头，聂云否决了售楼小姐的建议。

"先生，您再考虑一下吧，不要因为我们送车子，就觉得这边的房子价格贵。实际上，天堂小区的房子，一直都没降价，只有这几套小户型送车子，算是变相降价了。你们买别的，更加不实惠……"售楼小姐还在劝着。

"不用了，我们想要一百多平的，选个位置好的。"

聂云看了一下，房子太大也没必要，想要大房子，干脆就盖别墅了。乡下那边盖的就是别墅。

"选两套，尽量选低层的。上下楼，顶上我们住，底下给我父母住。我妈有点儿晕电梯，还是住二三层好一点儿。"聂云说道。

售楼小姐瞪大了眼睛。而聂云接下来的话，把售楼小姐彻底惊呆了。

"小甄，要不给爷爷也买一套吧?"聂云向田甄说道。

"不用啦，爷爷来省城，就住咱们家好了。反正也住得开。如果因为我和你订婚，你就送我们房子的话，爷爷绝对不会要的!"田甄说道。

聂云想了想也是，也就没再坚持。

一旁的售楼小姐看向聂云的目光已经变了……年少、多金，长得还算不错，最重要的是气质好，这样的男孩子，要是我男朋友该多好……售楼小姐脑海中冒出这样的念头。

当然了，她也就是想想罢了，看看田甄，她便自惭形秽了，人家都有那么漂亮的女朋友了。

赶紧收敛心神，给聂云两人介绍起楼房。

"好了，就这两套吧，哪里结账？"

不一会儿，聂云就定下了两套房子，天堂小区的房子都是经过装修的，如果要求不高的话，直接住都没问题。聂云决定，父母那套就不装修了，精装修一来麻烦，二来二老也未必适应，而且装修总会产生甲烷之类的有害气体，对二老的健康也不好。就那么简简单单直接入住也不错。实际上，这边的房子毕竟是高档小区，即便是简装，也比聂云家以前的房子装修要好。

请个搬家公司，把家搬了就行了。

拿了钥匙，聂云和田甄回家和父母说了买房的事。

对于搬离这边，聂云父母有些不舍。毕竟老邻居都在这边，搬走了，反而闷得慌。不过为了儿子，聂云父母最终还是决定搬过去。当然，周末还要回来住，等以后两边邻居都熟了就好了。

因为还要在旧家住，所以也不要搬多少东西，新家那边全套家具都买新的就行了。

当天下午，聂云和田甄就去了家具城挑选家具。

丁铃铃……

在家具城刚挑了两张沙发，聂云的手机突然响了起来。拿出手机一看，是赵建宏打过来的。

看到来电显示……聂云一拍脑门，想起一件事，在丽江时，聂云曾让赵建宏帮忙找个建筑队，在老家建两个小别墅。随后一忙，聂云就忘到脑后去了。

赵建宏打电话过来，应该是建别墅的事。

"喂，赵老哥啊。"心中想着，聂云接通了电话。

"喂，聂云啊，怎么这么长时间都不回来啊？你家两只小母獒可都想炭球了呢，小狼天天跟大狗打架，那些狗都不是它的对手，都被它撂倒三只德牧、两只藏獒了，就连我养的那头狼，也被它摁趴下几次了，还好它有分寸没给咬死……这可是个大惹祸精啊，估计除了炭球没别的狗能镇得住它了！"赵建宏在电话那边抱怨道。

说是抱怨，实际上赵建宏并没生小狼的气。养狗的，不是说养了几只狗，打扮得漂漂亮亮地蹲那儿就行了。一般养狗的都喜欢狗狗们有点儿战斗力，在听从主人吩咐的前提下偶尔斗一斗，胜利的那只肯定会更得主人的宠爱。像小狼，最喜欢和别的狗斗，却又不会把别的狗咬死，这样的一只狼，赵建宏只会更喜欢。

"呵呵，家里出了点儿事，小甄爷爷病了，之前查出来是肝癌，这才没回去。"聂云说道。

"哦？现在老人怎么样了？"那边的赵建宏脸色一凝。

"还好吧，现在基本控制住了，医生说小甄爷爷体质特殊，应该能撑个四五年。"聂云随口说道。

"那就好，人年纪大了，早晚有那一天，还有四五年，总比没有强。你们也想开点儿，田甄爷爷也八十多了吧？一般老人，还活不到这岁数呢！"赵建宏劝道。

"嗯，我们明白，谢了赵老哥。"聂云点头道。

"对了，这次找你，也不是单纯为了小狼的事儿，说实话，我还巴不得小狼多在我这儿待几天呢。主要是你那别墅，地方给你清理出来了，要建什么样的别墅，还得你拿主意啊。要不这样，我这儿有几套别墅的格局图，发给你看看，你挑一个。"赵建宏道。

"行，赵老哥你发过来吧。"聂云说着拿出电脑。

别墅漂亮不漂亮，主要看整体外形和外部装修。什么颜色的瓷砖，怎么搭配等等。不过，外部装修建筑队也不管，只把房子盖好就行。所以这次只要聂云选好别墅的整体外形，让建筑队照着盖就好了。

"选好了之后，我把图给你发过去，老哥你先叫他们建着吧。我们最多三五天就回老家。"聂云说道。

"那行，你们先看图纸吧。"赵建宏说着，挂断了电话。

不一会儿，几张别墅外形图发了过来，聂云和田甄挑选了一个最喜欢的，不张扬也不土气，给赵建宏发了过去。

近期，聂云和田甄也要回老家一趟了。新房子没盖好，聂云也不准备让田爷爷一起回去。

忙活着收拾新房、购买家具，就花费了聂云三天时间。

到了第四天，聂云和田甄才和聂云父母及田爷爷说了一声，驱车回老家。田爷爷虽然也想回老家，但是聂云以田爷爷大病初愈，可能会有反复为由，把田爷爷留了下来。

告别了父母和田爷爷，聂云和田甄驱车前往峤县。炭球也被两个人带上了。

炭球离开峤县的时间也不算短了，虽然它在外面过得挺滋润的，斗这个斗那个，已经成了网络名狗，价值也翻了十几倍，但是炭球的两个老婆，两只小母獒还留在老家。聂云是不会让炭球做陈世美的。这次回来，就是让炭球看看它两个小老婆以及小狼这个"女儿"的。

第二天上午十点，两人就到了峤县县城。

给赵建宏挂了一个电话，得知赵建宏在家，聂云和田甄直接去了赵建宏家里。

聂云车子直接驶进赵建宏的庄园，刚在赵建宏别墅门口停住，就见赵建宏带着妻子和女儿迎了出来。

"老哥，近来可好？"聂云和田甄、炭球下了车，向赵建宏一笑问好。

"赵哥、嫂子！"田甄也向赵建宏以及赵建宏妻子问好，田甄和聂云确定了关系，也就只能跟着聂云叫了。看到赵建宏身后的赵晴，田甄只笑了笑，以前她管赵晴叫姐姐，现在辈份突然高了，倒不知道该怎么叫了。

赵晴也向田甄笑了笑，眼睛却放到了聂云身上，对聂云，赵晴带了几分敌视。

这个家伙，早就看出来不是什么好人了，果不其然，这才没几个月工夫，就把侄女给拿下了。也不知道他下了什么迷魂药，让父亲对他刮目相看，还和他称兄道弟的……也没见他多么厉害啊，上次那株三色花，还不是没弄好。

对于聂云这个长辈，赵晴不怎么服气。

不过，聂云可没时间注意赵晴，所以即便她再不忿，聂云也看不到。

"呵呵，聂云兄弟，承蒙挂念，老哥这边一切都好。呦，炭球好像又长壮了啊！"赵建宏说着，目光看向聂云身后的炭球。

"这小子，个头没怎么长，不过这气势可比以前强多了啊。聂云啊，这些天炭球都干什么了？怎么气势这么强？"赵建宏摸了摸炭球的脑袋，疑惑地向聂云问道。

"老哥最近没上网？"聂云没正面回答，而是笑着问道。

"最近有点儿忙，倒真没怎么上网。再说，我也不会啊。也就是让小晴给我下载几个养花、养狗的视频资料什么的瞅瞅罢了。"赵建宏说着，脸上也带了询问之意，"怎么，炭球在网上出名了？"

"呵呵，也没什么，就是在云南那会儿，斗了一只云豹，把云豹赶跑了，而且还和我们几个人一起弄死了一只黑熊。"

在赵建宏跟前，聂云也不需要隐瞒什么，如实说道。

"赶跑了云豹，咬死了黑熊？"

听到聂云这番话，赵建宏一惊，双目放光，"聂云，这是真事儿？网上有视频？小晴，你之前有没有见过炭球的视频？"说着，赵建宏看向身旁的赵晴。

赵晴也是一愣。

网上炭球大战云豹，大战黑熊的视频，赵晴自然看过，也下载了，但是，赵晴只和聂云见过一次，对聂云不是特别熟悉，早先看视频的时候，根本就没认出聂云来。

至于炭球，在赵晴看来，火红色的狗应该不少，那只也未必是炭球。所以，之前赵晴一直不觉得这个视频和自己有什么关系。现在才知道，原来，网上热传的视频的主角，就近在眼前……

此刻，聂云已经换了一身休闲装，和之前的野战服有很大不同，但是依稀可以看出聂云的身型、脸型的确和视频中的杀熊哥有几分相似。

"哦哦，有，有视频。"听父亲向自己询问，赵晴连忙说道。

"哦？快找出来我瞅瞅。"赵建宏摩拳擦掌，迫不及待地说道。

"老哥，用我这个看吧。"这时，聂云把自己的电脑递了过去。赵晴在电脑上搜索出视频，拿给赵建宏看。

只看了第一个视频，赵建宏的双眼就冒出炙热的火光。

旁边的赵晴虽然早就看过这个视频，还是凑过去重新看了一遍。尤其是看到第二个视频，聂云斩杀巨熊的时候，和之前的感觉完全不同。之前在赵晴看来，这个视频的主人公离自己很遥远，所以也没什么感觉。就好像看春晚杂技似的，看着惊险，但也就是看个热闹。

而现在，视频的主人公就活生生地站在自己眼前，再看这段视频，赵晴不免阵阵心悸。尤其是看到黑熊将聂云一爪子拍飞的时候，赵晴下意识地捂住了嘴巴，差点儿尖叫出来。

赵建宏也是眉头一皱。"聂云啊，斗这黑熊，你可真是拼了命了啊。以后可要注意点儿，禽兽是不通人性的，万不可与它们置气啊。"看完了视频，赵建宏抬起头，向聂云嘱咐道。

"嗯，多谢老哥提醒，我有分寸。"聂云点了点头，微笑说道。

当时聂云也是为了救杨雪宁，迫不得已才跟黑熊正面相对的。此时，赵建宏出于一片好心提醒自己，聂云心里也十分感谢他。

"呵呵，聂云，你做事有分寸，这个老哥放心。"只劝了聂云一句，赵建宏便呵呵一笑。

"再说，年轻人嘛，就应该有点儿锐气。想当初，我当兵的时候，比你现在丝毫不差啊……"说着，赵建宏又无限向往起当初的军旅生活。

"炭球这次，真是出了大名了，今天怎么着也得做点儿好吃的犒劳犒劳这小子。走，先进屋，让你嫂子准备饭菜。"

赵建宏说着，招呼聂云和田甄进屋。

"汪汪汪汪……"

这时，炭球忽然停住身子，看了一眼别墅后面，又回头看一眼赵建宏，汪汪大叫起来。

"咦？这小子，想它那几个老婆了？好好，走，先让炭球去见见它那几个小老婆。"赵建宏哈哈笑着，向后面走去。刚走了两步，赵建宏忽然身子一个趔趄，眉头紧紧一皱。

"老哥！"聂云眼疾手快，一把扶住赵建宏。

"呵呵，没事儿没事儿，这两天开会什么的太累了，今天才闲下来，这还没休养过来……"赵建宏轻轻挣开聂云的搀扶，说道。

"老赵，你前几天熬夜基本都没睡，也就昨晚从外面喝酒回来睡了几个小时，这么累就别过去了，先到屋里歇着。"赵建宏妻子劝道。

"呵呵，一帮老兄弟要请酒，我怎么能不奉陪呢……"赵建宏一笑，"算了，小晴，你陪着聂云他们过去吧，我和你妈回去休息一会儿。不过，聂云你们千万别走，一定要吃了饭再走。"赵建宏嘱咐道。

"行，吃饭可以，喝酒的话我可就不陪老哥了。"聂云本想尽快离开让赵建宏休息，不过赵建宏这么说，聂云也就只能吃个饭再走了。

赵建宏夫妻回了别墅，聂云、田甄、赵晴则带着炭球向后面走去。还没走到后面，就看到一只灰不溜秋的大狼跑了过来，见到炭球，这灰狼嗷唔一声，冲到了炭球跟前。

一狼一狗，两个脑袋立刻磨蹭到一起。

炭球还伸出舌头轻轻舔这狼的脑袋。虽然这只狼长大了，聂云还是一眼认出来就是那只小狼。

"咦，小狼不攻击炭球？在我们这儿，小狼几乎所有狗都攻击……"
看到这种情况，赵晴一愣。

不过想到炭球能斗云豹黑熊，制服区区一头小狼，也不算什么。

和小狼亲热了一会儿，炭球向两只母獒走去。

两只小母獒在赵建宏这儿都是被拴着。毕竟这东西太凶了，有炭球的时候能压着，没了炭球，赵建宏可不敢把它们撒开。

看到炭球过来，两只小母獒嗷嗷叫着，不断撒欢。等炭球到了近前，两只小母獒立刻凑了过来，和炭球磨蹭脑袋，互相舔着，只可惜两只小母獒不是拴在一起的，炭球和这只亲热，那只就够不着了，于是炭球和这个亲热一会儿，又走到另外一边，和那个亲热一会儿。

"小晴，我看把它们两个撒开算了，有炭球在，没事儿的。"看到这情况，聂云说道。

"你愿意撒开就撒开吧，反正我不敢近前。"赵晴说。

一边说着，赵晴还狠狠瞪了炭球一眼，又瞥了聂云一眼："呸，色胚子！"

赵晴声音虽然小，但是聂云还是清楚地听到了，听到这话，聂云简直哭笑不得，心想这两只母獒可是你爸给炭球找的，再说，狗也能用色胚形容吗？

聂云把两只小母獒脖子上的绳子都解开，两只小母獒立刻高兴了，不断和炭球互相扑着。

"那个……让炭球它们玩吧，咱先回别墅，小甄、小晴你们帮嫂子做饭去吧……"聂云看炭球他们玩得高兴，就和田甄、赵晴说道。

把炭球丢在这边，聂云和田甄、赵晴回到别墅中，赵晴和田甄帮忙做饭，聂云则坐在客厅沙发上，对面赵建宏正坐在沙发上闭目养神，聂云以为他睡着了，也没打扰他。

"聂云啊，怎么样，怎么炭球没跟着过来？在外面玩？"赵建宏早发现聂云进来了，等聂云坐下，立刻问道。

"呵呵，和小母獒们玩呢。"聂云说道，"老哥你累了就别多说话了，咱兄弟不用那么客气，我在这儿坐会儿等着开饭就行了。"

"没事儿！"赵建宏睁开眼睛，一笑，"说实话，老哥这不是身体累，主要还是心里累。你陪我说说话，也是一种休息。"

"对了，聂云兄弟，这次出去，除了斗云豹、斗黑熊，可还有别的收获？说来听听，也让老哥高兴高兴。"赵建宏笑着向聂云说道。

"别的收获吗？"聂云略一想，把自己这次云南之行得到两株兰花和老龟盆景的事和赵建宏说了。听到聂云收获颇多，赵建宏脸色也轻松了不少，尤其是听到聂云和刘俊伟以及钱老联手欺诈欧阳涛，赵建宏虽是不断摇头，但也佩服聂云和刘俊伟以及钱老的机智。

两人就这么聊了一会儿，赵建宏的精神明显好了一些。

"对了，赵老哥，我想到一种方法，或许可以制造出三色花，待会儿咱们吃了饭，我再去看看您那株三色花。"看到田甄、赵晴陆续从厨房里端了菜过来，聂云向赵建宏道。

"哦？三色花，有苗头了？"赵建宏双眼一亮。

"好，赶紧吃了饭，咱们去看一看。"赵建宏说着，两人上了餐桌，聂云和赵建宏都没喝酒，只吃了一顿普通的家常饭。赵晴母女俩也是一起吃的，气氛相当轻松。

吃了饭，田甄和赵晴拿了几块骨头去找炭球和小狼它们，而聂云则和赵建宏到了赵建宏养花的房间。

"聂云，你那个法子，是什么原理？"进了房间，赵建宏向聂云问道。

"原理很简单。"

聂云一笑，看着那株三色花，口中道："这三色花开花时间不一样长，主要是因为下面的流苏根给三个花枝输送的营养成分比例不均衡，我的方法就是，把三色花的接穗和它们的母本切断。然后看三个接穗的生长旺盛程度。

"将这三个接穗的生长旺盛程度和它们原先的母本做个比较。如果生长过于旺盛的话，就将接口处弄断几根导管、筛管，让流苏根给接穗提供的营养少一些。如果生长不够旺盛的话，就把嫁接口附近调整一下，让更多的导管筛管连通起来，使其生长旺盛。

"调整一段时间，到了秋天，三个接穗的生长旺盛程度差不多和它们的母本一样了，花期也就同期了。"

聂云详细地和赵建宏说了一下自己的理论。

实际操作起来，聂云只需要把三个接穗的灵气调整好，三个接穗的生长旺盛程度自然就和它们原本的母本相同了。不过，聂云不能和赵建宏透露自己拥有异能的事情，所以只好和赵建宏这么说了。

"弄断导管、筛管，或者是让更多的导管、筛管连接起来？这个法子理论上可行，但是实际操作，极难啊……"赵建宏眉头轻皱，说道。

一般嫁接花木，就是把砧木和接穗切好，差不多对接上就行了。根本不会细数有几根导管或者筛管对接上了。聂云说弄断几根导管、筛管，或者多接上几根导管、筛管，这样的方法操作起来难度极大。

"赵老哥，这个虽然有点儿难，但是我倒是可以试一下。"聂云一笑，说道。

"哦？"

听到聂云的话，赵建宏也燃起一丝希望。

"如果老哥不嫌弃的话，这几株桂花，就先交给我打理吧，最晚到今年秋天，如果顺利的话，应该可以弄出三色花来。"聂云微笑道。

"这样吗？聂云，会不会很麻烦？"赵建宏向聂云问道。

"呵呵，也不算麻烦，就是时间长点儿，每过一周两周，就要比较一下接穗和原先母本的生长旺盛程度罢了，别的倒不特别麻烦。反正我闲着没事儿，帮老哥打理一下三色花，也算是还老哥一个人情了。老哥又帮我卖流苏种子，又帮我买地、盖别墅，这点儿小事，我帮帮老哥也没什么。"聂云呵呵一笑道。

"这不一样。"赵建宏摇了摇头。

"我帮你卖流苏种子，咱们是互利互惠，算不上你欠我人情。至于买地盖别墅，也都是小事，不过是举手之劳罢了。老弟你若是帮老哥弄出了三色花，那时，可就是老哥欠你一个大人情了。"赵建宏道。

"咱兄弟之间，还用得着在意谁欠谁人情吗？"聂云微笑道。

"哈哈哈哈，也是了，咱兄弟之间，不在意这些。这么着，这几株花，老弟你全带走，到了秋天，可一定要给老哥带来一盆盛开的三色花啊。"赵建宏哈哈大笑道。

在赵建宏家里待了一会儿，搬走了几盆桂花，聂云这才和田甄驱车前往马家屯老家。

这次，两人没带炭球。主要是因为炭球舍不得那两小母獒，估计炭球也快到发情期了。聂云没办法，就把它留在了赵建宏家里。

再说，聂云和田甄到马家屯也就是看看别墅的工程进度，没准备在马家屯住多少日子。大致看一下之后，聂云和田甄还要再去一些地方，聂云要继续吸收草木灵气提升灵木瞳层次。

反正这次盖别墅，工程包给了一个名声相当不错的建筑队，聂云和田甄在家看着与否，基本上没什么区别。

下午两点，悍马车开进了马家屯村。

车子驶进马家屯时，聂云和田甄发现马家屯村后头，停着几辆车，一辆奔驰和几辆奥迪。

这些车子，价钱虽然不如悍马，但也不是普通人能买得起的，马家屯来了一些身份不一般的人。

第十三章　血到底浓于水，魂牵
梦萦母女相认诉衷情

听到这个声音，田甄一愣，就那么直直地看着女人，内心宛如沸水般翻腾着。虽然每次都强迫自己尽量忘掉她，可是梦里依然常常出现她的影子，还会一次次从梦里哭醒……或许当初母亲没有错，错的是固执的爷爷，但是现在，说这些又有什么用？结果已经造成，再也没法挽回了……

没多想，聂云驱车回到自己家。

这时，一群身穿正装的人正站在马家屯村村后。这几人的前方，是正在施工建造的聂云和田家的别墅……

这几人中，有一男一女年纪比较大。

男子四五十岁的模样，身穿得体西装，气度非凡，应该是企业老总。而他旁边的那个女人，年纪也在四十岁往上，因为保养得好，看起来不到四十岁的样子，身材也没发福。

单从相貌上来看，这个女人算得上是美人了。

另外，这一男一女身边还跟着七八个年轻人。

这些年轻人有那么四五个在二十五六岁左右，剃着小平头，身穿黑色西装，戴着黑色墨镜，一副保镖打扮。

那中年男子一直盯着马家屯村后的那座大山。

"任处长，这座大山，很有开发价值啊！"盯着那座山头良久，中年男子忽然开口说道。

"你们峤县有开发价值的山头也就是两座。一座是青龙山，另外一座就是这马家山了。另外那座浮云山早已经被开发了，没多少潜力了。这个马家山做成农家乐，作为一个旅游产业来展，很有前途啊。"中年男子说着，大手一指，把整个马家屯村都包括了进去。

"呵呵，宋总果然独具慧眼啊！"任处长呵呵一笑，向中年男子恭维道。

中年男子名叫宋海平，是鲁东省一个旅游餐饮界的巨头，任处长费了九牛二虎之力才把这尊菩萨请到峤县，准备让宋海平投资，在峤县也建一个以农家乐为主题的餐饮旅游胜地。

实际上，在峤县其他几座山头里边，马家山也不算最突出的，可不知道为什么，宋海平偏偏选了这儿。

既然宋海平看好这儿，任处长自然不会有什么异议，只要他能投资就好了。

"任处长，"下一刻，宋海平看着马家山，忽然眉头一皱，"这边建造农家乐固然不错，但是这个村子的拆迁恐怕也是个问题吧？别的不说，就是这山脚下，怎么也盖起了房子？咱们要是在这边发展的话，村子或许可以保留几年，但是山脚下是必须盖农家乐餐饮娱乐山庄的……"

宋海平大手一指，正好指在山脚下聂云和田家的别墅地基那边。

"宋总，这个不用担心，这边农村盖房子也没个规划，也不知道谁在这边弄了块地盖房子。等宋总您来投资时，这些房子拆掉就是了，也赔不了几个钱。"任处长说道。

此时，聂云和田家的别墅还没开始盖，只有地基，任处长还不清楚盖的是什么样的房子，以为只是普通小平房。

"嗯。"

宋海平点了点头，没多说什么。

"爸，土山包有什么好看的，我去村里逛逛，您和妈在这儿慢慢看。"宋海平继续观察马家山，宋海平儿子却站不住了，对宋海平说道。

"嗯，逛逛也行，不过注意点儿，别闯祸！"宋海平眉头微皱，看了他一眼，正色说道。

"行，肯定不闯祸。"宋海平儿子道。

"对了小剑，"看到儿子宋剑正要离开，宋海平身边的中年女人忽然将其叫住，"到村里问一问，你姐姐还有你妹妹去什么地方了？这次过来，老家关门了……"

"行，我去问问。"宋剑说着，向村子走去。

别人不知道，这女人却知道。这次，宋海平在这投资，就是为了她。这个村子里，有她的亲人……

聂云家和田甄家在村子最后面，离宋海平他们不远。聂云的悍马停在家门口，车门打开，聂云和田甄分别走下车。

"去看看别墅的进度。"下了车，聂云向田甄说道。

聂云和田甄向后面走去，刚走了一半，聂云忽然想起电脑落在车上了。电脑里还有别墅的建造图纸，去看别墅建造情况，拿着电脑，对照一下图纸比较好。

"小甄，电脑没拿，我回去拿，你在这儿等一会儿。"聂云说着，自己返回车边。

聂云再返回田甄所在的地方时，见田甄跟前一个身材高挑、相貌英俊的二十多岁的男子，男子正嬉皮笑脸地盯着田甄看。

"我说美女，不用这么害羞吧？交个朋友嘛，以后我就在这村里常住了，呐，就是那边，我家以后要在那边盖个农家乐山庄，到时候你上我们山庄上班怎么样？"

男子两手插在兜里，向田甄道。

田甄比较内向，从来没遇到过这样搭讪的，一张俏脸涨得通红。看男子纠缠自己，田甄一扭头就要走。

"哎，美女，不用这么快就走吧？好歹考虑一下啊。"

见田甄扭头就走，青年男子一急，就要伸手来拉田甄。

不等男子的手拉到田甄，忽然感觉手臂一痛，一个极为有力的手掌，将自己的手臂抓住了。

"朋友，我女朋友对你没兴趣，离她远点儿。"一个冰冷的声音，在青年男子耳边响起。

　　手臂处传来的痛楚，让这年轻人脸色略微一变。不过这年轻人倒也硬气，没叫痛，反而飞快地瞥了聂云一眼，冷笑一声："小子，你干什么的？别管闲事知道不？"

　　这年轻男子正是刚刚进村的宋剑。宋剑作为宋海平的儿子，也算是名副其实的富二代了，可惜是个纨绔子弟。

　　当初，宋海平开了一家饭店，到三十岁还没发展起来。那时，宋剑就已经五六岁了。因为宋剑很小母亲就去世了，所以宋剑也没受过良好的教育。虽然父亲娶了后妈，但是作为后妈，人家也不好多管宋剑，宋剑对于父亲新娶回来的后妈也不怎么待见，平常很少说话。

　　后来，宋海平抓住机遇发展餐饮业，发了家，家庭情况也越来越好。宋剑手头的零用钱多了，就成了脱缰的野马，开始了他的纨绔生涯。到了高中，泡妞、打架、飙车……什么刺激玩儿什么，大学自然没考上，宋海平还是花钱让他上了一所私立大学，现在刚刚读到大三。

　　这次宋海平考察峤县，放假在家的宋剑在家待着无聊就跟着来了。也是因为城里的小姐玩腻了，想换个口味，玩玩乡下妹子。

　　想不到第一时间，宋剑就碰到了田甄。田甄的容貌身材，一下子就把宋剑吸引住了，不说别的，单从相貌身材上来看，田甄就比宋剑之前玩过的女人强多了，尤其是田甄身上那种清纯娇羞的气质，更让宋剑着迷。

　　"我是做什么的？"听到宋剑质问，聂云淡淡一笑。

　　"我是做什么的不重要，重要的是，她是我的女人，你最好躲远点儿。调戏别人的女人，很掉份儿，知道吗？"

　　口中说着，聂云右手用力一扬，宋剑就噔噔噔退出去好几步，差点儿跌倒，他的体力和聂云差远了。

　　被聂云一把推得倒退好几步，宋剑一抬头，正看到田甄。田甄见聂云来了，也不走了，而是站在聂云后边，瞅了宋剑一眼。

　　宋剑一张小白脸登时红了。在美女跟前出丑，宋剑可丢不起这个脸。

宋剑一翻身爬起来，知道聂云实力远高于自己，并没动手，而是冲到聂云跟前，一双眼睛死死盯住聂云。

"小子，我告诉你，你的妞儿本少爷看上了，我倒想看看，你有什么本事能和本少爷争？告诉你，没实力，就别学人家泡漂亮妞儿！"冷冷的声音从宋剑口中传出来。

看宋剑在自己面前发狠，聂云轻笑一声，根本没搭理他，退了两步转身搂住田甄："走吧，这边有疯狗，先回家休息一会儿，待会儿再到后面！"

一边说着，聂云一边拥着田甄向家里走去。

看到聂云和田甄离开，宋剑脸上一阵青一阵白，从聂云刚才的态度看，根本没把自己放在眼里。

聂云的这番表现，让宋剑怒火中烧。

"少爷，宋总让我们过来看看……"

这时，宋海平的两个保镖跟了上来，宋海平还是不大放心儿子，让俩保镖跟过来看看。

"那小子抢我东西，给我把他拦住！"

一见俩保镖来了，宋剑脸上露出一丝狰狞，向俩保镖说道。

保镖是宋海平的，如果宋剑让他们打人，他们未必会干，但是宋剑说聂云抢了他的东西，这俩保镖就不得不出手了。

俩保镖也没怎么犹豫，快步向聂云走去，一伸手，搭在聂云肩膀上："这位兄弟，我们少爷说……"

不等他说完，聂云小腿一动，砰的一声，从侧后方踹在保镖的小腹上，饶是他身强体壮，也被踹飞了三四米，腰一弯，双脚贴地在地面上划起一蓬黄土，砰地跪倒在地。

另一个保镖一愣，冲向聂云，不料聂云动作更快，右手在他手腕上一搭，轻轻一扭，这保镖的手臂登时被扭到了后背，一个抬腿，直接踢飞，啪一声撞到田甄家的土坯围墙上。

两个保镖，一瞬间失去了战斗力。

宋剑一愣，根本没想到会发生这种情况，不等他反应过来，聂云就到了宋剑跟前，一伸手抓住宋剑衣领，轻轻用力，把他单手提了起来。狠狠地瞪着宋剑，没说任何狠话，宋剑就一哆嗦，心脏都怦怦乱跳起来。

"住手！"这时，一声中年人的断喝陡然响起。同时，又有三个保镖向聂云冲来。

"怎么可能……"这些保镖虽然算不上什么高手，但也是练过的，功夫不弱。他们保护宋海平，不敢说能应付职业杀手，但一般的人，他们还是不放在眼里的。他们原本以为，宋剑遇到了小混混被欺负了，这才冲了上来，想不到对方的实力那么强。

第一个保镖被一脚踢开的同时，聂云身子一矮，一脚扫向第二个冲过来的保镖，这人的右脚还在半空，只有左脚支撑身子，被聂云扫中，身子一歪砰地砸在地上，激起了一蓬黄土。

这时，第三个保镖才来到聂云近前，第三个保镖似乎练过武术，一上手，就是武术中八极拳的招式。

"班门弄斧！"聂云冷笑一声，身子一动，并不刚猛，却极飘逸。下一秒钟，保镖赫然发现，自己势大力沉的一拳竟然被聂云轻轻收住，同时，聂云右手手掌成刀，紧贴在他的脖颈大动脉上。

"住手！"

这时，那个略带威严的中年男子的声音再度响起。

聂云一记手刀没劈斩下来，之前对付那几个保镖，聂云只是让他们受了点儿皮外伤，没下狠手。要是这记手刀全力劈下来的话，这保镖的大动脉可能就保不住了。

聂云和这些保镖又没什么深仇大恨，如果不是宋剑污蔑他的话，聂云都懒得和他们动手。再说，他们也是混饭吃的，不容易。

随手一推，那保镖一个趔趄，被聂云推出七八步远，好不容易才稳住身子。直到这时，那保镖的身上才冒出一层冷汗……

聂云看向那个刚刚喊住手的人，这是一个四五十岁的中年人，面色方正，一副不怒自威的气势，旁边还有一个从外貌上看不到四十岁的中年女子。另外，任处长及其秘书也跟在后面。这中年男子正是宋海平。

"怎么回事儿？"

宋海平冷冷地瞥了宋剑一眼，又把目光放到聂云身上。

此刻的宋剑犹自惊魂未定，面前这个看似温雅的青年男子，给他的刺激实在是太大了。老爹五个保镖是什么水平，宋剑很清楚，自己的花拳绣腿十个都未必打得过一个。然而，就是这样的保镖，在这青年男子面前，却没有半点儿还手之力，前后不到一分钟，都倒下了。

宋剑还震惊着，父亲的问话，宋剑没第一时间回答。

聂云随意整理了一下风衣外套，连理都没理宋海平。

聂云对他的印象很差。宋海平在聂云抓住他儿子领口时，叫了一声"住手"，又在聂云即将击倒最后一个保镖时叫了一声"住手"，都是在他这一方最不利时才出口说话。

之前，三个保镖向聂云扑来的时候，他干什么去了？你们的人冲过来要揍我，你就不出言阻止，我要击倒你们的人了，你就出来充大头鬼，这是什么道理？

如果这次不是聂云，而是另外一个人的话，恐怕早就被几个保镖制住甚至打倒了。到那时，宋海平才会假惺惺地说一声停手吧。

"聂云，你没事吧？"田甄也没理会宋海平，而是把注意力都放到了聂云身上。

"放心吧小甄，没事的。"聂云淡然一笑，小声说道。

这时，宋剑才反应过来。"爸，这个人抢了我的东西。"宋剑见到父亲过来了，自然不敢说自己调戏美女，被人家男朋友揍了，干脆一咬牙，继续诬陷聂云。

"哦？"宋海平眉头一皱，目光移到聂云身上。

与此同时，宋海平身边的中年女子也向聂云的方向望去，当他看到田甄时，女人身子一震，向前走了两步，说道："甄甄，是你么甄甄……"

听到这个声音，田甄一愣。甄甄这个称呼，也不知道多久没人叫过她了。小时候，爸爸妈妈就叫自己和妹妹甄甄、田甜，而爷爷则叫自己大妮儿，叫妹妹二妮儿。

"甄甄！"不等田甄反应过来，中年女子已经扑了过来，一把搂住田甄，呜呜大哭起来。

田甄就那么愣愣的，不知道该如何是好，田甄的内心一片混乱，宛如沸水般翻腾着。

是她吗？

虽然和十几年前的气质截然不同，但是那熟悉的容颜，田甄又怎么可能忘掉？虽然每次想起她，田甄都强迫自己尽量忘掉她。可是即便如此，自己的梦里还是常常出现她的影子，还会一次次从梦里哭醒……

两行清泪无声无息地从田甄瞪大了的眼睛中滑落。

"甄甄，这些年你受苦了……"

"妈妈没回来看你，是妈妈不好，你怨妈妈吧……"

田甄母亲的泪水，早已将女儿和自己的衣襟打湿了。

"妈妈……"田甄愣愣的，原先不知道该放哪儿的双手，也终于搂在了母亲身上。

"妈……"田甄终于忍不住大哭起来，柔弱的肩膀不断耸动，母女两个哭做一团。

哭了足足一刻钟，母女二人的情绪才稳定下来，田甄母亲依旧搂抱着田甄，但是田甄的双手不知道什么时候已经放了下来。

"甄甄，来，让妈妈好好看看……"

松开田甄，田母擦拭了一下眼泪，仔细地看着田甄。

"长大了，也变漂亮了。甄甄，你妹妹和爷爷呢？"轻轻帮田甄捋了捋头发，田母向田甄问道。

"甄甄，这次妈妈过来，就是接你们姐妹到家里住的。农村条件太差了……要是你爷爷愿意，也把他接过去……甄甄，你和你妹妹还上学吗？这些年，让你们受苦了……"田甄母亲说着，又掉起了眼泪。

田甄轻轻擦了擦眼泪，摇了摇头。"我不上学了，妹妹还在省城上大学，爷爷也还好，现在在省城。"田甄小声回答着母亲的问话。

此时，田甄的目光中，多了一丝坚定。

　　"我和妹妹，还有爷爷挺好的，我……我已经订婚了，还要照顾爷爷，妹妹还在上学，所以……"

　　田甄说着，摇了摇头，轻轻挣脱母亲的双手，后退了两步，轻轻挽住聂云的手臂。

　　"甄甄……"看到田甄的表现，田母愣住了。

　　"我……我不跟您走了……"田甄咬了咬嘴唇，说道。

　　田母身子明显颤动了一下。自己从省城到峤县，为的就是见见自己的一对女儿，这些年跟着宋海平，田甄母亲没再生育，田甄和田甜就是她仅有的孩子，现在她和宋海平年纪都大了，自然都想有儿女在身边。而且田爷爷年纪大了，已经没能力抚养田甄姐妹俩了，她原本想，这次或许能带走田甄姐妹俩。

　　然而，她万万没想到，还没见到田爷爷，自己就被女儿拒绝了。

　　田甄和母亲说完之后，根本不看母亲，只是紧紧抱着聂云的手臂。

　　见到这种情形，聂云在心里无奈地摇了摇头，田甄是怎么想的，聂云也多少明白一些。在田甄和田甜最需要母亲的时候，田甄母亲离开了，而现在，当她们几乎把母亲忘掉的时候，同时也是田爷爷得了癌症，最需要人陪着的时候，她们的母亲又回来了。这时，田甄姐妹怎么可能离开爷爷和母亲走呢？

　　或许当初姐妹俩的母亲没有错，错的是固执的田爷爷，但是现在，说这些又有什么用？结果已经造成，再也没法挽回了……

　　"阿姨，您还记得我吧？聂云，隔壁老聂家的孙子。"田甄不说话，聂云只好向田甄母亲解释。

　　"小甄和我订婚了，您刚回来，小甄心里还有些乱，如果您现在想带小甄她们走的话，或许小甄还不能接受。请给她一点儿时间。"聂云向田甄母亲说道。

　　因为田甄母女相认而被晾在一边的宋海平父子，整个过程都没怎么说话。或许是还在记恨聂云伤了他的保镖让他很没面子，或许是对妻子母女相认并不感兴趣，只在临走时，宋海平扶了一把哭得梨花带雨的妻子。而宋剑则对田甄就是他姐姐表现出了极大的热情，没少帮着田母劝田甄跟他们回家，看他一脸色迷迷的表情，简直是司马昭之心，田甄毫不客气地拒绝了。

虽然田甄的母亲十分难过，不过最终也没能说服田甄改变心意。等田甄母亲和他的家人离开之后，田甄依然跟在聂云身边。

看着聂云忙碌的身影，田甄忽然感觉很甜蜜。

是啊，自己的童年虽然很不幸，但至少还有一抹阳光，还有一个男孩，从很小的时候就和自己说要娶自己做老婆。虽然那个时候，很可能只是一句戏言，但是这句戏言却在十几年后的今天实现了……

这十几年，田甄受了很多苦，但是现在，田甄却感觉很幸福。

因为，她现在有聂云！

聂云没有嫌弃她是个乡下丫头，没有嫌弃她没上过大学，没有嫌弃她没见过世面……聂云给了田甄一切，在田甄最困难的时候帮助她，在田甄最失落的时候安慰她，只要有聂云在，田甄就感觉满足了……

"妈妈么……就当她从来没出现过好了！"怀里抱着被子，田甄想着，心情也放松下来。

即便妈妈没有出现，自己依然是幸福的，而现在妈妈出现了，自己至少可以看到她，这已经是上天的恩赐了。

"好了老婆，吃东西了！"

当田甄心中天马行空地想着，聂云已经将煮好的面条、土豆丝还鸡蛋饼全都端了上来。

田甄轻笑了一下，将脑中不开心的想法全都驱除出去，聂云用筷子夹了面条，喂到田甄嘴边……

一个晚上，聂云一直和田甄腻在一起。

第二天清早还不到六点，聂云和田甄就醒了。

活动了一下，聂云和田甄做了饭吃完还不到七点半，按照农村建筑队的习惯，八点钟才过来干活儿，所以聂云也没和田甄跑到村子后头去看别墅的情况，而是在村子里散起步来。

"那个……小甄，村子里有没有卖那种药的？昨天咱们好像……咳咳，没有做防护措施哈……"一边散步，聂云一边和田甄说道。

田甄脸一红，不过紧接着，脸上又闪过一道黯然之色。

"别乱想，如果有了孩子，我们一定把他留下来，不过咱们现在还没正式结婚，你要是有了小宝宝……我不想有任何风言风语伤害到你！"看到田甄黯然，聂云在田甄耳边说道。

虽然现在奉子成婚在城市比较常见，但是在这种保守的山村，还是会惹人闲话。本来在村里人看来，田甄和聂云好上了，就是田甄高攀了，如果田甄未婚先孕的话，恐怕真有人会说田甄是轻贱自己，才攀上聂云这根高枝儿的。

"等房子盖好了，咱们就结婚！"聂云又补充了一句。

听到聂云的话，田甄的脸色好了不少："那个……好像村卫生室就有卖那些药的……"

农村没有专门的成人用品商店，不过卫生室一般都售卖这类药，毕竟计划生育比较严格，即便是农村，一些必要的防护措施也都普及了。

"那行，待会儿我自己过去买，你就别过去了。"聂云想了一下说道。

"笨蛋，你去买，对我名声就好了啊！"田甄白了聂云一眼。

聂云一想也是，自己和田甄的事全村人尽皆知，自己去买那种药，肯定是给田甄吃的。如果不是给田甄吃的，那就说明自己和别的女人有了不正当关系，这种事儿传出去的话，对田甄的名声一样不好……

"咳咳，就说一不小心没看好炭球，让炭球和小母葵做了那种事情，买这东西，是给小母葵吃的！"想了想，聂云正色说道。

"呸，你才是小母狗呢。"田甄脸一红，狠狠地打了聂云一下……

最终，两人还是一起去了，至于以后被村里的人传成什么样，他们反正也不知道。

本来聂云和田甄准备昨天过来看一眼，没什么问题的话，就直接回去的。因为田甄母亲的事情耽搁了一天。聂云和田甄也不准备马上就走了，在村子里玩几天，散散心也好。而且，聂云的那些流苏树也该过去看看了。

那些流苏树种上之后，很久都没去管理了……

最近峤县一直没怎么下雨，聂云准备到山上，把山泉里的水引一点儿过去，浇灌一下那些流苏树。

今后，聂云很可能把流苏苗圃当成一个产业来做。

最开始，聂云种这两千棵流苏苗时，就想着能出几百株精品砧木，哪怕只能出几十株精品盆景砧木，聂云就能发一笔小财，从此生活无忧。

现在，聂云有钱了，也有了帮助别人的心思，虽然聂云知道，自己不可能帮助所有人，但是能帮一个是一个。多弄一些流苏，让村里家庭比较困难的大婶大娘过来帮忙，自己发她们工钱也不错。

聂云的想法和田甄说了之后，立刻得到了田甄的同意。

"等等看吧，先想办法弄些土地，再想办法购买些流苏小苗……这些事情，估计等咱们房子盖好了，还未必能提上日程。"聂云说道。

这时也没有流苏小苗……只能等春夏相交之际，流苏育苗结束，才会有大量流苏苗出售。那时，小麦也收割了，正是发展苗圃的最佳时机。

目前，聂云最重要的是对付自己的那些流苏树。

"小甄，拿铁丝来。"

一只手扶着一条流苏茎，聂云将流苏茎弯折了一下，另外一只手从田甄手里接过细铁丝，缠绕到流苏茎上，在铁丝的牵引下，这流苏茎弯曲成桃形。

这些流苏虽然才三年，但是已经需要塑形了。

虽然说一些奇形流苏根都是天然生长成的，但是人工塑形也一样可以塑造出不错的流苏根茎来。实际上，盆景界中，天生的精品盆景到底还是少数，绝大多数还是人工塑造出来的。

在老家待了十几天，聂云已经给两百多棵流苏树完成了初步塑形。

一般来说，这些流苏树，都是制作成盘龙、盘蛇的样式，就那么弯上两三个圈儿而已，还无法将这些流苏树提升到精品盆景的程度。

不过，再长两年，这些流苏树成为成品砧木时，就能达到中品盆景的层次了！

刚给这株流苏塑形完毕，聂云又走到下一株流苏跟前。

这株流苏虽然是三年生的，但是生长比较旺威，差不多有四年生流苏那么粗了，而且直挺挺地生长着，跟杆标杆一样，根部也没有特别出奇的地方。这样一株直挺挺的流苏，要塑形就有点儿困难了。

"聂云，这株流苏连个分叉都没有，能做成什么形状啊？"

旁边的田甄盯着这流苏树看了半天，不知道该怎么对付它。

这一千棵流苏，当初栽过来的时候，聂云就观察了，也想好了，纯粹直杆的该怎么对付，已经有弯曲的怎么对付，聂云心里都大致有数了。一般的两年生直杆流苏就编花篮。因为这东西就是长长的一条，和杨树苗差不多，分叉极少，正好可以弄很多的流苏树苗，编成一个花篮，形成组合型盆景。不过聂云跟前这株流苏，直径比较粗，不太适合编花篮。

"这株流苏，就让它这么直立生长，在根部上方十公分的茎干处环切一下，包裹上泥土，让它生根。等生出大根之后，再把这些根牵引下去，栽到地里，制造出'悬浮根'的效果。"看了两眼这株流苏，聂云说道。

很多植物，在茎干上切道口子，包裹上泥土，这道口子就能生根。很多月季都是这么繁殖的。

不过流苏树虽然生命力极强，但是细胞分化程度却很高，在茎干上切口子包裹泥土，很难令其生根。当然了，这对别人来说难，对于聂云来说，就简简单单了。只要聂云使用灵木瞳牵引让这道口子附近的灵气充裕，这地方自然能生出根来。

茎上生根，再把这些根弄得好一点儿，让它们一直往下扎，最后扎到地里，就形成了一株双层根流苏。如果聂云想弄的话，第二层根上方还能再环切一下，再让它生根，形成三层根、四层根……

将这株流苏弄好，聂云继续下一株。

下一株流苏竟然和这株流苏一样，也是比较粗的一根直杆流苏。

之前那株流苏已经做成了双层根，这株要是再做成双层根，未免重复了……

聂云开启灵木瞳，观察了一下这株流苏茎干中的灵脉。

"八条灵脉？如果这八条灵脉正好分布在八个分支之中的话，那么这八个分支恰好能编成一个花篮……"聂云心中想道。

"把这流苏从根部往上十公分处拦腰截断，让截面下一公分处生出八个新芽，形成八个枝条，用这八个枝条编成一个小型花篮。"聂云做出决定。

一般的花篮，是八棵到十六棵差不多粗细的流苏树编制而成，但是随着这些流苏树生长，有的长得快，有的长得慢，到最后花篮的枝条就可能粗细不一，影响美感。现在聂云让一棵流苏树生出八个分支编制花篮，用灵木瞳控制灵气，控制生长速度，这个花篮的枝条就不会出现粗细不一的情况了……

给流苏塑形，聂云这才意识到了灵木瞳的强大之处。

别人不敢弯折的地方，聂云敢，别人不敢截断的地方，聂云敢。如果聂云愿意，找一株流苏把流苏茎干直接雕成一根镂空的龙头拐杖，聂云也可以保证流苏能正常生长。

"将流苏镂空雕琢成木雕，这倒是一个比较新奇的想法。"一边对付着这些流苏，聂云一边想着。

只可惜，聂云手上的流苏都比较小，最粗的也不过直径三四公分罢了，这么细的流苏，想要镂空雕琢成木雕，是不可能的。

不过，比较粗的流苏茎干也不是很难找。那些形状清奇的流苏茎干，比较粗的价值固然极高，但是那些形状一般的流苏树干，价钱就比较低了。三五千块钱就可以买一个二十公分粗的流苏桩子。把这些比较粗的流苏桩子雕琢一番，绝对能成为精品中的精品。

整整一个月，聂云一直留在老家对付他这些流苏苗。

聂云那两套别墅也已经全部建成了。装修队已经进驻别墅。

对于别墅的装修，聂云的要求是简约大气，不必多么精美，但是所用的材料必须是最好的。

另外，聂云也没有让建筑队立刻撤走，他把马家屯的后山包了下来，建上一大圈围墙，准备在里面养上几十条各式各样的大狗。

建狗场，这是聂云早就想要做的事情了，聂云和田甄、田甜都比较喜欢小动物，有这些大狗陪着，也免得别墅建造好之后，显得空空落落的。

峤县花鸟宠物市场，也是狗市。狗摊上，田甄一只手抱着小德牧，一只手抱着小苏牧，把两只小狗放到地上，让两只小狗赛跑。

两只小狗才四十天左右，毛茸茸的，耳朵都耷拉着，十分可爱。放到地上之后，两只小狗根本就不会直线跑，转悠了两圈，又回到田甄脚边，趴到田甄的运动鞋上。

旁边的炭球伸过大脑袋把两只小狗叼起来放到地上，看他们笨拙地爬起来，又跑到田甄旁边，就再叼回来，玩得不亦乐乎。

狗摊上几只德牧、苏牧大狗，眼睁睁地看着炭球摆弄自己的孩子，不敢上前阻拦……

聂云和赵建宏则站在旁边，看着这些狗。

"小兄弟，我跟你说，苏牧和德牧这两种狗，最好别一块儿养，这俩狗不知道怎么的，见面就掐架。我养这些狗可给烦死了，这不，想着把其中一种卖掉。我本想卖掉苏牧，可我家闺女死活不愿意，非要我卖掉德牧……"

卖狗的是一个四十岁上下的中年人，看到聂云抱起一只小德牧瞅瞅，又抱起一只小苏牧瞅瞅，似乎都有兴趣，不由开口说道。

"聂云啊，我看你要养狗，可得谨慎啊。"旁边的赵建宏看了聂云一眼，正色说道。

一大早，赵建宏就被聂云拉过来挑选小狗，得知聂云要建一个狗场，赵建宏对此持保留意见。

"建狗场倒没什么大问题，不过养狗这事儿可不是简单的。如果这些大狗都健健康康的，光每年产小狗崽，就能小赚一笔。可是一旦出了什么毛病，这些狗就会成片成片死掉。"赵建宏说道。

"折点儿小钱，这倒没什么，聂云你现在百八十万也折得起，可自己养大的心爱的大狗死掉，那可是钻心的疼啊。"赵建宏语重心长道。

聂云要养狗，赵建宏担心的就是这个。

"是啊，小兄弟，赵总说得不错，咱这些养狗的，哪个没交过学费？我养狗第二年，五只种狗，一次性都死了。赵总以前也没少死小狗。这都是一步步跌跤过来的，现在有了经验才好了一点儿。"那卖狗人也劝聂云。

对赵建宏和这卖狗人的规劝，聂云微微一笑。

"赵老哥你们别劝了，我也就先养几条，就算是出了毛病死掉，也积累了经验，再养也能好一些。要是顾忌这个顾忌那个，岂不是一辈子都不能养狗了？放心吧，我年轻，真要死了，也挺得住。"聂云说道。

聂云倒真不存在怕狗死的问题，聂云拥有灵木瞳，可以驱除大部分疾病，癌症晚期都能治好，狗狗出个毛病，还不简简单单。真要出了什么大问题，医药难以治愈了，大不了请出灵气这个法宝，绝对不会让大狗轻易死掉的。

"呵呵，也是，你还年轻，挺得住。倒是我们老了，做事瞻前顾后了……"听聂云这么说，赵建宏呵呵一笑。

说起来，聂云倒真可以养狗。年轻人搞狗场，经常资金不足，狗一旦全挂了，就无力东山再起了。中老年人资金倒是积累了不少，但是感情上就脆弱了，把大狗当儿子闺女养，一旦挂了，就不想再养了。

聂云既年轻又有充足的资金，饲养的大狗真出了什么事儿，也可以挺过去。

"老板，这窝小德牧和这窝小苏牧都不错，我都要了吧，您开个价好了。"随手把小狗放下，聂云向卖狗人问道。

这两窝小狗，德牧七只，苏牧六只，德牧是两公五母，苏牧是两公四母，养大了倒是可以配对，当种狗繁育。

"这些狗……"卖狗人看了一眼这些小狗，略微想了一下，"得，既然小兄弟和赵总认识，给个便宜价，你给这个数吧。"

口中说着，卖狗人伸出四个手指头。

十三只小狗，总共四万。平均每只小狗都达到了三千。

按这些小狗的品相、血统，这个价钱，也算合适了。

"行，四万就四万，就这两窝了，我这就把钱给您打过去。"聂云没怎么考虑，掏出了电脑，给卖狗人打钱。

"呵呵，兄弟够爽快，这狗拿回家之后，最好在笼子里边先养几天，熟悉熟悉环境再放出来。不然这些小东西害怕，到了家里，说不定会到处乱钻，万一在什么地方把自己卡住了，咱又找不到，那就危险了。"卖狗人向聂云说道。

"行，关两天再放出来。"聂云一笑，说道。

对卖狗人的提醒，聂云就没当回事儿，这些小狗带回家之后，就让炭球做保姆看着，一般不会乱跑。

"老朱啊，你这两窝狗，可算卖了个好价钱啊。"看到聂云和卖狗人老朱那么快就谈好了价钱，赵建宏哈哈一笑道。

"赵总，我这可不是坑聂云兄弟，我这几只狗，单独拿出去，品相好的卖到五千没问题，就算差点儿的，也得两千啊。也就是聂云兄弟够爽利我才出手的，赵总你说，在别的地方，这么好品相的狗，四万块能拿下来吗？"卖狗人老朱说道。

"聂云兄弟你也是懂狗的，你这只獒，我在网上也看过，那是一等一的好狗，价钱上千万的。我老朱有没有坑你，聂云兄弟你应该最清楚。"老朱又向聂云说道。

"哈哈，老朱，你说聂云这炭球价值千万，你可知道他当初多少钱买的它？告诉你，两百五十块，买你一只小狗的价钱，都能买十个炭球了。"赵建宏向老朱笑道。

"啥？"

听到赵建宏这番话，老朱目瞪口呆。

两百五买的这只獒？前一段时间，炭球大战云豹、黑熊的视频，可是把它炒到了五千万，整整二十万倍的利润啊！

钱打过去，老朱帮聂云把两个大笼子搬到悍马车上，待会儿直接拉回家去。

　　买到十三只小狗之后，聂云狗场里狗的数量，就达到了十六只，还有一只小狼。

　　"聂云，别的狗还看看不？要是再看中了别的狗，你的车子装不下的话，老哥帮你找车把这些狗送回去。"赵建宏向聂云说道。

　　"再看看也行，老哥你再帮我介绍几种狗，养的品种多一点儿。"聂云说道。

　　赵建宏点了点头："聂云啊，你那狗场，别的狗倒是可以缺，不过有两种狗却是不可或缺的，一个是藏獒，另外一个就是高加索。炭球是藏獒和高加索的后代，和藏獒或者高加索配，很可能会出好狗。藏獒你有两只了，高加索也得弄上几只。"

　　聂云略想了一下。

　　"老哥，咱们这边的高加索犬比较少吧，就算能弄到，估计也不是品相上乘的。"炭球好歹是狗王，总不能随便弄两只高加索犬给它。

　　"有机会的话，再去那边看看吧。"笑了一下，聂云说道。

　　被赵建宏勾起了兴趣，聂云也不想去看那些普通犬种了，随便在狗市逛了逛，就开车回了家。

　　"四婶，我们去买了一些小狗，车后面有狗粮，您待会儿拿一点儿喂喂它们，别喂多了，弄不好撑着。"

　　回到新建的别墅，聂云把两笼小狗拿了下来。

　　马四婶是聂云雇用的一个本地村民，丈夫去逝了，有个儿子，还在上小学，马四婶帮聂云过来照看别墅，顺便照顾聂云新建的狗场。聂云给马四婶一个月开两千块钱的工资，也算是照顾他们孤儿寡母一家吧。对此，马四婶十分感激。

　　"呦，买来小狗了？以前我们家也养过几窝小狗，最多的时候，母狗生了一窝十四个，奶不够吃的，都是我用奶瓶喂的。最后一只都没死，这些狗崽子我喂着就行了。"马四婶过来看了一眼这些小狗，笑着说道。

"那四婶您多费心了。"马四婶有养狗经验，聂云也放心一些。

"待会儿我去弄几把麦秸，给它们弄个窝。"马四婶道。

"行，天也不冷了，冻不死它们。"聂云正说着，忽然手机铃声响了起来。聂云拿出手机看了一眼，不由一愣："庄姐？"

接通手机，庄雅雯略微疏懒的声音传了过来。

"聂云吗？最近有没有时间？我一直很羡慕你的炭球呢，想找个地方，也买一只好獒犬。不知道你有没有空一起去？"庄雅雯说道。

"你想要买藏獒？"

听到庄雅雯的话，聂云愣了一下。

庄雅雯的公司是珠宝行业的巨头，同时也想向盆景方向发展，这个在聂云看来都很正常。女孩子嘛，喜欢珠宝首饰和花花草草之类的东西，也没什么奇怪的。

不过，庄雅雯想要买獒，这个倒让聂云没想到。在聂云看来，狗，尤其是凶猛的大狗，应该更得男生喜爱。女孩子虽然也喜欢动物，但一般还是以喜欢毛茸茸的小动物为主。像大白熊那样的大型狗，一身长长的白毛，憨厚可爱。至于藏獒，长相憨厚，但性子实在算不上憨厚，好勇斗狠，见了谁都不服气，扯着嗓子乱吼一通。或许很多女生看到藏獒的图片会比较喜欢，真要养了，绝大多数女孩都会讨厌这东西。

庄雅雯又不是不知道藏獒的特点，怎么突然想养獒了……

"庄姐，你要真喜欢獒的话，炭球有了儿子闺女，送你一只好了，獒这东西有点儿桀骜不驯，战斗力也特别强。真要买了，估计你也得一直拴家里，不能像炭球那样带着出去玩。等炭球的孩子出世，我瞅品相性子好的，有炭球一半听话就行，庄姐你养一只，也能经常带出去玩。"聂云向庄雅雯说道。

"实话跟你说吧，这次不止是想买獒，主要是闷了，想出去玩。聂云，你就说有没有时间吧。"聂云正说着，庄雅雯突然打断了他的话。

"闷了？"聂云又是一愣。

"嗯，这次来鲁东，本来是和雪宁一块儿来的，到了这儿，雪宁就和伟子他们研究选秀节目的制作去了。前几天还能和田甜一块儿玩玩，现在广告拍完了，田甜还得上学，我就闷了。偏偏你和小甄又回了老家，连个能说话的人都没有。"庄雅雯抱怨道。

聂云一想，庄雅雯的几个朋友都有事儿干，也就只有聂云和庄雅雯一样，是自己当老板，想什么时候闲着就什么时候闲着了。

"好吧，这两天我就和小甄回省城。咱……就去玉树那边看看吧，藏獒最好的地方还是玉树，过去碰碰运气，有好的咱就买了，没有好的就算了。"聂云想了一下说道。

选择玉树，不止是因为那儿的藏獒最好，最主要的是聂云想去见识一下别的大狗。

另外，传说中的地下斗犬聂云也想看看。

聂云的炭球比起普通的獒犬，战斗力强大了好几等，但是和专业斗犬相比，聂云就没底儿了。毕竟，术业有专攻，那些专业斗犬就是为了比斗驯练的，可以说就是为了战斗而生，是天生的战士。这方面，炭球未必比它们强。

和庄雅雯约好，聂云挂断了电话。

把自己和庄雅雯的通话内容和田甄说了一下，田甄也没反对，不过田甄却不跟着过去了，和爷爷一个多月没见，回到省城后要照顾爷爷一段时间。

本来孤男寡女去旅行，田甄还有些担心，不过庄雅雯和田甄也是好朋友，而且一直以来，都扮演着女强人的形象，在聂云几人跟前都是大姐头，田甄也没想聂云会和庄雅雯有什么可能。

"四婶，我们走之后，这两条母獒还有这只狼，到晚上撒在院子里就行了，不用管它们，定时喂就行。它们也不会伤人。家里都安摄像头了，有人过来捣乱，尽管报警就行，要不给我打电话也行。"

第二天一大早，一切收拾妥当，聂云嘱咐马四婶道。

两只小母獒和小狼都被炭球驯得服服帖帖的，倒是不怕它们惹事。

不过，若是晚上有什么人要进狗场偷狗的话，那可就要小心点儿了，俩母獒加上小狼，全都不是吃素的，弄不好能把人活撕了。

"行，你们放心吧，等你们再回来，这些小狗保准喂得胖胖的。"马四婶笑道。

聂云和田甄上了车，和马四婶告别，向省城驶去。

不到四个小时，聂云驶入天堂小区，在车库里停好车子，聂云和田甄上了楼。

聂云父母住三楼，聂云和田甄的小窝在四楼，聂云和田甄先上了三楼。

打开房门，一个年轻女孩出现在防盗门里边。一打影儿看到是个女孩子，聂云也没细看，直接道："田甜，快给姐夫开门。"

"呸，谁是你的小田甜？还姐夫呢……"这时，一个女人呸了一声，娇声道。

"额？"

聂云这才看清，原来防盗门里的女孩不是田甜，而是庄雅雯。也不知道庄雅雯什么时候跑到自己家里来了，居然是她过来开门。

聂云尴尬一笑，庄雅雯把门打开，聂云和田甄连忙进去，炭球也跟着进来。

"庄姐，你怎么来了啊？"

"我就不能来你家吗？作为朋友，过来看看伯父伯母，应该没什么问题吧？"庄雅雯微笑说道。

"能。是我说错了，欢迎庄姐来我家。"聂云连忙认错，当初在成都，如果不是因为庄雅雯的伯父在国外，聂云他们也得去拜访。现在庄雅雯到了鲁东，过来拜访聂云父母，也是很正常的事情。

"行了，不逗你了。其实是上次周六，田甜拍完了广告，我开车把她送过来，顺便过来坐一坐。今天听说你们要回来，我就事先过来等着了。"庄雅雯说道。

"这样啊，那好，今天中午就别走了，在家里吃饭吧。"聂云随口道。

庄雅雯白了聂云一眼："本来就准备在这儿蹭饭，我都帮伯母做了好几道菜了。小甄，来，咱帮伯母做饭去。"

　　庄雅雯说着，拉着田甄进了厨房。

　　只剩下聂云一人，讪讪地走进客厅，田爷爷坐在靠近窗台的位置上，眯着眼睛打盹，聂父则坐在沙上看电视，电视声音不算大，以田爷爷的耳力，这样的声音根本影响不到他分毫。

　　"聂云，回来了，到阳台这边，我有几句话和你说。"看到聂云回来，聂父脸色有些凝重，向聂云说道。

　　跟着父亲到了阳台，聂父把阳台和客厅之间的玻璃拉门关上，在阳台说话，里面就听不清楚了。

　　"聂云啊，我跟你说，小甄可是个好姑娘，她虽然没什么学历，也没有好工作，但我和你妈对小甄都很满意。聂云啊，你可不能有别的想法，再过两个月，找个好日子，你们就结婚吧。"聂父沉声说道。

　　"嗯，我明白了爸。"聂云身子站得笔直，点头答应。

　　聂云有点儿不明白，父亲今儿怎么突然跟自己说这个，难道自己那么像陈世美？

　　"聂云啊，那个庄雅雯，听说是你朋友？好像是什么公司的总裁吧？"聂父点了点头，向聂云问道。

　　聂云脑门上落下一滴冷汗，父亲这么说聂云哪还会不明白，显然是他老人家误会了。

　　"庄姐是雅致珠玉的总裁，她们公司资产上百亿，她和俊伟认识，关系还算不错，后来我们才认识的。因为她公司缺代言人，我介绍田甜过去了，后来就和我们都成了好朋友。"聂云回答道。

　　聂父点了点头，心里一块大石头落下了。

　　聂父最害怕的还是聂云嫌弃田甄的身份，甩掉田甄另寻他欢。不过得知庄雅雯的身份，聂父倒是不担心了。田甄的身份虽有点儿高攀聂云，可是聂云的身份却攀不上庄雅雯。虽然田甄学历低没工作，但人家相貌好身材好，厨艺也不错，也能配上聂云了。而聂云无论是相貌还是身家，就没一项能配得上庄雅雯的，庄雅雯会看上他？

心中的担忧去除，聂父和聂云随便说了两句，俩人这才回客厅。

聂母和庄雅雯、田甄已经把一桌子菜摆上了。

心中没了担忧之意，聂父对庄雅雯也热情了不少，毕竟是儿子儿媳的好友，不能对人家冷着脸。吃饭时，聂父频频招呼庄雅雯多吃，聂母也不时帮庄雅雯夹菜。

第十四章 身价水涨船高，两千五百万买不到狗王炭球

虽然聂云早就说了炭球不卖，但这年轻人还是一次次加价，对此聂云也不是特别气恼。年轻人一次次加价，显然说明他对炭球十分喜爱，的确想倾尽自己最大的力量购买炭球。不过他的两千五百万确实不足以打动现在的聂云，更何况能斗云豹、斗黑熊的炭球远不止值这个数。

庄雅雯脸上带着笑意，凡是聂母给夹的菜都吃掉了。

一大家子人，一大桌子菜，虽然不如酒店奢华，但很温馨。

"来，小庄啊，尝尝伯母做的红烧狮子头。"

聂母将狮子头夹下一块，放到庄雅雯碗里。

"嗯……"庄雅雯点了点头，嘴角还带着微笑，低下头，两滴泪水掉了下来。

"庄姐，你怎么了……"田甄眼尖，看到庄雅雯落泪。

旁边的聂云和聂父聂母都是一愣，向庄雅雯看过去。

庄雅雯伸手在眼睛上擦了一下，吸了两下鼻子，勉强露出几分笑意，声音略带喑哑："我没事，真的没事，就是……就是好久没一家人一块儿吃饭了……"

聂母和聂父对视了一眼，试探着问道："小庄，你父母都很忙吧？"

在聂父聂母看来，庄雅雯是公司总裁，身家几百亿，她父母肯定也是大人物，平常工作比较忙碌没时间陪她一起吃饭。

"咳咳，妈，庄姐的父母在她很小的时候就出车祸去世了。"聂云低声向父母说道。

聂父聂母一愣，没想到庄雅雯竟然是个孤儿。

这时，庄雅雯的情绪也稳定下来，点了点头："这些年我和伯父一起生活，不过伯父平常比较忙，而且是单身。所以……我很少和家人一起吃饭的。"

聂父聂母释然地点了点头，想不到这也是个苦孩子，之前聂父聂母一直以为庄雅雯风光无限，却想不到庄雅雯看似坚强的外表下，内心也很脆弱。

"庄姐，我也很小就没有了父母。不过现在有爸爸妈妈了，如果你不嫌弃的话，就把爸爸妈妈也当成你的父母吧，以后经常来家里坐坐，吃妈妈做的菜，陪妈妈聊天，好不好？"田甄轻轻握住庄雅雯的手，低声说道。

"咳……"旁边的聂云脸色有点儿尴尬。

让庄雅雯也叫自己父母爸爸妈妈？那成什么事儿了？田甄是自己媳妇，自己的爸妈就是她的爸妈，难不成庄雅雯也要当自己媳妇？

"好啊！"更令聂云无语的是，庄雅雯竟然展颜一笑。

"以后我就认伯父伯母为干爸干妈了，不知道伯父伯母收不收我这个干女儿？"庄雅雯向聂父聂母道。

"收！肯定收！我们老两口就缺一个女儿呢，早些年还引以为憾，想不到临老了，居然能有一个女儿。还有小甄和田甜，都是我们的好闺女。"聂父聂母呵呵笑道。

旁边的聂云擦了一把汗，原来是收干女儿啊，看来是自己想多了。

庄雅雯成了聂云的干姐姐，一家人吃饭更融洽了，一顿饭吃了差不多一个小时。

聂云和父母说自己要跟庄雅雯去玉树买藏獒，聂父聂母欣然同意。之前聂云要是这么说的话，父母还要担心。现在庄雅雯成了聂云的干姐姐，聂云父母一点都不担心了。

去玉树和去云南不同，不需要太多准备。毕竟这次两人不是跑去荒郊野外，主要还是在城市里，最多就是跑到一些小镇而已。

庄雅雯干脆在聂云家住一晚，第二天早上直接驱车前往玉树。

庄雅雯和聂云、田甄一起住楼上。好在楼上客房也多，聂云选了一个离主卧室最远的房间给庄雅雯住。

一夜无话，第二天一大早，聂云和庄雅雯随便带了两件换洗衣物，开着悍马车，带上炭球，前往玉树。

"姐，这次到玉树，准备买条什么样的狗？黑色的还是棕红色的？或者来一只雪白色的雪獒？"一边开着车，聂云一边向庄雅雯问道。

"看看吧，嗯……尽量买一头红色的小母狗吧。要不，雪獒小母狗也行，就给炭球当媳妇。"庄雅雯想了想，说道。

"小母狗？"聂云忽然联想到那天和田甄开的玩笑，差点喷了鼻血，赶忙收敛心神。

"对了聂云，你说，炭球和雪獒交配的话，会不会生出白底红花的藏獒啊？"庄雅雯歪着脑袋，傻傻地向聂云问道。

"这个……有可能……"聂云想了想说道。

不同颜色的狗交配，的确能生出斑纹狗，不过只是有可能。至少聂云这辈子，还没见过斑纹的藏獒。一般来说，不同颜色的藏獒交配生出来的小藏獒，毛色或许会斑杂，但都是笼统的斑杂，比如黑色獒和白色獒生出灰色獒。黑白相间的斑纹狗，聂云还真没听说过。

"上次赵老哥给炭球买了两个小母獒做老婆，都是暗红色的，看来是准备生红色的小獒了。赵老哥年纪大了，一点儿想象力都没有，要是像庄姐这么有想象力的话，肯定也会买雪獒，生花斑狗了！"聂云微笑着向庄雅雯道，也不知道是恭维庄雅雯，还是在取笑庄雅雯。

"赵建宏买的两只母獒多少钱？"庄雅雯问道。

"每只一百五十万，都相当不错，品相也很好。"聂云说道。

"那应该是纯种獒了。玉树这边还是杂种獒多一点儿，纯种獒听说只有五十多只。"庄雅雯说道。

"一百五十万能买到纯种獒？还是只有五十只的纯种獒？姐，不是说玉树这边的獒价格上千万的不少吗？"聂云疑惑地向庄雅雯问道。

聂云也在一些网站上看过，玉树藏獒市场最便宜的藏獒，价钱都在一百五十万。

所以在聂云看来，玉树藏獒五六百万的应该有很多。一百五十万的只能算一般货色。

听了聂云的话，庄雅雯嗤之以鼻。

"那边的藏獒标价或许很高，几百万常见，但是真正能卖出去的高价獒很少。据权威人士说，玉树那边，值两百万的獒，一个手就能数过来。"

"有些獒，主人说它价值四百万、五百万，有人买吗？去年，那边成交的过百万的獒犬，也就四五单罢了。绝大多数的獒价格虚高，根本不值那些钱！"庄雅雯说道。

一路上，聂云和庄雅雯边开车边聊，累了就换着开开。就这样，足足走了四天三夜，聂云和庄雅雯才晃悠到青海玉树。

到了玉树，已经下午六点多了。聂云和庄雅雯没有直接去藏獒交易市场，而是先找个旅店住下。

"我早就打听好了，玉树这边的藏獒，主要还是集中在结古镇，不过结古镇的藏獒交易市场也不是每天都开的。每月的初三、十三、二十三隔十天开放一次。后天就是四月十三正好是藏獒交易的时间。"到了旅店之后，庄雅雯才向聂云说道。

在路上庄雅雯就打听好了，所以两人才没赶着来。

"明天在这儿到处逛逛，游览一下风景，后天去结古镇。"

庄雅雯说着，摸了摸炭球的脑袋："今天晚上，炭球跟着我睡。"

"行，炭球跟姐睡。"出门在外，庄雅雯一个人住一个房间，聂云本就有点儿不放心，正好派炭球去做保镖。

第二天八点多，两人才起床。吃了早饭，聂云和庄雅雯在玉树游逛起来，玉树也算是一个旅游胜地，比较有名的景点有文成公主庙、通天河，尤其是通天河，凡是看过西游记的人都知道，当初唐僧取了经文，走到这里掉了下去，经书掉进了通天河里，捞出来之后，有那么几卷遗失了。

下午，驱车到了结古镇。结古镇还算发达，各种旅馆都有，聂云和庄雅雯在这找了个旅馆住下。明天一早，就可以去藏獒交易市场了。

藏獒交易市场十天一次，每次都要持续两三天，接下来的两三天时间，聂云和庄雅雯会一直住在这。

第二天一大早，聂云和庄雅雯吃了早饭，开车带着炭球直奔藏獒交易市场。

刚到藏獒交易市场，聂云就看到市场外面停靠着大量名车：悍马、路虎、卡宴、雷克萨斯、奔驰、宝马各种都有，聂云的悍马在里边根本不显眼。

"姐，来这边购买藏獒的有钱人这么多？"将车子停好，聂云向庄雅雯问道。

"也不全是富人，这些车很多是当地养獒发家的藏民的。"庄雅雯微微一笑，说道。

"藏獒已经成为玉树的支柱型产业了，养獒发家的藏民不少。不过根据调查，很多藏民致富之后没有危机意识，喜欢购买名车、名表之类的东西装门面。资金储备比较少，抵抗风险的能力比较低。"一边下车，庄雅雯一边向聂云解释道。

"不过这也不是藏民消费意识的错。他们购买名车、名表装门面，也是为了让自己的藏獒卖到好价钱。一个开着二手面包车卖藏獒的，说他的藏獒是名门之后，谁会相信啊！"庄雅雯说道。

聂云点了点头，颇为认同。就像聂云开着悍马去卖盆景，买家肯定不会压价太狠，因为买家知道，聂云有钱，压价狠了，聂云就不卖了。如果聂云骑着自行车去卖的话，原价一百万的盆景，人家就敢直接往十万上压。在买家看来，十万块对于骑自行车的人来说，已经是一笔巨款了……

"不过说起来，过来买藏獒的有钱人，也不少。"一边向藏獒市场里面走，庄雅雯一边说道。

"哦？姐，这个是怎么看出来的？"聂云疑惑地向庄雅雯问道。

"很简单，看这些 SUV 的牌照，"庄雅雯两只大眼睛闪了闪，似笑非笑地说，"如果是藏民的车子，牌照就是青海的，而那些外省牌照的车子，就是到玉树买獒的有钱人的。"

听了庄雅雯这番话，聂云豁然开朗。

庄雅雯不愧在商场摸爬滚打多年，一眼就能看出端倪，之前聂云还在观察这些车子，准备看一下藏民的车子和外省有钱人的车子有什么不同呢。刚才聂云看到有的车子上悬挂着藏族的民族特色饰物，聂云还颇为高兴，以为自己发现了藏民车和外省车的区别……想不到庄雅雯辨别的方法，比自己高明多……

"走吧，那边有不少藏獒。过去看看！"庄雅雯说着，两人向藏獒市场走去。

这边的藏獒市场和农村赶集差不多，一片空地上，好几排水泥台子，一些藏民或者狗贩子牵着自己的大狗，让大狗们蹲在水泥台子上，供买狗人观看挑选。

虽然是早晨，这边也已经有四五十只大藏獒了。都是成年獒，旁边放着一笼子一笼子的小獒，两三个月大小，憨头憨脑的，相当可爱。这些成年獒是小獒的父母，或者是相同父母早几胎出生的哥哥姐姐，看了它们的品相，就能对小獒以后长成什么样儿有个大致了解。

这些大獒，一般是不卖的，有人询价，都要开到两百万、三百万，这样的成年獒，一年成交量也就四五笔罢了。

市场上看狗的人还不多。聂云和庄雅雯没走多远，就看到市场边上有一群人，围着一个四十来岁的中年男子。不时有藏民或者狗贩子把藏獒牵过去，让中年人看。

聂云和庄雅雯都有些好奇。

"大哥，那边是干什么的啊？"轻轻拍了拍前边一个围观的男人，聂云问道。

"那是藏獒协会的张学仁先生，给藏獒估价呢，藏獒买赚了还是买亏了，张先生一眼就看出来了。免费的不收钱。那些藏民准备把出手的藏獒给张会长看看，张先生要是估价高，就不会低价卖了。"这男子向聂云解释道。

听了这男子的话，聂云和庄雅雯也来了兴致，向那边挤去，准备看个热闹。

此时，张先生正盯着一只硕大的成年藏獒看，一个藏民抓着藏獒的项圈，一脸期待地看着他。

看了一会儿，张先生直起身子。

"老哥，你这獒不错啊，怎么想卖了？放家里养着，至少值两百万，要是出手的话，可就便宜了，毕竟不是小獒了，得有三岁多了吧？三十万也是它，四十万也是它，不大容易超过五十万。"张先生向那个藏民说道。

听了张先生这番话，藏民略带高原红的脸由红变白，十分失望。

"谢谢了，张先生。"用蹩脚的汉语跟张先生道了一声谢，中年藏民一边叹着气，一边走进市场。虽然张先生的估价没达到预期，但是这只大藏獒，他依然准备卖掉。

"他应该是养獒折了本，只能出手大獒填补资金漏洞。"庄雅雯在聂云跟前，低声说道。

养藏獒也不是一定就赚钱，玉树的藏獒的确全国闻名，但是能卖到几万几十万的也是极少数。有时候，一只母獒花两三万配了种，下的却都是品相不好的幼崽，上千都没人要，最后可能几百块一只就卖掉了。遇到病灾更倒霉，成片死，倒赔几十万都有可能。

"还有人要估价吗？"给藏獒估完价，张先生大声道。

"我！"一个二十五六岁，穿着考究的青年男子走了出来，抱着一只雪白色的小獒，放到张先生跟前："张先生，您给我这只小雪獒估估价吧！"

"哦，这是刚买的小獒？"张先生看了青年男子一眼。

"呵呵，那边刚入手的，您给看看值多少。"青年男子呵呵一笑，说道，说话时脸上还带着几分得意。看来他对自己这只小雪獒相当满意。

"我看看……"张先生说着，伸手抱起小雪獒。

小雪獒通体雪白，两个月大，被张先生抱起来，呜呜叫着，圆滚滚的脑袋煞是可爱。

张先生看了两眼，摸了摸骨量，皱起了眉头。

"小伙子，冒昧地问一句，你这雪獒多少钱买来的?"张先生向这年轻男子问道。

"呵呵，不算贵，二十万拿下的。那位大叔要价五十万，说是极品雪獒。"年轻男子笑着说道。

听完年轻人的话，张先生一笑。

"小伙子，这獒带回去养着吧，极品雪獒算不上，不过你能把价钱压下来，也算不错了。这雪獒……不是很纯，长大了可能会出现杂色毛，不过不影响整体观感，说是雪獒也没什么大问题。"张先生说道。

年轻男子脸色登时变得十分难看。虽然张先生没给小雪獒估出具体的价钱，但这年轻人再傻，也知道不纯的雪獒，根本卖不上价，自己是被卖狗人给坑了!

不过买獒这事儿，一个愿打一个愿挨，买亏了，也只能怪自己看走了眼，怨不得人家。

围观的众人都摇了摇头。藏獒市场开放，一次三天，有的是时间。现在才是第一天，这年轻人就出手买獒，也太心急了一点，难怪要吃亏了。

"还有獒要估价吗?"

给小雪獒估完价，张先生又说道。今天他刚来，精力充沛，也想多看几只獒。不说别的，他自己也是个爱狗之人。

"我们这儿有条!"这时，一个女子的声音陡然响起。

"姐?"

聂云一愣，转头看向旁边的庄雅雯，刚才说话的正是庄雅雯。

"让张先生给炭球估估价!"庄雅雯冲聂云一笑，伸手推着炭球往前走。

"大家稍让一下。张先生，您帮忙看一下这只獒吧。"庄雅雯把炭球推到张先生跟前。

这几个月，炭球又长大了一点儿，现在已经比一般的藏獒还大一些。

被庄雅雯推到众人中间，更显得格外庞大。庄雅雯把手松开，退了一步，让张先生观察炭球。

"姑娘，你这是成年獒，怎么连个项圈都没带？别把它给看毛了，咬着人。"看了炭球一眼，张先生并没有上前。

张先生说完，附近围观的人都下意识地退后了几步。

这只大獒犬，居然连个项圈都没有？藏獒可不是什么温顺的动物，下口咬人是正常事。所以，一般的成年藏獒，都会带个项圈，被主人牵着。

炭球连个项圈都没带，张先生自然不敢上前品头论足，万一炭球毛了，就算张先生是藏獒协会的，也一样会冲过来咬上一口。

"张会长，没事的，我抓着它就好了。"庄雅雯吐了吐舌头，伸出两只手扯住炭球脖子上的鬃毛。

周围的人脑门上一排黑线。这獒的体重比庄雅雯还多出好几十斤，真要暴起伤人的话，你扯着它鬃毛有什么用处？别说是一个庄雅雯了，就算是三个庄雅雯，也未必就能扯住这么大一只獒犬。

"姐，我看还是别麻烦张先生了，炭球又不卖……"

聂云走到庄雅雯跟前，冲着张先生抱歉地一笑，紧接着又低声向庄雅雯说道。同时拍了拍炭球的脑袋，就想带炭球和庄雅雯离开。

"让张先生看看也没什么吧？"庄雅雯眉眼弯弯，歪着脑袋说道。

此时的庄雅雯，根本就没有作为长姐的气度，反而像个小女生一样，看得聂云心神一荡。之前庄雅雯和聂云、刘俊伟在一块儿的时候，到底人多，要时时刻刻保持形象，现在只和聂云在一起，又成了聂云的姐姐，不是什么外人，以前掩饰的一面也暴露出来了。

"炭球，坐下，让张先生看看。"庄雅雯吩咐了炭球一声，炭球乖乖坐下，还回头看了聂云一眼。

聂云一阵无语，炭球这家伙平常很听话，但是只要是跟美女在一起，就优先听美女的话，聂云的话反而排在了下一位。当然，在有美女的情况下，聂云也听美女的话……

"张先生，麻烦你了。"

看庄雅雯这样，聂云也没办法，干脆把外套脱下来，用长长的袖子围着炭球的脖子，暂时当成项圈用。

看炭球一直很听话，张先生也不像之前那么怕了。

"小伙子，你们的这只大狗，倒是很听话啊。"呵呵一笑，张先生说道。

张先生凑到近前，开始观察炭球。只看了一眼，眉头就皱了起来。

"这狗不纯啊，是藏獒和别的狗杂出来的吧？"张先生说道。

周围的人一听这藏獒不纯，兴趣也小了很多，毕竟，在这些人看来，凡是不纯的藏獒，价格都不会很高。

"这獒个头够大，看这样子，应该是和巨型高加索杂出来的……"又仔细看了一下，张先生得出结论。

"张先生，您看炭球能值多少钱？"庄雅雯略带急切地问道。

"呵呵，就算是杂种狗，具体价格，也得看品相如何，不过单看这只狗比较听话，个头也够大，而且藏獒的狮鬃毛也具备，这狗的价钱就比普通的獒犬高了。这獒养这么大，光吃料也不少了，保守估计也得五千以上。"张先生说道。

"小伙子，能不能扒开它嘴巴，我瞅瞅牙口？"张先生又向聂云说道。

"炭球，张嘴。"聂云没去扒，对炭球说了一声，炭球乖乖地张开了嘴巴。

"咦？它能听懂很多话啊。这样的服从性和训练有素的德牧都差不多了。能把獒犬驯成德牧，小伙子你也算厉害了。就靠这一点儿，这藏獒还得提提价，一万以上。"张先生还没看牙口就说道。

看了一下炭球的牙口，张先生又点了点头："这狗最多一年，还算幼犬，有潜力。小伙子你真想卖的话，我给你个建议价，三万以下，不要出手。"

听到张先生接连给炭球涨价，周围的人又把目光放到了炭球身上。

玉树的獒，虽然个个喊价都在百万以上，但是实际价格都要降五六倍。炭球价值三万，已经是一只品相合格的藏獒的价格了。一只杂种藏獒，能卖出这个价格，已经算不错了。

"张先生，您再给看看毛色和骨量吧。"庄雅雯说着，让炭球站了起来，扒开炭球身上火红色的毛发，给张先生看。

"嘶……"一看之下，张先生倒吸了一口凉气。

"这狗的毛色，不是染出来的吧？"

张先生下意识地说道，"火红色倒是不稀奇，但是没一根杂毛，这就罕见了。我瞅瞅……果然不是染出来的……"

此时，张先生也顾不得炭球有危险了，直接凑上前去，仔细地看了一下炭球的红毛，看到炭球的红毛是从根部到顶部一溜儿的火红色，张先生立刻判断炭球的毛色绝对不是染出来的。

"骨量不用看了，一瞅就不错。十万，你这只獒犬，值十万！"张先生说道。

周围的人也来了兴趣，仔细打量起炭球来。十万以上的杂种獒，绝无仅有啊！

"冒昧问一句，小兄弟，你这獒是自己配的还是买的？"张先生向聂云问道。

"买的，两百五十块，想不到还大赚了一笔。"聂云微微一笑。

炭球的价值，显然不是张先生说的只值十万，不过聂云也没必要宣扬炭球的价值，反正自己本来就没打算将炭球卖掉。

"谢谢张先生。走吧，姐，到那边看看去。"聂云先和张先生道了声谢，就准备带着炭球和庄雅雯离开。

"等一下！"人群中响起一个声音。

聂云一愣，停住脚步转头一看，见是之前那个高价买了小雪獒的年轻人叫住了自己。

"那个，请问一下，你……是不是聂云？"这年轻人叫住聂云，吞了一口唾沫，出言问道。

"你认识我？"聂云愣了一下，不记得自己在什么地方见过这个年轻人。

听聂云承认了自己的身份，年轻人双眼一亮。同时聂云也明白过来，或许这年轻人之前没见过自己，但是自从他们的视频在网上传开之后，很多人都认识了他。现在的聂云，也是名人了。

"原来你就是聂云！"年轻人上前一步，一脸兴奋地看着聂云，又看着聂云脚下的炭球。

"聂云，不知道你这只獒犬卖不卖？我出五百……不，我出一千万，现金交易，现在就可以打到你卡上……"年轻人看着炭球，都有些语无伦次了。

看到自己出价后，聂云仍然面带微笑，丝毫不为所动，年轻人又一狠心："我出两千万，两千万人民币，卖不卖？"

听到年轻人的话，围观的人，包括张先生，全都傻了眼……

藏獒最火爆的时候，曾有传闻说一只藏獒卖到千万以上，不过都是道听途说。到底有没有这样的价格，藏獒协会的张先生都不清楚。所以，炒作的可能性比较大。

况且，那也是前两年的事情，前两年的藏獒和君子兰差不多，都是热炒起来的。市场一旦冷却下来，就没有那么虚高的价了。几百万的藏獒，已经顶天了。

而现在，这个年轻人出言要购买聂云的藏獒，一出口就是两千万，这让众人十分震惊。

"靠，这小子疯了吧？"

"两千万，就买个杂种狗？"

登时，有几个围观的人议论起来。尤其是几个卖狗的人，更是对这年轻人的出价嗤之以鼻。

一只杂种獒能卖两千万，那他们辛辛苦苦培育出来的品相良好的纯种藏獒，岂不是值数亿了？在这些人看来，这个年轻人简直是疯了。

"就这个年轻人，刚才还花二十万买了一只不纯的雪獒，看来是一点都不懂獒。"

"这年轻人，不会是托儿吧？就是为了抬高这只藏獒的价钱，让别人买?"

不管下面议论纷纷的众人,年轻人依旧用兴奋无比的目光望着聂云身边的炭球。

"对不起,炭球我是不可能卖的。这不是价钱的问题,你既然认出我了,想必也看过我和黑熊搏斗的视频。黑熊最后是炭球咬死的,如果不是它给了黑熊致命一击,如果不是它之前撕咬黑熊对黑熊造成重创的话,我恐怕早就死在黑熊爪下了。炭球对我来说,不止是一条狗,还是救命恩人。所以,不可能卖的!"聂云微微一笑,向这年轻人说道。

"聂云?这个小伙子,是杀熊哥聂云?"

在聂云说出这番话时,登时又有几个来买獒的人认出了聂云。

关于炭球的网上视频,这些爱獒人士都看过。之所以没认出聂云,是他们没想到聂云会跑到玉树来。年轻人和聂云的一番对话,让他们如梦初醒,终于认出了聂云和炭球。

"真是聂云?"

"靠,这只红獒,就是网上那只?"

"这只獒听说网上出价最高到五千万了,还有好几个出到三千万以上的,还留了联系方式呢。"

"这小伙子,人家这狗网上出到五千万都没卖,你现在出两千万人家能卖吗?至少也得比五千万高一点儿吧?"

几个过来买藏獒的人挤对起这个年轻人。

给炭球出价的年轻人脸一红。

"那个聂云兄弟,我知道网上出价高,不过网上的出价到底有些虚,这样,我出两千五百万,没法再高了,你考虑一下吧。"年轻人向聂云说道。

"我说过了,炭球不卖的。"笑了一下,聂云还是拒绝了。

虽然自己早就说了炭球不卖,但这年轻人还是一次次加价,对此聂云也不是特别气恼。这年轻人一次次加价,显然说明他对炭球十分喜爱,的确想倾尽自己最大的力量来购买炭球。

当初聂云买那株老金桂，赚取自己第一桶金的时候，周老也一样不想把老金桂卖给自己，但是聂云还不是死缠烂打，才最终买下了那株老金桂？所以聂云现在也能理解他的心情。

　　"聂云兄弟，就算这只獒犬在你看来是无价之宝，但总得有个价钱吧？哪怕是你随口喊出个天价也行。实际上几千万的价格已经很高了，我知道你是农村人，两千五百万足够你在老家开办个中型工厂了。你放心，如果你答应卖它的话，我立马打给你一千万，剩下的一千五百万，绝对在一个月内凑齐。这是我的名片，你看一下，应该就不会怀疑我的话了。"

　　年轻人一边劝着聂云，一边拿出名片递给聂云。

　　接过名片聂云看了一下，只见名片上写着"鲲跃金行董事长　陆楷"这么一行字。

　　对于鲲跃金行，聂云不怎么熟悉，不过庄雅雯看到之后，却轻咦了一声。

　　所谓的金行，一般经营黄金等业务，换句话说就是售卖黄金饰品和金条、黄金打造的工艺品的。

　　庄雅雯搞的是玉石饰品，和金行业务也有相通之处，对鲲跃金行自然有几分了解。

　　"鲲跃金行在全国主要城市有二十多家店铺，也算是实力比较大的一个金行了，不过鲲跃的董事长不是陆金明吗？你和陆金明是什么关系？"

　　庄雅雯抬起头，向年轻人问道。

　　"陆金明是我父亲，不过我父亲已经年过六十，精力不是很充沛了。我毕业后，父亲就将金行交给我经营了。"听到庄雅雯的询问，年轻人答道。

　　鲲跃金行原董事长陆金明的公子陆楷，也是身家数十亿的富二代了。

　　介绍完自己的身份之后，陆楷等着聂云的答复。早在看过炭球的视频之后，陆楷就有了购买炭球的心思。

　　和网上那些随便喊喊价的人不一样，陆楷完全是发自内心想要购买炭球。他甚至研究过炭球的主人聂云，知道聂云老家在农村，网上聂云的资料很少，显然不是什么权贵之家的公子。在陆楷看来，聂云一个普通的农村人，几千万对他来说是不小的诱惑。

就算这次不碰到聂云，陆楷也准备过些日子，前往鲁东峤县找聂云。现在既然碰到了，陆楷对炭球，更是志在必得了。

"不好意思，聂云的话已经说得很清楚了，炭球我们是不会卖的。"不等聂云再说话，旁边的庄雅雯忽然说道。

听到庄雅雯这番话，陆楷双眉微皱。

"不好意思，这位小姐，这只獒应该是聂云的吧？我想卖不卖应该看聂云的意思。我还是那句话，还请聂云兄弟好好考虑一下，你也不用马上答复我，好好想一想，如果想好了的话，可以随时给我打电话。"陆楷看了庄雅雯一眼，紧接着向聂云郑重说道。

"不用了，我姐的意思，就是我的意思。"聂云一笑。

"可是……"陆楷还想说些什么。

"好了，不用说了，如果聂云想卖炭球的话，也未必轮得到你买。五千万，如果聂云真要卖炭球，我第一个出价。"庄雅雯早有些不耐烦了，不等陆楷说话，庄雅雯就先打断了。

听到庄雅雯的话，陆楷非但没有丝毫惊愕，反而微笑起来。

"聂云，就算你想要更高的价格，也用不着采取这种方法吧?"陆楷口中说着，看了看庄雅雯，又将目光挪动到聂云身上，"说实话，你这只獒犬虽然可以称之为无价之宝，但是真要卖的话，两千五百万，已经是很高的价格了。就算你找托儿抬价，也不可能有人出更高的价钱了。"陆楷正色向聂云说道。

庄雅雯说她出五千万，陆楷根本就不相信。

聂云不过是个普通的农村人，哪怕稍稍有些钱，也不过是农村人中比较有钱的，又不是商人。那么，聂云认识的人里边，应该也不会有什么特别厉害的有钱人。

"哦? 看来刘先生是不相信我能出五千万购买炭球喽?"不等聂云说话，庄雅雯似笑非笑地问陆楷道。

聂云也没插嘴，面带微笑地看着庄雅雯和陆楷斗法。

在聂云看来，庄雅雯显然是存心要这个陆楷。反正这次自己主要是陪着庄雅雯出来散心的，她愿意闹腾，就随她好了。

"敢问这位小姐，在哪里高就？"陆楷也笑了，向庄雅雯问道。

陆楷胸有成竹地看着庄雅雯。虽然庄雅雯知道鲲跃金行，甚至和鲲跃金行有一些生意往来，但是庄雅雯都是和陆楷的父亲陆金明打交道，知道陆楷是鲲跃金行的太子爷，却从未见过本人。

陆楷在庄雅雯看来，不过是金玉行业的小字辈，还没资格和自己坐到一起商谈合作事宜。所以，面对陆楷的询问，庄雅雯也只笑了一下，并没回答。

"想必这位小姐，也是任公司高层管理的吧？"看庄雅雯的气质形象，应该是个女强人，所以陆楷有此一问。

"还好吧，在雅致珠玉任职，的确是高管。"庄雅雯轻轻笑了一下，回答道。

陆楷想，一个公司的高管，年薪也就是百万顶天了，想要赚到五千万，至少得奋斗五十年，更何况是花费五千万购买一只獒犬了。

陆楷脸上的笑容更盛了，"雅致珠玉和我们鲲跃金行也有合作项目。雅致的总经理孙晓梅小姐，和我也算朋友。如果有需要的话，我倒是可以约孙小姐出来，大家坐下来一起吃顿饭，或许对你的发展有好处。"陆楷说道。

"晓梅和你是好朋友？她倒是没和我汇报过，她上次给我的汇报材料里，只说和鲲跃金行签订了六千万的合作项目。"庄雅雯淡笑着，向陆楷说道。

"什么？"

在庄雅雯说出雅致珠玉和鲲跃金行合作项目的具体资金数额时，陆楷脸上淡然的笑容猛地一凝。

两家合作的具体事宜，只有两家公司极少数高管才知道，难道……面前这个女子，真的是雅致珠玉的高级管理，甚至可能是和孙晓梅同一个级别的？陆楷知道，孙晓梅那个级别的高管，已经不止是有固定的年薪了，她们在雅致珠玉至少有百分之一的股份。

雅致珠玉总资产上百亿，百分之一的股份也有一亿多了。

"这是我的名片，下次见到晓梅的时候，你可以跟她说，你已经见过我了。我记得之前晓梅和我说过，鲲跃金行的负责人想和我吃顿便饭，想必就是你吧？"盈盈一笑，庄雅雯把自己的名片递给陆楷。

陆楷一愣，接过名片看了一眼，脸色陡然大变。

"雅致珠玉　庄雅雯"寥寥几个字，头衔只说明庄雅雯在雅致珠玉工作，什么职位都没写，但是作为鲲跃总裁，陆楷又怎么会不知道庄雅雯是什么人。

金玉珠宝界的传奇人物，庄伯言的侄女，一方巨头。

之前，陆楷还以为，庄伯言身为古玩界的泰山北斗，至少也应该七十多岁了。庄伯言的侄女，就算年纪不大，也得三十多岁了，属于精明女强人的那种。他根本没想到，掌控雅致珠玉的庄雅雯，竟然是一个年纪不到二十五岁的靓丽女孩。

雅致珠玉，比鲲跃金行强大得多。

在陆金明看来，自己都达不到庄雅雯那个级别，何况陆楷了，两人虽然年龄相差无几，但根本就不是一个层次的……

对于别人来说，花五千万买炭球，根本就是无稽之谈，但是庄雅雯花这些钱购买炭球，却完全有可能。想起之前，自己在庄雅雯跟前还满是优越感，陆楷不由得一阵脸红……

"对不起了陆先生，炭球我们真的不想卖，我姐刚才不过是开个玩笑罢了。好了，我们去那边看看有什么葵可以买，你也随意吧。"

和陆楷说了一句，聂云给庄雅雯使了个眼色，准备离开。

庄雅雯扮了一次猪，狠狠地打了陆楷的脸，她已经很爽了。因此，很痛快地答应了。

"走吧，看葵去。"庄雅雯说道。

围观的众人还是云里雾里的，不知道为什么，陆楷这个富二代，在庄雅雯面前突然就蔫了……

看到庄雅雯和聂云要带着炭球离开，众人才回过神来。

"等一下。"一声蹩脚的汉语传来。

聂云和庄雅雯一愣，回头向声音传来的方向看去，见一个面色深红的大叔叫住了他们。这人手上还牵着一只高大的灰黑色藏獒，藏獒一脸凶相。

"听说你们的獒犬能猎杀黑熊，斗赢云豹，我不相信。我这头獒，是我们这儿的獒王，不知道你们的獒有没有胆量和我的獒一战。"

那人带着敌意看着炭球和聂云、庄雅雯说道。

挑战？

这个人说出这番话后，附近所有的人，无论是来买獒的人，还是卖獒的，都将目光集中到聂云身上。在这些卖狗人看来，那个小伙子的火红色獒犬，绝对不是这只藏獒的对手。他们也希望灰黑色獒能击败炭球，给玉树藏獒争口气。

"怎么样？你敢不敢比？"狗的主人达瓦看着聂云，大声说道。

"要和炭球比？"听到达瓦的话，聂云先是一愣，脸上现出一丝微笑。

"对不起，这位大叔，咱们的狗都不是专门比斗的斗犬，我看还是算了吧。您的藏獒一看就知道是一条好獒。不过也没必要和炭球比斗，万一搏斗过程中出了什么事，就不好了。"聂云微笑着对达瓦说道。

藏獒，到底不是斗犬。

养个藏獒，主要还是为了装门面，很少有人把藏獒拿来和别的大狗搏杀取乐。用藏獒斗，还不如买只比特犬或者土佐犬，专门战斗用。

而且，让炭球和这只獒王斗，聂云也确实担心炭球。倒不是炭球斗不过獒王，主要是藏獒这东西打起架来几乎是在拼命。这只獒王或许斗不过炭球，但是它拼命之下，奋力撕咬炭球，炭球也难保不受伤。为了争夺一个虚名，就让炭球冒受伤的风险，聂云是不会做的。

"是啊，人家凭什么和你的藏獒斗？"

"你说你这藏獒是獒王，人家就得和你斗？"

"人家的獒价值数千万呢，你这只獒才多少钱啊，你说斗人家就要斗？凭什么啊？人家这獒扯下一搓毛来，都比你这只所谓的獒王贵。"周围炭球的粉丝登时开始起哄。

这些人都看过炭球的视频，对炭球十分推崇。在他们看来，炭球简直是狗神。这人随便牵出一条狗来，就想和这么昂贵的狗斗，根本就不够资格。

如果聂云答应了，待会儿再有人牵出另外一条所谓的獒王，岂不是还要跟炭球斗？

达瓦手里牵着的那只獒王，似乎也感受到周围人的蔑视，怒气冲冲地冲着炭球汪汪叫了好几声。然而，炭球根本就没搭理那只所谓的獒王，两个眼珠子到处瞄着，看到陆楷手里抱着的那只小雪獒，还好奇地多看了两眼，小雪獒也伸出毛茸茸的脑袋，和炭球对视。

炭球的云淡风轻和獒王的歇斯底里形成了鲜明的对比。

"哼，还不是不敢斗？达瓦大叔，不用管他们，他们养的獒犬，徒有虚名罢了。"

"是啊，真要有传说中的那么厉害，又怎么会不敢斗？"

几个卖狗人也开始起哄。

这几个人脸上满是自得之色，好像聂云不应战，就是达瓦那条獒王赢了一般。

听到这些人的话，达瓦的脸色也好看了一些，那只獒王也洋洋自得，不再叫了，而是鄙视地看了炭球一眼。

被那獒王鄙视，炭球登时怒了，浑身的毛腾地乍了起来，两只铜铃般的大眼睛中射出冰寒的目光，直直盯着那只獒王。作为一只狗王，炭球允许别的狗挑衅自己，但却不允许任何狗鄙视自己。

聂云也感受到炭球的怒意。

看来只能让炭球和那条獒王一战了，不然根本平息不了炭球的怒气。

"好吧，达瓦大叔，既然你想斗一斗，我可以接受。不过如果在比斗过程中，两只狗有什么损伤的话，希望不要埋怨对方。就请张先生做个见证。"聂云说着，看了张先生一眼。

"好，张先生做见证人。"达瓦听聂云应战，双目一亮，立刻点头道。

张先生是藏獒协会的，本身对藏獒就有很深的感情，经常来给藏獒估价，这些卖狗人对张先生十分敬重。他做见证人是最佳人选。

见聂云应战，围观众人都大声叫好，很快让出一片空地。达瓦大叔也把獒王的项圈解了下来。

项圈解开，獒王立刻一咧嘴，就要向炭球嘶吼示威。然而，獒王还没发出第一声嘶吼，炭球已经闪电般蹿到它跟前，大口猛地张开，准确无比地咬在獒王的脖颈上。

巨大的惯性，带着獒王"嘶"的一下，在地上滑出好几米远。獒王的身躯已倒在地上。炭球的四肢稳稳扒住地面，大嘴叼住獒王脖颈上的皮肉，依靠头部的力量，将獒王紧紧压在地上。

一招制敌！

这一切发生的实在太快了，周围众人还没反应过来，獒王已经倒下了。

"嗷唔！"

不过獒王毕竟是獒王，达瓦这只獒王的实力远远超过了普通的藏獒，胆气也比普通藏獒高了无数倍。即便被炭球咬住脖颈，却丝毫没有认输的念头，四肢猛扒地，想要爬起来。

噗！

拼着脖颈上撕裂一道血口的代价，这只獒王终于爬了起来。

炭球之前是正面冲向獒王的，咬住獒王脖颈时，因为角度问题，也只咬住了皮肉，没有实打实地咬住颈骨，让獒王拼着受伤挣脱开来。

在獒王想要翻身爬起来的一瞬间，炭球身形一动，宽厚的双肩"砰"的一声撞到獒王的身体上，獒王还没等稳住身形就被炭球撞出去三四米，身子贴着土地，激起无数尘土。

下一刻，炭球再次跃到獒王身前，大口一张，狠狠地咬上了獒王的后腿。獒王拼命回头，一口向炭球反咬过来。

大狗之间的争斗，很少有一方完胜，丝毫不受伤地完成比斗。主要是因为大狗争斗的时候，一只狗喜欢咬住另外一只狗不放，在这种情况下，只要另一只狗奋力反抗，也会咬到另外一只狗。

然而，炭球却不是普通的狗。

见到獒王想要反咬自己，炭球一跳，闪了开来，也跳到了獒王的身后，一张口又将獒王后背的皮肉咬住。

即便是身形敏捷的云豹攻击炭球都极为困难，更何况是这么一只行动迟缓，只有蛮力而没有战斗技巧的獒王了。

"嗷唔！"

接连被炭球攻击，却无法攻击到炭球，这只獒王彻底怒了。

在炭球面前，獒王完全是有力无处使。本来就性情狂暴的獒王，已经愤怒到了极致，立刻回转头来，想要和炭球正面撕咬。

就在这时，炭球的前爪猛地在獒王的腿部一扫，獒王登时站立不住，砰地一声又跌回了地面。炭球牙齿一用力，在獒王的后背上带出一道大血口子，松开牙齿，炭球的脑袋狠狠地向獒王的身子侧面撞去。砰的一声，獒王被撞出去好几米远，想要挣扎着爬起来，却使不上力气了。

狗和狼一样，都是铜头铁背豆腐腰，脑袋是最坚硬的部位，炭球用自己的脑海在獒王的肋骨以下，小腹以上的部位狠狠撞了一下，獒王的腰都差点儿被撞断了……

眼看獒王躺在地上爬不起来，炭球猛地一跃，到了獒王跟前，大口狠狠地咬在獒王的咽喉上。

獒王咽喉被咬住，最强的攻击手段牙齿已然用不上了，只能利用四只爪子不断地扒着炭球，却无法对炭球造成有效的伤害。炭球火红色的毛发，都没抓掉几根。

"炭球住手！"

眼看獒王在炭球的攻击下没半点儿反抗之力，聂云喝道。

直到这时，周围众人才反应过来，尤其是那位达瓦大叔，更是脸色大变。下意识想去阻止炭球撕咬獒王，但是达瓦也清楚，即便自己过去，也无济于事，弄不好还得被炭球狠狠咬一口。

好在，在聂云喝止炭球的同时，炭球也松开了獒王的咽喉，身形一跃，到了三四米之外。

"嗷唔嗷唔……"

炭球松开獒王，獒王还犹自四爪扒动，呜呜乱叫。

炭球悠闲地走了两步，两只眼睛盯着獒王，满是不屑之意。

"靠，这……这也太强了吧！"

"獒王竟然毫无还手之力！"

"就这个还算獒王？被人家咬死都咬不到人家吧？我看就是来十个，都未必是人家的对手！"

此刻，周围的人简直炸开了锅，看向炭球的目光都变了。亲眼看到炭球几个回合就把獒王击败，众人哪能不赞叹。

就是之前起哄的几个卖狗人，此刻都不好意思说话了。之前他们起哄让斗狗，也是因为聂云的狗抢去了他们的狗的风头。你说你又不卖狗，还非得带那么条狗来这晃荡，把我们的狗都比下去了，这不是砸我们的饭碗嘛。此时，见到了炭球的真正实力，他们也只得认了。自家的狗确实比不上人家的炭球，卖不上人家的天价也无可厚非。

"嗷唔……"

好不容易挣扎着爬起来，獒王看了一眼不远处的炭球，再也不敢有半点儿挑衅的意思了，灰溜溜地跑到主人跟前。搏杀致死，獒王并不害怕，但是像是炭球这样，让它根本无从攻击，对这獒王来说，炭球简直是最恐怖的对手。

达瓦大叔看了一眼自己的獒王，脖颈处一片血污，也不知道是脖子后面的伤口流的血，还是咽喉处流的血。后背也被撕开了一道口子，一条后腿走路也不顺当了。

达瓦大叔万分心疼，好在他这只獒犬主要是因为战斗力强而价值比较高，并不是因为品相和毛色，所以即便是伤着了，只要养好伤能恢复战斗力，价值也不会降低。

"达瓦大叔，对不住了。大叔还是带着它去看看兽医吧，至少缝合一下伤口。我们还有事，先走了。"

　　战败了獒王，炭球也算扬眉吐气了，聂云也不想继续留在这儿了。留在这儿自己固然风光，但达瓦大叔就有些尴尬了，所以还是快点儿离开比较好。

　　正想招呼炭球离开，却见炭球竟然跑到陆楷身前，俩眼盯着陆楷抱的小雪獒。小雪獒也伸出脑袋，盯着炭球。

第十五章　地下斗犬场，分分钟都是
百万输赢的斗犬大博彩

美国的比特犬，是从斗牛犬培育发展过来的斗犬。而日本的土佐犬，则是当地一种凶猛的犬类，经常和野兽搏杀，后来和比特犬等大型猛犬杂交，形成了现在的大型土佐犬。这两种犬是现今世界上最好的斗犬。原本斗犬只是一种娱乐方式，而如今的地下斗犬，却因为伴随着赌博产生了巨大的利润。

看着小雪獒，炭球好像很兴奋，四只爪子不停地踩动，脑袋摇动着，好像是在讨好小雪獒一般。

看到炭球跑自己跟前，陆楷也愣了。

下一刻，炭球面对陆楷，忽然人立而起，比陆楷还高出半个头来，两只大前爪向陆楷的双肩搭了过去。

陆楷早吓得六神无主，身子都差点儿软倒下去。

这么大一只狗趴到肩头，饶是陆楷胆子再大，心里也打怵。毕竟，炭球刚刚风驰电掣地把獒王干掉了，牙齿上还沾着獒王的血呢，这么一张血盆大口出现在陆楷眼前，陆楷没被吓晕就算好的了。

趴上陆楷的肩头后，炭球根本没看陆楷，而是把脑袋凑到小雪獒跟前，伸出大舌头轻轻地舔了舔小雪獒。

"嗷唔！"

"嗷唔！"

小雪獒也嗷嗷叫着，伸出舌头舔炭球的大脑袋。

陆楷手一松，小雪獒掉到了地上，这时炭球才松开陆楷，趴下来，舔着掉到地上摔得有些疼的小雪獒。

"炭球，做什么呢？走了。"

聂云有些好奇，不知道炭球怎么就和那只小雪獒看对眼了。

"汪汪……"炭球忽然转过身，向聂云汪汪叫了两声。

聂云心中一动，走到了炭球跟前，看了小雪獒一眼。小雪獒白白的，品相不错，而且十分可爱，难怪陆楷能花二十万买它，虽然张先生鉴定这只小雪獒品种不纯，但是也算是一只不错的小狗了，在聂云看来，值五六万是没什么大问题的。

轻轻抱起小雪獒，聂云看了一下它的肚皮，轻咦了一声："是只小母獒？"

"聂云，炭球不是看上这只小母獒了吧？这个色胚子，不会是见到一只母獒就喜欢吧？"庄雅雯也走上前来，看了看小雪獒，又看了看炭球，最后白了聂云一眼，说道。

"炭球应该不会如此饥不择食吧？"聂云随口说道。

赵建宏的狗场也有好几只母獒，聂云也曾经带炭球逛过好几次峤县狗市，大大小小的母獒也见了不少。除了对那两只暗红色的极品母獒有兴趣之外，其余的母獒，无论是萝莉獒还是御姐獒，炭球都一概不理。

炭球对这只小雪獒有兴趣，那么，这只小雪獒应该有些不同寻常之处。想到这里，对着小雪獒，聂云开启了灵木瞳。

小雪獒两只灵动的大眼睛中，绿色的灵气一闪而过。

"极品獒！"

一瞬间，聂云心绪狂震，脑海中冒出这样一个念头。

聂云的灵木瞳和早先相比层次已经高了很多，但是聂云使用灵木瞳观察大狗，还从未在大狗眼中见过闪动的灵气。只有当初观察炭球的时候，有过灵气闪动的现象，这只小母獒眼中也有灵气，说明这只小母獒灵性十足。

"陆先生，我们家炭球很喜欢你这只小雪獒，不知道你能不能转让给我？当然了，陆先生你花了二十万购买这只小雪獒，我也不好让陆先生吃亏，这样，我再加二十万，四十万买你这只小雪獒怎么样？"聂云想了一下，忽然抱起小雪獒，向陆楷问道。

"什么？你要买小雪獒？"听到聂云的话，陆楷一愣。

自己的小雪獒，经过张先生鉴定，已经买贵了，聂云居然又加了一倍的价钱。

一时之间，陆楷愣是没转过个来。

自己有眼无珠，高价买了小雪獒还有情可原，聂云明知道小雪獒的价格，却还要加价购买，陆楷就不理解了。

"四十万不够吗？这样，两百万，你这只小雪獒原价的十倍，怎么样？"

见陆楷不回答，旁边的庄雅雯皱了下眉头，以为陆楷对价钱不满意，开口说道。

庄雅雯说完话，陆楷才反应过来。

花鸟古玩，很多时候不看它的具体价值，只要喜欢就可以用超过它们本身的价钱购买。值十万的，遇到不喜欢的，一万都卖不上；遇到喜欢的，就可能卖出二十万，三十万来。

"那个……庄总，这小狗不值那些钱，要不让张先生给定个价，转让给聂兄吧……"

陆楷连忙向庄雅雯说道。

庄雅雯是雅致珠玉的老总，雅致珠玉和陆楷的鲲跃金行是合作关系，而且鲲跃金行还处在劣势。就算让陆楷把这只价值几万的小雪獒送给庄雅雯，他都愿意。要庄雅雯花两百万买这只小雪獒，陆楷可没这个胆子。

"姐，这小雪獒是炭球看上的，还是我和陆先生谈吧，你就别掺和了。"聂云向庄雅雯说道。

来的时候，庄雅雯就说要给炭球找一个价值一百五十万以上的老婆。此时，庄雅雯才会将这只小雪獒的价钱一下子提高到两百万。不过毕竟是炭球看中的小獒，聂云自然不能让庄雅雯掏钱，所以聂云还是倾向于自己和陆楷谈。

"这样吧，还是我给的那个价钱，四十万。毕竟这是你二十万买来的，不能让你折本。"聂云向陆楷说道。

"别，还是请张先生定个价钱吧……"陆楷也坚持。

人家买东西，都是买方把价钱往下压，卖方把价钱往上提，现在，聂云和陆楷却倒了过来。

原因很简单，聂云和庄雅雯关系匪浅，陆楷是为了讨好庄雅雯，这才想压价的。

而聂云也不想占陆楷的便宜，如果占了陆楷的便宜，未免有欠庄雅雯人情的嫌疑。而且最重要的是，聂云知道，这小雪獒将来的价值绝对不是三五十万这么多。

总之，四十万买这只小雪獒，聂云只赚不亏，在这儿纠结这二三十万人民币，完全没有必要。

"呵呵，聂兄弟，陆兄弟，我看这样吧，这只小雪獒，索性就原价二十万转手好了。陆兄弟你也没折本，聂兄弟也不算多花钱。就算这小雪獒不值这个价，好歹也是陆兄弟买过来之后，你们才碰上的，也算是缘分了。"

这时，之前一直旁观的张先生，突然开口了。

本来聂云和陆楷就争执不下，现在听张先生这么说了，聂云索性也就退一步，"那行，就二十万吧，我也不多给陆先生了。"

陆楷还想说什么，那边庄雅雯俩眼一瞪："那就听张先生的，聂云，把钱打给陆总吧。"

陆楷一脸苦笑："这不是强买强卖么……"

聂云笑了笑，拿出电脑给陆楷转账。

"好了，这只小雪獒是聂先生的了，聂先生和庄总还要去逛藏獒市场？我来这边也是想要买只合适的小狗，现在小狗转手给了聂先生，我总不能空手而归，还得再去瞅瞅。要不和聂先生、庄总一起？"转账完毕，陆楷向聂云说道。

"嗯，也好，陆兄既然想买只小狗，大家一块儿也有个照应。"聂云想了想，向陆楷说道。

对陆楷，聂云印象不算特别差。

虽然明知道陆楷和他们一块儿，是想借机和庄雅雯亲近，但是陆楷还是十分有分寸的，姿态放得很低，对庄雅雯也没什么特别的意思。聂云还算放心。

别人不知道庄雅雯的实力，陆楷却清清楚楚，在陆楷看来，庄雅雯这么强势的女孩子，根本就不是他能追求的。他的目的，也就是和庄雅雯成为普通朋友，让庄雅雯知道，他人品不坏，值得继续合作。

庄雅雯对陆楷这个跟屁虫倒也没什么表示，一块儿就一块儿了。

向张先生道谢告别，几人进入藏獒市场中。

达瓦大叔早就带着自己的獒王，去附近的兽医院治疗去了。

小雪獒并不是庄雅雯或者聂云抱着，而是炭球用嘴巴叼着。

藏獒市场这边人不算特别多，一些摊位上，摆了大大小小的藏獒。一路上走来，聂云仨人倒是吸引了不少目光。

在藏獒市场，牵着獒或者抱着小獒笼子走的人并不算出奇。但是像聂云这样，带着一只火红色大獒，大獒的嘴巴里还叼着一只小獒的，就有些奇怪了。看炭球的样子，实在不像是小獒的母亲，不是人家的母亲，还叼着人家，总让人觉得有些奇怪。

"陆先生准备买个什么样的藏獒?"一边走着，聂云一边向陆楷问道。

陆楷把小雪獒转让给自己，算是吃了亏，聂云也想补偿他一下，如果能在这藏獒市场上帮陆楷找一个合适的小藏獒，也算是弥补一下陆楷的损失。

"我没什么特殊要求。"陆楷一笑。

"之前，就是想买只品相看着不错的藏獒，雪獒最好，牵出去也气派。看到炭球，就想要一只能听话的藏獒就好了，最好是服从性比较好的……"陆楷把自己的要求大致说了一下。

带着一只服从性好的藏獒，让它咬谁就咬谁，那也相当气派。

"服从性好的……还真不容易找，实在不行，就买只巨型高加索好了，服从性好，关键时刻能咬人，平常养着也是个大毛绒玩具，就算是有了女友，让女友摸摸它什么的，也不会发狂咬人。"聂云建议道。

在聂云看来，有钱人买藏獒，也就是拴在别墅里看门，真要和它玩的话，绝对不如巨型高加索好玩。

藏獒唯一的好处就是长得像狮子，把高加索身上的毛剃一剃，只留下头上的毛，也一样很像狮子。

"嗯，好像那边就有卖高加索的，刚才我还过去看了一会儿，那大狗的确不错，可惜当时我已经买了小雪獒。不过那个好像是狗贩子，还有不少别的小狗，乱七八糟的好几种！"陆楷说道。

"有好多小狗吗？"聂云心中一动。

聂云这次来玉树，不只是为了看藏獒，还想弄几只高加索之类的母狗给炭球当媳妇。

尤其是现在，得到了这只小雪獒之后，炭球已经有了一妻二妾的獒犬，不需要别的藏獒媳妇了。炭球的父亲是高加索犬，给炭球再弄几个高加索犬比较好。

"要不咱们先去那边瞅瞅吧。"既然陆楷知道哪儿售卖高加索，聂云就想去瞅一瞅。

"嗯，卖高加索的地方，是一个宠物会所。"陆楷点了点头，说道。

"那个宠物会所，主要还是经营藏獒，另外还经营别的犬类宠物，而且还有一家兽医院。能在这边开一家宠物会所的应该不是一般人。他那儿除了藏獒、高加索之外，各种凶猛斗犬也有涉猎。"陆楷详细解释道。

像聂云这样的年轻人，喜欢狗是因为狗可爱，主要还是因为狗这个东西比较威武，战斗力比较强。能有一只听自己的话，形象威武，战斗力十足的大狗，几乎是每个男人的梦想。

论战斗力，斗犬，无疑是狗中王者。

根据国际上的权威排名，战斗力强大的狗，第一个就是斗犬中的比特犬，其次是日本的土佐犬，而藏獒，最好的一次排名也才进了前五，比排在第四的高加索还要逊色一筹。

至于德牧，或者中国的昆明犬，虽然也是猛犬，具备不错的战斗力，但排名就更往下了。

当然了，德牧主要是服从性好，也比较聪明。所以，警犬基本上是由德牧担任，另外战斗力更弱的苏牧、边牧、拉布拉多犬之类的，也都各有所长，看羊群，看小孩，甚至做导盲犬，都相当不错。

陆楷带着聂云两人，转眼间来到他说的地方。

这是一家开在藏獒市场旁边的宠物会所，叫做"赛盟宠物会所"，会所外面，悬挂着一些大狗的巨幅照片，有几只相当不错的藏獒，还有高加索和各种斗犬。

"进去看看吧。"

在宠物会所外面停了片刻，聂云便和庄雅雯、陆楷以及炭球、小雪獒走进了会所。

会所一楼大厅的面积不小，大厅里面摆放了不少笼子，笼子里面放着很多狗，绝大部分是大狗，也有一些小狗，一窝一窝的，挤在一起，无论什么品种的，看起来都憨厚可爱。

这时，宠物会所中已经有几个顾客在看狗了。

"几位，看狗啊？"见到聂云几个人进来，一个中等身材，大约四十岁左右，略显精瘦的中年男子微笑着招呼。

"嗯，过来看看。"聂云笑了一下说道，目光放到笼子里的大狗小狗身上。

"随便看吧，这儿大狗小狗都出售，看上哪只跟我说就行，比外面的狗要贵一点儿，不过疫苗什么的都打得齐全，保证健康。"中年男子说道。

外面那些藏民售卖的藏獒，最大的问题就是疾病防疫，很多养獒的人疾病防疫都做不好，每年因为这个死掉獒犬，倾家荡产的不在少数。而在宠物会所这边，就要好很多了。

如果是在别的地方，会所里的犬价格比较贵，未必会有多少人来买。

但是在玉树不一样，来这边买獒的大多是有钱人。

花费几万几十万买一条獒，还是健康些比较好，多花两个钱也没什么。万一在外面买只藏獒，带回家养了没几天就挂掉了，那就得不偿失了。

正因为如此，这个会所里的顾客反而比外面多一些。

聂云随意扫了两眼，这边的大狗绝大部分还是藏獒。来这边买狗的，基本还是以藏獒为主。

聂云对藏獒没什么兴趣，直接去看别的大狗，这边正好有两笼高加索犬，一个笼子里是一只硕大的高加索，个头比炭球还威猛，是一只公狗，皮毛是灰白色的，长长的毛却不显得憨厚，反而有几分潇洒。

聂云瞅了两眼，炭球也凑了过来，把小雪獒放到地上，到笼子跟前，伸出嘴巴。那高加索也伸出嘴巴，跟炭球互相碰了碰鼻头，以示友好。

"兄弟贵姓啊，你这狗不错啊？看着好像是……"中年老板看到炭球，眉头皱了皱，走到聂云跟前，低声说道。

"免贵姓聂，老板贵姓啊？"聂云随口向这中年老板问道。

"姓聂？难不成……真是鲁东峤县的聂云？这只大狗，就是斗云豹、斗黑熊的那只？"听到聂云的自我介绍，老板双眼闪了闪，问道。不过老板的声音压得比较低，没有张扬。

"正是。"聂云苦笑一声，点了点头。

看来自己这次真成名人了，至少很多喜欢藏獒的人都能认出自己。

"呵呵，果真是聂云兄弟。免贵姓陈，也很喜欢养狗。天下养狗人是一家，要是不嫌弃，聂云兄弟就叫我一声老哥好了。"陈老板连忙伸出手来，和聂云握了一下。

"陈老哥。"聂云和陈老板握了一下手。

两人说话声音都不高，陈老板知道聂云身份曝光的话，宠物会所里的人恐怕要围着炭球看看，那时聂云就有得烦了。

陈老板想得这么周到，聂云对他的印象很好。

"怎么，聂云兄弟来玉树，是想买獒？"陈老板和聂云握了手之后，口中问道。

"我是陪我姐来的，看看獒。不过我不想买獒，过来看看高加索之类的大狗。老哥刚才也看出来了，我这炭球是高加索和藏獒配出来的，我这次就想弄几个母高加索，看看能不能生出不错的小狗来。"聂云说道。

"呵呵，高加索我这边倒是真有几窝，不过今天就拿来一窝，还不是最好的，你先看看。要是没有满意的，我家里还有三窝小的，也满月了，原本准备下回狗市再拿出来，聂云兄弟真心想要的话，到家里挑也行。"陈先生说道。

"多谢陈老哥，我们先看看。"聂云说道。

"行，看好了叫我声就行。"陈老板说着，又去招呼别的客人了。

炭球和那只巨型高加索打了招呼，就去旁边看那些小高加索去了。这些小高加索都是俩月大的，一窝六只，都是灰色，长得十分讨喜。

炭球和这些小家伙大眼瞪小眼，瞅了几眼，似乎对它们没什么兴趣。

"这些高加索都不错，不过没特别好的，再看看吧，实在不行就跟着陈老哥去他家里看看。"聂云随口说道。

旁边的陆楷点了点头，陆楷也很喜欢这些小家伙，不过既然聂云说这些高加索没什么特别之处，陆楷还是选择相信聂云的眼光。

"走，那边看看去。聂云，看到没，那个笼子里是比特犬。"几个人随意看着，陆楷一指不远处的一个笼子，向聂云说道。

聂云向那个笼子望去。见笼子中关着一只体型硕大的大狗，虽然看起来没有高加索或者藏獒大，但是这狗的毛比较短，如果把藏獒、高加索的长毛剃掉的话，也未必比它大多少。最重要的是，少了长毛，这狗的身形显得矫健无比。宽厚的脑袋，耳朵耷拉着。

这狗最大的一个特点就是肩膀特别宽，两只前爪之间的距离，远比普通的大型狗宽，前爪踏在地上给人一种威武的感觉。就好像是一个健美运动员，刻意弯起双臂给人看他坚实的肌肉一般。

大狗耷拉着脸，仿佛别的狗都欠它二百斤狗粮似的。

"汪汪汪……汪汪汪……"

比特犬一眼看到炭球，立刻狂吠起来。两只瞪大的眼睛中充满了敌意。看它的样子，似乎想从笼子里冲出来和炭球一决生死般。

炭球瞄了它一眼，将脑袋一偏，看别的大狗去了。显然，炭球根本就没把这只比特犬当成对手。所以，炭球对这只比特犬的歇斯底里根本不屑一顾。

比特犬固然是犬类中战斗力最强的，但也是指综合水平而言。

整体上看，比特犬战斗力远胜藏獒，但单独拿出一只比特犬和一只藏獒来，鹿死谁手就不一定了。毕竟同一个品种，也有个好坏之分。

赛盟宠物会所里的比特犬，虽然也不错，但也就是普通的比特斗犬罢了，战斗力比起刚刚那只獒王来也强不到哪去。

"汪汪汪！"

炭球虽然没理会比特犬，可是跟在炭球身边的小雪獒却一副如临大敌的样子，扯开嗓子冲着比特犬叫了起来。

任由那只比特犬吠叫，炭球拱了拱小雪獒的脑袋，带着小雪獒继续看狗。

呛啷！

比特犬的笼子可能没拴紧，在比特犬连续冲撞下笼门竟然打开了，比特犬狂吠着向炭球冲了过来。

"好家伙！"

在场众人都惊呼出声。

下一瞬，让众人惊讶的事情发生了。就在这只比特犬冲到炭球跟前时，炭球身形忽然一动，闪电般绕到比特犬侧后方，大口一张，猛地咬住了比特犬的后背，一拽，比特犬稳固的下盘竟然没稳住身形，直接被炭球拽倒在地。前胸一撞，比特犬就滚了好几个轱辘，滚到两三米之外。

比特犬正想爬起来再战，宠物会所的陈老板早上前一步，一把抓住了他的项圈，将比特犬挡住了。

即便被主人拽住，比特犬依旧向炭球狂吠着。

炭球根本没理会它，连看都没看一眼，带着小雪獒去看别的大狗去了。附近的藏獒，此刻根本不敢乱吠。

"陈老哥，给你添麻烦了。我们再留这儿，你这狗恐怕一时半会儿静不下来，正好几只小高加索我们也没看中，要不抽个时间再过来吧。"

见比特犬不依不饶的样子，聂云苦笑一声，炭球真是树大招风啊。

"呵呵，不怨炭球，只怨我这只狗太好勇斗狠了一点儿，不过也没办法，比特犬都是这样。它真要安安静静的不想斗，反而没人喜欢了。"陈老板呵呵一笑，一个工作人员拿了另一个大笼子过来，陈老板将比特犬关到笼子里。

"既然你们没找到合适的高加索，有时间再过来一趟也行。这样吧，下午我把家里的三窝小高加索也拿过来，里面有品相不错的，你们再来挑。"陈老板道。

"这是我的名片，在玉树这边，有什么事都可以打给我。"陈老板说着，递给聂云一张名片。

聂云接过名片扫了一眼，上面的名字是"陈昌勇"。

"那行，陈老哥，我们先走了！"

和陈昌勇说了一声，聂云带着庄雅雯和陆楷以及炭球和小雪獒离开了宠物会所。

出了会所，狗市上人才多了起来。聂云几人到处看了看，因为人比较多，狗也比较多，看得眼花缭乱，倒是没人再认出炭球来。狗市上到处都是大狗，那些大藏獒看看这个，看看那个，也没再对炭球显露敌意。

在藏獒市场游荡了一阵，中午，聂云三人找地方吃饭。陆楷来这边不是一次两次了，对玉树比较熟悉，把聂云俩人带到一家豪华的酒店。这家酒店竟然叫做"赛盟酒店"，据陆楷说，都是陈昌勇开的。

不用说，陈昌勇在玉树算是地头蛇，势力不小。

原本聂云和庄雅雯就是随便找个干净卫生的小旅店住下的，现在陆楷提醒两人，聂云和炭球身份暴露，再低调地住在小店内，可能会有麻烦，最好还是住比较大的酒店。赛盟酒店就比较合适。

对此，聂云和庄雅雯点头同意。

中午吃完饭，几人想到和陈昌勇的约定，想必他已经把小高加索弄过来了，三人又前往赛盟宠物会所。

一路上，几人在狗市上闲逛。碰到卖狗的，都要停下看看，对大狗品头论足一番。

一直逛到下午四点，几人才重新回到了赛盟宠物会所。

会所内的人比上午少了一些，陈昌勇见聂云几人过来，立刻走上前打招呼："聂云兄弟你们来了？为了迎接你们，那只比特犬都被我关到后院去了。来来，家里那几窝高加索都拿过来了，一共三窝，多的一窝七个，少的才三个，另外一窝五个，总共十五只小狗，你们瞅瞅……"

说着，陈昌勇带着几人走到会所一个角落。一共三个笼子，两个笼子里分别放着五只、七只不到四十天的小狗。另外一个笼子里垫了草，卧着一只灰白色的母高加索。母高加索的怀里，搂着三只毛茸茸的还没满月的小狗。

"汪汪！"

聂云正想看那些小狗，不料炭球看到那只抱着小狗的母高加索，忽然眼前一亮，飞快地冲了过去，宽宽的嘴巴都伸到人家笼子里了，伸着大舌头，似乎想要舔母高加索……

母高加索略带疑惑地看了炭球一眼。

炭球好像根本看不到母高加索对它的警惕一般，继续把脑袋往人家跟前凑。看到母高加索似乎不怎么愿意理自己，炭球干脆把脑袋收回来，想用牙齿把母高加索的笼子的插销弄掉。

在场的众人全都大跌眼镜。

"炭球喜欢高加索？"

咔嚓！

大笼子的插销被炭球弄了下来，笼子门一打开，炭球立刻钻了进去。

母高加索见炭球钻进来，立刻警惕地站了起来。

不过，炭球并没有敌意，跑到母高加索跟前，先和母高加索碰了碰鼻子，舔起了母高加索的脸。母高加索知道炭球没有敌意之后，也十分友好地舔起了炭球，显然它也喜欢毛色、体型俱佳的炭球。

"姐，我看咱们也不用看小高加索了，炭球恐怕是等不及了，直接找了只成年的母高加索……"

聂云哭笑不得地看着乐得屁颠屁颠的炭球，向旁边的庄雅雯说道。

"聂兄，你这炭球也太那啥了一点儿吧？居然喜欢一只还带着小狗的大狗。"旁边的陆楷随口开玩笑说道。

"陈老哥，不知道你这只高加索出不出手？我想把它买下来，炭球很喜欢你这只高加索。老哥你也看到了，我养狗也就是个兴趣，把炭球当成孩子养，它喜欢什么样的，都会尽量满足它。"聂云转头向陈昌勇说道。

此刻，炭球和母高加索趴到一起了，对母高加索的三个小宝宝，炭球也十分喜爱，不时舔舔这个，舔舔那个。

而作为一只母狗，在哺乳期，万事都以自己的宝宝为准，炭球对母高加索的宝宝好，母高加索自然对炭球印象大好。

不过，这母高加索毕竟是陈昌勇的种狗。种狗和小狗不一样，小狗是出售的，而种狗都是留在家里下崽的，所以聂云也不清楚，陈昌勇会不会出售这只母高加索。

"呵呵，炭球的眼光倒是好，实话跟你说，我一共有五只母高加索，这只品相最好，配种的时候，都要专程去俄罗斯，找那边的大赛冠军种狗配。虽然只下了三只小崽，但这三只小崽个个都价值千金！"

陈昌勇犹豫了一会儿，看了炭球和那只高加索半天，才说："至于这只母狗，我本是不卖的，不过既然炭球喜欢，我也就忍痛割爱了。"

"不过……这母高加索，实际价值在五十万左右，你们要是真想买，我也只能漫天要价了，两百万，要的话，你们就带走！"想了想，陈昌勇给出了一个价钱。

价值五十万的大狗，要价一下子就是两百万。这种要价法，一方面是陈昌勇真的不想卖，卖了它的话，再寻找一只同等层次的母狗，要费多少时间，多少精力，多少金钱！另一方面，高加索和藏獒不同，这个东西炒作得不厉害，本身值五十万的高加索，一点也不比数百万的藏獒逊色。

"聂云，这次你不要管了，陈老板，两百万，我要了！还有那三只小狗，陈老板也开个价钱吧，我们一起买了。"

不等聂云说什么，庄雅雯先开了口。

"行，那姐和陈老哥谈吧！"

聂云也没说别的，这次来玉树，庄雅雯本来就想给炭球找一个身价过一百五十万的老婆。之前买小雪獒，聂云没让庄雅雯出手，是因为那只小雪獒价值本就不高，刻意把它抬到一百五十万以上也没必要。

现在，这母高加索要价两百万，理由也比较合理，让庄雅雯出钱购买，也算遂了她的心愿。

"小姑娘好气魄啊！"陈昌勇不禁多看了庄雅雯一眼。

对庄雅雯的身份，陈昌勇并不清楚，只知道庄雅雯和聂云关系匪浅，也不像是亲姐弟。

无论如何，庄雅雯面对陈昌勇的开价面不改色，一下子就同意了，足以说明庄雅雯的实力了。

"小狗我准备最低二十万一只卖掉，不过既然是聂云兄弟你们要的，那就五十万，三只小狗全给你们了。一共两百五十万，怎么样？"陈昌勇说道。

庄雅雯连价都没还，"成交，陈老板，咱们现在就去刷卡？"庄雅雯微微一笑道。

"行，到这边刷吧。"陈昌勇的会所里就有刷卡的地方。

正在庄雅雯和会所里的财务人员刷卡结账时，一个人匆匆走进赛盟宠物会所，看到陈昌勇，直接奔着这边过来了。

聂云看这人，不禁一愣，这人不就是最早找张先生看狗的那人吗？他那只藏獒，张先生给出的建议价好像是五十万。

这人走到陈昌勇跟前，冲陈昌勇笑了一下。

"陈大哥，我那只獒卖掉了，可是只卖了四十七万，还差二十万多，陈大哥可不可以宽限几天，我再把另外几只獒卖掉，应该就能凑齐了……"藏民向陈昌勇道。

"老弟啊，你也知道，这边的买卖不是我一个人的，我不过是明面上的管理者而已，上边还有大股东。你这样……让我难办啊。不过也不能让你太为难了，这样，再宽限你一个星期，一个星期之后再凑不齐，我也没什么办法了……"

看着这个人，陈昌勇叹了一口气。

"听我一句，老弟，以后收敛点儿，别再赌了！"

那人诺诺地答应了，也不知道到底有没有把陈昌勇的话听进去。

陈昌勇也没多说什么，只轻轻叹了一口气，让人去刷卡，先把那四十几万划到自己账户上，算是还了一部分赌债。

聂云心中一动，之前陈昌勇和那个人说的"赌"，应该就是地下斗犬。

地下斗犬和地下黑拳一样，是一种比较常见的赌博方式。早在几百年前，西方就流行很多动物赌斗的娱乐活动，一般来说都是斗牛。斗牛并不是现在人们熟知的，一个斗牛士带着一把宝剑扯着一块红布，把老牛斗得筋疲力尽，再一剑杀死。斗牛还有别的方式，其中最为主要的一种方式，就是用斗牛犬！

后来，有人用斗牛犬和别的凶猛的犬种配种，培养出斗犬。斗犬不是和牛斗的，而是和别的斗犬厮杀的。于是，一种新的娱乐方式就出现了。

美国的比特犬，就是这种从斗牛犬培育发展过来的斗犬。至于日本的土佐犬，倒不大一样，它们本来是当地的一种凶猛犬类，经常和野兽搏杀，后来和比特犬等大型猛犬杂交，形成了现在这种大型土佐犬。它们和最初的斗牛犬的亲缘关系也淡了。

本来，普通斗犬只是一种娱乐方式，和斗蛐蛐一样。俩人把各自的大狗牵过来，比一比谁的战斗力更强，胜的一方得意洋洋，输的一方垂头丧气，放下狠话，下次一定赢之类的……

不过，凡是竞技活动都能和赌博联系到一起。而但凡赌博，都有巨大的利润可图，所以，如今的地下斗犬，也伴随着赌博。

卖狗人就是因为斗犬输了，才不得不售卖自己的成年藏獒来偿还赌债。

通过刚才的对话，聂云知道了，玉树这边的地下斗犬活动，就是陈昌勇组织的。

"好了，钱划过去了。"

当聂云还在想着，庄雅雯已经把两百五十万划给了陈昌勇。

"陈老哥，这次多谢了。以后如果我们还想买藏獒之类的大狗，说不定还得到这儿来麻烦你呢。"交易完成，聂云向陈昌勇笑道。

"呵呵，你们能来照顾我的生意，就是看得起我老陈，我自然是十分欢迎了。下次再想买狗尽管过来，我这儿的狗，价钱不敢说多公道，但狗的质量绝不会很差！"陈昌勇笑道。

三人和陈昌勇告别。带着大大小小的狗走了出来。三只小高加索还没满月，还要吃奶，但是也长得不小了，都会摇摇晃晃地到处乱走了，瞪着眼睛十分可爱。聂云抱了一只，另外两只由炭球和那只母高加索叼着，一行人离开了赛盟宠物会所。

"这次弄到了小雪獒和高加索当炭球的老婆，也该给它们起个名字吧？"走出陈昌勇的店，庄雅雯说道。

"小雪獒干脆叫小雪好了，倒是这只高加索……姐你给起个名字吧！"聂云向庄雅雯道。

"嗯……叫灰姑娘吧。"庄雅雯想了想，说道。

"灰姑娘？"聂云看了眼这只母高加索，的确是灰不溜秋的。

"对了，陆先生，这几只小高加索，也相当不错，回去时你带一只吧。"想到陆楷也是来买狗的，结果一直在帮自己的忙。聂云也有些不好意思，干脆转让给陆楷一只好了。

"给我一只？"听到聂云这番话，陆楷不由看了炭球一眼。

这些小高加索，陆楷也很喜欢，不过，这些小高加索的身份可不一样，现在它们是炭球的继子，陆楷要是带走一只的话，弄不好炭球会和他拼命。

"等过几天，炭球和小灰熟悉了之后，再给你吧，不然的话，弄不好小灰要和炭球翻脸的。"想了想，聂云说道。

炭球好歹也是小狗的后爸，刚当上人家后爸，就把孩子送走，也不大合适。

不过狗和人不一样，母狗带小狗一两个月，也就不怎么带了，那时，小狗就可以送走了。

"那行，聂兄，这些小狗陈老板说了，至少二十万一只，我也不和你抬价了，就二十万吧。正好是买小雪的价钱。"陆楷搓了搓手，略带兴奋地向聂云说道。

"行，二十万就二十万。"聂云也没和陆楷矫情。

那二十万是聂云买小雪的钱，不过半天工夫，一转手又回来了，等于聂云用一只小高加索，和陆楷换了一只小雪獒。

一边说着，几人到了藏獒市场尽头，分别上了车，直奔赛盟酒店。

转悠了一整天，几个人也都累了，回到酒店就休息了。

六点左右，陆楷打了个电话过来，叫聂云和庄雅雯出去吃饭，几人又到下面的餐厅，随便吃了一顿晚餐。

"庄总，聂兄，咱找个地方娱乐一下吧。玉树这地方，还真有些别的地方少见的娱乐项目，就在赛盟大酒店地下一层，咱们过去看看？"

吃饱之后，陆楷给聂云、庄雅雯使了个眼色，略带神秘地说道。

聂云知道陆楷说的娱乐项目是什么。如果是在别的地方，陆楷这么说的话，聂云第一个想到的就是某些黄色项目，看个脱衣舞、钢管舞什么的。

但是，这是在玉树，玉树这地方最特别的娱乐项目就是地下斗犬，陆楷这次要带自己去的，就是地下斗犬场。

"姐，要不要过去看看？"聂云向庄雅雯问道。

聂云虽然对斗犬有点好奇，但是他却不喜欢赌博。无论是赌狗，还是赌石，凡是跟赌有关，聂云都本能地排斥。哪怕自己拥有灵木瞳和金玉瞳这样的能力，聂云也不想利用这些能力参与赌石之类的赌博活动给自己谋取利益。

在聂云看来，天外有天，人外有人。凡是赌，哪怕是你异能再强大，也未必就会赢！

小赌怡情，像上次在雅致珠玉总部赌几块石头，聂云也不太过反对。聂云要赌，也是抱着输的心态去赌……如果抱着赢的心态，指望靠赌来发家，最终只能输得很惨。

但这次毕竟是陪庄雅雯出来散心的，还是以她的意见为主。如果庄雅雯想去玩玩的话，聂云也奉陪，输个百八十万……也不算什么。

"地下一层的娱乐活动？到底是什么？"

虽然聂云知道是斗犬，庄雅雯却不大懂，疑惑地向陆楷问道。

"呵呵，其实也没什么，就是下边经常举行一些斗犬比赛，弄几条大狗，放到一个大笼子里斗一斗，看个热闹。"陆楷呵呵一笑道。

"斗犬啊……"庄雅雯眨巴眨巴眼睛，略想了一下。

"正好现在没什么事儿，咱们下去看看好了。炭球它们应该也能带下去吧？"庄雅雯向陆楷问道。

"那是自然，什么狗都能带到下边去。"陆楷点头说道。

带着大狗到下面，说不定观看斗犬的大狗就坐不住了，也想下场斗一斗。斗的越多，赌的越多，酒店盈利就越多，所以这个地下斗犬场自然不会禁止别人将大狗带进去了。

"走吧，从这边下去。"陆楷说着，带着庄雅雯、聂云还有一群大小狗，去了地下一层。

"每人交纳一万块钱就可以进里面，这是门票钱，大狗不用交钱。"陆楷说着，掏出卡递给守卫，刷了三万。

看来，斗犬还真是有钱人的娱乐，光门票就要一万，一般人谁舍得啊。

刚进去，聂云就看到，大厅的中心空出一块直径足有十多米的场地，整个场地都被铁丝网包裹着，就像美国那些无限制类格斗比赛的八角笼一般，只留了两个小门。

场地周围摆了两圈桌子，人们可以坐在桌子边，品着美酒，吃着美食，观看场地内的大狗搏杀。

此时，场地周围已经有七八个桌子上坐了人。

"随便找个桌子坐下吧。现在人还比较少，待会儿人可能就多了。"陆楷向庄雅雯、聂云说道。

场地中，已经有两只斗犬在斗了，都是日本土佐犬，长得和大丹有点儿像，但是腿部明显更粗壮一些，两只大狗时不时纠缠到一起，又飞快分开，隔了老远对峙。

"聂云，庄总，要不要下注？下注很简单，和侍应生说一下就好了。"陆楷向聂云和庄雅雯说道。

"嗯，也行，赌那只黄色大狗赢吧，一般的赌注是多少？先赌五万行不行？"庄雅雯随口问道。

"可以的小姐，我们这儿一千一注，您确定要购买那只黄色斗犬五十注吗？"旁边的侍应生立刻恭敬地询问道。

这边人不多，斗犬也是一般的几千块的大狗下场随便玩玩，所以也没什么人下注赌狗。庄雅雯一下子买五十注，已经是相当高的一笔赌资了。

"那就先买五十注吧。"庄雅雯说道。

"等下，我也买五十注。"陆楷也向侍应生说道，"买那只黄狗，我相信庄总的眼光。聂兄，你不买几注？"说着，陆楷看向聂云。

"算了，等等看吧。"聂云随口说道。

"我们的黄方已经连续三次主动攻击对方了……目前占尽优势，我们的黑方好像体力不济了，每次都是险之又险地避开黄方的攻击，这样下去的话，一旦被黄方咬住，恐怕将有很大的麻烦……"

"现在两只大狗又对峙起来。"

"黄方不断吠叫，向黑方示威。"

"进攻了，又要进攻了，好，咬住了，咬住了！"

大厅中，解说员不断地说着。

虽然整个大厅内的气氛不算热烈，但是解说员依然唾沫横飞，解说得十分精彩。

无论是什么样的竞技比赛，都少不了解说这个行当。

庄雅雯押注的黄狗现在占尽了优势，庄雅雯心情也不错，虽然就算赌赢了，得到的钱庄雅雯也看不上，但是总归满足了自己的好胜心。

　　"炭球，你说哪只大狗会赢？"

　　摸着炭球的脑袋，庄雅雯向炭球问道。

　　炭球蹲坐在地上，两只眼睛盯着笼子里战斗的两只大狗，偶尔还汪汪两声，似乎是加油助威。而炭球的老婆小灰，则趴在炭球旁边，三只狗宝宝正窝在它怀里吃奶。

　　"汪汪！汪汪！"听到庄雅雯的询问，炭球汪汪了两声。

　　可惜庄雅雯不懂狗类语言，根本听不懂炭球在说什么，庄雅雯又换了一种方式向炭球问道："炭球，你说那只大黄狗会不会赢？"

　　炭球想都没想，摇了摇头。

　　就在炭球摇头的同时，那只大黄狗再度向大黑狗发动了攻击，就在大黄狗将要咬到这大黑狗的后脖颈时，大黑狗忽然头部一沉，一下子从大黄狗的撕咬下挣脱出来。同时身子一滚，完全仰了过来。

　　仰卧之后，大黑狗的大嘴正对着大黄狗的咽喉，趁着大黄狗还没反应过来，大黑狗猛地向大黄狗的脖颈咬了过去。

　　一口咬住，大黑狗就不松口了。

　　大黄狗脖颈被制住，根本无法咬大黑狗，只得不断扒动四肢，想从大黑狗的撕咬下脱离出来，然而，却是无法做到。

　　"被咬住了！刚才占尽优势的黄方被咬住了，我们看它是否能够挣脱开，战局是否有了变化呢？"解说员飞快地解说着。

　　"哦，黄方认输了！现在黄方认输了！黑方胜利了！"

　　不等大黑狗将大黄狗咬死，大黄狗就呜呜哀叫了两声，大黑狗这才慢慢松了口。松开之后，大黄狗嗷唔惨叫了两声，爬起来之后立刻夹着尾巴躲得远远的。

　　"大黄狗就这么认输了？没志气！"看到原本占尽优势的大黄狗最后居然输了，而且还是自己认输的，庄雅雯不禁有些沮丧。

　　"呵呵，狗打架，一般很少有不死不休的情况。"聂云呵呵一笑，说道。

"通常来说，公鸡打架、水牛打架会比较惨烈。公鸡打架，通常会把另外一只公鸡啄得浑身是血，甚至活活啄死。而水牛打架也一样，有时候会打得天翻地覆。"聂云说道。

"你见过水牛打架?"庄雅雯眨眨眼睛，向聂云问道。

"我没见过，小时候听我爷爷说的，有时候一个大队的水牛去找另外一个大队的水牛打架，一群人都拉不住，能一直从村头打到村尾，大战好几个小时呢。"聂云说道。

庄雅雯好奇地盯着聂云，这些事情都是庄雅雯从没听过的，十分的新奇。

"呵呵，水牛是一种挺可爱的动物，它干活的时候，会在心里给自己定一个目标，干完了既定目标，就不会再干了，再怎么打它它都不走了……"见庄雅雯有兴趣，聂云笑呵呵地跟她说。

"牛不是任劳任怨吗? 居然还会出现这种情况?"对聂云讲的这些，庄雅雯感觉很新奇。

在庄雅雯的认知里，狗都是啃骨头的，猫都是抓老鼠的，牛都是任劳任怨的……现实中却不是这样，不是每只狗都有骨头啃，很多狗有个发霉的馒头吃就算不错了，也不是每只猫都抓老鼠，很多猫只会偷东西吃，当然也不是每一只牛都是任劳任怨的……

"小姐，您的五十注赌金已经输掉了，待会儿您可以继续下注。"

趁着聂云和庄雅雯说话的空当，那个侍应生微微低头，小声向庄雅雯说道。

听到侍应生的话，庄雅雯俏脸一沉。

自己第一次赌狗，就输了五万，虽然不多，但是庄雅雯也十分沮丧。况且，还害陆楷也输掉了五万，加上三万块的门票，前前后后就是八万了。即便雅致珠玉和鲲跃金行有合作，但是一下子让陆楷损失八万，庄雅雯也有些过意不去。

"不赌了，下次聂云你下注吧，你下多少，我就跟着下多少。"庄雅雯向聂云说道。

"那行，输了的话，姐你可别怨我。"聂云一笑说道。

刚才的斗犬，聂云也大致看出谁会赢谁会输了，因为他能明显感觉到，那只大黑狗的精气神远超大黄狗，而且，它的表现也比大黄狗沉稳。

更何况，聂云还有炭球这个军师在呢，实在不行，直接问炭球就好了。炭球好歹也是一只实力超群的狗，算是专业人士了，它能比较准确地看出哪只狗会赢。

一场斗犬完毕，并不会紧接着进行下一场。

实际上，每晚斗犬的场次也就四五场，平均下来每场一个小时。而两只狗要是斗起来，多则十几分钟，少则几十秒钟就能分出胜负了。

中间空余出来的时间，赛盟酒店安排了一些歌舞类的节目表演，供众人消磨时间。

"服务生，拿点儿瓜子、核桃之类的干果。"坐着无聊，聂云向侍应生说道。

"好的，先生请稍等。"侍应生说完，片刻之后，就有人端来一个托盘，托盘中放着不少瓜子、花生、核桃、桂园等干果。

大家边吃边看，全当打发时间了。

"小姐，这是那位先生送您的红酒。"

下一场斗狗将要开始时，一个侍应生忽然走过来，手中托着一瓶红酒，送到庄雅雯跟前。同时，侍应生用眼神示意了一下附近的桌子，顺着侍应生的目光，庄雅雯见到左边一个桌子前，一个大约二十七八岁的青年男子举杯，向庄雅雯微笑致意。

青年男子脸上带着淡淡的微笑，自以为十分儒雅的样子，不过，不得不说，这个男子的相貌实在是太影响市容了。

聂云虽然长得不是多帅，但至少也不丑。聂云平常接触的男人，刘俊伟，还有刘俊伟的死敌欧阳涛，都是相貌堂堂，包括身旁的陆楷，也很不错。

而附近桌上的男子，却截然不同。

说起来，他的五官也不算难看，浓眉大眼，鼻梁也高，偏偏组合在一起就给人一种十分别扭的感觉。

看到这个男子，庄雅雯的眉头立刻皱了起来。

因为这个男人身边已经有一个女人了，女人打扮得十分妖艳。

"姐，那位先生给你送酒呢，要不要过去答谢一下？"

聂云脸上露出不可抑制的笑意，向庄雅雯说道。

庄雅雯脸一冷："聂云，再跟我开这样的玩笑，信不信我让你不得安宁？"

听到庄雅雯的话，聂云连忙噤声，不用想就知道，庄雅雯对那个男子厌烦到了极点。

"庄总，不用管他，看那样子，也不知道是从哪个煤矿里出来的富二代，这种人别理会，让侍应生把这瓶酒给他送回去。"旁边的陆楷说道。

"等等！"庄雅雯却阻止了侍应生。

"找个小盆来，稍微大一点儿的铁盆就行。"庄雅雯向侍应生说道。侍应生点了点头，对着对讲机说了几句，不一会儿，一个侍应生就拿了一个直径三十公分的小铁盆过来。

把小铁盆放在炭球跟前，庄雅雯眼睛盯着附近桌上那个男子，一手拿了红酒瓶，另一只手拿了开瓶器，将螺旋针插进酒瓶内，轻轻一拔，啵的一声，红酒开启。

当着那个男子的面，庄雅雯将酒瓶咕咚咕咚倒进炭球跟前的小铁盆里。

"炭球，快喝掉！"

庄雅雯小声向炭球说道，还用脚轻轻踢了踢炭球。

炭球瞅了一眼下面的小铁盆，又看了看庄雅雯和聂云，将脑袋埋进小铁盆中，舔起了红酒。

那个男子脸色铁青。

聂云和陆楷的脑门上一排黑线。

侮辱人也不带这样的吧？庄雅雯这次可做得过火了，平常庄雅雯不是这样的，这次玉树之行庄雅雯算是放下了所有的伪装，彻底暴露了本性，还干出这样的事儿。

这也不能全怨庄雅雯，主要是对面那男人确实太难看了。丑不是他的错，但出来吓人就是他的错了……

"得了庄姐，别倒了，炭球喝完这些酒，估计都会打醉拳了。"聂云赶紧向庄雅雯说道。

庄雅雯没理聂云，将这瓶价值数千的高档红酒倒完，随手把酒瓶放到托盘上，让侍应生拿走。

那边的男子盯着庄雅雯的目光之中满是愤恨。

庄雅雯却根本没看他，而是将目光放到大厅中央的大笼子里。

第二场斗犬即将开始。

第十六章　狗王大战獒王，战神狗王从厮杀血泊中杀将出来

炭球又向前一冲，一下子撞到黑子胸前，将黑子撞倒在地，大嘴一张咬住了黑子的后腿，脑袋飞快甩动，巨大的力量将黑子甩了起来。黑子想要蜷曲身体去咬炭球，却根本做不到……整个斗犬场被鲜血染得通红一片，和炭球火红色的皮毛交相呼应……赌炭球赢的人，都获得了两倍的利润，聂云的资产瞬间突破了一亿。

"各位女士先生，下面要进行的是我们今晚第二场斗犬大战，这次出场的，是两只极具实力的选手，和前面的两只土佐犬一样，这次出场的也是专业斗犬：比——特——犬！"

解说员低声吼道。

两只宽肩膀的比特犬被带到笼子旁边，两只比特犬一只黄色的，一只灰色的，目光相遇就擦出了几分火花。

"众所周知，比特犬是斗犬中首屈一指的品种，战斗力超群，可谓犬中战神。

"据科学测算，比特犬的骨骼密度是普通犬类的三倍以上，牙齿的咬合力，连名震华夏的藏獒也未必是比特犬的对手……"解说员卖力地介绍着比特犬的实力。

解说员说藏獒"未必"是比特犬的对手，完全是高抬藏獒了，毕竟，

来玉树的买狗人，多是来买藏獒的。

"下面介绍我们的黄方，年龄两岁的超级斗犬，曾经在三场比赛中获胜，实至名归的犬中王者！"

解说员话音一落，大厅里的人立刻高声叫好。

"还有我们的灰方，年龄一岁半的斗犬，我们勇敢的挑战者！"

解说员又介绍另外一只斗犬。

"好了，我们这两只斗犬即将进入笼中厮杀，让我们看看，究竟鹿死谁手！有兴趣的朋友们，现在可以开始下注了。我们将根据双方的支持度，随时调整赔率。"解说员说道。

"聂云，这次哪方能获胜？"一旁的庄雅雯向聂云问道。

"那只黄色的大狗，三战全胜的那只！"这次，聂云也没卖关子，直接说道。

"买二十万黄方赢吧，这次保准能小赚一笔！"聂云向庄雅雯和陆楷说道。

"嗯！"庄雅雯几乎没犹豫，点了点头，和聂云一样买了黄狗二十万。

陆楷略微犹豫了一下，一狠心，也买了二十万。

因为聂云三人下了六十万的注，黄狗获胜的赔率一下子高了起来，灰狗那边，只有寥寥几千块而已。

"我买三万，灰狗赢！"

"我买两万，灰狗赢！"

"五万，灰狗赢！"

很多人开始买灰狗赢，黄狗那边放着六十万，买几万灰狗赢，一旦灰狗赢了，获得的收益会十分巨大。况且，灰狗比较年轻，才一岁半，而且气势更足，获胜的机会很大。虽然黄狗比赛经验比较多，但这是斗犬，又不是拳击，比赛经验……作用很大吗？

这边几十人都买灰狗赢，一会儿，灰狗这边已经飙升到一百五十万赌资。

这时，笼子里的黄狗和灰狗已经斗到了一起。

"嗷唔……嗷唔……嗷唔……"

众人还没看清楚怎么回事，黄狗的牙齿已经咬在了灰狗的脖颈上，灰狗不断挣扎，却无法挣脱黄狗的撕咬。同时，赌狗系统也停止了下注。

"雷霆一击，雷霆一击！"

那个解说员，此刻飞快地解说了起来。

"是黄方的雷霆一击，久经战场的黄方到底是老谋深算，比赛的第一时间便冲了过来，对灰狗发动了攻击，灰狗明显反应不及，现在被黄狗咬住了咽喉……战斗已经结束，十秒钟就已经结束，黄狗获胜！"

"让我们恭喜买黄狗胜的朋友……"

此时，聂云身边的陆楷犹自瞪大了眼睛盯着笼子，一副不可置信的样子。自己才买了黄狗赢不到三分钟，黄狗就赢了？自己那二十万非但没折本，反而赚回了不少赌资？

一抬头，陆楷看到电子屏幕上灰狗那边一共是一百六十一万，而黄狗这边则是七十二万，也就是说，三分钟自己就净赚了四十万！

"靠，聂兄，你简直神了，你怎么知道那黄狗必胜的？"陆楷兴奋地向聂云问道。

"呵呵，也没什么，不过是看那只黄狗脚步沉稳一些，而那只灰狗，还没上场眼神就已经露怯了，它根本不可能胜的。"聂云随口说道。

能看到灰狗神态中露怯，完全是因为聂云现在的感知敏锐。灵木瞳、金玉瞳这两大异能，让聂云的视力感知强大无比，换成别人的话，根本就察觉不出灰狗和黄狗之间的不同。

这场赌完，聂云下意识地向给庄雅雯送酒的男子看去，那个男子的脸上全是懊悔。

刚才他应该是给灰狗下了注，看来输掉不少。

一场赌完，接下来又是歌舞表演，聂云一边随意看着，一边和庄雅雯、陆楷随口聊着天。

"呵呵，聂云兄弟，想不到你们来这儿了。"一个爽朗的声音响起。

"陈老哥?"顺着声音望去，见陈昌勇走了过来，聂云连忙站起身和陈昌勇打招呼。

"坐、坐! 在这我是主人，你们是客，哪有客人站起来招呼主人的道理，都坐都坐。"陈昌勇说着，坐到聂云的旁边。

这家赛盟酒店是陈昌勇的，地下斗犬也是陈昌勇的产业。

"刚才我听说，有一桌朋友下了注，赚了两倍，而且下的都是大注……共六十万，所以过来看看，想不到居然是你们。"陈昌勇呵呵笑道。

"随便玩玩罢了，想不到居然还真赚了。"聂云微笑着说道。

"呵呵，你别骗老哥，你的眼光我还能不知道? 能养出炭球这样的好狗，对这些普通狗，还不是一眼就能看出优劣来?"陈昌勇笑道。

"看出优劣也未必就能赌赢。斗犬和足球差不多，哪怕是实力差距明显，也可能会有意想不到的结果。第一场，我们就赌输了，赔进去十万呢。"聂云说道。

"呵呵，不和你说这些了。对了，你家炭球，有没有兴趣下去来一场?"

陈昌勇说着，忽然把目光瞄向炭球。

"当然了，让炭球下场，你们的利润更大，按照规矩，待会儿下注的资金里边，要多抽出百分之十给下场获胜一方的狗主人。像刚才这一场，你们就能获得十六万。"陈昌勇详细解释道。

"别看你们现在每人赢了四十万，可待会儿，这样的好事可就没了。"

"待会儿，我们会提前十分钟让狗入场，提前十分钟下注，一般两只狗身上押的钱都差不多，哪怕赢了，你们顶多得到一倍利润，万一输了，还会赔掉。那时，下注的总资金也不止这百十万了，弄不好都有上千万，你们光是提成，就能获利百万!"

"而且，炭球下场，你们只管赌炭球赢就行了，相信它不会让你们失望的。"陈昌勇诱惑聂云道。

"看看再说吧，这次来，纯粹是玩，待会儿炭球要是想玩的话，叫它下去玩玩也行。"聂云没同意，也没拒绝，只是淡笑着说道。

　　"那行，要是炭球想下场，和我说一声就行，我马上安排。"陈昌勇又和几人随便聊了几句，便离开了。

　　"炭球，跟我去一趟洗手间。"

　　在这儿坐了也有一个多小时了，庄雅雯有些内急，招呼炭球一声，向洗手间方向走去。

　　庄雅雯去洗手间，聂云和陆楷自然没法跟着，毕竟人家去的是女厕所，聂云他们想进也进不去。不过炭球就不同了，无论是公狗还是母狗，跟着进女厕都无所谓。

　　庄雅雯去洗手间三四分钟还没回来，聂云下意识地向旁边给庄雅雯送过酒的男人方向看了一眼，见那男人也不在，聂云有种不祥的预感。

　　"陆先生等一下，我去看看我姐。"和陆楷说了一声，聂云向洗手间走去。

　　虽然炭球跟着庄雅雯去了洗手间，但是炭球毕竟是一只狗，真要遇到什么问题，只能下口解决。一旦炭球下口了，事情就不好办了，毕竟是在外地，炭球咬伤了人，会有很多麻烦。

　　刚走到洗手间附近，聂云就听到一阵争执声。

　　"走开！"

　　这个声音是庄雅雯的。庄雅雯的声音中带着一丝怒气。

　　"小姐，不过是请你喝杯酒而已，不用那么不给面子吧？今天这事儿，你可要说清楚了，说不清楚，别想从这儿走出去！"一个阴仄仄的男人的声音说道。

　　"别想出去？"庄雅雯嗤笑一声，"你以为这儿是你家开的吗？"

　　"汪汪汪……"炭球也汪汪大叫了两声。

　　紧接着，聂云又听到另一只大狗的叫声，和炭球针锋相对。聂云忽然想到刚才给庄雅雯送酒的男人就带着一只大狗的，好像也是一只藏獒。

"炭球，别叫了，不和他一般见识，我们走！"招呼炭球一声，庄雅雯就要硬闯出来。

"这么着就想走？"男人一伸手想拦住庄雅雯。

"这位先生，这么拦着一位女士，有些不礼貌吧？"一只手轻轻抓住了男人伸出的右手，往旁边一挪，男人无论怎么用力，手臂都好像使不出力气一般，被这只大手给拉到了一旁。庄雅雯一闪身，出了洗手间。

"是你？"男人向身后看去，看到是聂云。

聂云手一松，男人脚下一个趔趄，聂云把手在衣服上轻轻擦了擦。

"这儿是洗手间，来来往往人太多，姐，咱先回去了。炭球，走，回去！"招呼炭球一声，聂云拉起庄雅雯的手，连看都不看男人一眼，两人向桌子那边走去。

"汪汪汪！"男人身边一只硕大的纯黑色藏獒，向炭球狂吠了两声。炭球回头看了一眼，跟随聂云而去。

"聂云，想个办法，让这个家伙倾家荡产！"

还没走回桌前，庄雅雯冰冷的声音传了过来。

"姐，你雅致珠玉那么强，只要查查那个家伙的身份背景，搞得他倾家荡产很简单吧？"聂云一笑，随口说道。

"不要，我不要借助雅致珠玉来做这件事，我就要你帮我！"庄雅雯双眼一瞪，撒娇般地说道。

苦笑一声，聂云没说什么，拿出了自己的手机。

一会儿我让炭球下场和他的藏獒斗，让炭球把他那只藏獒咬死，让他赔了藏獒又赔钱，这总能让姐你消消气了吧？"

"你用什么办法我不管，总之，我一定要让他为刚才的行为付出代价。"庄雅雯面带狰狞，口中恨声说道。

倒了人家送的酒给狗喝，是庄雅雯过分了。不过，不管怎么样，一个大男人跑到厕所堵人家女孩子，总归做得不地道。要是别人，道个歉也就算了，可惜他偏偏遇上了强势的庄雅雯。

"那好吧，你先回去，和陆楷在一块儿，我带炭球去找陈老哥。"既然庄雅雯执意如此，聂云也只能照办。

找陈昌勇倒是简单，聂云和侍应生说了一声，侍应生立刻点了点头，通过对讲机说了什么。不一会儿，另外一个侍应生走了过来："先生，我们老板在那边，先生如果想见我们老板的话，请跟我来。"

"有劳了。"

聂云点了点头，带着炭球，跟着侍应生向陈昌勇的位置走去。

陈昌勇的位子在大厅最靠里的地方，陈昌勇就坐在一张巨大的沙发上。

"陈老哥坐在这儿，倒是挺惬意的嘛。"微微一笑，聂云坐到了陈昌勇对面。

"不过是图个清静。"陈昌勇呵呵一笑，"怎么，聂云兄弟，你想通了，让炭球下场斗一斗？如果炭球下场，我现在就安排，下一场斗犬九点钟开始，正好是人最多的时候。"

"算是想好了吧。"聂云一笑。

"不过，得请陈老哥帮我一个忙，我们桌子旁边那桌，就是那个带着黑色藏獒，身边还有一个妖艳女人的那桌。那个男人不知道是什么身份，可否请陈老哥帮忙查一查？"聂云说道。

虽然想要对付这个男子，但是聂云还是想要做到知己知彼，小心一点儿，总归没错。

"哦？那桌人啊。"陈昌勇眉头微微皱了皱，"查查身份也不是不可以。不过我想知道，你查这个干什么？"

"这个人得罪了我姐，我姐想教训教训他。"聂云如实回答。

陈昌勇脸色微微一变。"聂云兄弟，如果你们是要对付他的话，我这边就不好透露他的信息了。你也知道，赛盟酒店是我的产业，在我这边出了事儿的话，我老陈也得担待着。聂云兄弟，别让我难做啊。"陈昌勇低声向聂云道。

"呵呵，陈老哥误会了，我们对付他不会采取什么激烈手段，我姐的意思是跟他斗犬，在气势上压倒他。"聂云微笑着说道。

"只要陈老哥查查他是什么身份，我估算一下他的资产大约有多少，才能斗得痛快啊……"聂云说着，面带笑容。

"原来如此……"陈昌勇心中暗道，看来聂云是冲着那小子的全部身家去的。下手还真黑啊！

"这个好说。小六，你去查一查……"陈昌勇向侍立在一旁的一个侍应生说道。

侍应生点了点头，走了出去。聂云和陈昌勇边聊天边等。

不一会儿，侍应生走了过来，低头在陈昌勇耳边说了什么，陈昌勇的眉头皱了起来。

"聂云啊，刚才查过了，这个人，姓王，叫王海仁，陕西一个煤矿老板的儿子，算是富二代了。他家里的资产不算很多，也就五六千万的样子。"陈昌勇说道。

"但是煤矿这个产业，和别的产业不一样。家里有一个煤矿，有采矿机器就能保证正常的生产运行，赚来的钱都可以随便花。所以他们的全部财产基本上都是他们能动用的资金。"

聂云想了想，这个倒有些麻烦。自己手头才有三千多万，想要用三千多万将王海仁的五千多万给勾引出来，恐怕不大容易。

不过，好在有庄雅雯在，问庄雅雯借一些的话，应该就差不多了。

"嗯，谢了陈老哥，希望他有赌上全部身家的魄力。"聂云说道。

"呵呵，如果他真投注五千万的话，我们赛盟就能赚五百万了，聂云你也可以轻轻松松拿到五百万啊。"陈昌勇呵呵笑道。

陈昌勇看向聂云的目光也变了。之前，在陈昌勇看来，聂云不过是一个养了一条价值不菲的藏獒的小青年罢了。聂云或许也做一些生意，有些钱，但是陈昌勇并不认为聂云的财力多么强大。毕竟，聂云的年纪在这儿，资产不可能太多。

现在，听说王海仁的资产过五千万，聂云还有信心让王海仁把这些钱都赌上，这说明，聂云也能拿出五千万的资金。单是这一点，就说明聂云也不简单。

　　"聂云，我也要提醒你，你虽然要炭球下场，那个王海仁很可能会让他那只黑色藏獒下场。他那只黑色藏獒不是玉树买的，而是他跑到西藏拉萨那边在一个藏民聚居地淘来的，绝对的獒王，在草原上有力敌五六只野狼的实力。炭球下场的话，也未必能胜吧？"想了想，王海仁提醒聂云道。

　　聂云皱了一下眉头。不过，想到刚才炭球和那只黑色藏獒碰面，炭球似乎根本不惧那只黑色藏獒，聂云又放心了。

　　"放心吧，陈老哥，我有分寸。"聂云点头说道。

　　"最好是让他那只黑色藏獒下场，让他赔钱的同时，把他那只藏獒也干掉。那就完美了。当然了，直接点名挑战他的那只藏獒，应该不大容易。陈老哥，让你们的人先吹捧一下炭球，我相信，他应该会让他的藏獒下场的。"聂云又说道。

　　和炭球说了两句，让侍应生带着炭球下去，待会儿宣传一下。

　　又和陈昌勇随便聊了两句，聂云便回到了自己的座位上。

　　"搞定了！"聂云坐下后，一边刻意向旁边王海仁的桌子上看了一眼。目光和王海仁碰触，聂云双眼微微一眯，敌意大盛。

　　现在，就是要挑衅这个王海仁，让王海仁待会儿不顾一切地下注。聂云现在的任务就是没事儿找事。

　　王海仁也冷冷地看了聂云一眼，显然对聂云坏了他的好事儿十分愤恨。

　　"稍等一会儿，姐，等这段歌舞结束之后，炭球就会出场了，这次，咱们和他赌个大的。"聂云低声说道。

　　歌舞暂歇，聂云随随便便拍了两下手，等演员们下去之后，一个侍应生牵着一只火红色的獒犬走了上来，正是炭球。

　　那个斗犬解说员，也出现在大厅中央。

"女士们，先生们，下面我们要隆重介绍一位特殊的嘉宾，也就是下一场斗犬的主角之一。一位实力强大的獒犬，炭球！"

手持话筒，解说员低声吼道。

解说员说完，周围那些人却应者寥寥。

炭球是什么东西？是这只大狗的名字？

周围的这些人，除了聂云和庄雅雯、陆楷之外，对炭球这个名字都没有印象。

"咳咳……"看到下面应者寥寥，解说员并没有感觉太失望，只轻咳了两声。他知道，当他详细介绍炭球的时候，下面这些人定然会十分惊讶。

"或许大家对炭球没有什么特别的印象。但是我相信，在场的女士先生之中肯定有人曾经见到过炭球的英姿。"

"当然，并不是在咱们赛盟酒店的斗犬擂台上，而是在网上！"

解说员声音低沉，缓缓的声音陡地拔高。

"不知道大家还记不记得，今年年初，一段獒犬大战云豹的视频出现在网络之上，短短两天时间火爆网络。"

"不知道大家还记不记得，就是这段獒犬斗云豹的视频在网络上火爆不久，又一段视频出现，同样是这只獒犬，同样是在山林之中，这一次，这只獒犬的对手换成了一只黑熊。这只獒犬凭借强大的实力，和主人配合将数百公斤的黑熊生生斩杀。"

就在解说员高声宣读着炭球的战绩时，下面一片哗然。

"没错，大家猜测的没有错，我身后这只獒犬，炭球，正是风靡网络价值过千万的超级獒犬，犬中之王！"

解说员声音再度拔高，一边说着，现场的灯光一下子照射到炭球的身上，将炭球的身躯完美地显现出来！

"真是这只獒犬？"

"这就是和云豹、黑熊搏斗的那只獒犬？"

"靠，这才是獒犬之王啊，之前咱们在外面市场上看到的那只所谓的獒王，跟这只狗根本就没法比啊！"

在场的人议论纷纷。

"靠，炭球下场斗？什么犬能和它抗衡？"

"是啊，白天在市场边上，就有个卖狗人不服炭球，让他的獒王和炭球比斗，一个回合，那只所谓的獒王就被炭球给撂倒了，最后血头血脸的……这可是我亲眼所见！"玉树就这么大，喜欢藏獒的人就这么多，在这里竟然也有白天那些围观的人。

"好了，介绍完了炭球，想必大家对炭球今天的对手，应该也有了几分好奇。"看到众人反响强烈，解说员微微一笑，放低了声音，缓缓说道。

周围的喧哗声立刻低了一些，都想知道炭球的对手是什么狗。

"实际上，炭球的对手我也不清楚。"解说员却给众人卖了一个关子。

"炭球参加我们的斗犬比赛，是我们赛盟老板刚刚和炭球的主人商谈好的，到现在，我们还没给炭球找到一个合适的对手。不过，炭球的主人说了，炭球乃是獒中王者，实力第一。无论是什么犬，想要挑战炭球，都可以上场！

"这是炭球的擂台，大家都可以派出自己的獒犬和炭球打擂。获胜者可以获得我们这场比斗赌金的百分之十作为奖励。

"当然了，如果大家的獒犬到了台上，被炭球咬死咬伤的话，我们也是不负责的。"

解说员将这场比斗的规则说了一遍。

听到解说员前半段话，周围凡是带了獒犬过来的，都不由心动。如果自己的獒犬能够击败炭球的话，非但能得到赌金的十分之一，獒犬也能立刻出名，成为身价千万的超级獒犬。可谓一战成名。

不过，听到解说员后半段话后，如果自己的獒上去被炭球咬死的话，赛盟酒店和炭球都不负责，那岂不是赔了夫人又折兵？

毕竟，炭球实在是太厉害了，连云豹都不是它的对手……一般的獒

345

犬，怎么可能是他的对手？万一真被咬死了，那真是偷鸡不成反蚀把米了。所以，那些觉得自己的獒犬一般的人，最终没敢让自己的獒犬上。

就算有几个年轻气盛的小伙子想让自己的獒犬上，可惜那些獒犬被炭球瞪了一眼，无论主人怎么拉扯，它们都不敢上前。连上前都不敢上前，更不要说和炭球比斗了……

一时之间，竟然没有人让自己的獒犬上去。

"没有獒犬敢来挑战炭球吗？"解说员说着，目光在下面扫视了一眼，着重看了一眼下面的王海仁。

"哼，依我看来，这边的藏獒的确是没有哪只能比得上炭球的！"

不等王海仁有所反应，聂云一反常态地放言道。

"我赌一千万，就赌我的炭球必胜！不像某些獒犬，看着不错，真要生死搏杀就露怯了。"聂云说着，双眼瞥了旁边的王海仁一眼。

听到聂云的话，周围的人心里都有点儿生气，聂云的话也太狂妄了。不过，下一刻，这些人发现聂云似乎是专门针对旁边桌子上的王海仁的。本着事不关己、高高挂起的原则，众人立刻以看戏的姿态看着聂云和王海仁斗法。

"好！"

聂云话音刚落，解说员立刻叫了一声好。

"那边的聂云先生，也就是炭球的主人，已经下注一千万，赌他的炭球胜了。看来聂云先生对他的炭球信心十足啊。同样，聂云先生能拿出一千万赌金，这份魄力，也足以让人钦佩了！"解说员开始吹捧聂云。

这个解说员也算是有水平，他知道，自己吹捧聂云，肯定有人不服气，要和聂云比一比财力。

斗富这种事儿，在中国大地上天天都发生，特别是这种场合，到处都是有钱人，肯定不会让聂云一枝独秀。

"好了，我们的赌盘已经开启了，聂云先生已经下了一千万在炭球的身上。不知道还有没有朋友给炭球下注或者下到另外一方，期待有獒犬能击败炭球？"解说员蛊惑众人道。

"又有人给炭球下注了，十万！哦，又下注了，还是炭球，三十万！"场内这些人倒是对炭球有信心，基本都把注下在炭球身上。

"哼，哗众取宠！"

这时，一声冷哼陡地响了起来。

众人一愣，同时向声音传来的方向望去，只见那个发出冷哼的人，正是王海仁。

"一只炒作出来的獒犬罢了，也敢妄称犬王？今天，我倒要见识见识，你这只炭球到底有什么本事！"牵着他那只黑獒，王海仁大步走了出来。

"我的黑子，挑战炭球！"王海仁大声说道。

"我下注两千万人民币，赌我的黑子胜！"紧接着，王海仁又抛出一个重磅炸弹，直接下注两千万人民币，比聂云的赌注多了一倍。

"哦？这位先生，您的獒犬想要挑战炭球吗？"

见王海仁终于走了出来，解说员不禁眼前一亮。他的任务就是把王海仁激出来，此刻也松了一口气。无论是炭球和黑子哪一方胜利，赛盟酒店都稳赚不赔。

"这位先生，不知道您这只獒犬，是只怎样强大的獒犬，可否给大家介绍一下这只獒犬的实力？"解说员说着，将话筒递到了王海仁跟前。

"我的黑子是从拉萨藏民那边花五百万买来的藏獒，绝对的獒中之王。不像某些杂种狗，是某些人自封的狗王。"王海仁说着，目光放到了聂云身上。

聂云只轻轻笑了一下，"逞口舌之利，算什么本事？对自己的獒犬有信心的话，就拿出点儿诚意来。既然某人下注两千万了，那我也再加两千万，凑足三千万，倒要看一看，这一次究竟鹿死谁手。"聂云缓缓说道。

"哦？聂云先生再下注两千万？聂云先生在炭球的身上，已经下注三千万了，这在我们赛盟酒店斗犬史上，都是十分少见的。目前又有不少人在炭球身上下注了，看来这次还是支持炭球的多一些。"

"四千万，我再下注四千万，一共六千万。哼，你下注多少，我就跟你两倍！"解说员话音未落，王海仁近乎疯狂地说道。

众人一片哗然。六千万全压到那只黑子身上，难道他那只黑子真的能赢炭球？应该是真有实力吧，不然他的六千万岂不是打了水漂……既然他敢在黑子身上赌六千万，说明还是有相当大的把握赢的，看来在那个炭球身上下注，也不是那么靠谱……

"给我买二十万黑子赢。"

"服务生，我买五十万黑子赢。"

这时，一些人开始在黑子身上下注了。

一时间，黑子身上的赌金，一下子多了起来，噌噌到了七千万以上。

"聂云，没有钱了吗？要不要我下注？"看聂云没再下注，旁边的庄雅雯忽然开口。

"姐，别下注。"聂云阻止了庄雅雯。

"咱们不下注，那些人就会觉得咱们底气不足，就会认为黑子的胜算大。这样一来，他们就会在黑子身上下注。那样咱的赔率就高了，我还可以多赚点。"聂云一脸财迷地道。

"当然了，姐你现在不下注，赢不到钱，待会儿我赢了钱，分你一半。"聂云想了想不对劲，连忙又补充道。

庄雅雯白了聂云一眼："我就是贪图你那些钱吗？"

"你只要把这个王海仁弄得倾家荡产就好，你赚多少钱，我才不管呢。我也不缺这点儿钱。"庄雅雯低声道。

"六千万，差不多把王海仁掏空了。"聂云一脸笑容。

"那就好。"庄雅雯点了点头，不管这边了。

"陆兄现在倒是可以赌上一些，说不定能赚不少。"虽然阻止了庄雅雯出手，但是聂云却允许陆楷沾点光。

"那行，我赌六十万吧。"想了想，陆楷说道。

陆楷刚刚还在琢磨，这次玉树之行总共花掉五十万，却想不到，刚才居然赌赢了，自己又赚了四十万，现在拿出六十万，即便全都输掉，也不会赔太多。

陆楷这边出了六十万，炭球身上押注的赌金超过了三千五百万。

看到聂云和庄雅雯、陆楷嘀咕了几句，炭球身上押注的赌金却没有明显的增加，王海仁不禁冷笑了一声："怎么，这位聂先生，不会是钱不够了吧？要不要我借给你一点儿？"

"哼，不必了。"

聂云冷哼一声，瞥了王海仁一眼，装作十分愤恨的样子，一屁股坐回到自己的座位上。

看着聂云吃瘪的样子，王海仁心里这个美啊。

听了聂云和王海仁的对话，周围的人对王海仁的黑子更加有信心了。那边的聂云已经吃瘪了，说明聂云根本没信心斗赢，说不定，此时，聂云还在为刚才那三千万后悔呢……

众人纷纷去给黑子下注。

"啊，黑子身上的赌金，已经达到了七千五百万了！"

"难道没有人看好炭球吗？要知道，炭球可是实力超群的獒犬，在视频中大战云豹大战黑熊，大家都是有目共睹的。难道没有人在炭球身上下注吗？让我们看一下……现在炭球身上押注的赌金，只有三千六百万而已……"

解说员越是这么说，越是没人给炭球下注。

"八千三百万了！"

"黑子身上的押注金额，已经达到八千五百万了……"

"现在还没人押注炭球吗？要知道，一旦炭球胜利的话，大家就会有两倍的利润回报率……"

"啊，黑子的身上，已经达到九千万的押注金额了，还在慢慢地上升之中。让我们看一下，离比赛正式开始还有五分钟，请大家抓紧时间下注。这次比赛开始之后，我们的押注就将结束……

"一亿人民币，黑子身上的押注金额，超过一亿人民币了，而炭球身上的押注金额，还不到四千万……好了，时间到了，押注结束。"九点整，解说员宣布，押注结束。

王海仁的黑子身上的押注金额，居然达到了一亿人民币。到澳门去赌博，输掉三四个亿的豪赌还有可能。一场斗犬，涉及资金上亿，这还闻所未闻。

此刻，陈昌勇都不禁祈祷，最好是炭球赢。炭球胜利，这一亿资金，除了赔付给聂云等人，赛盟酒店还能抽成百分之十，就是一千万。

而炭球输掉，只能赔付四千万，赛盟酒店抽成四百万，中间足足差了六百万。

"好了，时间到了，下面将进行的是炭球和黑子的比斗。两只獒犬将进入笼子，为大家奉献一场精彩绝伦的拼杀。"解说员说道。

比斗场地的笼子两旁，两个小门开启。炭球和解除了项圈的黑子，同时走进了笼子。

在小门关闭的同时，炭球全身的气势猛地一凝，几乎没有任何犹豫，嘶吼一声，身形一动，向对面的黑子冲了过去。

先下手为强，无论是和什么犬类搏杀，炭球都奉行这个原则。特别是对付黑子，炭球也不想费太多时间。

然而，就在炭球冲向黑子的同时，黑子也向炭球冲了过来。

黑子竟然也是主动进攻！

黑子如果停在那儿被动防守的话，炭球有八成的机会可以一口咬到它，对黑子造成重创。

即便有云豹那样的反应速度，在炭球的攻击之下，也很难完全躲开，这只黑色藏獒就算再猛，想要躲开炭球的攻击，也基本没有可能。

然而，黑子直接向炭球冲了过来。这种情况下，就算炭球能够咬中黑子，自己也很难躲开黑子的攻击，就算能对黑子造成重创，炭球自己也难免被黑子伤到。

这就像两个人拿着手枪对射一样，你的枪法再准，或许能直接击中对方的心脏，但是对方也对你开枪，也一样能伤到你。

两败俱伤不是炭球想要的结果。

就在和黑子将要接触的一瞬间，炭球飞快一闪，闪过了黑子的攻击。

砰！砰！

两只大狗先后落到地面。

两只大狗看似在半空打了一个回合，实际上，它们根本没有任何接触就分开了。

下一刻，两只大狗同时转过身子。

"嗷唔！"

爆吼一声，黑子疯了一般，几乎没停顿，向炭球再度发起进攻，似乎不将炭球完全撕碎，誓不罢休一般。

"好！"

在场众人不禁叫了一声好。

刚才炭球和黑子在半空中的搏杀，很多人都没看清，不过黑子落地之后能再度攻击，说明黑子没受什么伤。看到黑子威猛至斯，围观者也心情澎湃。

他们都把赌金压在了黑子身上，黑子胜利的话，他们就能赢钱，此刻自然要给黑子鼓劲加油了。

正当大家以为炭球也会直接向黑子冲去，再度和黑子贴身肉搏时，却没想到炭球飞身一躲，避开了黑子的攻击。

躲了？

押了炭球赢的人，都皱起了眉头。

犬类相斗，技巧很少，主要还是看身体素质，再一个就是斗犬的精神状态。如果一只斗犬斗志昂扬，另外一只斗犬却没什么斗志的话，胜负立现。

现在，炭球居然主动躲避黑子的攻击。虽然炭球躲避得十分潇洒，黑子根本没攻击到炭球。但是主动躲避是不是说明，炭球根本不敢和黑子硬碰硬，要暂避黑子的锋芒呢？

炭球的气势明显输给黑子一截。

"好，黑子主动进攻，炭球躲了！炭球居然躲了，没有和黑子硬碰硬，而是躲了，不知道这是炭球不敢和黑子硬磕，还是战术性回避。"那边的解说员，飞快地解说着。

"炭球又躲了，再度躲过了黑子的攻击，看炭球的样子，躲避的姿态潇洒无比，估计应该就是战术性回避。大家不要忘了，炭球的身手极其敏捷，当初和云豹斗，连云豹的攻击都可以躲过去……"解说员继续解说着。不过，此时众人对解说员的解说嗤之以鼻。

战术性躲避？

你以为这是拳击比赛呢，敏捷度比较高的，会利用自己的敏捷优势打击对方。拜托，这是斗犬，是两只狗在打架。如果那只炭球真的有拳击运动员那么聪明，那它就不是狗了，就是哮天犬了，成精了！

听着解说员的解说，王海仁冷笑了一声，向着聂云这边挑衅地看了一眼。在他看来，炭球就是露怯了，这场比斗，最后的胜利者肯定是黑子。

然而，当王海仁看向聂云的时候，却发现聂云一脸云淡风清的模样，对炭球没有半点儿担忧之意。还能悠闲地嗑着瓜子，不时拿起雪碧，轻轻喝上那么一口，然后再嗝出一口气儿来……

"妈的，等你的獒犬被我的黑子撕裂之后，看你怎么装！"

王海仁心中暗骂。

"聂先生，你看炭球……"聂云虽然胸有成竹，旁边的陆楷却有些担心了。他的想法和周围的人差不多，认为这样下去，炭球恐怕没多少胜算。

"放心吧，难道陆先生没听说过，一鼓作气，再而衰，三而竭的故事吗？这个黑子，应该撑不了多长时间了！"聂云微微一笑，说道。

笼子中的炭球已经连续躲过黑子十几次攻击了。此时，黑子已经气喘呼呼了。连续的攻击让黑子的体力消耗极大，它的速度已经变慢了。

"嗷唔！"

当黑子再一次攻向炭球时，炭球闪电般躲过黑子的攻击，忽然身形一动，大吼一声，向着黑子的后脖颈咬了过去。

咬中了！

炭球的尖牙已经刺入黑子的后脖颈中。

两只前腿在黑子的身上一蹬，不等黑子转身撕咬自己，炭球飞快地从黑子身上下来。然而，炭球的嘴巴却没松开，这一下，炭球将黑子脖颈后面的一块皮肉，给生生撕了下来。

黑子吃痛之下，一声惨叫。

就在这时，炭球又向前一冲，一下子撞到黑子胸前，将黑子撞倒在地。

紧接着，炭球飞快地扑了上去，大嘴一张，将黑子的一条后腿咬住，脑袋飞快甩动，巨大的力量将黑子整个身体都甩了起来。

黑子想要蜷曲身体，用嘴巴去咬炭球，却根本做不到。

这一系列动作发生得太快，解说员根本来不及反应，周围的观众更看得目瞪口呆。

笼子中不断传来黑子的惨叫声。

咔嚓！

连续将黑子甩动了十几下之后，炭球的脑袋飞快一扬，黑子被叼住的后腿竟然被炭球生生咬下来一截。

黑子剧痛之下，已经发狂。

可惜，就算是正常状态下的黑子都攻击不到炭球，更不用说是现在这种状态下了。

连续攻击炭球都没成功，反而被炭球抓住机会，又叼住了另外一条后腿。

周围的观众，包括那个解说员，都不禁心中一颤。炭球这次是要将黑子彻底分尸了……

这一刻，再没有人想着自己的赌金问题，每个人都瞪大了眼睛，看着笼子中战斗的两只大狗。

斗犬没有这么惨烈的。

一只狗胜过了另外一只狗，那只输掉比赛的大狗就会嗷嗷求饶，通常来说，胜利的一方都会饶过失败的一方，放对方一条生路。哪怕是真有咬死的，也是一口咬断喉咙而死。

至少，给失败的一方留个全尸。

而现在，炭球却将黑子的一条后腿给咬了下来，如果不出意外的话，黑子另外一条后腿恐怕也难以保全，这么惨烈的战斗，是斗犬史上少有的。

最主要的是，此刻，黑子根本没有半点儿求饶的意思，身为獒王，哪怕是被咬得遍体鳞伤、身体残疾，也绝不允许自己求饶。

黑子不认输，任何人都不能阻止它们继续战斗下去。

就是一会儿的工夫，炭球已然将黑子的另外一条后腿也给咬了下来。

将后腿吐在地上，炭球身形一跃到了好几米之外，两只眼睛盯着黑子，胸口不断起伏，炭球的体力消耗也很大。

用脑袋将黑子一百多斤的身体甩起来，绝对是个力气活儿，饶是炭球身体强壮，也要喘口气休息一下。

只剩下两条半截后腿的黑子，双眼依旧瞪着炭球，嗷嗷乱叫着，前爪乱扒，想要冲到炭球跟前……

"别比了，别比了……"

王海仁早已经脸色大变，自己五百万的獒犬居然被炭球给弄残废了，这让王海仁慌了神，立刻想停止比赛。

"这位先生，你说不比了，你要认输吗？"解说员听到王海仁的话，立刻向王海仁问道。

要停止比赛，只有三种途径。

第一种途径，是其中一只斗犬主动认输。

第二种途径，是其中一只斗犬被另外一只斗犬咬死。

第三种途径，是其中一只斗犬的主人主动认输，这样也可以强行停止比赛。但是，比赛的到底是两只狗，哪怕是主人认输，究竟能不能让比赛停下来，也不好说。

现在王海仁想要认输，就可以试着停止比赛了。

不等王海仁确认，王海仁旁边那个妖艳的女子飞快地拉了王海仁一把。

"少爷，黑子已经这样了，就算认输也废掉了。而且一旦咱们认输，您的六千万……还不如就这样，黑子只要不认输比赛就不会结束，那只红狗再向黑子进攻，万一被黑子咬到喉咙，咱们就赢了，赢好几千万，什么獒买不到？"女子对王海仁说道。

王海仁身体一震，也想起自己在黑子身上足足压了六千万。

现在，绝对不能认输！哪怕是黑子死掉，也绝对不能认输。说不定在黑子临死的前一刻，也能把炭球咬死，如果咬死了炭球，好歹也算个平手，自己也不会输掉那六千万。

就算王海仁家再有钱，也承担不起六千万的损失。如果真的损失了六千万，王海仁肯定会被他父亲活活打死。

"比！继续比赛！"

一狠心，王海仁吼道。

周围的观众不由在心底暗暗鄙视王海仁，獒犬都这样了，还要继续比赛，还真是铁石心肠。

此刻，聂云依旧一副不慌不忙的样子，和之前没有半点儿区别。旁边的陆楷也终于松了一口气。

庄雅雯倒是让人有些意外，她看到这么血腥的比赛，竟然连眉头都没皱一下。作为雅致珠玉的老总，庄雅雯这个身家上百亿的女子，也颇有几分杀伐决断的枭雄气质。这点儿血腥，还不足以让庄雅雯变色。

炭球差不多休息好了，胸口的浮动明显小了一些。

围着黑子转了一圈儿，炭球的目光冰冷，似乎并不想立刻结束战斗。目前的情况，炭球占据着绝对优势，就这么下去，单单是流血，黑子也能活活流死。

随着时间的推移，黑子断腿处的血越流越多，黑子由先前的疯狂慢慢力竭。

炭球终于动了！

一跳，炭球到了黑子跟前，一口咬在黑子的前爪上，将黑子身子一带，黑子仰卧起来，肚皮朝天。炭球再一跳，到了黑子的身侧，嘴巴向黑子柔软的小腹一口咬了下去，前爪压住黑子的身体，叼着黑子的肚皮，头颅猛地一扬。

刺啦一声，黑子的肚皮竟然被炭球直接撕裂开来。

这一刻，饶是聂云和庄雅雯都不禁皱了皱眉头。

一些女孩子，甚至有一些男人，都一阵反胃，几乎要呕吐出来。

炭球的这番举动，简直如魔鬼一般。

肚皮被撕开的同时，黑子爆发出最后的疯狂，不断扭曲身子，想要撕咬炭球，可惜炭球一击即走，根本没让黑子咬到。

站在远处，炭球冷眼看着重伤的黑子，慢慢耗尽最后一丝体力。

身形一动，炭球最后发威，再蹿到黑子身前，嘴巴一张，将黑子整个脖颈都咬住。

黑子还没完全死透，瞪大了双眼，四肢不断抽动着。炭球的牙齿和黑子颈骨摩擦的咔咔声不断响起。

解说员完全呆了，根本不知道该说什么，周围有不少女人已经吐了出来……

也不知道过了多久，黑子的身体彻底停止了抽动，死了！

整个斗犬场被鲜血染得通红一片，和炭球火红色的皮毛交相呼应……

全国古玩市场地址

北京古玩城：北京市朝阳区东三环南路 21 号

北京潘家园旧货市场：北京市朝阳区华威里 18 号

永乐华拍（北京）文物有限公司：东三环中路财富中心 31 层 3106A 室

上海国际收藏品市场：上海市江西中路 457 号

天津古物市场：天津市南开区东马路水阁大街 30 号

天津古玩城：天津市南开区古文化街

重庆市综合类收藏品市场：重庆市渝中区较场口 82 号

重庆市民间收藏品市场：重庆市渝中区枇杷山正街 72 号

广东省深圳市古玩城：广东省深圳市乐园路 13 号

广东省深圳华之萃古玩世界：广东省深圳市红岭路荔景大厦

广东省珠海市收藏品市场：广东省珠海市迎宾南路

广东省广州带河路古玩市场：广东省广州市荔湾区带河路

江苏省南京夫子庙市场：江苏省南京市夫子庙东市

江苏省南京金陵收藏品市场：江苏省南京市清凉山公园

江苏省苏州市藏品交易市场：江苏省苏州市人民路市文化宫

江苏省常州市表场收藏品市场：江苏省常州市罗汉路

浙江省杭州市民间收藏品交易市场：浙江省杭州市湖墅南路

浙江省绍兴市古玩市场：浙江省绍兴市绍兴府河街 41 号

福建省白鹭洲古玩城：福建省厦门市湖滨中路

福建省泉州市涂门街古玩市场：福建省泉州市状元街、文化街及钟楼附近

河南省郑州市古玩城：河南省郑州市金海大道 49 号

河南省洛阳市西工古玩市场：河南省洛阳市洛阳中州路

河南省洛阳市潞泽文物古玩市场：河南省洛阳市九都东路 133 号

河南省洛阳市古玩城:河南省洛阳市民俗博物馆大门东

河南省平顶山市古玩市场:河南省平顶山市开源路

湖北省武昌市古玩城:湖北省武昌市东湖中南路

湖北武汉市收藏品市场:湖北省武汉市扬子街

四川省成都市文物古玩市场:四川省成都市青华路36号

辽宁省大连市古玩城:辽宁省大连市港湾街1号

辽宁省沈阳市古玩城:辽宁省沈阳市沈阳故宫附近

辽宁省锦州市古文物市场:辽宁省锦州市牡丹北街

黑龙江省哈尔滨市马家街古玩市场:黑龙江省哈尔滨市南岗区马家街西头

吉林省长春市吉发古玩城:吉林省长春市清明街74号

山东省青岛市古玩市场:山东省青岛市昌乐路

河北省石家庄市古玩城:河北省石家庄市西大街1号

河北省霸州市文物市场:河北省霸州市香港街

河北省保定市文物市场:河北省保定市 新北街207号

山西省平遥古物市场:山西省平遥县明清街

山西省太原南宫收藏品市场:山西省太原市迎泽路

陕西省西安市古玩城:陕西省西安市朱雀大街中段2号

安徽省合肥市城隍庙古玩城:安徽省合肥市城隍庙

安徽省蚌埠市古玩城:安徽省蚌埠市南山路

甘肃省兰州古玩城:甘肃省兰州市白塔山公园

云南省昆明市古玩城:云南省昆明市桃园街119号

江西省南昌市滕王阁古玩市场:江西省南昌市滕王阁

贵州省贵阳市花鸟古玩市场:贵州省贵阳市阳明路

湖南省长沙市博物馆古玩一条街:湖南省长沙市清水塘路

湖南省郴州市古玩一条街:湖南省郴州市兴隆步行街